A MALDIÇÃO DE AMALFI

SARAH PENNER

A MALDIÇÃO DE AMALFI

Tradução
Isabella Pacheco

HARLEQUIN
Rio de Janeiro, 2025

Título original: *The Amalfi Curse*

COPIDESQUE Vic Vieira Ramires
REVISÃO Natália Mori e Thaís Carvas
DESIGN DE CAPA Elita Sidiropoulou e Mary Luna
IMAGEM DE CAPA © Adobe Stock | Shutterstock
ADAPTAÇÃO DE CAPA Guilherme Peres
DIAGRAMAÇÃO Abreu's System

Dados Internacionais de Catalogação na Publicação (CIP)
(Câmara Brasileira do Livro, SP, Brasil)

Penner, Sarah
A maldição de Amalfi / Sarah Penner ; tradução Isabella Pacheco. – Rio de Janeiro : Harlequin, 2025.

Título original: The Amalfi curse.
ISBN 978-65-5970-548-1

1. Romance norte-americano I. Título.

25-281489 CDD-813.5

Índice para catálogo sistemático:
1. Romances : Literatura norte-americana 813.5
Eliane de Freitas Leite – Bibliotecária – CRB 8/8415

Rua da Quitanda, 86, sala 601A – Centro
Rio de Janeiro/RJ – CEP 20091-005
Tel.: (21) 3175-1030
www.harpercollins.com.br

Para o meu marido, Marc

No redemoinho do naufrágio o bote gira
Ao redor, ao redor;
Depois, silêncio… Exceto o monte, que defronte
Repetia o fragor.

A balada do velho marinheiro, 1798

REGISTRO DEGLI INCANTESIMI MARINI

REGISTRO DOS FEITIÇOS PRATICADOS POR *LE STREGHE*, OU AS BRUXAS DO MAR DE AMALFI

incantesimo di riflusso	Um feitiço para afastar a água (refluxo). *Attrezzo*: um fóssil de belemnita.
incantesimo di flusso	Um feitiço para atrair a água (fluxo). *Attrezzo*: uma concha de madrepérola.
incantesimo divinatorio	Um feitiço para discernir a localização de objetos na água. *Attrezzo*: um cordão de seis pedras de bruxa vindas do mar.
incantesimo raffreddare	Um feitiço para baixar a temperatura da água por meio de uma corrente de água fria. *Attrezzo*: uma cápsula de ovos seca de um peixe cartilaginoso, ou "bolsa de sereia".
incantesimo dell'elemento	Um feitiço para alterar a composição da água. *Attrezzo*: um focinho de peixe-serra fossilizado, ou "pente de sereia".
incantesimo vortice	Um feitiço para invocar um vórtice ou redemoinho. Não é necessário *attrezzo*.
vortice centuriaria	Um feitiço para invocar um poderoso vórtice ou redemoinho que dura cem anos. Não é necessário *attrezzo*, mas a *strega* deve remover seu amuleto de proteção *cimaruta* para realizar este feitiço.

PRÓLOGO

Carta para Matteo Mazza, em Nápoles, Itália

Segunda-feira, 9 de abril de 1821

Signor Mazza,

Ainda não nos conhecemos pessoalmente, mas peço que leve muito a sério o que tenho a dizer.

O senhor é o proprietário da companhia de navegação mais proeminente de Nápoles, e seu negócio funciona à mercê do mar. No entanto, ultimamente, estou convencido de que o mar está à mercê de outra coisa: um pequeno grupo de mulheres que vive em Positano.

Muitos se maravilharam, nos últimos anos, com a boa sorte do vilarejo de pescadores e suas condições sempre favoráveis à beira-mar. As marés, por exemplo, são curiosamente calmas. Os marinheiros costumam comentar a falta de erosão no vilarejo, mas a região não é protegida por um recife natural, tampouco cercada por uma enseada. Por que os penhascos desgastados de Amalfi e Minori sofrem colapsos e perigosas cascatas de rochas, mas Positano não?

A abundância de peixes de carne vermelha e *pezzogne* também. Como é possível que, nos dias em que os pescadores de outras localidades voltam com pescas irrisórias ou redes vazias, os homens de Positano tenham, mais uma vez, uma pesca excelente? Mesmo em época de lua minguante. É como se os ritmos lunares não tivessem efeito sobre esse vilarejo.

Ah, mas marés e peixes são uma coisa. Já piratas são outra bem diferente. Não quero fazer suposições sobre as pessoas com quem o senhor se relaciona, signor Mazza, mas decerto está ciente desta incongruência: não há registros de piratas que tenham desembarcado em Positano.

Esses bucaneiros saqueiam navios na Sicília. Roubam de Salerno a Capri. Se eu espetasse alfinetes em um mapa, marcando todos os lugares em que os piratas desembarcaram ao longo de nosso litoral, formaria uma faixa perfeita, contornando toda a costa amalfitana — todos os vilarejos, com exceção de um. Um único!

Ouso dizer que Positano parece uma vila isolada. Protegida. Favorecida.

Em outros lugares da península, os homens lamentam a água suja do mar, os saqueadores, a pesca ruim. *Sim, Positano tem prosperado,* dizem eles, *mas nunca nos mudaremos com nossas famílias para lá, pois a sorte deles vai acabar. A qualquer momento. Escreva minhas palavras.*

Até mesmo alguns dos habitantes de Positano estão perplexos com a própria sorte. Os homens se mantêm bem armados, certos de que estão prestes a sofrer um ataque de piratas. Outros salgam, secam e armazenam peixes, certos de que suas águas logo secarão. E há ainda aqueles que se recusam a construir casas muito perto da costa: *os penhascos vão acabar desmoronando*, dizem eles, *levando os moradores do topo da colina a uma morte rochosa.*

Há algo acontecendo em Positano — um segredo muito bem guardado.

E acredito saber exatamente qual é.

Podemos fazer um acordo, signor Mazza? Por um preço, estou disposto a revelar o que sei — a lhe contar o que descobri, o que vi. *Quem* vi.

Posso imaginar a fortuna que essa informação lhe traria.

Por favor, responda o mais breve possível.

Assinado,
Seu dedicado amigo, sócio etc.

1

MARI

Quarta-feira, 11 de abril de 1821

Ao longo de uma praia escura, abaixo do vilarejo de Positano localizado à beira do penhasco, doze mulheres, com idades entre 6 e 44 anos, estavam sentadas em círculo. Eram duas horas da manhã e a lua crescente pairava bem acima de suas cabeças.

Uma das mulheres se levantou, desfazendo o círculo. Seu cabelo era vermelho como o cinábrio, como sempre fora desde o dia em que nasceu. Vestida dos pés à cabeça, ela entrou na água até a altura da cintura. Com um fóssil de belemnita entre os dedos, mergulhou as mãos sob as ondas e começou a mover os lábios, recitando a primeira parte do *incantesimo di riflusso* que aprendera quando criança. Em poucos instantes, a correnteza que ela havia invocado começou a rodopiar em volta de seus tornozelos, seguindo na direção sul, para longe dela.

A mulher arrastou os pés para fora da água, voltando à margem.

Uma segunda mulher de cabelo mais claro, da cor de um caqui, levantou-se do círculo. Ela também se aproximou do oceano e mergulhou as mãos sob a superfície. Recitou seu feitiço silencioso ao mar, satisfeita quando a correnteza ficou ainda mais forte.

Ela olhou para o horizonte, uma linha preta firme onde o céu encontrava o mar, e sorriu.

Assim como os outros aldeões ao longo da costa naquela noite, essas mulheres sabiam o que se aproximava: uma frota de navios piratas vinda de Túnis em direção ao nordeste. Os ventos estavam favoráveis, segundo suas fontes, e a flotilha era esperada para o dia seguinte.

O destino? Talvez Capri, Sorrento, Maiori. Alguns pensavam que talvez até Positano — talvez, finalmente, Positano.

Diante disso, os pescadores de toda a costa amalfitana decidiram ficar em casa com suas famílias durante a noite e no dia seguinte. Não seria seguro na água. O destino desses piratas era desconhecido, e o que buscavam, um mistério. Piratas gananciosos saíam em busca de todo tipo de tesouro. Piratas famintos queriam redes cheias de peixes. Piratas lascivos queriam as mulheres.

Na praia, uma terceira e última mulher saiu do círculo. Seu cabelo tinha uma cor intensa e profunda de sangue. Rapidamente, ela se despiu. Não gostava da sensação do tecido molhado roçando a pele, e as outras já a tinham visto nua milhares de vezes.

Carregava o fóssil de belemnita em uma das mãos e segurava a ponta de uma corda na outra, amarrada a uma âncora pesada na areia a uma curta distância. Ela seria a única a recitar o pedaço final desse feitiço. Sua parte era a mais importante, a mais potente, e, depois de concluída, a correnteza que refluía ficaria ainda mais forte — daí a corda, que enrolaria firmemente em torno de si antes de terminar o feitiço.

Era um trabalho perigoso e sinistro. Ainda assim, das doze mulheres que estavam perto da água naquela noite, Mari DeLuca, de 20 anos, era a mais indicada para essa tarefa final.

Elas eram *streghe del mare* — bruxas do mar —, com um poder sem igual sobre o oceano. Ostentavam uma magia que não se encontrava em nenhum outro lugar do mundo, resultado de sua linhagem, pois descendiam das sereias que, no passado, tinham habitado as ilhotas de Li Galli, nas proximidades.

As mulheres sabiam que, no dia seguinte, onde quer que os piratas desembarcassem, não seria em Positano. Os homens não se apoderariam de seus bens, sua comida, suas filhas. Não importava como os navios piratas içassem suas velas, não encontrariam passagem fácil contra a correnteza que as mulheres faziam brotar do fundo do mar. Eles se voltariam para o leste ou para o oeste. Iriam para outro lugar.

Sempre faziam isso.

Enquanto a linhagem das outras onze mulheres era confusa e emaranhada, cheia de filhos ou atravessada pelo casamento, a linha de descendência de Mari DeLuca estava perfeitamente intacta: sua mãe havia sido uma *strega*, bem como a mãe de sua mãe, e assim por diante, remontando a milhares de anos até as próprias sereias. Das mulheres que estavam na praia naquela noite, Mari era a única *strega finisima*.

Isso colocava sobre ela muitas responsabilidades importantes. Por instinto, Mari conseguia ler a água melhor do que qualquer outra. Seus feitiços também eram os mais eficazes; sozinha, podia fazer o que exigia duas ou três *streghe* trabalhando em conjunto. Dessa forma, ela fora sancionada a líder das outras onze mulheres. A chefe, a professora, a tomadora de decisões.

Ah, era uma pena que ela odiasse tanto o mar.

Caminhando em direção à água, Mari desfez sua longa trança. Essa era sua característica mais marcante — cabelo cor de sangue era raríssimo na Itália, ainda mais na vila de pescadores de Positano —, mas, na verdade, muito do que Mari havia herdado era incomum. Ficou tensa quando as ondas frias bateram em seus pés. *Minha mãe que deveria estar fazendo isto*, pensou ela, com amargura. Era um ressentimento que nunca tinha revelado em doze anos desde a noite em que Mari, aos 8 anos de idade, vira o mar reivindicar sua mãe, Imelda, e levá-la embora.

Naquela noite terrível, recém-órfã e atordoada, Mari entendera que o mar não era mais seu amigo. Porém, pior do que isso, ela se preocupara com sua irmã mais nova, Sofia. Como daria essa notícia a ela? Como poderia cuidar da espirituosa Sofia com a mesma paciência e carinho que sua *mamma* havia feito?

Mal tivera tempo para se lamentar. No dia seguinte, as outras *streghe* haviam rapidamente nomeado a jovem Mari a nova *strega finisima*. Afinal, a mãe a ensinara, e ela era, de nascença, capaz de bem mais do que qualquer outra ali. Ninguém parecia se importar com o fato de a jovem Mari ainda estar tão frágil e de coração partido, ou com o fato de que ela passara a desprezar justamente aquilo sobre o qual tinha tanto controle.

Mas a maioria das crianças perde a mãe em algum momento, não é mesmo? E Sofia, de personalidade vibrante, tinha sido motivo suficiente para seguir em frente — um alívio para o coração dolorido de Mari. Sofia a mantinha firme, disciplinada. Até mesmo alegre, na maior parte do tempo. Enquanto Sofia estivesse ao seu lado, Mari assumiria as responsabilidades que lhe haviam sido impostas, de bom grado ou não.

Ali, com os dedos dos pés na água, uma pontada de angústia a atingiu, como sempre acontecia em momentos assim.

Nem *mamma* nem Sofia estavam ao seu lado naquela noite.

Mari suspirou lentamente. O momento era importante e valia a pena ser lembrado. Marcava o fim de dois anos de uma indecisão agonizante. Ninguém na praia sabia, mas este feitiço, este encantamento que estava prestes a recitar, seria o último. Ela partiria em algumas semanas, libertando-se. E o lugar para onde estava indo era, felizmente, longe do mar.

Com o olhar baixo, Mari deslizou seu corpo nu sob o oceano, amaldiçoando a ardência que sentiu quando a água se infiltrou em uma pequena ferida na pele do tornozelo. De imediato, a água ao seu redor passou de azul-escuro para um breu espesso, como vinagre. Mari lidou com isso a vida inteira: o mar refletia seu humor, seu temperamento.

Quando criança, achava maravilhoso o modo como o oceano lia tão bem seus pensamentos ocultos. Inúmeras vezes, as amigas dela expressaram inveja do fenômeno. Mas, naquele momento, a água soturna que se agitava ao redor de suas pernas só revelava os segredos que Mari pretendia guardar, então ela estava contente pela escuridão, pois era muito melhor para esconder seus sentimentos das pessoas na praia.

Submersa até a cintura, já podia sentir as mudanças: as duas mulheres antes dela tinham se saído muito bem em seus feitiços. Isso, pelo menos, era encorajador. Algumas pedras afiadas, agitadas pela correnteza, raspavam seus pés como espinhos, e foi preciso muita concentração para permanecer parada contra a correnteza que a puxava. Ela usou os braços para se manter equilibrada, como um pássaro cansado que bate as asas em um galho instável.

Enrolou a corda duas vezes ao redor do antebraço e, ao senti-la firme, começou a recitar o feitiço. A cada palavra, *tira* e *obbedisci* — puxe e obedeça —, a corda se apertava em sua pele. A correnteza embaixo d'água estava se intensificando depressa, com uma força ainda maior do que ela esperava. Mari estremeceu quando a corda rasgou sua pele e o ferimento foi exposto na hora à ardência da água salgada. Ela começou a tropeçar, perdendo o equilíbrio, e terminou o feitiço o mais rápido possível, para que a corda não deixasse seu braço mutilado.

Não sentiria falta de noites como esta, de jeito nenhum.

Quando acabou, Mari assentiu, sinalizando para as outras que era hora de puxá-la de volta. De imediato, sentiu um puxão na outra extremidade da corda. Alguns segundos depois, estava em águas rasas e calmas. Com as mãos e os joelhos no chão, engatinhou o restante do caminho. Em segurança, na praia, Mari se deitou para descansar, sentindo o incômodo da areia e da sujeira grudando na pele molhada. Ela precisaria se lavar muito bem depois.

Tudo isso consumia muito tempo.

Um grito repentino chamou a atenção dela, e Mari se sentou, olhando ao redor na escuridão. Sua melhor amiga, Ami, estava até os joelhos na água, lutando para manter o equilíbrio.

— Lia! — gritou Ami de um jeito histérico. — Lia, onde você está?

Lia era a filha de 6 anos de Ami, uma *strega* em treinamento, com o cabelo de um vermelho delicado e rosado. Instantes antes, a menina estava entre o círculo de mulheres, com as pernas finas contra o peito, observando os feitiços serem realizados.

Mari se levantou de um salto, tropeçando ao se lançar em direção ao oceano.

— Não, por favor, não — gritou ela.

Se Lia estivesse de fato na água, seria impossível para a garota voltar para a praia. Ela era menor do que as outras meninas da mesma idade, seus ossos eram frágeis como conchas, e, embora soubesse nadar, não teria chance contra o poder da maré. O objetivo do feitiço era impulsionar as correntezas em direção ao mar profundo e escuro, com força suficiente para afastar um navio pirata.

Lia também não estava usando um amuleto *cimaruta*, que dava às mulheres muita força e vigor em momentos de necessidade. Ela era muito jovem: as *streghe* só recebiam seus colares com o talismã depois de completar 15 anos de idade, quando sua bruxaria havia amadurecido e elas eram consideradas proficientes na arte.

De imediato, todas as mulheres na praia estavam à beira do oceano, olhando para a superfície agitada da água. Elas podiam ser poderosas, sim, mas não eram imortais: como Mari sabia muito bem, podiam sucumbir ao afogamento como qualquer um.

Mari girou em um círculo, examinando a costa. De repente, seu estômago se contraiu e ela se inclinou para a frente, com a visão escurecendo e a bile subindo no fundo da garganta.

Aquilo era familiar demais: ela girando em círculos, inspecionando o horizonte em busca de alguém.

Sem ver nada.

E então vendo o pior.

Como o cabelo cor de cobre de sua irmã mais nova, espalhado ao redor dos ombros, enquanto seu corpo flácido jazia deitado de bruços sobre as ondas do mar.

Mari ficara desamparada, incapaz de proteger Sofia, com apenas 14 anos, do que quer que a menina tivesse encontrado sob as ondas naquele dia, apenas dois anos antes. Mari havia passado anos tentando proteger a irmã, uma vez que a mãe delas não poderia, mas, no final, tinha falhado. Tinha falhado com Sofia.

Naquele dia, o mar mais uma vez se mostrara não apenas ganancioso, mas um vilão — algo a ser abominado.

Algo de que Mari acabara decidindo escapar.

Naquele instante, na praia, ela caiu de joelhos, tonta demais para ficar de pé. Era como se seu corpo tivesse sido levado de volta no tempo para aquela manhã fatídica. Mari se curvou para a frente, com o corpo pesando, prestes a vomitar.

De repente, ouviu uma risada aguda e brincalhona. Soava muito como Sofia e, por um momento, pensou que tinha entrado em um sonho.

— Estou aqui, *mamma.* — Escutou a voz de Lia a uma curta distância. — Estou cavando na areia para o bebê *gran*... — Ela se interrompeu. — Esqueci a palavra.

Ami soltou um grito, tanto de alívio quanto de irritação. Ela correu em direção à filha e a agarrou contra o peito.

— *Granchio* — disse ela. — E nunca mais me assuste desse jeito.

Mari se sentou, tomada de alívio. Ela não tinha filhos, nem mesmo era casada, mas, às vezes, sentia como se Lia fosse sua filha.

Controlou a respiração. *Lia está bem,* disse a si mesma. *Ela está perfeitamente bem, em terra firme, aqui diante de todas nós.* No entanto, mesmo com a respiração mais calma, não conseguiu resistir a olhar mais uma vez para trás, examinando as ondas.

As mulheres que participaram do feitiço vestiram roupas secas.

Lia se afastou do abraço de Ami, fugindo na direção de Mari, que a recebeu com um abraço forte e caloroso. Mari se inclinou para beijar a cabeça da menina, inspirando seu cheiro de laranja, açúcar e suor.

Lia virou seu rostinho para Mari, com os lábios franzidos.

— O feitiço vai nos proteger dos piratas para sempre?

Mari sorriu. Ah, se funcionasse dessa forma... Ela pensou no navio pirata que estava se aproximando da península naquela noite. Se de fato chegasse a Positano, imaginou o capitão praguejando consigo mesmo. *Malditas correntezas*, poderia dizer. *Eu estava de olho em Positano. O que há com esse vilarejo?* Ele se voltaria para um dos piratas e ordenaria que alterasse o cordame, traçando um curso para o leste. *Para qualquer outro lugar que não esse trecho de águas turbulentas*, resmungaria para a tripulação.

— Não — respondeu Mari. — Nossa magia não funciona assim.

Ela hesitou, considerando o que mais poderia dizer à menina. Quase todos os feitiços que recitavam se dissipavam em questão de dias, mas havia um único, o *vortice centuriaria*, que perdurava por cem anos. Ele só podia ser recitado se a *strega* removesse seu amuleto *cimaruta*. E o preço de realizar tal magia era imenso: ela teria que sacrificar a própria vida para que o feitiço fosse eficaz. Até onde Mari sabia, ninguém o havia realizado em centenas, talvez até milhares, de anos.

Um assunto tão sombrio não era apropriado naquele momento, não com a pequena Lia, então manteve sua explicação simples:

— Nossos feitiços duram, no máximo, alguns dias. É semelhante ao que uma tempestade faz com o oceano: agitando e jogando as águas de um lado para o outro. Então, em determinado momento, o mar volta ao normal. O mar sempre prevalece.

Como ela odiava admitir aquilo. Até mesmo o *vortice centuriaria*, por mais duradouro que fosse, acabava desaparecendo. As mulheres podiam fazer coisas poderosas com o mar, sim, mas não eram donas dele.

— É por isso que permanecemos muito próximas de nossos informantes — continuou Mari. — Há pessoas que nos informam quando piratas ou navios estranhos são vistos em alto-mar. Sabendo que nossos feitiços durarão apenas alguns dias, precisamos ser cautelosas. Não podemos lançá-los na água cedo demais nem tarde demais. Nossos pescadores precisam de águas boas e calmas para a pesca, portanto, só devemos utilizar a magia quando tivermos certeza de que há uma ameaça. — Ela sorriu, sentindo-se um tanto presunçosa. — Somos muito boas nisso, Lia.

Lia traçou o dedo na areia, desenhando uma grande forma oval.

— *Mamma* me disse que vou poder fazer qualquer coisa com o mar quando for mais velha. Qualquer coisa mesmo.

Era sedutora, essa ideia de que elas tinham controle total sobre o oceano, mas falsa. Na verdade, seus feitiços eram muito simples e escassos — existiam apenas sete —, e obedeciam às leis da natureza.

— Eu queria ver um desses ursos brancos enormes — falou Lia —, então vou trazer um iceberg para cá, lá do Ártico.

— Infelizmente — respondeu Mari —, temo que seja longe demais. Podemos afastar os piratas porque não estão tão longe de nós. Mas o Ártico? Bem, há muitos territórios que nos separam de seus queridos ursos polares...

— Então, quando eu for mais velha, vou morar com outras bruxas do mar — concluiu Lia. — Bruxas que vivem mais perto do Ártico.

— Somos apenas nós, querida. Não há outras bruxas do mar. — Diante do olhar confuso de Lia, Mari explicou: — Somos descendentes das sereias, que viviam naquelas ilhas. — Apontou para o horizonte, onde as ilhotas de Li Galli emergiam da água. — E somos as únicas mulheres no mundo que herdaram o poder sobre o oceano.

Lia se inclinou para a frente e suspirou profundamente.

— Você ainda será capaz de fazer muitas coisas — incentivou Mari. — Mas não tudo.

Como salvar as pessoas que você ama, pensou ela. Até aquele dia, a perda da pequena Sofia parecia tão sem sentido, tão desnecessária. As irmãs tinham estado a poucos metros de profundidade, dando cambalhotas e plantando bananeiras, mergulhando em busca de conchinhas. As duas já haviam passado milhares de tardes assim. Depois, Mari se perguntaria se Sofia tinha batido a cabeça ou talvez engolido acidentalmente um bocado de água. Fosse lá o que aconteceu, Sofia foi arrastada silenciosamente sob a maré.

Ela está pregando uma peça, pensara Mari conforme os minutos passavam. *Está prendendo a respiração e vai voltar à superfície a qualquer momento.* As meninas faziam isso com frequência, brincando de adivinhar onde a outra poderia emergir. Mas Sofia não apareceu, não daquela vez. E, a poucos meses de completar 15 anos, ela não estava usando um *cimaruta*.

Lia começou a acrescentar pequenas linhas à borda de seu círculo. Estava desenhando um olho com cílios.

— *Mamma* diz que você pode fazer mais do que ela — confessou Lia. — Que são necessárias duas ou três *streghe* para fazer o que você consegue sozinha.

— Sim — confirmou Mari. — É verdade.

— É por causa da sua *mamma* que morreu?

Mari estremeceu ao ouvir aquilo, mas logo prosseguiu:

— Sim. E de minha *nonna* e da *mamma* dela e assim por diante. Remontando a muitos milhares de anos. Há algo diferente em nosso sangue.

— Mas não no meu.

— Você é especial de muitas maneiras. Pense nos peixes-agulha bebês, por exemplo. Você sempre os encontra, embora sejam quase invisíveis e se movam muito rápido.

— Eles são fáceis de encontrar — contestou Lia, com as sobrancelhas franzidas.

— Não para mim. Entendeu? Cada uma de nós tem a sua habilidade.

De repente, Lia virou o rosto para Mari.

— Ainda assim, espero que você não morra, já que tem o sangue diferente e especial que ninguém mais tem.

Mari recuou, surpresa com o comentário de Lia. Era quase como se a menina sentisse os planos secretos dela.

— Vá procurar sua *mamma* — pediu à pequena, que se levantou na hora, arruinando sua arte na areia.

Depois que a menina se foi, Mari ficou observando a encosta que se erguia atrás delas. Aquela praia não era o local onde costumavam praticar magia; Mari geralmente levava as mulheres para uma das inúmeras cavernas ou grutas próximas, onde ficariam protegidas dos olhares alheios, por meio de um par de pequenos *gozzi*, cada barco com capacidade para seis pessoas. Mas aquela noite havia sido diferente: um dos *gozzi* tinha se soltado das amarras, ficando à deriva no mar aberto. Isso as deixara com apenas um barco, que não era grande o suficiente para que todas coubessem.

“Vamos nos reunir na praia”, pedira ela. “Ficaremos na água apenas por alguns minutos.”

Além disso, era de madrugada e a lua estava quase toda escondida atrás das nuvens, portanto, estava muito escuro.

Por mais que algumas das mulheres a tenham olhado com receio, no final, todas concordaram.

Mari se levantou e torceu o cabelo para remover a água. Eram quase três horas da manhã e todas as mulheres estavam bocejando.

Ela enfiou a corda molhada na bolsa e se vestiu depressa, colocando a camisa sobre o seu colar protetor com o *cimaruta*. O dela trazia pequenos amuletos do mar e do litoral: uma concha de caracol-da-lua, um fóssil de amonite, um pedaço de pedra-pomes vulcânica cinza. Recentemente, Mari tinha encontrado um pequeno fragmento de coral no formato perfeito de uma montanha, do qual gostou muito. As montanhas a faziam pensar em lugares do interior, o que a fazia pensar em liberdade.

Quando as mulheres começaram a subir a encosta, Mari sentiu dedos roçarem seu braço.

— Ei — sussurrou Ami.

Em sua mão havia um pequeno envelope, dobrado ao meio.

O coração de Mari disparou.

— Uma carta.

Ami deu uma piscadela.

— Chegou ontem.

Fazia duas semanas desde a última carta e, por mais que Mari estivesse tentada a abrir o envelope e lê-lo sob o luar, ela o guardou no peito.

— Obrigada — sussurrou.

De repente, percebeu um movimento no canto do olho, algo na doca a uma pequena distância. A princípio, achou que tinha imaginado — nuvens contornavam o céu e a noite estava cheia de sombras —, mas arquejou de surpresa quando uma forma escura saiu às pressas do cais, contornou uma pequena construção e sumiu de vista.

Algo — alguém — definitivamente esteve ali. Um homem. Um encontro noturno, talvez? Ou será que ele estava sozinho, espionando as mulheres?

Mari se virou para contar a Ami, mas a amiga já havia se adiantado, com a mão apoiada de forma protetora nas costas de Lia.

Assim que pisaram no caminho de terra batida, repleto de carrinhos e barracas de comerciantes fechadas, Mari se virou mais uma vez para dar uma olhada no cais. Mas não havia nada nem ninguém. Apenas escuridão.

Foi só um truque do luar, disse a si mesma.

Além disso, tinha uma carta muito importante guardada em seu peito, que pretendia abrir às pressas assim que chegasse em casa.

2

HAVEN

Segunda-feira

Em minha primeira manhã em Positano, acordei com o som de sirenes.

Virei-me na cama, procurando meu celular, que marcava 8h22. Normalmente, eu já estaria de pé, mas meu relógio biológico estava preso em casa — em Florida Keys, onde morei a minha vida toda.

O eco das sirenes de emergência distantes continuava, uma série de sons agudos e irritantes. Joguei as cobertas para longe com um suspiro de irritação e prendi meu cabelo escuro em um coque bagunçado.

Tendo chegado a esta casa alugada apenas na véspera, levei um tempo para reconstruir mentalmente a disposição do que seria meu lar pelo próximo ano. Andando pelo piso frio de terracota, fui em direção ao pequeno terraço, voltado para o sudeste. Tinha uma vista panorâmica do vilarejo de Positano e de seus muitos edifícios, salpicados de rosa, laranja e branco, empilhados verticalmente na encosta como camadas de um bolo. Logo abaixo do morro ficava a praia principal, Spiaggia Grande, com suas centenas de guarda-sóis alinhados em fileiras perfeitas. E à frente, o mar Tirreno, exibindo seu brilho em todos os tons de azul possíveis.

Foi por essa vista que escolhi esta casa, e minha equipe — mais quatro mulheres, todas arqueólogas náuticas — concordou prontamente. Encaixava-se bem no orçamento do nosso projeto, o que me surpreendeu até eu perceber que, em troca da vista, estávamos abrindo mão de espaço. Havia apenas dois quartos, o que significava que dormiríamos em beliches e, uma de nós, no sofá-cama.

Ainda assim, aquela vista. Havia um motivo para Positano ser a joia da costa amalfitana. Mesmo depois de uma vida inteira mergulhando em navios naufragados em Florida Keys e no Atlântico, eu nunca tinha visto um oceano como aquele. Nunca tinha visto *um azul* como aquele.

O barulho distante das sirenes continuou e, uma vez no terraço, voltei meu olhar para o oceano. A quatrocentos metros da praia, dois barcos navegavam às pressas para o oeste, com luzes vermelhas piscando e sirenes tocando.

— Bom dia — disse uma voz atrás de mim.

Eu me virei e encontrei Mal, com as mãos ao redor de uma caneca de café preto. Nós duas tínhamos chegado na véspera, mais cedo do que as outras três colegas da equipe, que se juntariam a nós na próxima semana. Mal e eu, ambas com 35 anos, nos conhecemos em nosso programa de doutorado, anos antes, na Texas A&M University. Como as duas únicas mulheres em um de nossos cursos de laboratório de conservação, nos tornamos amigas instantaneamente.

— Bom dia — respondi. — As sirenes também te acordaram?

Ela assentiu.

— Vi alguns paramédicos lá em cima, indo na direção oeste. — Ela apontou para a Amalfi Drive, a estrada por onde havíamos passado no dia anterior para chegar à cidade.

A viagem de Nápoles a Positano durara noventa minutos, mas eu não podia me queixar. Tínhamos parado algumas vezes para tirar fotos, depois de novo em uma barraca de beira de estrada banhada pelo sol para comprar um saco de damascos e figos-da-índia. Era fácil entender por que a Amalfi Drive, em especial agora no início do verão, era uma das estradas mais famosas do mundo. Com o penhasco de calcário mergulhando no oceano a poucos centímetros da estrada e um mar deslumbrante ao fundo, a vista era incomparável.

— Eu vi a guarda portuária também — falei, apontando para o oceano. Inclinei-me sobre o parapeito, a pedra já aquecida pelo sol da manhã. — Mas não consigo ver para onde estão indo.

Mal passou a mão no cabelo loiro curto e arrepiado.

— Me pergunto o que está acontecendo.

Olhei para o café dela.

— Não faço ideia, mas preciso de uma xícara disso.

— Encontrei uma máquina Nespresso lá dentro — informou ela, sorrindo. — Toda abastecida com cápsulas.

Enquanto me dirigia à cozinha, tropecei na alça de uma mala e xinguei baixinho. Apenas duas de nós haviam chegado, mas o interior da casa alugada já estava, em uma só palavra, *caótico*: malas abertas empurradas contra as paredes, kits de mergulho jogados sobre os móveis, equipamentos de câmera subaquática espalhados pelas bancadas. Mal e eu não tínhamos nos preocupado em nos acomodar no dia anterior. Em vez disso, fomos direto para o *ristorante* mais próximo em busca de frutos do mar frescos e vinho local barato. Tínhamos apenas alguns dias de descanso antes do início do nosso projeto e planejávamos aproveitá-los ao máximo. Hoje, pegaríamos a Vespa para duas pessoas e iríamos até uma praia próxima.

Ao voltar para o terraço com meu café, encontrei Mal inclinada sobre a grade, com as sobrancelhas franzidas.

Ela apontou para o horizonte de água.

— Está vendo aquele barco branco lá longe?

Avistei uma embarcação diferente e mais rápida que as outras, também indo na direção oeste.

— Merda — exclamei, vendo a faixa vermelha no casco do barco.

A guarda costeira italiana. Enquanto a guarda portuária cuidava de todos os tipos de assuntos, mesmo os relativamente triviais, a guarda costeira, em qualquer jurisdição, significava algo sério. Busca. Resgate. Recuperação. Esse tipo de coisa.

— E estão com pressa, indo em direção a alguma coisa por ali. — Mal apontou para o oeste, mas nossa linha de visão estava bloqueada pelo penhasco rochoso que separava Positano dos vilarejos mais distantes ao longo da costa. — Se ao menos aquela encosta não estivesse na nossa frente...

Olhamos uma para a outra, com os olhos brilhando de forma estranha. Eu podia até ser a líder do projeto, mas Mal era a supervisora de mergulho, aquela que garantia a segurança da minha equipe debaixo d'água. Se houvesse um incidente local digno de chamar a guarda costeira, a curiosidade de Mal a dominaria.

E a minha também, para ser sincera.

Larguei minha caneca de lado, animada.

— Vamos até lá — sugeri.

A água sempre foi meu parque de diversões. Mas, sendo filha de um arqueólogo náutico de renome internacional, suponho que não tive muita escolha. Era inevitável que meu pai ensinasse sua única filha a amar o oceano tanto quanto ele. Aos 3 anos de idade eu já estava mergulhando com snorkel e, aos 8, com cilindro. Logo depois, mergulhei em meu primeiro navio naufragado.

Não por acaso, morávamos no lugar certo para isso. O arquipélago de Florida Keys tem mais de mil naufrágios, muitos deles em águas tão rasas que não é necessário usar roupa de mergulho, e um único tanque de ar chega a durar duas horas. Meu pai mediu e publicou as plantas de muitos desses naufrágios, ganhando notoriedade no mundo da arqueologia náutica.

Com o Golfo do México como meu quintal, tive uma infância aventureira e pouco ortodoxa. Sem exceções, todas as manhãs de sábado significavam mergulhar em naufrágios. Nós dois ancorávamos em alto-mar, erguíamos nossa bandeira vermelha e branca de mergulho e explorávamos aquele paraíso subaquático. Desde cedo, meu pai me ensinou as habilidades básicas de mergulho — navegação subaquática, controle de flutuabilidade — e, com o tempo, comecei a dominar também as técnicas, como mergulhar com segurança nos sítios de naufrágios, ambientes semelhantes aos das cavernas.

Habilidades e técnicas eram importantes, mas meu pai também nunca me deixou esquecer a diversão. Os naufrágios eram cheios de mistério, e ele me ensinou a explorá-los como um arqueólogo náutico faria. O que levou o navio a afundar? Qual era a carga que ele continha? Para onde estava indo e por quê?

"Não negligencie os arquivos", gostava de dizer. Os registros dos marinheiros, as plantas das embarcações, os relatórios de incidentes... Eles geralmente revelam muito mais sobre um naufrágio do que os próprios escombros. "Às vezes, as respostas não estão na água, mas fora dela."

No entanto, o interesse de meu pai por naufrágios ia além da pesquisa e da academia: ele também era um autodeclarado caçador de tesouros. Em seu escritório, havia vários artigos sobre o valor aproximado dos tesouros afundados pelo mundo: mais de quatro bilhões de dólares, segundo estimativas de especialistas. E apenas um número seleto de pessoas, aquelas habilidosas e corajosas o suficiente para mergulhar nas profundezas do oceano, tinha alguma chance de encontrá-los.

Mesmo assim, era preciso ter sorte. Sorte que meu pai parecia nunca ter tido, embora não fosse por falta de tentativas. Ano após ano, mergulho após mergulho, a Grande Descoberta sempre parecia lhe escapar.

Seu amigo e antigo colega de escola, Conrad Cass, gostava de zombá-lo por isso.

"Você tem encontrado alguma coisa além de lixo marinho ultimamente?", perguntava Conrad sempre que os dois se viam.

Era fácil para ele dizer isso: Conrad, também mergulhador, supostamente se deparou com alguns naufrágios favoráveis ao longo dos anos, embora nunca tenha revelado onde ficavam ou que tipo de fortuna havia encontrado.

Parecia injusto com meu pai: ele acreditava em seguir as regras e sabia muito bem a importância de relatar qualquer descoberta às jurisdições competentes, mesmo que isso significasse não ver um centavo no final. Mas caras como Conrad? Meu pai não estava convencido de que tinham os mesmos valores.

Sempre o pacificador, ele apenas balançava a cabeça diante das provocações do amigo.

"Ainda não", respondia, com uma risada.

Ainda assim, eu sabia que havia frustração por trás dessa fachada. Meu pai tinha chegado perto tantas vezes. Numa delas, na costa da África do Sul, ele recuperou o que pensava ser uma moeda de ouro de um navio afundado no início dos anos 1600. Ela teria valido mais de cem mil dólares.

Infelizmente, era pirita. Ouro de tolo.

Em outra ocasião, ele programou se juntar a um grupo de colegas arqueólogos em um mergulho promissor perto dos Açores. Mas, naquela manhã, acordou com um forte resfriado. Todo mergulhador sabe que é perigoso mergulhar com congestão nasal, pois pode romper o tímpano, então meu pai ficou no barco.

Esse naufrágio acabou rendendo 250 milhões de dólares em dobrões espanhóis afundados.

Esse era seu sonho eterno: fazer uma grande descoberta subaquática. Mas, toda vez, a sorte escapava-lhe entre os dedos.

Finalmente, seis meses antes, ele encontrou algo. "Algo enorme", disse, "maior do que qualquer coisa que já tinha visto." Mas, sem meios para escavá-lo, foi forçado a voltar à superfície. De volta à costa e sem fôlego, logo começou a planejar seu mergulho de retorno ao naufrágio.

Só que o azar ainda tinha outras cartadas, e ele nunca teve a chance de voltar. Poucas semanas depois de ter visto pela primeira vez aquele *algo enorme*, meu pai estava morto.

Mal dirigia a Vespa, deixando-me livre para ficar maravilhada com os detalhes que compunham o charme de Positano: buganvílias cor-de-rosa subindo pelas paredes, andorinhas entrando e saindo dos telhados, gaivotas circundando nas alturas. Era um dia perfeito de junho, com algumas nuvens feito algodão e uma brisa leve. Se de fato houvesse um incidente na água, ninguém poderia culpar o clima.

Em um cruzamento, senti meu celular vibrar no bolso. Dei uma olhada rápida. Era uma mensagem de Conrad Cass:

Pensando em você hoje, garota, dizia. Se eu pudesse, mandaria uma caixa inteira de licor de ameixa para ele.

Senti um nó na garganta. Hoje, meu pai completaria 60 anos de idade. E o licor de ameixa era o seu favorito.

Coloquei meu celular de volta no bolso, feliz pelo gesto gentil de Conrad. Ele era uma pessoa importante hoje em dia, aposentado e morando em uma propriedade de nove quartos em Naples, na Flórida, com um monte de empresários e políticos para chamar de amigos. Fiquei emocionada por ele ter pensado em mim. Nem mesmo Mal havia lembrado do aniversário do meu falecido pai.

Na Amalfi Drive, viramos à esquerda, em direção ao oeste. Alguns minutos depois, contornamos o penhasco. A partir dessa nova perspectiva, pudemos ver quilômetros e quilômetros da cintilante costa italiana e até mesmo a Ilha de Capri ao longe.

Também vimos Li Galli, o arquipélago de três ilhas pequenas onde, ao longo do ano seguinte, faríamos nosso trabalho de campo subaquático. Quando olhei para as ilhas, senti um calafrio: dezenas de navios naufragados estavam espalhados pelo fundo do mar ao redor de Li Galli. Um verdadeiro cemitério, trinta metros abaixo da superfície do oceano.

Difícil saber quais segredos se escondiam naqueles destroços. Uma quantidade incalculável de informações poderia ser obtida a partir de seu levantamento e inventário: rotas comerciais históricas, incidentes de pirataria, cruzadas. E isso sem contar o que poderia estar nos *próprios* destroços. Riquezas, pedras preciosas, tesouros.

Fizemos algumas curvas fechadas e senti as palmas da mão suarem — em parte porque Mal estava fazendo curvas mais fechadas do que eu gostaria, mas também porque estávamos nos aproximando do primeiro grande projeto da minha carreira. Depois de tantos meses de preparação, finalmente estávamos aqui.

Devido aos muitos naufrágios, o local escolhido para o nosso projeto era uma bagunça inexplorada: os arqueólogos não sabiam como investigá-lo. A tecnologia existente, como os ecobatímetros e o sonar lateral, era feita para encontrar anomalias no fundo do mar — um trecho do leito marinho interrompido pelo casco de um único navio —, mas Li Galli era um amontoado de escombros densos e afundados de quatrocentos metros de largura. Nenhuma tecnologia estava preparada para investigar, muito menos escavar, um local tão caótico.

Era exatamente essa realidade que minha equipe de arqueólogos náuticos pretendia mudar.

Mal e eu dirigimos por mais alguns minutos, e as ilhotas de Li Galli surgiram com clareza à vista. No entanto, quando os detalhes das ilhas se tornaram mais nítidos — naquele momento, eu podia até mesmo distinguir a antiga torre de vigia de pedra na ilhota mais a leste —, meu coração acelerou.

As ilhas estavam cercadas por barcos de resgate. Próximo ao centro do arquipélago, avistei um iate, mas algo estava errado...

Então puxei o ar, surpresa.

Mal deve ter visto o iate naquele mesmo instante, porque parou a Vespa no acostamento e desligou o motor. Corri em direção ao guarda-corpo de metal, com açafrão e erva daninha florescendo sob meus pés. Abaixo de mim, o penhasco escarpado caía abruptamente em direção ao oceano. Olhei para o mar e pisquei, incapaz de acreditar no que estava vendo: em meio às ilhotas de Li Galli, um iate enorme, que decerto valia muitos milhões, estava gravemente inclinado, com o lado bombordo balançando em direção à água.

— Mal — chamei, quase sem conseguir formar palavras.

De acordo com minha pesquisa, o último naufrágio em Li Galli havia sido quase uma década antes, por causa de uma tempestade. Embora tivéssemos escolhido aquele local para o projeto devido à sua abundância de naufrágios, eles eram... *antigos*. Tão antigos que pareciam distantes da realidade, até mesmo míticos. Mas este? Este era um iate moderno, afundando bem diante de nossos olhos.

Meu treinamento de mergulho entrou em ação enquanto eu considerava os perigos, qualquer explicação possível para o que estávamos vendo.

Profundidade. Franzi a testa, lembrando-me das cartas náuticas que vinha estudando havia meses. Eu sabia que a água ao redor do iate afundando tinha vinte e cinco metros de profundidade. Ele não poderia ter encalhado.

Recifes. Não havia nenhum na área. *Rochas.* Também era impossível, pois o iate estava bem longe das ilhotas. Olhei de novo para o céu acima, inacreditavelmente claro e calmo. Então o clima também não podia ser o culpado.

— Fogo? — perguntou Mal. — Talvez uma explosão no motor?

Olhei através de um binóculo que havia jogado em minha bolsa e balancei a cabeça.

— Não há fumaça alguma. Correntes submarinas, talvez? — pensei em voz alta. — Redemoinhos? Todo mundo sabe que é um trecho turbulento de água.

De acordo com minha pesquisa anterior ao trabalho de campo, Li Galli era problemática havia centenas de anos. Um vórtice de correntes oceânicas convergia lá, amplificadas pela topografia irregular do assoalho marinho. Os marinheiros sobreviventes geralmente atribuíam suas viagens malsucedidas a redemoinhos imprevistos perto das ilhotas.

Ainda assim, havia algo estranho nos dados que analisei: no início do século XIX, houve um pico de naufrágios em Li Galli, um após o outro, durante as décadas de 1820 e 1830. Os moradores dos arredores não conseguiam explicar o aumento dos incidentes, embora alguns especulassem que um sumidouro havia alterado a topografia ao redor das ilhotas.

O fenômeno foi apelidado de "maldição de Amalfi" e, por mais de oitenta anos, os marinheiros evitaram Li Galli por completo.

Então, no final da década de 1920, alguns barqueiros desinformados atravessaram a área, sem problemas. Parecia que o vórtice oceânico que assolava a área havia praticamente desaparecido. Suspeitei que a atividade sismológica, ou mesmo a crise climática, tivesse algo a ver com a mudança. Para mim, a teoria da maldição era insana.

Mal me lançou um olhar cético.

— Um megaiate como esse, afundado por um redemoinho? Mesmo que violento… Não faz sentido.

Eu não podia discordar dela. O mar diante de nós estava sereno, calmo. Não se via sequer uma marolinha. Soltei um longo suspiro e entreguei o binóculo a Mal.

— Meu deus. As mulheres no convés, veja só. — Hesitei, sem palavras e me sentindo enjoada. — Elas estão entrando em pânico.

No convés, várias mulheres de maiô faziam sinais desesperados para a guarda costeira. Uma delas caiu de joelhos, soluçando, enquanto outra se inclinou sobre a borda do barco, fazendo um esforço inútil para alcançar uma das vigias. Objetos de cores chamativas balançavam ao redor da embarcação, coletes salva-vidas e malas que haviam caído ou sido lançadas ao mar.

E a própria embarcação estava enchendo de água. *Rápido.* As cabines decerto já estavam inundadas.

— Isso é terrível — sussurrou Mal.

Meus olhos se encheram de lágrimas. Eu estava testemunhando, em tempo real, um evento que com certeza resultaria em vítimas.

Mas aquilo não fazia sentido, o que deixou a cientista que habita em mim ainda mais inquieta. Ao que tudo indicava, aquele era um iate perfeitamente navegável. Não havia tempo ruim nem vento. O mar estava calmo e sereno. Nas ilhotas próximas, avistei alguns espectadores, pessoas à margem observando o desenrolar da cena.

O iate, que momentos antes pendia para um lado, agora afundava pela popa. Mais dois ou três minutos e estaria completamente submerso. Eu me senti impotente daquele ponto de vista, embora confiante nos barcos de resgate ali próximos.

Mal olhou para mim com uma expressão hesitante. Eu sabia exatamente o que ela estava prestes a dizer, por mais que eu não quisesse ouvir.

— A maldição de Amalfi — murmurou ela.

Fiquei em silêncio. Meu lado científico desejava muito poder contra-argumentar com uma explicação melhor e mais razoável.

Mas a verdade é que eu não tinha explicação alguma.

3

Carta de Matteo Mazza para seu irmão mais novo, Massimo

Quarta-feira, 11 de abril de 1821

Meu irmão Massimo,

Acabo de passar em sua casa e não o encontrei. Por favor, desculpe-me por lhe dar esta notícia desta maneira, mas ela é de grande importância.

Neste envelope, você encontrará uma carta que recebi esta manhã de um senhor de Positano. Ele comenta sobre a boa sorte suspeita daquele vilarejo pequeno e insignificante, o tipo de lugar pelo qual não temos interesse, exceto pela única coisa que nos levou até lá anos antes.

Pensei que tínhamos arrancado tudo de valor daquele vilarejo. Mas e se houver algo mais, algo que deixamos passar despercebido da primeira vez?

Ele pediu dinheiro em troca de informações. Estou disposto a concordar com isso e lhe enviarei uma resposta imediatamente. Entretanto, neste ínterim, gostaria de ver o local, para explorá-lo pessoalmente.

Você poderia me acompanhar? Podemos pegar a rota terrestre a cavalo, saindo de Nápoles. Posso partir amanhã de manhã.

Venha até mim assim que terminar de ler este recado. Temos muito o que conversar.

Com carinho,
Seu irmão mais velho, Matteo

4

MARI

Quarta-feira, 11 de abril de 1821

Mari foi para casa com duas outras *streghe*: Paola, sua meia-irmã de 19 anos, e Cleila, sua madrasta. Após a morte da mãe, doze anos antes, o pai de Mari havia se casado às pressas com Cleila, uma viúva que morava não muito longe da família DeLuca.

Naquele momento, Mari não conseguia evitar se perguntar se uma delas seria escolhida como a próxima líder. Nenhuma das duas era uma *strega finisima*, mas eram parentes de Mari por casamento, e isso contava alguma coisa.

De volta à casa da família, as mulheres entraram no saguão escuro. Mari bocejou alto, desejando muito algumas horas de descanso. Mas então engoliu em seco: Corso — um primo distante, o homem com quem deveria se casar — e seu pai estavam acordados, mesmo naquele horário absurdo. Corso tinha chegado ao vilarejo fazia alguns dias, vindo de Roma, como fazia com frequência. Os dois homens estavam sentados lado a lado no *salotto* com uma lamparina acesa sobre uma das mesas. A luz brilhava no piso frio de terracota.

O pai de Mari vestia calça escura e uma camisa simples de linho branco. Já Corso usava um fraque perfeitamente engomado, feito sob medida, de um tom azul vibrante. No humilde vilarejo de Positano, nenhum outro homem se vestia com tecidos tão caros ou cores tão ousadas.

Ao ver Corso, Paola passou a mão pelo cabelo, tirando alguns fios do rosto. Ela sempre gostou muito dos trajes elegantes dele, de sua pele de bebê.

Mari, por outro lado, preferia um visual menos formal. Ela não se incomodava com uma camisa com alguns rasgos. Uma cicatriz ou outra.

Tocou em seu peito, pensando na carta escondida ali.

Ao verem as mulheres, os homens se levantaram.

— *Le mie ragazze* — disse o pai. *Minhas meninas.* — A maré trouxe algo interessante?

Assim como os outros homens do vilarejo, os dois não tinham conhecimento algum sobre a bruxaria do mar. Acreditavam que as mulheres estavam na praia mergulhando, procurando conchas ou nadando nuas, todas juntas no mar gelado.

Eram homens bons, à sua maneira, esses maridos, pais e filhos. Trabalhadores, fortes. Muitos dos habitantes do vilarejo eram pescadores, com braços esguios e repletos de cicatrizes. Suas mãos também eram ágeis e rápidas para trabalhar com os anzóis e as redes.

Por mais esforçados que fossem, os homens dali — e todos os outros no mundo, aliás — eram completamente alheios à verdade, e era exatamente assim que as *streghe* gostavam. Porque, se os homens do vilarejo soubessem o que realmente acontecia, haveria complicações. Eles contariam aos amigos, e os amigos contariam a outros amigos, e logo toda a costa estaria se mudando para a cidade, monetizando e explorando as mulheres e seus dons.

— Algumas coisas — respondeu Mari —, mas nada excepcional. — A bolsa pendurada no ombro cravava sua pele macia, pesando por causa da corda enorme ainda enxarcada de água do mar. Ao lado dela, Paola se mexeu. As duas estavam longe de ser melhores amigas, mas tinham esse segredo em comum. — Vocês acordaram cedo — acrescentou Mari.

— Alguns homens estão organizando uma vigília matinal. — O pai verificou o relógio ao seu lado. Uma caneca com um líquido quente estava sobre a mesa atrás dele, soltando vapor. — Daqui a mais ou menos uma hora sairemos. Vocês não viram nada de anormal esta noite, viram?

Ele estava se referindo aos piratas, é óbvio. Mari balançou a cabeça.

— Nenhum sinal de nada. — *Nem haverá sinal algum.*

Corso indicou com a cabeça a bolsa no ombro de Mari.

— Posso dar uma olhada? — perguntou. — Algo para acrescentar à sua coleção de *chincaglieria*?

Chincaglieria. Bugigangas. Curiosidades. Era assim que Corso sempre chamava as coisas que as mulheres traziam para casa, embora naquele momento apenas Paola fizesse isso, pois Mari não coletava mais coisas do mar. Tudo o que ela queria do mar eram as duas pessoas que ele havia lhe tomado. Ainda assim, ao longo dos anos, Corso algumas vezes pediu para ver sua antiga coleção, e ela lhe mostrou alguns objetos: o pente feito da mandíbula de um peixe-serra e o frasco com pó de algas secas, que era bom para aplicar em manchas. Mari fizera questão de explicar que tudo em sua coleção tinha algum propósito ou função — que uma mulher podia fazer mais do que juntar bugigangas inúteis.

"São como presentes do mar", comentara Corso certa vez. "Pequenas oferendas."

Diante da afirmação, Mari tensionara o maxilar. Se ao menos ele entendesse como o mar tinha sido cruel, como *a vida* tinha sido cruel. Os planos de se casarem eram a prova disso.

O pai de Mari havia se saído muito bem no passado como proprietário do único comércio bem-sucedido de Positano, vendendo artigos dos quais os homens da aldeia precisavam no dia a dia: rolhas, pesos, agulhas e sementes de cânhamo em uma variedade de tamanhos e comprimentos. Porém, após a morte da esposa, ele ficara desatento, até mesmo negligente, com os registros contábeis. Um dos trabalhadores começara a roubá-lo discretamente e acabara fugindo com uma quantia extraordinária de dinheiro, para nunca mais ser visto. Se não fossem os dotes que o pai havia guardado para Mari e Sofia, a família teria falido e até ficado sem teto. Mesmo depois de muitos anos, ele ainda tentava recuperar seu comércio.

Corso, um primo rico do pai de Mari, sempre fizera visitas regulares à família. Anos antes, quando Mari passou de uma jovem esguia a uma moça de seios avantajados, ele começou a demonstrar interesse por ela, muitas vezes trazendo presentes luxuosos para Mari e uma pequena bolsa de *ducati* para o pai dela. Ciente das dificuldades financeiras da família, Corso deixara claro que não esperava dote algum. Pelo contrário, queria ajudar a sustentá-los e até se ofereceu para restaurar o dote de Sofia.

Embora não sentisse atração alguma por Corso, Mari sabia que aquele casamento pelo menos daria à irmã um dote e uma chance de encontrar o amor verdadeiro. Fora decidido que Mari e Corso se casariam em algum momento depois que Mari completasse 21 anos.

Era óbvio que ela não tinha como saber que Sofia estaria morta um ano após o acordo ter sido feito. Seu sacrifício havia sido em vão, deixando-a presa e infeliz.

Naquele momento, Mari balançava a cabeça diante do pedido de Corso para ver o que havia em sua bolsa.

— Agora não. Mais tarde, talvez, quando tivermos nos arrumado.

Ele fez uma pausa, considerando o assunto.

— Seu cabelo está molhado, mas suas roupas estão secas — observou, estreitando ligeiramente os olhos.

Atrás dele, o pai de Mari permaneceu em silêncio.

— Fui nadar.

Corso passou os olhos lentamente pela cintura e pelos seios dela. *Ele está me imaginando nua no mar*, pensou Mari, como se ela fosse mais um objeto curioso retirado de uma sacola.

— Você me acompanharia até o terraço por um instante? — perguntou Corso, passando distraído o dedo pela barra do colete.

Quando deu um passo à frente, Mari ficou impressionada, como sempre ficava, com a altura dele. Corso se elevava sobre ela, com seus membros esguios e sem nenhum tipo de musculatura. Era um comerciante de *terrazzo* que se sentava atrás de uma mesa em

Roma, negociando números, enquanto outros homens lidavam com as mercadorias pesadas. Ele era tão rico quanto repulsivo, pelo menos aos olhos de Mari. Todos os outros pareciam idolatrá-lo.

Mari começou a negá-lo, de tão exausta que estava. Não queria nada além de ler sua carta.

— Estou muito cansada, eu...

De imediato, o pai dela se levantou da cadeira.

— Mari — advertiu em voz baixa.

Um aviso de uma só palavra.

Embora o casamento tivesse sido combinado havia muito tempo, Corso não tinha pedido formalmente a mão dela, muito menos lhe dado um anel. Será que estava planejando pedi-la em casamento naquele momento, no terraço, enquanto o sol nascia lentamente sobre o mar? Ela não conseguia imaginar nada mais infeliz: tanto com relação ao cenário como ao homem.

Sentindo o olhar atento de seu pai, Mari levou a mão à barriga e contorceu o rosto em uma expressão de dor.

— Deem-me apenas alguns minutos, por favor — pediu ela aos homens. Usava aquele truque de vez em quando, fingindo o desconforto característico das mulheres. — Dez minutos, Corso, e eu o encontrarei no terraço.

De todo modo, que diferença faria se ele a pedisse em casamento naquele dia? Em algumas semanas, todos achariam que Mari tinha morrido. Corso ficaria de luto por sua quase-esposa e, com o tempo, inevitavelmente, voltaria suas atenções para Paola, que o queria desesperadamente para si. O pai delas continuaria recebendo seu *ducati*. Acabaria tudo perfeitamente bem.

Sem esperar por uma resposta, subiu correndo a escada até seu quarto. Ela nem tinha fechado a porta quando pegou o envelope. Acendeu a vela ao lado da cama, abriu a carta e virou na última página — na linha de assinatura —, só para ver o nome dele. *Holmes.* Ele havia assinado como sempre fazia, com a ponta do *s* em um floreio caprichoso.

Um borrão de piche manchava o canto inferior do papel. As cartas de Holmes costumavam apresentar marcas como aquela, resultado de seu trabalho com as cordas e as velas, que eram regularmente mergulhadas nesse material para se manterem à prova d'água. Mari não sentiu repulsa ao ver a sujeira; pelo contrário, isso a fez se sentir mais próxima dele.

Ela passou o polegar sobre o borrão, deixando que manchasse sua pele, e começou a ler. A carta era datada de 22 de março, várias semanas antes.

> Mari, minha bela. Já se passaram mais de três semanas desde a última vez que a vi. Tenho certeza de que seria impossível sentir mais sua falta do que neste momento, mas penso isso desde que saí de Positano. Sabia que, enquanto navegávamos para o oeste, eu podia vê-la em seu terraço?

Neste trecho, Mari pausou a leitura. Lembrou-se daquele exato momento: ela o observara partir, o navio apenas uma silhueta, o céu todo rosa e laranja. Continuou lendo.

> Eu olho para a nossa concha todos os dias. Já a virei tantas vezes na palma da mão que temo estar alisando os sulcos.
>
> Promete que vamos caçar conchas quando eu voltar?

Mari sorriu. *Nossa concha.* Ele a encontrara no dia em que se conheceram, em maio do ano anterior. Holmes estava no porto de Positano, e os dois caminhavam na praia ao mesmo tempo, bem perto um do outro. Ela soube que ele era marinheiro pelo rabo de cavalo baixo, a calça de boca larga e as manchas de piche na palma das mãos. Ele se abaixara para pegar um objeto na areia e o erguera, com uma expressão consternada.

"Há algo de incomum nisto", dissera ele, encontrando o olhar de Mari. "Mas não consigo identificar o que é."

Ela notara o sotaque estranho na voz dele.

"Uma concha sinistral", explicara ela, aproximando-se mais. "É como uma concha para canhotos. A espiral vai para a esquerda, em vez de ir para a direita."

Mari pegara algumas outras conchas da areia perto de seus pés, mostrando a ele como suas espirais eram diferentes da que estava em sua mão.

"Por serem tão raras, as conchas sinistrais são muito valiosas", constatara ela.

"De fato, nunca encontrei uma antes."

Holmes estendera a concha para ela, que balançara a cabeça, indicando que ele deveria pegá-la para si.

"Eu as encontro o tempo todo. Fique com ela. Dá sorte."

Ele sorrira, guardando-a no bolso.

"O que mais você encontra?"

"Todo tipo de coisa", respondera Mari, por cima do ombro, esperando que ele não tivesse notado o leve tremor em sua voz.

Ela se sentira febril de repente, apesar do ar frio. Mergulhara os pés nas ondas rasas, e, de imediato, a água começara a brilhar, com pequenos lampejos de laranja e rosa. Aquilo a fizera lembrar das criaturas marinhas luminescentes com as quais já havia se maravilhado algumas vezes.

Os dois tinham explorado por mais algum tempo, analisando conchas de vários tipos. Tinham se apresentado, e, em determinado momento, Mari se virara, apontando para a casa de sua família no topo da colina.

Quando se despediram, pouco tempo depois, Mari pensara que nunca mais o veria.

Como ela estava enganada.

Continuou lendo a carta, sorrindo de vez em quando com o italiano imperfeito que Holmes havia aprendido depois de passar os últimos dois anos e meio a bordo de diversos navios mercantes de Nápoles. Ela nunca tivera dificuldade de entendê-lo; pelo contrário, achava os erros que ele cometia encantadores.

> Amanhã, postarei esta carta no porto de Anzio. Estamos ancorados agora, bem perto da costa. Isso pode ser uma surpresa para você, pois eu deveria estar mais ao norte, perto de Livorno, mas, como costuma acontecer, houve uma mudança

nos navios, uma mudança na tripulação. Esperava ter terminado meu trabalho com a Fratelli Mazza, mas estou de volta em outro navio deles — o *Aquila*, um brigue mercante de dois mastros. Devemos transportar mercadorias entre Fregenae e Anzio até meados de maio, depois retornaremos à península amalfitana. Não vejo a hora de vê-la novamente.

Mari levou a mão ao peito, odiando aquela notícia por ele. Todos na costa da Itália conheciam a Fratelli Mazza, a companhia de navegação mais rica — e com menos escrúpulos — de Nápoles. Matteo e Massimo Mazza herdaram o comércio do pai. Com uma frota de mais de três dúzias de embarcações, os irmãos administravam rotas comerciais em toda a Itália. Poderia ter sido um ótimo negócio, se obtivessem seu sucesso de forma honrosa. Pelo contrário, os irmãos Mazza eram conhecidos por serem coniventes com malfeitores do mercado ilegal e ladrões do oceano — piratas e corsários, em outras palavras.

Eles também forneciam espaço para esses criminosos em seus armazéns, tornando-os traficantes.

Apesar ou por causa de suas associações ilícitas, os irmãos eram bons homens de negócios. Seus preços eram competitivos e suas rotas comerciais eram as mais rápidas. Muitos na comunidade faziam vista grossa para o comportamento degenerado dos irmãos, não se importando com nada além do fato de que haviam melhorado o comércio da costa italiana. As pessoas se recusavam a chamá-los pelo que realmente eram: ladrões, na maioria das vezes. Assassinos em algumas ocasiões.

E desonestos, sempre.

E quanto à *gendarmerie* — a polícia? Podia ser comprada como qualquer outro. Muitos acreditavam que os irmãos faziam pagamentos regulares para garantir a impunidade.

Mari continuou lendo.

O *Aquila* é menor do que o navio em que eu estava havia uma semana. Apenas três conveses: o principal, o de atracação e o de carga. Há apenas duas dúzias de homens a bordo. É o escopo normal de serviço: trabalhar com o cordame e as velas, e turnos de quatro horas de vigia.

Não reclamei quando me transferiram para o *Aquila*, pois aumentaram um pouco meu salário devido ao trabalho extra. Mas alguns dias se passaram e ficou claro que os homens deste navio dos Mazza são da pior espécie. Meus colegas marinheiros são meio estúpidos e os oficiais são grosseiros, em especial o primeiro imediato, Quinto.

Hoje à noite, quando ancoramos, ele e outro oficial pediram que preparássemos o bote. Enquanto fazíamos isso, Quinto não fez questão de esconder seus planos para a noite: uma visita ao bordel na Via Calipso.

Mais tarde, Nico — meu único amigo de verdade neste brigue — me disse que esse é o jeito de Quinto. Em cada porto, ele se arrasta pelas ruas estreitas em busca de prostitutas e mercadorias fáceis de roubar. Como já contei antes, os irmãos Mazza têm gente em toda parte, homens que saqueiam e roubam por terra e mar. Quinto, tenho certeza, é um dos intermediários nesses esquemas. Nico diz que muitas vezes ele retorna de seus passeios noturnos com caixas ou sacos de lona que leva imediatamente para o porão de carga. Mercadorias roubadas ou do mercado ilegal, decerto.

Você sabe que eu fugiria deles e iria para outro lugar, para outro país, mas… tenho você. Vale a pena tolerá-los, sabendo que suas rotas me mantêm tão perto da minha amada.

Por falar em bens roubados, acho que eles estão guardando alguma coisa a bordo do *Aquila*, escondida na cabine do segundo imediato. Expulsaram o oficial e o fizeram dormir com Quinto. Agora, a cabine está trancada com cadeado. Seja lá o que for que estão escondendo lá, não querem que nenhum de nós, tripulantes, veja ou saiba o que é.

Eu teria pensado que eram apenas joias se não fosse por algo que ouvi outro dia. Enquanto consertava um painel rachado do lado de fora dos alojamentos dos oficiais, escutei

Quinto e o capitão se gabarem do fato de que estavam, naquele exato momento, transportando o "bem mais valioso que os irmãos Mazza já moveram de porto em porto".

O que, eu me pergunto, poderia ser?

Decerto mais do que pedras preciosas.

Independentemente disso, que vida eles estão levando, perseguindo mulheres e roubando mercadorias? Prefiro estar aqui — em meu beliche frio e barulhento — com uma folha de papel no colo e o seu nome no topo dela.

A vela está acabando, minha querida, e ainda preciso escrever para meu pai em Boston. É quase bom demais para declarar no papel, mas chegou a hora de informá-lo sobre o que você e eu mantivemos entre nós por tanto tempo: da próxima vez que eu o vir, pretendo levar minha amada a reboque.

Com todo o meu amor,
Seu amado Holmes

Mari leu a carta uma segunda vez, depois a dobrou e a apertou contra o peito. Como Holmes parecia distante naquele momento. A rota o manteria ao norte de Roma nas próximas semanas. Pelo menos ele tinha feito um amigo a bordo, Nico.

Ela respirou fundo. A carta a deixara nervosa, especialmente pelo fato de que o novo navio de Holmes era de propriedade dos Mazza. Sem falar na menção de Holmes à cabine trancada com cadeado e aos bens valiosos lá escondidos. Era realmente desconcertante.

Mari se sentou na beira da cama, ciente da hora. Corso estaria esperando por ela no terraço. Abriu a gaveta de baixo da cômoda e alcançou o fundo, onde escondia seus tesouros mais preciosos. A pulseira de coral que Sofia sempre usava. Uma bolsinha com caroços secos, das azeitonas que ela e Holmes comeram depois de fazerem amor pela primeira vez. E a pilha de cartas que ele havia escrito para ela ao longo dos meses, amarradas com barbante.

Depois daquele encontro na praia, ela e Holmes conseguiram se ver com intervalos de poucas semanas. Entre as visitas, escreviam um para o outro. Era essa pilha de cartas que registrava a paixão dos dois, todas as histórias e segredos compartilhados entre eles.

Também revelava seus planos de fuga.

Ela acrescentou a carta mais recente à pilha e fechou a gaveta.

No dia que seguiu aquele primeiro encontro na praia, quase um ano antes, Mari ficou surpresa ao encontrar Holmes acomodado embaixo de uma árvore nos arredores da propriedade de sua família. Estava quase anoitecendo.

Ao vê-lo, ela rapidamente enxugou os olhos e limpou a garganta. Aquele dia marcava o aniversário de um ano da morte de Sofia, e ela passara uma tarde chorosa caminhando pelas encostas e pomares de frutas cítricas pertencentes aos vizinhos.

— Olá novamente — cumprimentou Holmes, sussurrando em italiano.

Ela fez o possível para parecer alegre.

— Olá.

— Você estava chorando — observou ele, franzindo a testa.

Holmes se aproximou de Mari, analisando as marcas em suas bochechas e em seu pescoço. *É óbvio que ele notaria*, pensou ela, sentindo-se tola. Ele já havia demonstrado sua atenção aos detalhes quando estiveram na praia no dia anterior.

— Gostaria de falar sobre isso? — perguntou ele, tirando um lenço limpo do bolso e entregando-o a ela.

Mari olhou na direção da casa. Uma única luminária brilhava do lado de dentro. O escritório de seu pai. Ele havia dito a ela, naquela manhã, que ficaria em seu escritório o dia todo, revisando faturas. Não gostaria de ser incomodado. Mari não insistira: ela sabia que aquele também era um dia difícil para ele. Trabalhar era sua forma de lidar com o luto.

Enquanto isso, Cleila e Paola estavam em Nápoles, fazendo compras nos mercados, sem darem atenção à importância daquela data.

— Sim — respondeu Mari, surpreendendo a si mesma.

Holmes era um desconhecido, afinal de contas. Mas ela se sentia tão solitária naquele dia.

Sentou-se ao lado dele e começou a contar tudo sobre Sofia. Seus caprichos, seus cachos, sua teimosia. Foi uma perda especialmente dolorosa, segundo ela, já que as meninas também tinham perdido a mãe havia algum tempo.

Holmes não fez perguntas. Simplesmente a deixou falar. Depois de quase uma hora, Mari balançou a cabeça.

— Agora você sabe mais do que Corso. Talvez mais do que ele jamais saberá.

Mari nunca poderia lhe contar essas coisas. Ele ficaria entediado em minutos.

— Corso? — perguntou Holmes, com o maxilar tensionado. — Quem é esse?

Mari mordeu o lábio, reconhecendo o erro que cometera. Ela não tinha a intenção de dizer o nome dele. Havia escapado, pois se sentia segura com seu novo amigo, Holmes.

— O homem com quem devo me casar — respondeu ela. — Por mais que eu não queira. Na verdade, nem sequer quero estar aqui.

— Em Positano, você quer dizer?

Ela assentiu.

— Já se sentiu destinado a uma vida que não quer?

Um olhar pensativo cruzou o rosto de Holmes.

— Sim — respondeu ele. — Na infância, quando não conseguia entender nada da escola e frustrava todos os professores que tinha. Meu pai queria muito que eu seguisse seus passos como advogado, mas eu sabia que uma pilha de contratos em uma mesa não satisfaria meu senso de aventura. Eu queria conhecer o mundo. — Ele se mexeu na grama, esticando as pernas. — Temia que ele tivesse desistido de mim, mas, aos 13 anos, nem mesmo meu pai podia negar que eu estava destinado a algo maior. Com sua aprovação, fui para as docas de Boston em busca de trabalho. Muitos outros garotos estavam lá fazendo o mesmo. Nenhum de nós tinha experiência, apenas ódio à limitação e medo do tédio. Fui contratado como marinheiro em um navio mercante. Minha primeira viagem me levou a Havana. Mais tarde, cruzei o Atlântico. Em certo momento, cheguei até a China.

A luminária do escritório do pai dela foi apagada de repente.

— Preciso voltar — disse Mari às pressas. — Você vai escrever para mim? — perguntou, recitando um endereço. — Essa é a casa da minha amiga Ami. Ela se certificará de que eu receba suas cartas. — Seria muito suspeito se cartas enviadas por outro homem começassem a chegar à porta de Mari. — E da próxima vez que estiver no porto, por favor, venha me visitar.

Holmes prometeu que viria.

Então os dois se levantaram, prontos para seguirem caminhos opostos.

— Holmes — chamou Mari de repente. Ele já tinha visto o mundo. Ela se perguntava, naquele momento, se a sede dele por aventura havia sido saciada. — Essa vida lhe deu tudo o que você esperava?

Ele fixou o olhar nela.

— Muito mais, na verdade.

No terraço, Mari se aproximou de Corso por trás. Ele estava inclinado sobre a grade, olhando para o oceano. O sol tinha acabado de nascer acima do horizonte, e as nuvens eram de um rosa-acinzentado.

Na água, não se via um único barco.

Às pressas, ela verificou se Corso trazia algo nas mãos e ficou aliviada quando percebeu que seus dedos compridos estavam vazios.

Quando ele lhe trazia presentes, ela quase sempre os jogava fora. Não que Corso fosse um homem terrível, mas, mesmo assim, Mari não queria que seu quarto ficasse repleto de lembranças dele.

Algumas semanas antes, Paola a vira descartar o presente mais recente. Mari estava no terraço. Do bolso, tirara um lenço de cabeça feito de seda colorida que Corso havia acabado de lhe dar. Ela o erguera para a brisa e o soltara, observando-o se misturar ao vento e voar para longe, indo diretamente para o oceano. A seda, fiada por pequenos bichinhos, se dissolveria no mar em questão de dias.

Paola se aproximara por trás, olhando para o lenço, com sua estampa verde-azulada e rosa se retorcendo ao vento. A princípio, não dissera nada, apenas observara o objeto se afastar como uma pipa. Depois, confrontara Mari:

"Você é uma tola. Não faz ideia de como é sortuda." Ela olhara mais uma vez para além da grade. "Casar com um homem tão bonito e rico como Corso. Todo mundo admirando você ou lhe cobrindo de uma compaixão que não merece."

Mari franzira a testa.

"O que quer dizer com…"

Ela não concluíra. Paola tinha se virado, retornando para dentro de casa.

Naquele momento, Mari se aproximou do parapeito, deixando um espaço entre ela e Corso. Ele deslizou ao longo da grade até que seus ombros se encostassem e, em seguida, aproximou os lábios da orelha dela. Mari fechou os olhos, imaginando o que ele estava prestes a dizer. Sabia que precisava cooperar, pois rechaçar Corso enfureceria o pai dela e levantaria suspeitas. Além disso, era possível que Paola estivesse observando-os de algum lugar próximo.

— Eu esperava ter algo para você hoje — sussurrou Corso, olhando para ela.

O dedo de Mari ainda tinha uma mancha do piche da carta de Holmes. Ela se consolou com o fato de que, mesmo naquele momento, alguma parte dele, alguma molécula minúscula, se agarrava a ela.

— Ah, é? — perguntou, tentando soar interessada.

— Sim. Só que está demorando mais do que eu imaginava. Levará mais algumas semanas, de acordo com meu amigo na cidade.

Ele se referia a Roma, é claro.

— Seu *amigo*? — repetiu Mari.

— *L'orefice* — elucidou Corso.

L'orefice. O ourives. O joalheiro. Mari levou a mão ao pescoço e disfarçou com uma tosse.

— Pense só — continuou ele. — Nós ficaremos indo e voltando de Roma para cá. De todo modo, a cidade é infinitamente mais emocionante. As ruas são pavimentadas. Tudo é feito de mármore. As pessoas são civilizadas. E não está rodeada pelo mar, portanto não é tão agitada, cheia de marinheiros e coisas do gênero.

Corso esfregou as mãos, e Mari observou seus dedos pálidos e longos, tão femininos quanto os dela, na verdade. Como ele era diferente de Holmes, que tinha a palma das mãos calejada e as bochechas ressecadas pelo vento. No entanto, eram as mãos brutas de Holmes que Mari imaginava todas as noites, respirando com dificuldade na escuridão silenciosa de seu quarto.

Mari brincou com o dedo anelar, imaginando uma lasca de metal enrolada nele. Uma coisa tão pequena, mas que a prenderia a um homem que nunca havia amado.

Teve uma súbita vontade de se inclinar sobre o parapeito e se arremessar.

Corso tinha razão, Roma não possuía saída para o mar, e isso deveria tê-la alegrado. Mas, como todos, ele acreditava que Mari amava o mar.

— Roma não tem oceano — rebateu ela, sem entusiasmo.

— Ah, então não tem cheiro de peixe, você quer dizer? Além disso, Fregenae fica bem perto. Posso levá-la até lá para coletar coisinhas na areia. Já conversei com alguns outros comerciantes. Esses tesouros com os quais você se depara, as coisas que encontra durante os mergulhos… Nem imagina o preço a que podem chegar em um lugar como Roma. As esponjas e ostras valem o suficiente, mas as conchas já foram vendidas por centenas de *ducati*. Milhares. Ficaremos ainda mais ricos, Mari. Incrivelmente ricos. — Ele se virou para encará-la, mas a alegria desapareceu de seu olhar quando viu a expressão sombria de Mari. — Ora, posso comprar um lugar para nós perto da água em Fregenae, com vista. Você poderá olhar para o mar todos os dias.

Mari não conseguia imaginar nada pior.

— De toda forma, eu estava mesmo querendo outra residência — continuou Corso. — Vou receber uma quantia grande de dinheiro em breve.

Mari não dava a mínima para o dinheiro dele.

— Está acontecendo mais rápido do que eu esperava. Temos tempo de sobra, não?

Ele virou o rosto, com irritação nos olhos.

— Seu pai me contou tudo sobre sua mãe — disse. — Ele gostaria que tivessem passado muitos anos juntos. Não vou permitir que nos roubem mais tempo. — Corso balançou a cabeça de maneira rígida e rápida. — O joalheiro informou que não vai demorar muito mais. E eu espero muito, Mari, que entenda como isso será bom. Seu pai nos apoia. E sua mãe também apoiaria, acho, se ainda estivesse viva.

Mari estremeceu ao ouvir aquilo, mordendo a língua e engolindo a resposta.

No entanto, tudo o que Corso acabara de compartilhar era irrelevante. Ele havia pintado o cenário de uma vida que ela não viveria. Podia até ser o homem mais rico e bonito do mundo. Podia ser o dono de mil casas.

Mas nunca seria o que Mari queria.

Nunca seria Holmes.

5

HOLMES

Domingo, 15 de abril de 1821
2h20 da manhã, em algum lugar perto de Anzio

Não consigo dormir, pois acabei de acordar de um terrível pesadelo com Mari. Estou deitado aqui agora em meu beliche, escrevendo à luz de velas. O mar está calmo, mas minhas mãos estão tremendo.

Sonhei que nosso plano dava errado, que eu me afogava no mar antes que pudesse voltar para ela. Nós não ficávamos juntos. Outro homem — não Corso, mas alguém sem nome, sem rosto — vinha buscar Mari e a levava para longe de Positano.

Mais rápido, *pedia Mari a esse homem em meu sonho.* Reme o mais forte que puder. Leve-me para longe daqui. *Ela se sentava atrás dele, com as pernas esticadas no pequeno barco. Ele era maior e mais forte do que eu, capaz de remar mais rápido do que eu jamais conseguiria.*

Sim, meu amor, *o homem dizia a ela, remando com mais força. Seu italiano era perfeito — nenhum sotaque, nada que pudesse ser mal interpretado. Mari se inclinava para a frente, depois passava o dedo entre as omoplatas dele e pela parte inferior das costas, chegando até a frente...*

Pela graça de Deus, acordei antes que pudesse piorar.

6

HAVEN

Segunda-feira

A declaração de Mal ecoou em minha mente. *A maldição de Amalfi.*

— Que absurdo — retruquei rapidamente, evitando dar credibilidade àquela ideia. — É apenas uma lenda.

— Não estou dizendo que acredito — continuou Mal. — Só que é por essa razão que a lenda existe. — Ela apontou para outro barco de resgate que se dirigia ao local do naufrágio. — Se as pessoas não conseguem explicar algo de maneira lógica, recorrem às lendas. Ao sobrenatural. Magia. Deuses.

Olhando pelo binóculo, observei enquanto os socorristas levavam as mulheres do deque para um lugar seguro apenas alguns instantes antes do naufrágio. O convés deslizou para baixo da água, seguido logo depois pela chaminé e, por último, pelas antenas marítimas. Durante todo o tempo em que estive em barcos e perto deles, nunca tinha visto um afundar. Fiquei impressionada com a forma como o oceano parecia engolir o iate inteiro, como uma cobra devora um rato.

Enquanto isso, um trio de mergulhadores já equipados havia acabado de pular na água. Mergulhadores de resgate, em uma corrida contra o tempo.

Mal se virou para a Vespa.

— Podemos voltar? — perguntou ela. — Estou me sentindo meio enjoada.

— Idem. Se eles encontrarem… — Interrompi minha fala, incapaz de terminar o pensamento.

Se houvesse outras pessoas a bordo, aquela poderia ser uma missão de resgate ou de recuperação de corpos, mas eu não tinha estômago para ficar e descobrir qual das duas.

Quais eram as chances? Apesar da lenda sobre a maldição de Amalfi, nenhum barco havia afundado naquela área durante uma década. No entanto, o incidente desta manhã ocorrera exatamente no local de nosso iminente trabalho em campo. Eu não conseguia decidir se era azar ou uma profecia autorrealizável. Afinal de contas, havíamos escolhido aquele lugar *por causa* do número de naufrágios que poderíamos investigar. Será que eu deveria realmente estar surpresa com o fato de outro barco ter afundado em uma via navegável tão perigosa?

Sim, pensei comigo mesma. *Porque nada parecia perigoso nesta manhã*. E, por mais que as vidas em jogo fossem de extrema importância, também haveria considerações a serem feitas mais tarde em relação ao projeto. Aquele acidente impactaria nosso local de trabalho, sem dúvida: equipes de reportagem patrulhando os canais; a guarda monitorando a área; turistas interessados em desastres alheios querendo inspecionar o lugar.

Desanimada, encostei meu capacete nas costas de Mal e suspirei alto.

— Você está bem? — perguntou ela.

— Acho que sim — respondi, balançando a cabeça.

Ela se virou e segurou minha mão.

— Os mergulhadores farão tudo que puderem. Talvez consigam tirar as pessoas de lá com vida. Pense positivo. — Então, como se lesse minha mente, acrescentou: — E, mesmo que haja um atraso, o projeto vai continuar.

Mas já estávamos com o tempo contado.

— O Vesúvio — lembrei.

O Vesúvio, o enorme vulcão ativo não muito longe dali, já deveria ter entrado em erupção havia muito tempo. Cientistas o monitoravam vinte e quatro horas por dia, sabendo que a erupção seria catastrófica, não apenas para os moradores e turistas da costa amalfitana, mas para as ruínas históricas da região. A cidade vizinha, Pompeia, ficara soterrada por quase dois mil anos após a erupção do Vesúvio em 79 d.C. As relíquias afundadas na baía de Nápoles e na área amalfitana também corriam o risco de ficarem perdidas na história quando o vulcão inevitavelmente entrasse em erupção de novo.

Ainda assim, algo que deveria ter acontecido *havia muito tempo* era ambíguo o suficiente para ser deixado de lado em prol de crises mais urgentes.

Isso até seis semanas antes, quando os cientistas divulgaram dados preocupantes que mostravam que a atividade das fontes hidrotermais subaquáticas na área tinha intensificado — sem explicação alguma.

De repente, o Vesúvio *passou a ser* a crise mais urgente.

Assim que a notícia foi divulgada, minha equipe se reuniu. Sabíamos que a mudança na atividade das fontes hidrotermais poderia colocar os destroços de naufrágios em risco de deterioração adicional. E uma erupção? Isso, sim, poderia enterrar tudo.

Tínhamos concordado, de forma unânime, em acelerar o Projeto Relíquia — um nome apropriado, agora mais do que nunca — em vários meses. Afinal, já contávamos com um financiamento, um barco de mergulho e as aprovações jurídicas necessárias.

O que não tínhamos era tempo.

O Projeto Relíquia havia nascido dois anos antes, fruto de uma conversa fortuita e de alguns espresso martinis.

Eu participava de uma conferência sobre os avanços na tecnologia marítima. Após o primeiro dia de sessões, sentada no bar do hotel, comecei uma conversa com outra participante da conferência,

Sloane, CEO de uma startup de software que pesquisava maneiras de aproveitar seus bancos de dados oceânicos e IA no campo.

Uma hora se passou e nos aprofundamos em meu trabalho, o lado arqueológico das coisas.

— É uma pena que não tenhamos encontrado uma maneira de reconstruir naufrágios fragmentados — comentei em algum momento, tomando um gole do meu martini — ou naufrágios empilhados uns sobre os outros.

Sloane franziu a testa e colocou um grão de café na boca.

— Desenhe para mim — pediu.

Tirei um guardanapo de papel de debaixo de uma tigela com um mix de nozes e peguei uma caneta na bolsa. Desenhei dois naufrágios rudimentares, um sobre o outro. Era um esboço bastante lamentável, mas Sloane entendeu o ponto.

— O que você precisa saber para poder reconstruí-los? — perguntou ela, apontando para o desenho.

— A idade das embarcações. Os padrões das correntes oceânicas. O peso e a salinidade da água. A composição do fundo do mar na área. — Soltei um longo suspiro. — Para citar apenas algumas informações.

— Temos esses dados — constatou Sloane, inclinando-se para a frente. Ela pegou a caneta e fez algumas marcações. — E se tivéssemos gravações ou fotografias, nossa IA poderia usá-las para...

Peguei uma segunda caneta, e naquele momento nós duas estávamos fazendo diversas anotações. Pedimos mais dois martinis e começamos a trabalhar.

Naquela mesma noite, no bar do hotel, nasceu o Projeto Relíquia. Combinaríamos as fotografias de destroços submarinos da minha equipe com os inúmeros bancos de dados de Sloane e seu novo software. Usando IA, isso renderia — com sorte — imagens reconstruídas em quatro dimensões de cada embarcação.

Era o extremo da fotogrametria.

O novo software não seria apenas transformador no campo da preservação histórica subaquática, mas também traria à luz o patrimônio da costa amalfitana, além de ser crucial na estratégia de escavação dos naufrágios.

Isto é, se conseguíssemos fazer tudo antes que fosse tarde demais.

Elaboramos um plano de projeto sólido, então começamos a buscar financiamento. Conrad Cass mantinha boas relações com a HPI, uma fundação internacional de proteção ao patrimônio, pois já havia feito parte da diretoria da empresa. Ele organizou uma ligação entre a HPI e a minha equipe. A fundação estava interessada em se aventurar ainda mais no âmbito dos projetos oceânicos — a expedição de James Cameron ao *Titanic* havia criado um precedente atraente — e, após ouvirem nosso plano de projeto, eles se comprometeram a investir um milhão de dólares, desde que aprovassem a escolha do local.

Foi aqui que a vasta experiência de mergulho do meu pai se mostrou útil. Um ano antes de iniciarmos o projeto, e seis meses antes de sua morte, meu pai mergulhara em Li Galli. Fora a primeira de suas duas viagens ao local.

"Está tudo empilhado", contara ele mais tarde. "Naufrágio em cima de naufrágio. Mal cheguei na superfície."

Ele ficara tão impressionado que pausara suas outras viagens de mergulho planejadas, interessado apenas em voltar a Positano o mais rápido possível.

Mal sabia ele o que aconteceria em sua segunda visita.

No entanto, depois daquela primeira viagem inspiradora, ele me mostrou algumas fotos. Até eu fiquei surpresa: a área estava repleta de destroços e o local ficava a menos de trinta metros de profundidade. Isso era importante para a preservação do ar, as precauções de segurança e a fotografia.

Com exceção do fato de estar situado na zona de perigo do único vulcão ativo da Europa continental, Li Galli era o local perfeito.

A HPI gostou da nossa escolha, então assinamos alguns documentos finais. Eles me lembraram várias vezes que poderiam sair do projeto ou alterar nosso acordo a qualquer momento, e seus advogados também exigiram uma série de termos de confidencialidade. Eu não tinha permissão nem para falar o nome da organização para alguém de fora do projeto. Não podia culpá-los por serem discretos: se o Projeto Relíquia fracassasse, poderia sabotar as oportunidades futuras da fundação.

Ainda assim, era algo inacreditavelmente empolgante. Se minha equipe conseguisse fazer isso acontecer, seríamos pioneiros. E, ao conversarmos com a HPI sobre as preocupações dos cientistas nos últimos meses e nosso desejo de acelerar o projeto, eles nos apoiaram com entusiasmo. As relíquias subaquáticas já eram bastante sedutoras, mas o elemento de corrida contra o tempo deixou tudo ainda mais estimulante.

O financiamento da fundação foi mais do que suficiente para cobrir nossas despesas, como o aluguel de um barco e o pagamento da equipe. Sem contar que me deram liberdade para conduzir o projeto como eu quisesse, incluindo a escolha dos meus colegas. No final, porém, senti que a HPI — em especial o CEO, Gage Whitlock, que era muito amigo de Conrad — tinha sentimentos contraditórios quanto às minhas escolhas. Uma equipe de cinco mulheres era algo inédito no campo da arqueologia náutica, dominado por homens, e nossas parceiras na startup de software também eram, em sua maioria, mulheres. Eu me perguntava se Gage achava que passaríamos o próximo ano em Positano pegando sol e bebendo *limoncello*.

Não deixei que isso me afetasse. Eu havia formado uma equipe e tanto, e, se o Projeto Relíquia pudesse ser realizado, nós o faríamos.

De volta à casa, fui para o meu quarto, embora só pudesse chamá-lo de meu por mais alguns dias, pois logo o dividiria com outro membro da equipe. Coloquei a mochila em cima da cama e me sentei ao lado dela, pensando nas ilhotas de Li Galli. Imaginei a pilha esquelética de destroços espalhados pelo leito do mar. As camadas de sedimentos — areia, pedra-pomes e detritos orgânicos. Os moluscos agarrados aos fragmentos de navios.

E, em algum lugar no meio disso tudo, algo mais. *Algo enorme*: o tesouro que meu pai havia encontrado.

Ainda me lembro da sua ligação naquele dia, da alegria em sua voz. Era sua segunda e última viagem a Positano.

“Um rastro de pedras preciosas em rosa e vermelho”, dissera ele, quase sem fôlego. “Difícil de ver no lodo, mas acho que havia milhares delas.”

“Acha que são verdadeiras?”, perguntara eu, desconfiada devido os seus anos de azar.

“São, sim”, insistira meu pai. “Eu sei que são. Tenho provas. Vou voltar amanhã com bolsas. Não tinha nenhuma comigo hoje, e também estava ficando sem oxigênio.”

Eu estranhei a forma como ele estava tão convencido de sua autenticidade. “Tenho provas”, havia dito. Não era comum ouvi-lo fazer uma declaração dessas.

Mais tarde naquela noite, no entanto, meu pai sofreu um pequeno derrame. Isso afetou tanto sua coordenação que ele mal conseguia subir a escada. Mergulhar estava fora de cogitação até que se recuperasse.

Ele voltou para os Estados Unidos para descansar e se reabilitar. Durante algumas semanas, eu o acompanhei. Meu pai sofria de vertigens frequentes e fraqueza nos braços e no tronco. Pior ainda, havia começado a temer que nunca mais mergulharia, o que era um processo de luto ao qual eu odiava assistir. Ele só falava disso. Dos mergulhos mais profundos que havia feito. Dos tubarões mais raros que tinha visto. Das correntezas mais difíceis nas quais havia navegado. “Sinto falta das profundezas”, dizia ele várias vezes, com o olhar no chão.

Ainda assim, a mente do meu pai se mantinha afiada. A lembrança do segundo mergulho em Li Galli era detalhada e elaborada. Ele me mostrou algumas fotos subaquáticas granuladas que havia tirado perto das pedras preciosas e uma foto acima da água com a localização geral do naufrágio, para que pudesse voltar ao local.

“Se eu não conseguir voltar a Positano”, dissera ele uma manhã, “não deixe esta chance passar.”

Eu zombei, tentando manter seu ânimo: “Sempre tive mais sorte do que você”, então dera um beijo em sua testa. “Estou indo lá para fora um pouco. Amo você, papai.”

Seria para sempre a filhinha do papai, e fazia questão de que ele soubesse isso.

Eu vesti um maiô e passara algumas horas tomando sol no deque. Bebi uma margarita forte e depois uma segunda. Em algum momento, cochilei.

No final da tarde, ao voltar para dentro de casa, eu encontrei meu pai quase caindo da cadeira de sua escrivaninha. Gritei e corri até ele, tentando acordá-lo, mas nada adiantou. Ele já estava morto.

Seu celular estava no chão, ao lado dele. Ao desbloqueá-lo, ficou evidente que ele estivera confuso: havia tentado ligar para *9-9-1-1-1* várias vezes.

Ele havia sofrido um segundo derrame, e esse foi fatal.

Com o remorso e a tristeza eu poderia lidar. O que senti, no entanto, foi aversão a mim mesma, sabendo que estava a poucos passos de distância enquanto meu pai morria tão completa e inteiramente só. Será que ele havia chamado por mim, gritado meu nome? Se eu não estivesse com fones de ouvido, talvez o tivesse escutado. Se eu não tivesse tomado uma segunda margarita, não teria cochilado. Se eu o tivesse convidado para tomar um drinque comigo, estaria lá para chamar a ambulância.

Se, se, se. Desde então, as possibilidades vinham me assombrando. Mal sempre me diz para ser gentil comigo mesma. Mas eu não estava lá quando meu pai precisou de mim.

Após a morte dele, percebi que Positano tinha mais do que apenas valor para minha carreira. A equipe havia escolhido o local pelo seu potencial de preservação, mas, em meio àqueles destroços, estava o sonho naufragado e não realizado do meu pai.

Fosse lá o que ele tivesse visto, eu queria trazer à tona, exatamente como ele pretendia fazer. "Não deixe esta chance passar", pedira ele.

Talvez eu não estivesse presente quando meu pai deu seu último suspiro, mas esse não precisava ser o fim da história.

Eu ainda poderia lhe dar isso.

* * *

Peguei meu celular para responder à mensagem de Conrad enviada naquela manhã.

Obrigada por essa mensagem gentil, digitei. Como está a Austrália?

De acordo com as redes sociais de Conrad, ele estava em algum lugar perto de Brisbane em uma expedição de mergulho com duração de uma semana.

Oi, garota, respondeu ele. Estou terminando por aqui. Ótima semana na água. Como está Positano? Já encontrou algo além de navios naufragados? 😉

Hesitei, olhando para a mensagem. Algo nela me incomodou — como se ele estivesse tentando obter informações. Como se talvez soubesse de algo.

E o emoji? Ele nunca usava emojis.

Balancei a cabeça, irritada comigo mesma. Conrad era um cara legal. Eu estava sendo sensível demais — defensiva, até — porque guardava um segredo e temia que alguém descobrisse.

Além disso, eu tinha motivos de sobra para confiar em Conrad. Como ex-nadador de resgate da divisão de aviação da Guarda Costeira dos Estados Unidos, ele fora responsável por salvar milhares de vidas ao longo de sua carreira.

Entre elas, a minha.

Peguei meu iPad na mochila e em seguida abri a pasta na nuvem com uma dúzia de fotos granuladas que meu pai havia tirado com uma câmera GoPro durante seu último mergulho em Li Galli. Ele havia compartilhado a pasta comigo antes de morrer e nomeado de *Potencial de Li Galli*.

A senha? Meu nome do meio.

Havia também um outro item na pasta: um documento de Word com uma tabela aleatória de números e letras, apresentada de forma irracional. Eu já tinha olhado para ela inúmeras vezes, tentando identificar algum padrão. Não consegui encontrar nada. A única pista era a data de criação do arquivo, que constava nos metadados, mostrando que meu pai havia compilado aquela lista um dia antes de ver o tesouro subaquático — um dia antes de as fotografias granuladas terem sido tiradas.

A maioria das fotos da pasta foi tirada embaixo d'água e, embora fossem coloridas, a câmera não havia captado muito além de tons escuros de azul. Em algumas imagens, consegui distinguir as formas nebulosas de segmentos de madeira, embora fosse impossível determinar se eram parte da popa, do mastro ou da vigia. Outras revelavam apenas plânctons indistinguíveis ou bolhas de ar emitidas pela máscara do meu pai. Como as fotografias foram tiradas debaixo d'água, os metadados não incluíam longitude e latitude. Isso tornou impossível rastrear sua localização exata.

A última foto fora tirada acima da superfície da água. Parecia um dia ensolarado e quente, com uma faixa de nuvens felpudas se estendendo pelo céu. Ao longe, estava La Rotonda, a ilhota mais a sudoeste de Li Galli, repleta de folhagens, arbustos variados e pinheiros. Um pássaro solitário voava alto.

Cliquei com o botão direito do mouse nos metadados da foto, como já havia feito inúmeras vezes. A câmera tinha registrado a longitude e a latitude, e esse *geotag* representava a melhor pista que eu tinha para localizar o último naufrágio do meu pai em meio à confusão de outras ruínas.

Dei um pulo ao ouvir uma batida na porta do quarto: era Mal. Depressa, virei a tela do iPad para baixo. Odiava esconder isso dela, mas parecia a coisa certa a se fazer por enquanto. Sim, a equipe escolheu Li Galli meses antes da descoberta das pedras preciosas pelo meu pai, mas eu ainda temia que Mal ou outro membro questionasse meus motivos para estar ali.

Além disso, não queria distraí-los dos objetivos do projeto que já havíamos definido. E, embora eu confiasse na índole de Mal, não conhecia tão bem os outros membros da equipe. E se uma delas decidisse localizar o tesouro por conta própria? Preferia pensar que elas priorizariam nossos objetivos profissionais acima de qualquer outra coisa, mas aquele não era um risco que eu estava disposta a correr.

E na pior das hipóteses? Mesmo com toda a minha ética profissional — afinal, eu pretendia relatar qualquer descoberta às autoridades italianas imediatamente —, se minha equipe soubesse que eu estava caçando tesouros em nossos dias de folga, poderia informar à HPI. Eu havia lido os contratos mais de uma vez e sabia melhor do que ninguém que a fundação poderia desistir do projeto com facilidade, assim como eu poderia ser expulsa dele.

Não, eu simplesmente não conseguia encontrar um bom motivo para revelar esse segredo à minha equipe. O Projeto Relíquia era importante para mim, sim: ele levaria nós cinco, todas mulheres arqueólogas, aos mais importantes e respeitados círculos de conservação, e, se obtivéssemos sucesso, minha carreira estaria feita. Mas eu precisava me lembrar de quem me trouxe até aqui em primeiro lugar: o aventureiro que me equipou com meu primeiro kit de mergulho aos 8 anos de idade. O professor que me repreendia por tocar em corais. O competidor que disputava comigo quem chegaria primeiro ao fundo do oceano. O amigo com quem desenvolvi uma linguagem subaquática que consistia em sinais estranhos com as mãos.

Independentemente do que o Projeto Relíquia pudesse fazer por minha carreira, a realização do último desejo de meu pai continuava sendo uma prioridade.

E isso era algo que eu precisava manter guardado a sete chaves. Algo que eu precisava proteger.

No final daquela tarde, Mal e eu vestimos nossos maiôs. Organizamos uma bolsa com protetor solar, garrafas de água e algumas frutas frescas que compramos na barraca de beira de estrada na noite anterior. Precisaríamos encontrar um mercado ainda naquele dia e começar a abastecer a cozinha.

Antes de sairmos, dei uma olhada no noticiário para ver se havia alguma menção ao iate que afundara em Li Galli. Ao desbloquear o celular, sorri para a foto que usava como fundo de tela: meu pai em um traje de mergulho havia muitos anos, com o cabelo grisalho desgrenhado e pingando, e a testa marcada pela máscara de mergulho. As rugas do sorriso marcavam suas bochechas e olhos. Ele sempre fora péssimo com o protetor solar, e qualquer um poderia adivinhar que passou a vida inteira na água.

— Ainda não saíram muitas informações sobre o ocorrido — falei, analisando uma pequena reportagem em inglês. — Dizem apenas que um iate afundou a oeste de Positano.

Doze pessoas a bordo. A história ainda está se desenrolando.

— Doze pessoas? — repetiu ela.

Assenti discretamente, sabendo que estávamos pensando a mesma coisa: só tínhamos visto três pessoas serem resgatadas. Mas também não ficamos para assistir ao andamento da situação. Pelo que sabíamos, os mergulhadores de resgate poderiam ter tirado os outros de lá logo depois que saímos.

— Vou checar de novo daqui a pouco — concluí, conduzindo-nos até a porta da casa.

A Spiaggia Grande ficava a apenas vinte minutos de caminhada, então decidimos não usar a Vespa. Quando começamos a descer a ladeira, Mal ligou para sua namorada de longa data, Megan, que estava em Miami. Estavam juntas havia anos, mas nunca moraram na mesma cidade, e isso parecia funcionar para elas: eram duas mulheres extremamente independentes e concentradas na carreira, satisfeitas com um telefonema diário e uma viagem ocasional para Austin ou Asheville. Eu havia encontrado Megan algumas vezes e a adorei de imediato. Nós nos conectamos pelo amor compartilhado por listas de tarefas e ostras cruas, enquanto Mal, com seu cabelo loiro espetado e a imagem de uma mulher nua tatuada na clavícula, odiava as duas coisas, e nós gostávamos ainda mais dela por isso.

Fiquei ouvindo a conversa de Mal enquanto descia cuidadosamente degrau após degrau, um dos aspectos mais famosos de Positano. Era uma cidade construída na encosta de uma colina, e, embora descer a escada até a praia não fosse tão ruim, eu já temia a volta até o topo do morro. De um lado da escadaria havia um muro de pedra com vegetação natural — pequenas samambaias, intercaladas com flores silvestres brancas — nascendo das frestas. Um gato malhado laranja encontrara um esconderijo perfeito na parede, e eu fiz carinho em seu pescoço, observando a colina colorida que se estendia acima de nós.

Quando viramos a esquina, quase esbarrei em um homem que subia a escada correndo. Ele carregava uma caixa com o que reconheci de imediato como equipamento de *snorkeling*: máscaras, nadadeiras. Os antebraços dele brilhavam de suor, como se tivesse carregado caixas a manhã inteira.

— *Mi scusi* — disse o homem, sem fôlego, com os olhos passando brevemente por meus lábios.

— Sem problema — respondi, depois me repreendi por não ter usado meu italiano rudimentar.

Eu vinha estudando frases básicas nos meses anteriores por meio de um aplicativo. Quando me virei para dar uma última olhada no homem, peguei-o me fitando com um sorriso. Aquela era a minha chance.

— *Va bene* — gritei, sorrindo de volta para ele.

— Ah, muito bem! — respondeu ele, desaparecendo por uma porta.

Enquanto percorríamos as calçadas e escadarias finas como lápis e cobertas de trepadeiras, comecei a refletir sobre minha vida amorosa... ou a falta dela. Nos últimos anos, cheguei a sair com alguns caras, todos colegas pesquisadores de mergulho. Mas, todas as vezes, eu acabava entediada. Por enquanto, não queria mais namorar ninguém do ramo. Era conversa demais sobre trabalho, colegas ou pesquisas... e *diversão* de menos.

Fiquei imaginando como eu me sairia em Positano. Ao passarmos por uma *trattoria* depois da outra, notei todas as mesas com pares de taças de vinho. Por toda parte, casais andavam de mãos dadas, enquanto as placas dos restaurantes anunciavam menus com preço fixo para duas pessoas.

Às vezes, eu invejava Mal e Megan pelo que as duas conseguiam manter: um *relacionamento leve*, com o mínimo de comprometimento de tempo, mas sem escassez de devoção. Balancei a cabeça, sentindo-me envergonhada por estar pensando nisso. Eu tinha 35 anos, um doutorado e poderia explorar destroços ao longo da costa italiana pelo próximo ano.

O que mais poderia querer? E não era como se eu estivesse sozinha ali na Itália — ou ociosa. Entre gerenciar o Projeto Relíquia e o trabalho de outras quatro arqueólogas náuticas, além de dedicar tempo para procurar discretamente o último naufrágio do meu pai, eu estaria ocupada demais para me preocupar com romance.

Suspirei quando passamos por outro homem italiano extremamente atraente, este saindo sem camisa por uma porta. Talvez eu não estivesse ocupada demais para *todo tipo* de romance. Uma ou duas noites de diversão nunca fizeram mal a ninguém.

— *Non lavorare troppo* — falei docemente ao desconhecido quando fizemos contato visual.

Mal tinha acabado de encerrar a ligação e me olhou com estranheza.

— *Troppo* o quê?

— Significa "não se esforce demais" — expliquei. — Você não estudou italiano antes da viagem, não é?

— Estou aqui para trabalhar, não para flertar — provocou ela, piscando o olho. — E Deus sabe que, se uma de nós vai transar na Itália, não serei eu.

Dei um tapinha de leve em seu ombro, rindo com ela.

Viramos uma última esquina e chegamos a uma grande praça com vista para a praia. A areia ali era grossa e cinzenta, diferente da areia clara e cheia de pedrinhas de Florida Keys. Descalças, fomos até a parte da praia liberada para aqueles que não queriam pagar por um guarda-sol. Ficaríamos perfeitamente felizes deitadas em nossas toalhas.

Enquanto procurávamos um lugar para nos acomodar, duas mulheres passaram por nós, conversando em italiano. Uma delas levou um lenço de papel ao canto do olho, com lágrimas escorrendo pelas bochechas. A amiga afagava gentilmente suas costas, e não pude evitar me perguntar por que ela estava sofrendo tanto.

Olhei para Mal através de meus óculos escuros, lembrando-me do aniversário do meu pai. Eu também me sentia grata por ter uma amiga ao meu lado hoje.

Avistamos um espaço vazio perto da água e abrimos caminho entre a multidão de turistas, passando entre *coolers*, baldes de brinquedo e chapéus de praia largados na areia. Ao me acomodar, lutei contra a decepção: a praia estava muito mais cheia do que eu gostaria. E poluída também. Olhei para os botes pequenos alinhados no enrocamento, em uma espécie de marina improvisada. Manchas de óleo se arrastavam de vários deles, brilhando em preto e roxo à luz do sol, como hematomas na água.

Mal e eu tomamos sol por quase uma hora. Quando eu estava quase cochilando, ela pegou nossa bolsa de praia e tirou uma minigarrafa de espumante e duas taças.

Franzi a testa.

— Para que isso? — Eu não a tinha visto pegar nada escondido da cozinha.

Ela abriu a garrafa e dividiu o líquido entre as duas taças, depois ergueu a sua para fazer um brinde.

— Ao seu pai. Feliz aniversário, sr. Ambrose.

Eu teria dado um gole naquele momento, se não fosse pelo súbito nó na garganta.

— Obrigada, Mal — consegui dizer.

A multidão ao nosso redor aumentou, sem nenhum sinal de que dispersaria. Duas turistas que conversavam em inglês se sentaram tão perto que nossos ombros quase se tocavam. Mal e eu estávamos prestes a arrumar nossas coisas e ir embora quando uma das mulheres fez uma pergunta à amiga.

— Você ouviu falar do iate? — perguntou ela. Seu sotaque era carregado, britânico. Olhei na direção da mulher, escondendo minha encarada por trás dos óculos escuros, e observei enquanto ela rolava pelas redes sociais. — Foi um acidente bem perto daqui, hoje de manhã. Vários passageiros ainda não foram encontrados.

Merda, pensei. Mal e eu compartilhamos um olhar sério. Era o pior resultado possível para aquelas pobres pessoas.

A notícia, além da praia lotada e cheia de lixo, me deixou de mau humor.

— Vamos procurar algo para comer — sugeri.

Nem precisamos andar muito; a praça perto da praia tinha inúmeros restaurantes e bistrôs. Escolhemos uma pequena pizzaria com um terraço ao ar livre e vista para o mar. Apesar da vista bonita, uma energia sombria se instalou ao nosso redor. Nenhuma de nós parecia disposta a checar as notícias.

Depois que fizemos o pedido, meu celular apitou com a chegada de um e-mail de Gage Whitlock.

Só conferindo, dizia. Vocês chegaram bem, garotas?

Revirei os olhos. Eu não era uma grande fã de Gage por vários motivos, entre eles seu estilo de comunicação sem tato.

— Ele consegue ser tão condescendente — falei, virando a tela para mostrar a Mal o início do e-mail.

— Fico feliz por não ter que lidar com ele. Esse é o seu trabalho como líder, certo?

Esse tipo de troca era frequente entre mim e Mal. Eu era a líder do projeto, sim, mas, como supervisora de mergulho e oficial de segurança, ela não ficava muito atrás de mim. Depois de cada mergulho, Mal baixava os dados dos relógios dos membros da equipe e fazia uma rápida auditoria. Se encontrasse algo preocupante — uma descida descontrolada, por exemplo, ou reservas de ar inadequadas —, ela poderia, literalmente, interromper todo o projeto.

E se acontecesse um incidente na água? Ela seria imediatamente a responsável.

— Sim — respondi, quando o garçom se aproximou com nossos coquetéis. — Isso não significa que eu tenha que amar o cara.

Ainda assim, independentemente do que eu pensasse dele, Gage era o CEO da fundação que estava pagando por nosso projeto, e eu precisava manter uma boa relação com ele.

É ótimo ter notícias suas, Gage, respondi, digitando com um pouco de força demais. Chegamos bem. Fizemos o check-in na casa. Nenhum problema...

Hesitei. *Nenhum problema até o momento*, foi o que quase escrevi.

Mas isso era mentira, não? Um iate com uma dúzia de pessoas havia afundado naquela manhã em Li Galli, o local do nosso projeto. E ainda não tinham conseguido tirar todos da água.

Decerto havia problemas.

Eu só não estava disposta a discuti-los com o maior investidor do projeto.

Apaguei a frase incompleta e encerrei minha resposta em um tom positivo, assegurando que voltaria a falar com ele em breve.

Nada mais vai dar errado, assegurei a mim mesma. Em seguida, joguei o celular na bolsa de praia com um suspiro e peguei minha bebida.

7

MARI

Segunda-feira, 16 de abril de 1821

Os piratas voltaram-se para o leste, poupando Positano mais uma vez.

Em vez disso, desembarcaram em San Marco, onde, de acordo com os jornais, saquearam um aglomerado de vilas construídas ao longo da costa, antes de incendiarem a piazza no centro da cidade. Destruíram um monumento antigo e fugiram com algumas dúzias de barris de azeite de oliva, mas, para o alívio de todos, pouparam as mulheres e crianças.

Logo depois que a notícia chegou a Positano, os homens do vilarejo se reuniram em seus barcos, louvando a providência e celebrando, mais uma vez, sua boa sorte. As *streghe* se mostraram tão surpresas e chocadas quanto todas as pessoas, mas, em segredo, sussurravam elogios às três mulheres que haviam conseguido enfeitiçar as correntes.

Nesse ínterim, Corso também havia deixado a cidade, retornando a Roma. Ele não dera nenhuma indicação de quando voltaria, e, embora Mari devesse ter respirado aliviada por não haver uma data de retorno marcada, sentia-se incomodada com a incerteza de tudo aquilo. Na próxima vez que ele voltasse, muito provavelmente traria uma aliança.

Assim, alguns dias depois da partida de Corso e da boa notícia sobre os piratas, Mari acordou de novo em um estado de espírito inquieto e incomodado. Naquela manhã, ela havia prometido instruir Lia e outra jovem *strega* com sua magia na água, mas, enquanto se vestia, percebeu-se cada vez mais agitada. Pensou em inventar uma desculpa para cancelar o combinado, porém, naquele momento, mais do que nunca, era importante transmitir seu conhecimento para o maior número possível de mulheres.

Mari passou primeiro na casa de sua amiga *strega*, Viviana, apelidada de Vivi, para buscar Pippa, de 17 anos, e depois foi para a casa de Ami buscar a pequena Lia. Enquanto as três desciam uma das muitas escadas rudimentares construídas na encosta do penhasco, Lia parou, curvou-se e começou a reclamar de uma pedrinha presa entre os dedos do pé.

Em qualquer outro dia, Mari teria se sentado com a menina e cuidadosamente retirado a pedra. Mas, naquele em específico, ignorou a reclamação. Ela queria que aquela manhã chegasse ao fim o mais rápido possível.

Na costa, amarrado a uma pedra e balançando suavemente nas ondas, estava o pequeno bote que elas iriam usar. Ao se aproximarem dele, Mari levantou o nariz para o vento, como sempre fazia, com os sentidos aguçados a qualquer ameaça: o cheiro de mofo que anunciava a chuva, ou o fedor da podridão, sugerindo que havia algo de errado com a água.

Mas Mari não sentiu cheiro de nada. Apenas sal e mar bom.

Em seguida, examinou as ondas. A maré estava baixando. Uma brisa seca de *scirocco* soprava do sul, e enormes faixas de algas se moviam com ela. No horizonte, podia ver alguns outros *gozzi* — pequenos barcos de pesca, os mesmos que saíam de seu vilarejo todas as manhãs e retornavam algumas horas depois —, mas nenhuma embarcação maior. Nenhum brigue mercante. Nada com velas.

Ao que tudo indicava, era uma manhã muito monótona.

Quando se aproximou da beira do mar, Mari se abaixou e colocou as mãos na água, curvando-as para formar uma concha. Embora suas mãos estivessem firmes, a água contida nelas começou a tremer por conta própria. Mari virou o corpo para esconder aquilo das meninas, mas os tremores continuaram até que quase toda a água tivesse escorrido da palma de suas mãos.

Ela respirou fundo. Apesar do desconforto não identificável, nunca tinha visto a água tremer tão violentamente em suas mãos. Tentou de novo, levando rapidamente as mãos aos lábios. Ao bebericar a água, seu cabelo grosso pendeu para a frente, roçando a areia.

Apenas sal, pensou ela ao saborear a água, *e minerais*. Saberia se houvesse algo estranho ali, como pólvora ou graxa ou o amargor sutil da decomposição. Saberia se um brigue próximo tivesse lançado mercadorias ou se um navio pirata tivesse jogado corpos ao mar.

Já havia sentido o gosto dessas coisas na água antes.

Mari fez um sinal para as duas meninas, indicando que deveriam fazer o mesmo que ela. Lado a lado, elas se ajoelharam e posicionaram as mãos em formato de concha. Pippa sequer estremeceu, mas Lia fez uma careta quando a água do mar tocou sua língua, cuspindo tudo. Mari não conseguiu evitar um sorriso.

Uma vez no barco, ela jogou um pedaço extra de corda para Pippa e a instruiu a fazer um nó borboleta. Sem dizer nada, a jovem obedeceu, formando um nó perfeito em menos de trinta segundos.

— Excelente — elogiou Mari.

Pippa vinha praticando os nós havia meses e era muito boa neles. *Strega* ou não, a garota queria partir para o mar em alguns anos, e Mari sabia que isso aconteceria. Não havia muitas mulheres em navios mercantes, mas existiam algumas. As que tinham garra encontravam o caminho.

Mari começou a remar e logo se viu envolvida pela força rítmica e meditativa da água contra os remos. Elas seguiram em frente, os remos formando halos perfeitos. À frente, espreitando da água, algo brilhava, prateado. Mari sabia exatamente o que era. Ela bateu os remos várias vezes na água e, para divertir as meninas, fingiu surpresa quando diversos golfinhos apareceram dos dois lados do bote.

As duas gritaram de alegria quando os golfinhos emergiram e sopraram no ar, cobrindo-as de névoa. Até Mari riu; conhecia bem aqueles animais. Gostavam de seguir o barco por um longo caminho, e ela sempre teve uma sensação de segurança com eles por perto. Quando Mari e Sofia eram pequenas, deitavam e deixavam seus cabelos espalhados sobre a borda do bote. O clarão do vermelho contra o azul chamava a atenção dos golfinhos, que se aproximavam e cutucavam as mechas grossas, brincando com elas como se fossem algas marinhas.

Em momentos como aquele, o mar não era tão repulsivo.

Enquanto remavam ao longo da costa rochosa, Lia apontou para algo.

— Uma rede — informou ela.

À frente, uma enorme rede de cerco estava enrolada em uma pedra. Esse tipo de lixo era deixado por marinheiros estrangeiros que lançavam armadilhas como aquela ao longo da delicada costa, prendendo cardumes inteiros de peixes, às vezes centenas e milhares de uma vez. Muito mais do que qualquer vilarejo poderia comer.

Mari sorriu, impressionada, como sempre ficava com o olhar aguçado da menina.

— Bem observado, Lia.

As *streghe* conheciam o perigo representado por essas redes. Eram armadilhas para a vida selvagem. Batuíras, gaivotas, caranguejos. Mari tinha visto as carcaças desses animais inúmeras vezes presas em redes de pesca como aquela.

As três remaram em direção à rocha. Juntas, com a ajuda de uma pequena faca, Mari e as meninas removeram a rede. Mari a enrolou em uma bola e a jogou no barco para descartá-la mais tarde.

— Muitos problemas — lembrou às meninas — podem ser solucionados sem *stregheria*. A magia não resolve tudo.

Depois de mais alguns minutos remando, Mari avistou o buraco escuro de uma gruta à frente. Aquele era o destino delas. Era uma caverna, apenas parcialmente submersa, com luz suficiente para enxergar e ensinar. A abertura da gruta ficava bem camuflada; os penhascos que se projetavam em direção à água eram escarpados, cheios de buracos e rochas salientes. A menos que se soubesse o ponto exato para onde olhar, a gruta era praticamente invisível.

Antes de conduzir o bote até a entrada da caverna, Mari aconselhou as meninas a ficarem em silêncio. Ela remou para a frente e para trás várias vezes, observando atentamente o ambiente ao redor. Ninguém, nem mesmo um pescador de seu vilarejo, estava à vista.

Rapidamente, levou o barco para dentro da gruta. Os golfinhos a seguiram, girando e brincando. Ao passarem pela abertura da caverna, as duas jovens arfaram em uníssono, impressionadas: a água lá dentro era de uma cor safira radiante.

Depois de conduzir o bote ao fundo da gruta, Mari se inclinou no barco e mergulhou a mão nas profundezas azuis, tateando em busca da parede da caverna. Ela tocou em algo esponjoso e macio, trazendo o objeto à superfície. Era um tufo de algas marinhas. Ela o estendeu para Lia, apontando para um aglomerado de pequenas esferas, parecidas com bolhas amarelas, escondidas entre as algas. Ovas de peixe.

— Quantas? — perguntou Pippa, inclinando-se para a frente.

Mari semicerrou os olhos sob a luz fraca, contando.

— Centenas — respondeu ela, sentindo-se satisfeita.

— Por causa do *incantesimo dell'elemento*? — perguntou Lia, atrapalhando-se com as palavras. — Aquele em que usamos o focinho de peixe seco?

— Quase — respondeu Mari —, mas não exatamente. Para isto, não há necessidade de alterar a composição da água. Apenas a temperatura dela, que é o *incantesimo raffreddare*. — As correntes de água fria resultavam em boas condições para a reprodução. Também atraíam organismos minúsculos, que serviam de alimento para peixes maiores. — Você sabe qual ferramenta é necessária para esse feitiço?

Lia franziu a testa por um momento.

— A bolsa de sereia.

— Certo. — Mari assentiu. — A cápsula de ovos de tubarão. — Ela baixou o tufo de algas sob a água, devolvendo-o à sua fenda escura. — A água ainda está muito fria. Muito mais fria do que do lado de fora da caverna.

Sinalizou para que as meninas sentissem a temperatura por si mesmas.

— Eu não ia gostar desse frio — comentou Lia —, se eu fosse uma pequena ova.

Mari sorriu.

— É por isso que você não é um peixe. Os peixes adoram o frio. Quanto mais frio, mais comida haverá.

— Mas que tipo de alimento as *ovas* comem? — perguntou Lia.

Ao lado dela, Pippa abafou uma risada.

— As ovas não comem — explicou Mari. — Mas, assim que eclodirem, ficarão com muita fome. — Ela pegou a mão de Lia e apontou para uma sarda minúscula, quase invisível, no polegar da menina. — Abaixo de nós agora, na água, há pequenos seres vivos que nem sequer conseguimos nomear. Tão incontáveis quanto as estrelas, e pequenos demais para serem vistos. Menores, inclusive, do que esta sarda. — Os olhos de Lia se arregalaram, e Mari continuou: — Esses seres não sabem nadar. Eles simplesmente flutuam para onde as correntes os levam. Quando os peixes bebês saírem das ovas, estarão famintos e comerão os pequenos flutuadores.

— Que triste! — exclamou Lia, com a expressão abatida.

Quando a pequena deixou a mão mole, Mari a apertou com força.

— Depois fica ainda melhor — acrescentou Pippa, sorrindo. — O peixe bebê também será comido. Um tubarão, ou talvez um desses golfinhos, vai devorá-lo.

Mari advertiu Pippa com o olhar, mas, ainda assim, a jovem estava certa.

— É assim que funciona, sim — concordou. — O peixe maior sempre come o menor. Começa com os organismos invisíveis que flutuam ao nosso redor e termina com… — Mari hesitou, pensando nos homens do vilarejo que estavam pescando na costa naquele momento. — Bem, termina com a gente e com a comida em nossos pratos. Os peixes nos sustentam, nos mantêm vivos. E é por isso — sussurrou — que nós três estamos aqui, garantindo que a água ainda esteja muito, muito fria, para que os bebês sobrevivam. Para que o vilarejo não passe fome.

Ela quase disse *nosso vilarejo*. Mas já estava começando a se considerar alguém de fora dali.

As três conduziram o barquinho ao redor da caverna e Mari checou a temperatura fria da água em vários pontos. De modo geral, ficou satisfeita com o que encontrou. Isso significava outra boa temporada de pesca pela frente — só que, desta vez, ela não estaria por perto para ver.

Quando terminaram, Mari remou para fora da caverna e colocou os remos no chão do barco. Não havia muita correnteza naquela parte da costa, e o bote balançou sem sair do lugar. A alguns metros de distância, enormes placas de calcário se inclinavam suavemente para baixo, criando uma praia natural. Antes da morte de Sofia, de vez em quando Mari remava até ali para se deitar nas rochas, tomar sol e sonhar acordada. Às vezes, outros chegavam antes dela: acima daquela praia natural havia um caminho estreito e íngreme que levava às trilhas de terra.

A praia estava vazia naquela manhã. Terminada a tarefa dentro da caverna, Mari tirou alguns docinhos de limão de uma sacola e deu às meninas. Ouviu asas batendo nas proximidades, e dois corvos-marinhos passaram voando como se estivessem assustados, com seus longos pescoços esticados para o leste.

Tão perto da praia, Mari cogitou se deveriam desembarcar e comer os docinhos em terra firme.

Ela deu um pulo quando Lia, de repente, jogou seus braços magros para o alto.

— Faz a gente rodopiar na água! — exclamou ela. — *Ruota!*

Mari olhou para a lateral do barco. O mar estava mais lindo do que nunca — azul cristalino, cravejado de brilhos que pareciam diamante, com reflexos do sol acima —, mas, ainda assim, Mari não ficou com vontade de entrar.

— Não — disse ela, com delicadeza.

— Por favor — pediu Lia. — Só uma vez, por...

— Sim! — interveio Pippa. — Já é quase o aniversário de Lia.

Mari olhou para as expressões de súplica das meninas e sentiu um aperto no peito. Momentos como aquele estavam com os dias contados. Ou talvez aquele fosse o último.

Ela tentaria uma última desculpa, testando as meninas.

— Não estou com minha sacola de *attrezzi* — argumentou, brincando.

— Bela tentativa — retrucou Pippa. — O *incantesimo vortice* não precisa de uma ferramenta.

Mari bufou.

— Vocês são espertas demais — admitiu ela.

As meninas aplaudiram enquanto Mari se preparava para fazer uma exibição. Apenas com as roupas íntimas, ela saiu do barco e entrou na água até a altura dos tornozelos. Foi adentrando cada vez mais e, então, sabendo exatamente onde começava o declive, mergulhou de uma só vez.

No início, deixou-se afundar. Conhecia aquela parte do mar: não havia nada a temer. Além disso, dois golfinhos a seguiram até as profundezas e naquele momento brincavam logo abaixo dela. Manteve os olhos abertos, pois havia se acostumado com a água salgada havia muitos anos. De vez em quando, captava o brilho prateado de um peixe jovem.

Recitando algumas palavras, Mari esticou os braços e agitou os dedos, sentindo a água ao seu redor começar a rodopiar. Era um redemoinho lento no início, depois cada vez mais rápido, e Mari o deixou girar ao seu redor algumas vezes, como se fosse uma dançarina fazendo uma pirueta.

Depois de alguns instantes, ela abaixou os braços e deixou que o redemoinho diminuísse. Em seguida, soprou ar pela boca, observando as bolhas flutuarem para a superfície. Apesar de tudo o que o mar havia lhe tirado, ela conseguia apreciar momentos como aquele: a ausência de peso na água, a ausência de som.

De repente, Mari sentiu uma perturbação na água ali perto: Pippa acabara de mergulhar. Ela deu algumas cambalhotas, com um sorriso de satisfação no rosto. Mari esperava que Lia pulasse a qualquer momento — mesmo com sua pouca idade, a menina era uma excelente nadadora —, mas, como ela não o fez, Mari começou a voltar para a superfície. Enquanto isso, os golfinhos se afastaram de repente, indo para águas mais profundas. Mari achou estranha a rapidez com que foram embora.

Conforme batia as pernas na direção da superfície brilhante e cristalina, ela ouviu uma tosse abafada. Não era o tipo de som que Lia poderia ter emitido: soava como um homem. Pippa também deve ter ouvido, pois elas se entreolharam debaixo d'água, com os olhos arregalados.

O sangue de Mari gelou. Ela bateu as pernas uma última vez, enfim saindo da água. Então sentiu um cheiro, algo pungente e desagradável.

Suor.

Um homem com o cabelo cacheado na altura dos ombros estava agachado na encosta de calcário a poucos metros de distância, parecendo pronto para atacar. Fazia quanto tempo que as observava? Tempo suficiente, temia Mari, para vê-la mergulhar no oceano e fazer a água rodopiar com as mãos...

Mas Lia... Onde estava Lia? Quando Mari encostou os pés no fundo rochoso — ela estava de pé agora, com a água na altura da cintura —, olhou freneticamente ao redor. A menina não estava no barco nem na praia. Ela procurou por bolhas, cogitando se Lia teria mergulhado em outro lugar, mas não encontrou nada.

— Onde ela está? — gritou Mari, vagamente ciente de que a água ao seu redor estava ficando mais fria a cada instante que passava.

Ela não viu nenhum outro barco, o que significava que o homem devia ter descido pela trilha estreita que vinha do caminho de terra acima da encosta.

Horrorizada, Mari não parava de pensar que o homem havia arrancado Lia do bote enquanto ela e Pippa estavam embaixo d'água. Ou a garota teria escapado de alguma outra forma? Talvez estivesse se escondendo atrás de uma pedra ou até mesmo subindo a encosta do penhasco. Mari esperava que sim — esperava que a pequena Lia tivesse feito o que fosse preciso para se afastar daquele desconhecido.

— Venham até aqui, vocês duas — exigiu ele, observando as roupas íntimas encharcadas de Mari.

Uma faca brilhava na cintura do sujeito. Quando se levantou, o desconhecido tropeçou ao dar um passo à frente, visivelmente bêbado. Uma garrafa estava jogada sobre as pedras.

Mari o achou vagamente familiar. Ela já havia visto aquele homem antes, tinha certeza disso.

Virou-se para Pippa, cujo cabelo molhado estava grudado nos ombros.

— Vá — sussurrou a ordem. — Volte para a água. Nade o mais fundo que puder.

— O que você está dizendo a ela? — gritou o homem.

O medo brilhou nos olhos dele enquanto observava Pippa recuar pelas águas rasas e depois desaparecer rapidamente, deixando apenas algumas ondulações.

Mari o ignorou e seguiu em frente. A água ao seu redor estava tão fria, tão gelada, que ela mal conseguia sentir os pés.

— Lia! — gritou, olhando de um lado para o outro. — Lia!

Não houve resposta. Nem um sussurro, nem um grito abafado. Mari não entendia. Como a menina havia desaparecido tão depressa, tão de repente?

— Onde ela está? — insistiu.

O homem se abaixou para pegar a garrafa.

— Não se preocupe com a menina. — Sacou a rolha e pressionou o metal em seus lábios. — Nós cuidaremos bem dela em Nápoles.

Mari sentiu um frio na barriga. *Não. Não, isso não pode acontecer.* Sentiu um calor intenso nas mãos, nos pés. Por instinto, pegou seu *cimaruta*, passando os dedos com delicadeza pelo minúsculo pedaço de coral.

Em um piscar de olhos, Mari avançou sobre ele, surpresa com a própria velocidade e agilidade. Apesar de tê-la visto chegando, o homem estava embriagado e suas reações eram lentas. Ela mirou na virilha dele e lhe deu um chute forte. O sujeito se curvou, caiu de joelhos e gritou. Quando levantou a mão, Mari viu que ele havia se cortado na pedra ao cair. Sangue escorria pelo antebraço.

Ela o chutou de novo, desta vez na parte inferior da barriga, e ele sibilou, com falta de ar.

Mari não perdeu tempo. Sabendo que ele ficaria desorientado apenas por alguns instantes, passou os braços por baixo de seus ombros e o arrastou para a água rasa. O peso do homem foi um desafio no início. Ele se debatia, cravando as unhas na coxa de Mari e deixando-a com um arranhão sangrento. Ela quase perdeu o equilíbrio. Se aquele homem, de alguma forma, a pegasse ou imobilizasse seus braços, Mari ficaria sem ter como revidar, como um peixe preso na rede. Pippa e Lia seriam obrigadas a assistir enquanto ele a arrastava para as rochas com o intuito de fazer sabe-se lá o quê, e depois a levava à força para Nápoles. O novo tesouro dele.

Não. Mari não deixaria isso acontecer.

Ela recuperou o equilíbrio e o puxou para a parte mais funda da água. Logo, ele estava boiando, e era mais fácil manejá-lo. Ali, no oceano, ele estava exatamente onde ela queria... Ali ela poderia fazer o que precisava para tirá-lo de seu caminho, para que pudesse encontrar Lia.

Com o corpo do homem imerso até a metade, Mari o soltou. Ele começou a se debater de novo, o sangue de sua mão se misturando com a água do mar. Tentou se manter ereto, com a cabeça acima da água, mas seus pés escorregavam nas pedras. Depressa, Mari se afastou alguns passos e mergulhou as mãos na água.

Baixinho, começou a recitar o *incantesimo vortice*.

A água ao redor do homem começou a formar um redemoinho, cada vez mais intenso, sugando o corpo dele para dentro da rotação, puxando-o para o fundo. Ele fez um esforço inútil para firmar os pés, para se estabilizar, mas, quando percebeu o poder do redemoinho, concentrou-se na própria respiração. Com os olhos arregalados, ele tentou puxar o ar. Havia começado a se afogar.

Mari poderia acabar com aquilo em um instante... Poderia, literalmente, tirar a água dos pulmões daquele homem, se quisesse. Ela nunca havia matado uma pessoa antes, mas nada em seu íntimo hesitava naquele momento. Estava cansada de perder tudo o que lhe era importante.

Deslizou a ponta dos dedos pela superfície do mar, com os lábios se movendo. Com a vazante natural da maré, o ciclone subaquático começou a se deslocar para longe, em direção à parte mais funda no centro da pequena baía. Aquele homem morreria em uma questão de segundos, deixando que qualquer transeunte montasse o quebra-cabeça por si mesmo: a garrafa descartada, a carruagem abandonada no caminho de terra acima. A conclusão seria que ele havia se afogado por estar muito bêbado. Muito desidratado. Isso acontecia o tempo todo. A costa de penhascos era perigosa, e as pessoas frequentemente se deparavam com riscos para os quais não estavam preparadas.

À medida que o redemoinho ia em direção ao fundo, o homem estendeu a mão, como se tentasse alcançar o céu. Houve um grito gorgolejante, algo parecido com um lamento embaixo d'água, então Mari tirou as mãos do mar.

O redemoinho diminuiu de velocidade e parou. O corpo do homem foi sugado para baixo.

Tudo ficou em silêncio e imóvel. Não havia nem mesmo uma bolha na água.

Ele estava morto.

Em algum momento, talvez em alguns dias, seu corpo chegaria à praia. E pensar que o começo daquela manhã tinha sido tão monótono...

A água ao redor de Mari voltou a esquentar. Um instante depois, algo pequeno e fino brilhou na água, exatamente onde o corpo do homem havia afundado. O objeto boiou em um arco lento em direção a Mari, ainda impulsionado pelos remanescentes ondulantes do redemoinho. Ela franziu a testa. Era sólido e frio, como metal, mas um dos lados era abrasivo: uma lixa de unha de homem.

Mari notou uma pequena inscrição e aproximou o objeto do rosto. *Aut inveniam viam aut faciam*, dizia a primeira linha. E, abaixo dela, *Massimo Mazza*.

Ela engasgou, a lixa de unha escorregou de seus dedos e afundou de uma só vez. Ela levou as mãos à boca e balançou a cabeça de um lado a outro.

Não tinha acabado de matar um homem qualquer.

Tinha acabado de matar um dos irmãos Mazza. Um dos homens mais poderosos e perversos de Nápoles.

Agora, os dois irmãos eram apenas um.

Ela pensou brevemente em Holmes. Ele sentia aversão aos irmãos e não seria afetado, pelo menos emocionalmente, pela morte de Massimo. No entanto, Mari se perguntou sobre a companhia Fratelli Mazza e se isso poderia afetar o trabalho e o futuro de Holmes.

Não importava. Era uma preocupação menor em comparação à crise atual: encontrar Lia.

Mari precisava se afastar daquela cena, e rápido. Ouviu um som e se virou para encontrar os olhos de Pippa logo acima da linha d'água. A jovem estava nadando em águas profundas a alguns metros de distância. As duas assentiram em silêncio antes de nadar freneticamente para a margem.

— Lia! — chamou Mari outra vez, perguntando-se se a menina havia testemunhado o afogamento.

Se sim, poderia sair de qualquer esconderijo em que estivesse. Mari chamou por ela três, quatro vezes.

Ainda assim, nada.

Alguns segundos depois, Mari e Pippa chegaram à praia. Elas se apressaram em sair da água, mas…

— Espere — sibilou Mari, segurando Pippa.

Ela acabava de avistar algo, um lampejo vermelho, acima delas, na trilha que subia o penhasco. Ali, perto de onde a trilha encontrava o caminho de terra, havia um homem.

Em seus braços, com um saco de lona amarrado sobre a cabeça, havia uma criança. *Lia.*

Como Mari não pensara nisso? Havia dois deles: um para pegar Lia, outro para distraí-la. Enquanto Mari resolvia o problema com Massimo, aquele segundo homem subia silenciosamente a colina com Lia.

Mari supôs que a menina estava amordaçada e era incapaz de gritar. Seu cabelo desgrenhado saia para fora do saco, mechas da cor de flores de macieira. Daquele ponto de vista, ela se parecia exatamente com Sofia, com seu corpo pequeno e cabelo claro.

Sofia. Lia. E, desta vez, Mari não podia sequer culpar o mar.

Seu horror se intensificou quando deu uma boa olhada no homem que segurava Lia. Ele era uma cópia exata daquele que ela acabara de matar — os mesmos ombros largos, o mesmo queixo pontudo.

Só podia ser o segundo irmão Mazza. Matteo. O mais velho e mais perverso dos dois.

Mari sabia, por instinto, que ele tinha visto tudo. O que ela fizera com o irmão dele. Como ela dominara o mar. Como matara um homem sem sequer tocar nele.

Ela poderia tê-lo perseguido, mas não havia chance alguma de chegar a tempo. Matteo estava a poucos passos do caminho de terra, onde seu cavalo estaria esperando. Mesmo que corresse, Mari levaria vários minutos para subir a trilha rochosa.

Se ao menos pudesse voar. Se ao menos pudesse matar um homem com um olhar. Se ao menos as sereias tivessem concedido às *streghe* mais de sete feitiços, todos para serem usados no mar, e somente no mar.

Mari caiu de joelhos e gritou. *Lia*, pensou ela, observando o homem puxar a criança com brusquidão nos últimos passos. *Lia foi capturada, e tudo por causa da minha falta de atenção.*

Repetidamente, ela continuava falhando com as pessoas que amava.

Pippa estava ao seu lado, respirando com dificuldade, com um olhar angustiado. A garota não era do tipo que chorava, era durona demais para isso. Ainda assim, Mari nunca a tinha visto com um olhar tão atormentado.

— A culpa é minha — sussurrou Pippa.

Mari olhou para ela.

— Não, não. Não diga isso.

— Eu mergulhei depois de você. Eu a deixei sozinha.

— Eu não deveria ter mergulhado, de jeito nenhum. Não deveria ter deixado nenhuma das duas. — Mari então percebeu como estivera perto de perder Pippa também. E se cada um dos homens tivesse pegado uma das meninas? — Você não vai levar a culpa por isto — insistiu Mari. Ela pegou a mão de Pippa e a puxou em direção ao bote. — Precisamos contar às pessoas. Vamos reunir os homens e ir até Nápoles... — Sua voz ficou embargada.

Ela não conseguiu dizer mais nada. Nápoles ficava a um dia de distância a cavalo, o que parecia incrivelmente longe.

E... *Ami*. Sua melhor amiga e mãe de Lia. Como poderia dar aquela notícia a ela?

De volta ao barco, Mari remou o mais forte e rápido que pôde. O suor pinicava sua testa e os antebraços ardiam. Ela nunca havia remado com tanta força. A palma de suas mãos estava cheia de bolhas e feridas.

Depois de ter remado uma pequena distância, ela se virou. Matteo ainda estava no topo da trilha. Uma pequena carruagem puxada por cavalos estava logo atrás dele. Diante dele, Lia estava lamentavelmente sem se mexer, congelada de medo, com o saco ainda sobre a cabeça. A pobre garota não tinha uma casca tão grossa, não como Pippa.

Matteo se erguia sobre o precipício, um predador satisfeito com sua caça.

Ele gritou uma única e lenta palavra, que ecoou na encosta do penhasco, soando nos ouvidos de Mari.

O sangue dela gelou.

— *Tornerò* — gritou ele.

Eu voltarei.

8

HAVEN

Segunda-feira

Depois de um jantar simples de tomates fatiados com burrata fresca, eu estava quase indo para a cama com um livro quando Mal bateu na porta do meu quarto e entrou. Estava com as sobrancelhas franzidas e os dentes, cerrados.

— Ei, você precisa ouvir isso.

Ela pegou o controle remoto na mesa de cabeceira e ligou a televisão. Colocou em um canal de notícias em inglês e se recostou nos meus travesseiros. Juntas, assistimos a um meteorologista atrás de uma mesa folheando uma pilha de papéis.

— A previsão do tempo? — questionei. — Nossa, você está tão entediada assim?

— Shiu — retrucou ela, sem esboçar um sorriso.

Repreendida, voltei a atenção para a TV.

O meteorologista segurava um pedaço de papel: era um gráfico repleto de linhas irregulares e símbolos indecifráveis.

— Recebemos isto há alguns instantes da nossa equipe de oceanografia — disse ele, com uma expressão séria. — Dados adicionais indicam um aumento nos níveis de dióxido de carbono observados em torno de várias fontes hidrotermais importantes em alto-mar. — Ele verificou suas anotações. — Sorrento, Amalfi, Positano — acrescentou. — Todas apresentaram aumentos significativos. Os dados que observamos nas seis semanas anteriores eram incomuns, mas isto é... — Ele balançou a cabeça. — É um aumento notável.

Mal baixou um pouco o volume da televisão.

— Algumas reportagens foram publicadas esta manhã — contou ela — sobre a correlação entre o aumento das infiltrações de dióxido de carbono, proveniente basicamente de fontes submarinas, e erupções vulcânicas iminentes. — Ela apoiou os cotovelos nos joelhos. — Alertas formais seriam emitidos se precisássemos nos preocupar com isso, certo?

— As reportagens mencionaram algo sobre as fumarolas do Vesúvio? Ou terremotos?

As duas coisas eram indicadores muito mais preocupantes do que as leituras de dióxido de carbono oceânico.

— Não — admitiu ela.

— Então está tudo bem. — Peguei o controle remoto e tirei o som da televisão. — Já temos preocupações suficientes, Mal. Não posso lidar com mais nada.

Ela ficou me encarando por um instante, parecendo pouco convencida.

Levantei as mãos.

— Eu prometo: se houver alertas, alertas *reais*, faremos o que for preciso para ficar em segurança. — Apontei para a televisão. A programação havia entrado no intervalo comercial, e mostrei o enorme cheeseburger que aparecia na tela, com a gordura escorrendo pelas laterais. — Veja — falei. — Não passam comerciais de cheeseburger durante emergências de verdade, certo?

— Imagino que não. — Ela desligou a televisão. — Acho que só preciso dar uma volta.

Lembrei-me de ter visto um anúncio da boate mundialmente famosa de Positano.

— Que tal a Music on the Rocks? Ainda não está aberta, mas podemos nos arrumar e sair para beber algo antes.

Ela franziu os lábios e disse:

— É, gosto da ideia de dançar.

Combinamos de sair em uma hora. No entanto, assim que tirei um vestido azul curto da mala, meu celular tocou. *Gage.*

Eu não tinha energia para lidar com ele naquela noite. Apertei *Ignorar*. Retornaria a ligação no dia seguinte.

A Music on the Rocks, situada dentro de uma caverna na extremidade leste do vilarejo, era sem dúvida uma boa distração.

Luzes de néon rosa e azul iluminavam o teto côncavo baixo, enquanto os clientes ficavam de pé ao longo das paredes da caverna, maravilhados com o interior de pedra. A pista de dança já estava lotada quando chegamos, e dei uma olhada no salão, sentindo-me mais animada ali do que durante o dia inteiro. O ambiente não era apenas chique, mas totalmente diferente de qualquer lugar em que eu já tinha estado antes.

Fomos até o bar e pedimos duas cervejas, depois abrimos caminho até um sofá de couro branco perto da pista de dança. Puxei meu vestido azul curto para baixo, enquanto Mal parecia muito mais confortável em seu jeans preto rasgado.

Brindamos à nossa segunda noite em Positano, mas, quando tomamos um gole, senti meu celular vibrar na bolsa.

— Mas que saco! — exclamei em voz alta. — É o Gage. De novo.

— *De novo?*

— Ele me ligou mais cedo, pouco antes de eu começar a me arrumar. Eu ignorei.

Mal fez uma careta, com uma expressão de "odeio te dizer isso, mas...".

— Se ele está ligando de novo, você precisa atender.

— Eu sei, eu sei. — Levantei-me do sofá, olhando para a porta. — Vou dar uma volta lá fora. Não se meta em nenhuma confusão na minha ausência.

— Não prometo nada.

Saí correndo pela porta principal da boate e entrei em um terraço construído na encosta do penhasco. Alguns homens estavam encostados na grade, fumando cigarros. Um deles estava com o celular desbloqueado, mostrando uma mensagem de texto.

— Os voos foram cancelados. — Eu o ouvi dizer.

— Por causa do Vesúvio? — perguntou o amigo dele.

— Sim.

Desbloqueei o celular e atendi a ligação de Gage.

— Oi, Gage.

— Haven. — Sua voz soava solene, séria. — Tentei ligar para você mais cedo.

— Sim, eu vi. Mal e eu saímos esta noite. Acho que mencionei que chegamos alguns dias antes.

— Certo. — Ele pigarreou antes de falar: — Então, Haven, temos uma situação. — Fiquei em silêncio, alarmada com o tom dele. A fumaça do cigarro veio em minha direção e dei alguns passos para trás, tentando respirar ar puro. — Você soube do naufrágio do iate hoje? — perguntou.

— Sim — respondi. — Nós o vimos esta manhã, enquanto acontecia.

— Ah. Você tem alguma ideia do que causou isso? A mídia não está divulgando muitos detalhes.

— Não. Não havia fumaça. E parecia um dia perfeito para um passeio de barco.

Perto dali, os homens ao longo do parapeito olharam para mim.

— Você assistiu ao jornal de algumas horas antes, no qual anunciaram as vítimas?

Abaixei a cabeça. Devia ser por isso que ele tinha ligado havia algumas horas.

— Não, não assisti. Sabia que algumas pessoas ainda estavam desaparecidas. Mas nada além disso.

Talvez, pensei, *Mal e eu tivéssemos evitado checar as últimas notícias como uma forma inconsciente de negar o que já sabíamos.*

Gage respirou fundo.

— Oito pessoas morreram.

Fechei os olhos e levei a mão à boca. *Oito.*

— Isso é inacreditável — falei ainda em ligação, sentindo-me atordoada. — Não consigo…

— Conrad está me ligando — interrompeu Gage. — Vou atender e te ligo de volta.

— Conrad? — perguntei.

Minha pergunta foi respondida com silêncio. Gage já havia desligado.

Corri de volta para dentro da boate, desviando de uma multidão de pessoas para chegar até Mal. Xinguei quando uma mulher de salto alto esbarrou em mim, derramando toda a sua bebida — um líquido escuro, como refrigerante — na parte da frente do meu vestido azul.

— Ei — chamei Mal, falando mais alto que a música do DJ. — Vamos lá fora um minuto.

Com um olhar cauteloso, ela me seguiu. Sem uma palavra, nós abrimos caminho por uma fila de pessoas esperando para entrar na boate. Finalmente, chegamos a uma calçada larga e vazia ao lado da praia principal.

— Oito pessoas morreram no naufrágio do iate — contei, baixinho.

Ela ficou boquiaberta.

— *Merda.*

— É. Gage me contou. — Hesitei, imaginando o que ele e Conrad estariam discutindo naquele exato momento. Dada a amizade dos dois, poderia ser qualquer coisa, mas, mesmo assim, eu tinha um mau pressentimento. — Ele está conversando com Conrad, depois vai me ligar de volta.

Mal passou a mão pela nuca, expirando o ar com força. Vi um banco próximo e nos sentamos, subitamente exaustas. Tirei os sapatos de salto e Mal fez o mesmo, depois olhei, arrasada, para o meu vestido, molhado da bebida que a mulher havia derramado. A mancha já estava secando.

Que cena devíamos estar protagonizando: não eram nem onze horas e já parecíamos ter enfrentado uma noite difícil.

Enquanto esperava Gage me ligar de volta, peguei o celular e pesquisei *naufrágio de iate em Positano*. Era a manchete de inúmeros veículos de notícias, então cliquei no primeiro resultado.

Como Gage havia dito, oito pessoas morreram, mas essa não era a manchete. A notícia era *quem* morreu: Asher Vice, um influente TikToker com trinta milhões de seguidores, e sua namorada, a modelo de biquíni Julie Jensen. Quando o barco afundou, Asher ficou preso em um dos quartos abaixo do convés com sua namorada e outras quatro mulheres, todas modelos de biquíni que apareciam regularmente em suas redes sociais. Alguns dos passageiros que sobreviveram tentaram arrombar a porta para salvá-los, assim como o amigo de Asher em outro quarto, mas não conseguiram. Os corpos seriam submetidos a uma autópsia para determinar se eles haviam usado drogas.

A causa do naufrágio ainda não havia sido determinada, segundo a reportagem. Não havia indícios de incêndio. O tempo estava bom. O mar estava calmo. Tudo exatamente como Mal e eu havíamos observado naquela manhã.

Os comentários abaixo da notícia eram variados. Alguns expressavam condolências, outros eram descaradamente insensíveis. A maioria era especulativa. Li alguns rapidamente, com os dedos trêmulos enquanto rolava a tela.

@jforge23: Que trágico. Conheço a irmãzinha dele. Ela deve estar arrasada.

@kch_forthewin: Há algo que não estão nos contando. Não houve incêndio nem mau tempo? Barcos não afundam assim.

> @craterhunter99: Acho que foi um sumidouro. Veja as notícias sobre os níveis de dióxido de carbono na mesma área. É assustador, considerando o Vesúvio.

> > @cruzecpl: Ouvi dizer que se formou uma nova fumarola na cratera. Já cancelei nossa viagem para Capri. Não vale a pena.

@kch_forthewin: A atividade das fumarolas varia de um dia para o outro. Não significa nada. O vulcão não vai entrar em erupção.

@jp1104: Cinco garotas no mesmo quarto? Alguém me ensina a fazer isso.

@reliccollector: Provavelmente um coma induzido por drogas. Nem sinto pena deles.

@tears_n_lore: A maldição de Amalfi ataca novamente.

@kch_forthewin: Como assim?

@tears_n_lore: Pesquise no Google. Dizem que é a razão por trás de muitos naufrágios naquela área específica.

@kch_forthewin: Lenda urbana. Fake news.

@tears_n_lore: Você tem uma explicação melhor?

Eu poderia ter continuado lendo, mas meu celular tocou de novo. Era Gage me ligando de volta.

— É ele ligando — falei para Mal, desconfortável ao atender.

— Desculpe por isso — disse Gage.

— Não tem problema. Como está Conrad? — Cruzei as pernas, apertando-as com força, sentindo todo o meu corpo tenso.

— Ele está bem. Olha, Haven, precisamos conversar sobre isso.

Olhei para a praia. A maré estava baixa, fazendo com que a água parecesse muito distante.

— Com certeza — concordei. — Provavelmente é melhor adiar o projeto um pouco, deixar a polícia encerrar a investigação, ficar fora do caminho deles. Podemos usar esse tempo para trabalhar nos arquivos em Nápoles, tentar ter uma ideia do inventário existente de embarcações naufragadas na área.

Minha sugestão foi recebida com silêncio. Tudo o que eu podia ouvir eram batidinhas leves, como se Gage estivesse batendo com uma caneta na mesa, nervoso.

— Não temos tempo — disse Gage, enfim. — Nunca tivemos tempo, mas, agora, mais do que nunca, cada hora conta. — Ele soltou um suspiro pesado. — Não é fácil compartilhar isso com você, mas a HPI decidiu redesignar o projeto.

Engoli em seco, balançando a cabeça. Devo ter ouvido errado.

— Como assim?

— É para a sua segurança, Haven. Você mesma disse que não conseguiu determinar por que o barco afundou. A única explicação são as correntes, os redemoinhos. A área é conhecida por isso. E com os dados estranhos, as fontes hidrotermais, simplesmente não sabemos o que está acontecendo lá embaixo. Não posso pagar para colocar um grupo de mulheres na água, Haven. Pense na repercussão caso algo acontecesse.

Pense na repercussão. Sempre preocupado com as aparências, esse cara.

— Então, se não eu, quem?

Outro silêncio.

— Conrad — respondeu ele, enfim.

Franzi a testa. Será que eu tinha entendido errado?

— Mas Conrad está na Austrália.

— A viagem de mergulho dele já acabou, pelo que sei — afirmou Gage. — Olha, sei que vocês dois são próximos e têm uma longa história juntos. Você pode continuar envolvida no projeto como consultora remota. E com as habilidades de mergulho dele, o histórico de segurança... Não importa o que aconteça naquelas águas. Confio que Conrad conseguirá sair do mar junto com a equipe dele em segurança, se necessário.

— *A equipe dele?* — repeti.

— Isso mesmo. Ele me enviou uma pequena lista de nomes. Estão organizando a viagem agora.

— Espere — pedi, com a cabeça a mil por hora. Tudo estava acontecendo muito rápido. — De quem foi a ideia? Da fundação ou do Conrad?

Gage soltou um suspiro.

— Olha, Haven, vou ser sincero. Quando sua equipe optou por acelerar o projeto, nós, da fundação, apoiamos, mas também ficamos nervosos. As coisas só pioraram aí, e eu tenho perdido o sono com isso, literalmente. Conrad me ligou hoje cedo e me propôs a mudança de planos. Reuni minha equipe de liderança e o conselho. Todos concordamos que é o melhor a fazer.

Cerrei os dentes, furiosa por ter sido excluída dessas reuniões.

— Estou na lista de nomes de Conrad? Na equipe dele?

Gage hesitou.

— Não.

Tive vontade de gritar.

— Então nenhum de vocês confia em mim em águas turbulentas — constatei, inexpressiva. Olhei para Mal. — Ou na minha supervisora de mergulho.

Gage agora falava às pressas:

— Não é uma questão de confiança, Haven. É uma questão de experiência. Conrad tem uma vida inteira de gestão de incidentes no currículo. Você é nova nisso. Muito mais nova.

— Eu mergulho desde que nasci.

— Você tem um ponto. — Ele respirou fundo. — Mas com quantos acidentes de mergulho já lidou?

Mordi o lábio inferior até sentir o gosto de sangue.

— Nenhum.

Na verdade, um, e foi o meu acidente, mas não estava disposta a compartilhar aquela história.

Nem quem foi a pessoa que me salvou.

Apesar de ter registrado mais de mil e quinhentos mergulhos, eu só tinha passado por um incidente significativo debaixo d'água, aos 16 anos. Foi um milagre que Conrad, que só tinha se juntado a mim e ao meu pai em alguns mergulhos recreativos ao longo dos anos, estava lá quando tudo aconteceu.

Nossa intenção era explorar um arco natural subaquático, uma série de formações rochosas e corais em Key Largo. Durante o mergulho, avistei um arco a poucos metros e fui até lá. Enquanto nadava por baixo do arco, admirando uma moreia escondida em uma pequena fenda, senti um puxão e, em seguida, um estalo na parte de trás da cabeça.

De imediato, uma enxurrada de água salgada fria inundou meus olhos e meu nariz. A tira da minha máscara tinha ficado presa nas rochas, rompendo-se. Minha máscara, então solta, perdeu a vedação e flutuou para longe.

Como mergulhadores, treinamos para momentos como aquele, mas raramente esperamos usar o treinamento na vida real. Eu já havia tirado minha máscara inúmeras vezes em piscinas e até mesmo em águas rasas do oceano. Eu sabia muito bem como recolocá-la na cabeça e tirar a água.

Mas nunca havia praticado aquela sensação de puxão e estalo. Nunca tinha visto a tira da minha máscara se partir ao meio. E nada me preparou para a ardência violenta do sal nos olhos, a incapacidade instantânea de enxergar, a água inundando o nariz e, pior de tudo, o pânico imediato.

Tudo aquilo dez metros abaixo da superfície da água.

Permaneci o mais calma possível por dez, talvez vinte segundos. Ainda tinha meu regulador — minha fonte de ar — na boca. Meus olhos se ajustaram rapidamente à ardência da água salgada, embora tudo o que eu enxergasse fosse um borrão azul, uma sombra aqui e ali. Tentei me orientar da melhor maneira possível, mas, enquanto agitava os braços freneticamente, minha mão prendeu na mangueira conectada ao meu regulador e, sem querer, a arrancou.

Desse modo, eu tinha ficado sem máscara, sem ar e escondida sob um arco, sem um companheiro de mergulho.

Um mergulhador mais calmo e maduro — um mergulhador como Conrad ou meu pai — talvez tivesse encarado aquela situação como apenas mais um exercício de treinamento. Eu deveria ter buscado meu ar primeiro: mesmo que o regulador escorregasse da boca de um mergulhador, ele fica preso ao tanque e sempre está lá para ser encontrado, ainda que um pouco difícil de alcançar. Mesmo sem máscara, eu poderia ter contado alguns segundos para me acalmar e, em seguida, feito uma subida lenta e segura até a superfície.

Eu não fiz nada disso.

Entrei em pânico e respirei bem quando não deveria.

Mesmo hoje, não sei quanto tempo se passou depois daquilo. A história foi reconstruída a partir de fragmentos contados por meu pai e Conrad, começando no momento em que perceberam que eu não estava mais atrás deles na trilha original.

Quando Conrad avistou bolhas subindo à superfície a uma curta distância, ele nadou em minha direção, notando que algo estava errado: minha máscara estava fora do lugar, mas o regulador ainda não havia escorregado de minha boca. Assim que ele chegou por trás para ajudar, eu tinha arrancado o regulador com força.

Isso significou que, no exato momento em que eu precisara de ajuda, havia um mergulhador de resgate a poucos centímetros de distância.

Foi um trabalho fácil para Conrad. Ele soltou os pesos presos ao meu equipamento de mergulho, colocou minha cabeça em posição neutra, passou o braço ao meu redor e me levou para a superfície.

Em algum momento durante a breve subida, eu perdi a consciência.

Uma vez na superfície, Conrad realizou a RCP. Quando recuperei a consciência, ele soprou o apito para alertar o piloto do barco, ancorado a uma curta distância. Dizem que meu pai também emergiu naquela hora, com os olhos ardendo tanto de medo que pensaram que ele também havia sofrido um acidente. Alguém chamou uma ambulância para que estivesse nos esperando quando retornássemos à costa.

Foi naquele dia que todos decidimos que, dada a falta de sorte do meu pai, eu deveria estar recebendo a parte dele. A rapidez do raciocínio de Conrad salvou minha vida e foi parte do motivo pelo qual, naquele momento, mesmo depois de meu pai ter falecido, ele e eu mantínhamos contato. Eu não sabia como poderia retribuir tudo o que ele fez por mim.

Não importavam os iates, os amigos ricos e o estilo de vida extravagante de Conrad, tão diferentes da minha realidade. Ele era um dos amigos de longa data do meu pai, um grande incentivador da minha carreira e o homem que me devolveu o ar aos pulmões.

Confiava nele por completo.

Até aquele momento, durante a ligação com Gage.

— Por que Conrad e eu não podemos liderar juntos? — argumentei. — Por que deixá-lo trazer uma nova equipe? Minha equipe vem estudando nossa abordagem faz meses.

— Vou garantir que ele tenha acesso a toda a documentação, mas não haverá muita necessidade desses aprendizados. Ele poderia fazer isso de olhos fechados. Conrad também tem seu próprio equipamento de câmera, incluindo algumas tecnologias exclusivas. E pode enviar as imagens diretamente para a startup de software. Vamos garantir que eles recebam o que precisam.

Senti a mão reconfortante de Mal em meu joelho, embora ela só pudesse ouvir minha parte da conversa. Lágrimas queimavam meus olhos, mas mesmo assim me recusei a deixar aquele homem me fazer chorar.

— Parece que vocês dois já resolveram tudo, então.

— Precisaremos fazer algumas ligações para transferir a documentação, garantir que tudo seja enviado para ele etc. Estou pedindo ao meu gerente para redigir um novo contrato. Estará pronto pela manhã. Conrad poderá partir em dois dias. Já reservou o voo.

— Ele teve sorte de conseguir um voo tão em cima da hora — comentei, sem fazer nenhum esforço para esconder minha irritação.

— Pelo que ouvi, os cancelamentos estão fora de controle. A agência de viagens da minha esposa lida com muitas reservas para a Itália. Ela disse que quase um quarto das reservas para a próxima semana foram adiadas. Uma decisão prematura, na minha opinião. Não houve nenhum aviso oficial.

Pela primeira vez, Gage e eu concordávamos em algo.

Atordoada, inclinei-me para a frente e coloquei a cabeça entre as mãos. Pensei em Conrad, mais de um ano antes, quando me indicou à HPI e me colocou no caminho para o sucesso profissional.

Pensei nele me puxando da água havia dezenove anos, salvando minha vida.

Pensei na mensagem gentil que ele enviou poucas horas antes, lembrando do aniversário do meu pai.

No entanto, ele e Gage tinham acabado de me tirar do projeto. E Conrad não me colocou em sua equipe.

Que merda era aquela? Conrad tinha feito tanto por mim nos últimos anos, mas, naquele momento, eu me sentia traída. Ele havia feito tudo escondido de mim, e agora Gage estava fazendo o trabalho sujo de me dar a notícia.

Aquele não era o Conrad que eu conhecia havia quase uma vida inteira.

Olhei para Mal. Seus olhos focavam o chão, resignados.

— E a minha equipe? — perguntei para Gage.

— Acabamos de falar sobre isso. Conrad quer...

— Não, quero saber o que a minha equipe deve *receber*. Seus salários. Três delas, incluindo minha supervisora de mergulho, largaram seus empregos ou transferiram projetos para que isto acontecesse.

Gage soltou uma risada.

— Bem, obviamente não podemos pagar pelo trabalho que elas não vão fazer. — Ouvi-o folhear alguns papéis. — É claro que a fundação cobrirá todas as despesas até agora, sua viagem de volta para casa e tudo mais. Eu também estaria disposto a arcar com o salário da equipe até, digamos, o final da próxima semana.

Levantei-me e comecei a andar pela calçada com os pés descalços, os saltos pendurados em uma das mãos.

— Minha supervisora de mergulho *pediu demissão*, Gage. — Eu não tinha mais nada a perder. — Ela sublocou seu apartamento em Miami. Não se trata apenas de uma mudança de pessoal. Minha equipe virou a vida de cabeça para baixo em preparação aos próximos doze meses. Este seria o nosso trabalho, a nossa renda. Eu ainda nem superei o jet lag e você já está cancelando tudo? Nenhuma de nós pode simplesmente voar para casa e retomar de onde parou.

— Haven. — Gage baixou o tom da voz. — O incidente de hoje pode muito bem ser uma bênção disfarçada. Eu não sei o que está acontecendo naquelas águas, tá? Não posso deixar vocês morrerem no fundo do oceano.

Eu tinha uma última ideia.

— Então vamos mudar de local. Vamos voltar para OBX. — Nos primeiros dias de brainstorming do projeto, aquela tinha sido uma proposta controversa: Outer Banks, na Carolina do Norte, em específico a área de naufrágios ao redor do Cabo Hatteras, era conhecida como o Cemitério do Atlântico. — Precisaremos reformular um pouco nossa abordagem — continuei —, mas podemos manter minha equipe intacta. E ficaremos fora de perigo.

Eu não poderia procurar a descoberta do meu pai, mas, naquele momento, estava mais preocupada com a minha equipe e a possibilidade de elas não pagarem suas contas.

Gage fez silêncio, então soltou um suspiro de resignação.

— Sinto muito, Haven. Não podemos mudar de local, não tão em cima da hora. O que *podemos fazer* é mudar a equipe. São apenas negócios. Não leve para o lado pessoal.

Pensei nos desenhos rudimentares que eu fizera em um guardanapo no bar do hotel havia alguns anos — o nascimento do Projeto Relíquia. A ideia tinha sido toda minha, então era óbvio que eu estava levando para o lado pessoal. Se não fosse por mim, não estaríamos aqui. Mas eu supunha que Gage poderia dizer o mesmo. Se não fosse pelo financiamento da organização dele, também não estaríamos aqui.

E era nesse ponto que ele me ganhava.

— Que tal se... — continuou Gage. Ele baixou a voz, provavelmente desconfiado de que eu não estivesse sozinha. — ... você ficasse aí. Só você. Supondo que nada drástico aconteça com o Vesúvio, vou encontrar uma maneira de garantir seu salário até o final dos doze meses. Considere como férias de um ano. Isso te deixa feliz?

Era uma piada? Ele me considerava tão superficial a ponto de aceitar tal oferta e mandar minha equipe para casa de mãos vazias?

— Não — respondi. — Primeiro, não vou aceitar um incentivo que deixa minha equipe sem nada. E, segundo, não quero férias. Quero trabalhar.

Ele expirou o ar com força, e eu soube que nossa conversa havia terminado.

— Então não posso ajudá-la — concluiu ele. — Entraremos em contato amanhã para combinar a transferência.

Não respondi, nem sequer me despedi. Desliguei o celular e o enfiei na bolsa.

Mal ficou ao lado, com os olhos baixos. Eu a envolvi em meus braços e a segurei com força.

— Sinto muito. Gage disse…

— Não precisa repetir — disse ela. — Já ouvi o suficiente.

Eu assenti e nos abraçamos por um longo minuto. Com a cabeça apoiada no ombro dela, olhei para longe, além da margem do oceano, para onde a água ficava mais profunda e escura. As ondas batiam ritmadas na areia, suave e lentamente.

Pensei novamente em Conrad. Um dia, ele havia sido meu amigo. Naquele momento, não era mais nada. O que tinha mudado nele?

Lembrei-me da mensagem estranha que ele me enviara naquela manhã. Já encontrou algo além de navios naufragados? 😉

Será que, de alguma forma, Conrad sabia sobre o tesouro que meu pai tinha encontrado? Será que essa era a razão por trás da mudança inesperada em… tudo? Eu achava que meu pai não tinha compartilhado sua descoberta com mais ninguém, mas Conrad era um cara experiente, e talvez meu pai pudesse ter buscado orientação profissional ou técnica para recuperar as joias.

Independentemente disso, fora Conrad quem iniciara essa mudança de planos. Se ele sabia sobre as joias, poderia ter ido atrás delas a qualquer momento por conta própria. Mas com a HPI patrocinando o projeto? Isso lhe dava carta branca.

Enquanto Mal e eu começávamos a subida de volta para casa, não conseguia tirar essa possibilidade da cabeça. Talvez, para Conrad, a viagem de última hora para Positano não tivesse nada a ver com o Projeto Relíquia.

Talvez ele quisesse o tesouro. Talvez quisesse que outra pessoa pagasse pela expedição.

E talvez quisesse me tirar do caminho.

Gage tinha deixado claro: não havia possibilidade de negociação. O projeto não era mais meu. Ele me dera a opção de permanecer em

Positano por um ano com a remuneração que havíamos combinado originalmente, mas essa mesada dele podia ir para o inferno. Eu não queria o dinheiro da fundação.

Ainda assim, não tinha vindo para cá com um único objetivo. E Gage não poderia me impedir de terminar o que meu pai havia começado.

— O que você vai fazer? — perguntou Mal.

Tínhamos acabado de subir mais uma escadaria e estávamos as duas ofegantes. Parei, virei-me para sentar no degrau mais alto e recuperar o fôlego.

— Acho que preciso enviar um e-mail para todo mundo do projeto — falei, pegando meu celular.

Passei os dedos pela tela, odiando a notícia que estava prestes a compartilhar. Os outros membros da minha equipe deveriam embarcar em seus voos em dois dias. Imaginei suas malas, já meio arrumadas no chão do quarto.

Escrevi um e-mail curto e gentil, informando que o projeto havia sido redesignado e que elas precisavam cancelar suas passagens. Poderíamos fazer uma chamada em equipe para discutir os detalhes no dia seguinte. Depois que enviei, Mal se sentou ao meu lado. Daquele ponto privilegiado, víamos grande parte do vilarejo. No centro da cidade, havia uma igreja antiga, com a fachada brilhando em tons de azul e violeta. Além dela, algumas luzes balançavam na água — barquinhos ancorados para passar a noite. De algum lugar próximo, eu podia ouvir o som fraco de uma música.

— Não acredito que temos que ir embora — disse Mal, admirando a vista. — Acho que vou ficar com Megan até conseguir resolver a situação da minha sublocação. *Se é que* vou conseguir resolver.

— Já pagamos o primeiro mês da casa, então ainda temos mais algumas semanas, se você quiser ficar. — Suspirei. — Mas, mesmo assim, sinto muito.

— Não quero ouvir você dizer isso nunca mais. Você não fez nada de errado, Haven.

— E quanto à grana? — perguntei a ela. — O que você vai fazer?

Eu tinha uma poupança modesta, graças ao que herdei após a morte do meu pai. Mal não tinha nada disso.

Ela mordeu o lábio inferior.

— Minha chefe foi bem compreensiva. Ela disse que, se eu mudasse de ideia em um futuro próximo, poderia voltar. Não sei bem o que quis dizer com *futuro próximo*, mas, se eu voltar para casa o mais rápido possível, acho que ficarei bem.

Isso, pelo menos, me deu um pouco de alívio.

— E você? — perguntou ela. — O que vai fazer?

Prendi a respiração. Era a hora.

— Não vou voltar para casa — revelei.

Mal ficou em silêncio por um instante, franzindo a testa para mim.

— O quê?

— Não vou embora. — Encarei-a fundo nos olhos. — Nunca te contei isso, mas o último mergulho do meu pai foi em Li Galli. Ele localizou um naufrágio com algo valioso. Pedras preciosas. Não as recuperou, pois não tinha o equipamento necessário. Pretendia voltar no dia seguinte, mas…

— Um derrame.

— Exato. Ele não pôde voltar. E me fez prometer que eu iria no lugar dele.

Mal arregalou os olhos.

— Por que só está me contando isso agora?

— Por vários motivos. O principal deles: não era um segredo meu para compartilhar, e sim do meu pai. Também não queria desviar o foco da equipe mencionando algo valioso entre os destroços. E não queria que vocês… — Suspirei, abrindo as mãos. — Bem, mesmo que tenhamos escolhido este local antes da descoberta dele, não queria que ninguém pensasse que meus motivos para estar aqui eram outros.

— Então ninguém mais sabe — concluiu Mal.

— Ninguém da equipe. E quero que continue assim.

Mas Mal balançava a cabeça.

— Não, quero dizer, mais alguém sabe sobre os destroços e o tesouro? Além de você e seu pai?

Respirei fundo.

— Não tenho certeza. Conrad disse algo estranho hoje mais cedo.

Mostrei a ela a mensagem com o emoji piscando e contei sobre as poucas pistas que meu pai havia compartilhado: as fotos granuladas debaixo d'água, a imagem acima da superfície com coordenadas de longitude e latitude, a estranha lista de números e letras que eu não conseguia decifrar. Todas eram digitais e estavam armazenadas em uma pasta na nuvem protegida por senha.

— Não sei o que meu pai compartilhou com Conrad, se é que compartilhou alguma coisa. Mas a mensagem dele é estranha, não acha?

A preocupação tomou o rosto de Mal.

— Com certeza. Quer dizer, nunca conheci o cara, mas vi algumas entrevistas. Ele fica falando sem parar sobre quanto valor inexplorado existe no fundo do mar. E tenho cem por cento de certeza de que ele não relata suas descobertas.

Levantei-me, pronta para voltar para a casa alugada.

— É por isso que não vou embora. Vou encontrar um lugar mais barato para ficar, usar minhas economias. Mas com certeza não vou deixar Conrad me ganhar nessa.

Retomamos a subida dos degraus e meu celular vibrou. Erin, uma das mulheres da minha equipe, havia respondido. Sinto muito, Haven, dizia o e-mail. Estou arrasada e só posso imaginar como você está se sentindo. É por causa do Vesúvio? Vi as notícias... As pessoas estão preocupadas. Isso é péssimo, mas nosso bem-estar vem em primeiro lugar. Volte para casa em segurança. Beijos.

— Ela está certa — disse Mal — sobre o nosso bem-estar. — Então tropeçou em um degrau, xingando baixinho. — O que você vai fazer em relação ao barco? Tanques de ar? Um companheiro de mergulho? É óbvio que não vai mergulhar com Conrad.

— Acho que vou procurar uma loja de mergulho por aqui — respondi.

Para o Projeto Relíquia, tínhamos combinado tudo com uma loja de mergulho particular em Sorrento, mas agora isso estava fora de cogitação.

— Você confiaria a um desconhecido o que pode ser uma descoberta de valor imenso?

Quanto mais perguntas Mal fazia, mais meu plano começava a escapulir das minhas mãos.

— Depende do desconhecido. Talvez confie. Talvez não confie.

Eu me sentia ficando na defensiva, até mesmo agressiva. Não estava preparada para nada disso.

Ela me olhou de soslaio.

— Estou do seu lado, Haven. Lembre-se disso.

Nossa casa, com uma única lâmpada iluminando uma janela, estava logo à frente.

— Não tenho todas as respostas — falei — e sei que essa empreitada não é necessariamente segura.

Girei a chave e abri a porta. À nossa frente estavam nossos pertences, ainda embalados, uma bagunça de mantimentos, malas e equipamentos de mergulho que pretendíamos organizar nos próximos dias.

— Mas não vou para casa — reiterei. — Ainda não. Não vou deixar Conrad tirar isso de mim também.

9

MARI

Segunda-feira, 16 de abril de 1821

Enquanto Mari e Pippa se dirigiam ao vilarejo em seu bote, avistaram um grupo de pescadores à frente, trabalhando arduamente nas docas, descarregando suas redes e pendurando-as em suportes de madeira para secar. Lufadas de fumaça dos comerciantes ambulantes se espalhavam pelo ar. Um grupo de meninos estava em pé em torno de uma longa mesa perto da água, limpando e pesando peixes. Mais tarde, eles iriam salgá-los e defumá-los, e o que não ficasse no vilarejo seria enviado para outros lugares.

Todas aquelas pessoas, na verdade, o próprio bem-estar do vilarejo, estavam em risco por causa do erro de Mari. Matteo havia dito que voltaria. Ele viria buscá-la, sem dúvida, mas e as outras? Se ele encontrasse as outras *streghe*, o vilarejo de Positano nunca mais seria o mesmo.

Mari deveria ter dado ouvidos ao seu instinto: não queria sair de casa naquela manhã. Pensou na água tremendo em suas mãos enquanto provava o sabor do mar, nos corvos-marinhos assustados voando e nos golfinhos fugindo. Os sinais estiveram lá. Por que não tinha sido mais cautelosa com as meninas, mais atenta ao que estava ao redor?

Tinha sido imprudente fazer sua pirueta subaquática em plena luz do dia. Ela sabia disso, mas fizera mesmo assim, querendo deixar as meninas felizes. Também tinha sido descuidada na semana anterior. Em vez de levar as mulheres até a enseada para lançar o feitiço contra os piratas que se aproximavam, ela as levou até a beira do mar. Lá ela se lembrava de ter avistado uma sombra estranha no cais...

Será que aquilo tinha alguma relação com o que acabara de acontecer?

Enquanto remava, Mari olhou para as mãos avermelhadas. Naquele momento, estavam cheias de bolhas, então ela mergulhou uma no oceano, esperando que a água fria aliviasse a dor. Mas, assim que sua pele tocou o mar, uma enorme onda surgiu debaixo delas. Pippa gritou, quase caindo da borda do barco quando ele inclinou para o lado.

Mari tirou a mão da água, percebendo de imediato seu erro, mas era tarde demais: o mar sentiu a fúria dela e, depois que a onda quase virou o barco, juntou-se à correnteza e seguiu em direção à costa — uma única onda gigante, crescendo cada vez mais. Devia ter uns três ou quatro metros de altura.

Em uma das docas, um pescador olhou para cima e gritou alarmado, arrastando seus amigos para terra firme:

— *Onda! Onda!*

Um instante depois, a onda atingiu o cais, sua força quebrando a estrutura de madeira em pedaços. O cais em si, com as redes e a pesca fresca, desabou no mar.

Os homens olharam para o lugar onde antes estava o cais, visivelmente confusos. Então, seus olhos se voltaram para o bote de Mari. Eles esperaram até que ela se aproximasse.

— Vocês estão bem? — perguntou um deles a Mari, enquanto ela saía do barco e se arrastava para a areia. — *Onda anomala* — repetia ele, sem parar.

— Sim — respondeu ela —, uma onda gigante. Estamos bem.

O cais precisaria ser reconstruído, mas pelo menos os homens estavam a salvo.

Ela e Pippa passaram por eles, correndo para a encosta. Iriam primeiro à casa de Vivi — pois Mari queria levar Pippa até a casa da mãe, para um lugar seguro —, depois Mari daria a notícia à mãe de Lia.

Enquanto caminhavam, refizeram parte do trajeto que haviam feito naquela manhã, quando Lia reclamara da pedrinha presa entre os dedos do pé. No presente momento, Mari se arrependeu de não ter se sentado com a menina para ajudá-la, de não ter demonstrado mais compaixão.

Na *casetta* de Pippa, Mari perguntou se Vivi estava em casa. A amiga não estava, o que significava que a menina teria que contar os detalhes do sequestro de Lia para a mãe mais tarde. Ainda assim, Mari confiava em Pippa: ao contrário de algumas outras mulheres do vilarejo, a garota não era do tipo que saía espalhando as coisas por aí ou exagerava os detalhes.

— Mantenha portas e janelas trancadas — pediu Mari antes de sair. Ela pensou de novo no homem que jurou voltar. — E tenha sempre uma faca com você — acrescentou.

Pouco tempo depois, na casa de Ami, Mari bateu à porta, sabendo que a amiga não ia à padaria às segundas-feiras, mas ficava em casa, preparando os ingredientes para a semana.

Ami atendeu a porta em seu avental, com as mãos cobertas de farinha. Ela era conhecida no vilarejo por sua *crostata di frutta*, uma torta de sobremesa feita com frutas locais — damascos e figos —, que Ami colhia a dedo, e cascas de limão cobertas com açúcar. Naquele momento, ela enxugava a palma das mãos no avental, com uma expressão inquieta.

— O que foi? — Ela espiou para fora da casa e olhou atrás de Mari. — Onde está Lia?

Mari tentou respirar fundo, enxugando o suor no lábio superior.

— Aconteceu uma coisa — informou ela entre lufadas de ar.

Sentia-se como se a sua boca estivesse cheia de areia, seca e sem gosto. Ela não conseguia olhar Ami nos olhos.

— Onde está Lia? — repetiu Ami, desta vez mais alto.

Na rua, um menino com seu cachorro parou e se virou para observá-las.

— Ela... se foi — disse Mari, com a voz embargada.

Ami a segurou com força pelo ombro.

— Como assim, ela se foi?

As unhas dela cravaram na pele de Mari, que desejou que a amiga a agarrasse com mais força, desejou poder trocar aquela dor pelo retorno da menina.

— Pippa e eu estávamos na água, perto da enseada. Lia estava no barco, nos observando. Ouvi um grito e, quando emergi, havia um homem lá. Lia estava... — Mari sentiu as pernas fraquejarem e caiu no chão, na porta da casa de Ami. — Ela desapareceu. Matteo Mazza. Ele a levou, fugiu com ela.

O rosto de Ami se contorceu de angústia, e manchas vermelho-escuras se formaram em seu pescoço. De repente, ela se inclinou sobre o pequeno canteiro na frente de sua casa e começou a vomitar.

— Por que não foram atrás dela? — gritou, entre soluços.

— Nós fomos — insistiu Mari, ainda ajoelhada. — Mas Massimo Mazza estava lá com uma faca e ele...

— Uma *faca*? Você é a *strega* mais habilidosa de Positano e deixou minha filha ser levada porque não conseguiu lutar com um homem com uma *faca*?

Mari balançou a cabeça e estendeu as mãos ensanguentadas.

— Eu o matei. Matei Massimo para poder passar por ele e ir atrás dela. — Então segurou a mão de Ami, lançando-lhe um olhar sério. — Matteo viu tudo.

Ami endireitou-se e limpou o queixo. Um momento depois, seu marido, Dante, apareceu atrás dela, esfregando pomada nos nós dos dedos. Mari reconheceu o pequeno pote de bálsamo da loja de seu pai. Dante era um dos melhores pescadores de moluscos de Positano, e suas mãos rachadas e calejadas demonstravam isso. A cal que os homens usavam para evitar que as redes apodrecessem era terrivelmente agressiva.

Dante olhou para Mari ajoelhada, depois notou a palidez no rosto de Ami e a umidade em sua testa.

— O que houve?

Mesmo naquele momento, sob tais circunstâncias, uma vida inteira de segredos não era tão fácil de esquecer. As mulheres precisavam escolher suas palavras com cuidado.

— Lia foi levada — sussurrou Ami. — Ela se foi. Foi sequestrada por Matteo Mazza.

De repente, ela gritou e desabou nos braços do marido. Ele a envolveu com um braço, tentando segurá-la.

Dante ficou boquiaberto.

— Da Fratelli Mazza? — Quando a esposa assentiu, ele gritou. Cravou os olhos em uma pequena boneca de madeira jogada perto da porta. Mari reconheceu o brinquedo que Lia costumava carregar. — Minha menina — sussurrou ele, com a voz embargada pela incredulidade. — Minha menina querida.

Ele soltou Ami e foi até a boneca, apertando-a contra o peito. De repente, sua expressão endureceu; ele parecia pronto para matar alguém.

— Eu vou atrás dele — sibilou. — O que ele estava vestindo?

— Ele estava longe — respondeu Mari —, mas usava um chapéu verde-escuro. Tinha ombros largos, o queixo pontudo. Cabelo escuro. Ele vai levá-la para Nápoles.

— Como você sabe?

Ela hesitou.

— Estava acompanhado do irmão, Massimo, que me disse que levariam Lia para lá.

— Massimo fugiu com eles?

— Não. Dante, você não pode contar a ninguém, mas eu... — ela baixou a voz —... eu o matei.

Não deu mais detalhes e, para o seu grande alívio, Dante tampouco perguntou.

Ele levou a mão à boca.

— Mari, eles vão... — Ele balançou a cabeça, corrigindo-se: — Matteo virá atrás de você.

— Eu sei.

Dante tirou o braço dos ombros de Ami e correu para dentro de casa. Um momento depois, voltou carregando um par de botas e uma bolsa, na qual era possível ver o cabo de um revólver. Ele se sentou no degrau da frente, calçando uma das botas.

— Faz quanto tempo que isso aconteceu?

Mari refletiu.

— Eu diria que uma hora e meia.

— Ele estava em uma carruagem? Ou a cavalo?

— Em uma carruagem.

Dante calçou a segunda bota.

— Ele tem uma boa vantagem, mas, se pretende voltar para Nápoles, só há uma rota por terra. Reze para que um eixo tenha quebrado. Vou pegar um dos cavalos de Leo e seguir atrás dele.

Leo era o pai de Pippa e um excelente construtor de barcos. Ele possuía um pequeno terreno montanhoso ao norte do vilarejo, com muito espaço para gado e para armazenar *gozzi* que seriam reparados.

Dante saiu correndo pela estrada. Ami permaneceu no chão, com o olhar distante.

— Tenho medo do que farão com ela — confessou. — Por que você acha que a levaram?

Ami merecia saber a verdade, por mais que Mari tivesse vergonha de admitir.

— Não podemos ter certeza — respondeu —, mas, na outra noite, na praia, vi um homem escondido perto do cais. Temo que ele tenha visto o nosso grupo de mulheres. Talvez estivesse nos seguindo desde então… — Mari contou a Ami sobre a pirueta que havia feito para as meninas pouco tempo antes. — Se ele levou Lia porque desconfia de que ela é uma *strega*, vai querer mantê-la bem e a salvo, para poder descobrir do que é capaz.

— Ela é uma criança — constatou Ami, com o rosto manchado de lágrimas. — Não é capaz de nada. Ainda não.

— Matteo não sabe disso.

— Ele vai descobrir em breve. Ela será inútil para eles. Não consegue controlar nada, não consegue prever nada. Ele pode matá-la quando perceber isso.

— Ele disse "*tornerò*" — contou Mari. — Logo antes de partir. Se ele voltar, vou insistir para trocar de lugar com ela. Ele viu, com os próprios olhos, do que sou capaz. Vai querer que eu fique no lugar de Lia.

— Você é uma tola por pensar que ele vai querer apenas uma de nós — retrucou Ami.

Mari sabia que a amiga estava certa, e era essa realidade que mais a aterrorizava. *O que será de todas nós?*, perguntou a si mesma.

— E o corpo de Massimo? — perguntou Ami.

— Foi levado pelo mar. Quem o encontrar vai pensar que se afogou.

— Até Matteo contar às autoridades o que viu.

Mari balançou a cabeça.

— Contar às autoridades significaria revelar que ele viu uma mulher praticar *stregheria*. Ele vai querer manter esse segredo guardado para poder explorá-lo, se conseguir. — Ela estendeu a mão para Ami, grata quando a amiga a deixou segurar a dela. — Juro que vou encontrar Lia — afirmou. — Morrerei tentando, se for preciso. Mas vou encontrá-la e trazê-la para casa.

10

HOLMES

Sexta-feira, 20 de abril de 1821
9h15, porto de Terracina

Estamos no porto desde as duas e meia da tarde de ontem. O tempo está bom. Brisa do leste a sete nós. O ensopado de repolho que comemos ontem à noite não me fez bem e estou com o estômago embrulhado. Nico, um bom rapaz, me deu sua última pastilha de gengibre, que me ajudou muito.

Parece que temos um ladrão entre nós. A caixa de rapé feita em prata de um marinheiro desapareceu. Outro insiste que sua caixa de fatias de laranja cristalizadas foi roubada de seu baú. Alguns de nós estávamos inclinados a culpar Quinto, até que ele revelou que uma garrafa de seu conhaque havia desaparecido durante a noite. Resolvi esconder meu diário ainda mais fundo nas costuras do meu colchão, para que ninguém tente roubá-lo.

Passamos a manhã inteira mudando de rumo. Um dia que mal vale a pena mencionar no meu diário, não fosse pelo fato de termos recebido essa estranha mudança no itinerário. Não devemos mais permanecer ao norte de Roma. Em vez disso, o capitão informou que seguiremos diretamente para Positano, muito antes do planejado.

Segundo Quinto, isso tem a ver com algum recado urgente em nome dos irmãos Mazza. No caminho, faremos uma parada em Nápoles, nas docas dos Mazza, em Castellammare di Stabia. Quinto também não explicou nem deu mais detalhes sobre o motivo.

Vou tentar, se conseguir, enviar uma carta para Mari assim que chegarmos a Nápoles. Preciso dizer a ela que nos encontraremos muito antes do previsto. Ainda assim, enviar uma notícia pelo correio pode ser irrelevante. Se não ficarmos muito tempo em Nápoles, será uma corrida entre o carteiro e o Aquila. *Como Mari ficará surpresa se eu chegar antes da carta! Ela vai pensar que sou uma aparição, um sonho.*

Eu estaria exultante com tudo isso, se não tivesse a sensação incômoda de que algo está errado.

11

MARI

Sexta-feira, 20 de abril de 1821

Quatro dias se passaram e Dante ainda não havia retornado de Nápoles com notícias de Lia.

Foram dias tristes, repletos de conversas difíceis. Todos no vilarejo agora sabiam sobre o sequestro de Lia, embora Mari e as outras *streghe* tivessem mantido a história bem simples.

Não era a primeira vez que os Mazza sequestravam alguém, mas geralmente havia um pedido de resgate. A família de Lia não era rica nem famosa. Por que, perguntavam os moradores, eles iriam atrás da menina?

Não houve menção alguma a ensinar magia às meninas.

Não houve menção alguma ao irmão que Mari havia matado, cujo corpo naquele momento estava no mar.

Mari, no entanto, alertou os moradores sobre a intenção de Matteo de voltar. *Eles devem ter algo contra nós*, supuseram alguns dos homens.

O vilarejo prometeu permanecer vigilante, por mais difícil que fosse: os barcos dos Mazza estavam por toda parte. Atravessavam as águas ao longo da costa todos os dias.

Além disso, os homens dos Mazza poderiam nem mesmo vir pelo mar. Poderiam pegar a rota terrestre, assim como fizeram no dia em que sequestraram Lia.

Fugir da Fratelli Mazza parecia uma tarefa impossível, então os homens do vilarejo mantiveram-se armados.

Durante esse tempo, Cleila e Paola foram uma fonte inesperada de apoio, encorajando Mari a não se deixar levar pelo remorso.

"Você não tinha como saber que eles a seguiriam quando levou as meninas", insistira Cleila certa manhã.

Mari permanecera em silêncio, com vergonha de mencionar a sombra que tinha visto no cais na semana anterior.

Se tivesse dado ouvidos aos seus instintos, nenhuma delas estaria naquela situação.

Na sexta-feira à noite, Mari ficou deitada no olival por mais de uma hora. Na escuridão, o mar ficava escondido da vista; ela quase conseguia se convencer de que não era o mar, mas sim uma extensão de terra escura, sem luzes nem casas, que se alongava indefinidamente até o horizonte.

Olhou para as estrelas, traçando formas em sua mente, assim como Holmes lhe ensinara nas noites em que não conseguia dormir de ansiedade ou tristeza.

Inspire, ensinara ele, *e conte cinco ou seis estrelas. Imagine que elas formam uma figura, que são algo completamente diferente. Assim como você é diferente dos seus sentimentos, da sua dor. Eles não fazem de você quem você é.*

Por mais que Mari se esforçasse para afastar a tristeza ao longo dos anos, nada tinha sido tão eficaz quanto o conselho de Holmes. Ele a lembrava de que poucos conheciam tão bem noites sem dormir quanto os homens que navegavam pelo mar, e ele mesmo tinha usado aquele método muitas vezes.

No presente momento, Mari contava as estrelas e imaginava que elas formavam corujas ou torres ou espadas. Seus batimentos desaceleraram, sua respiração se acalmou. Ela ficou maravilhada com o que ele lhe ensinara: a capacidade de sair de seus pensamentos tumultuados e recorrer à imaginação.

Aquele era um dos motivos pelos quais se apaixonara por ele. Holmes havia tornado Mari mais gentil, retirado as camadas endurecidas de seu coração. Às vezes, ele até despertava a criança dentro dela.

Ela sorriu na escuridão, pensando na vez em que entraram sorrateiramente na igreja com teto de vidro na parte central do vilarejo. Foi no outono anterior, em uma noite em que a temperatura caiu rapidamente. Os dois tinham conseguido entrar por uma porta destrancada nos fundos, rindo enquanto atravessavam a nave escura.

Mari observara as esculturas delicadas espalhadas pela igreja.

"Não deveríamos estar aqui", dissera ela.

Poderiam ter facilmente quebrado alguma coisa, uma escultura ou qualquer uma das regras afixadas do lado de fora da igreja.

Holmes a ignorara.

"Dance comigo", sussurrara ele, com um sorriso malicioso.

Até então, Mari só tinha dançado com Sofia, quando eram meninas.

"Não sei dançar", retrucara. "E de qualquer forma, não temos música."

Havia um clavicórdio em uma das extremidades do altar. Holmes caminhara em direção a ele, pressionando sem jeito algumas teclas. O som resultante fora estridente, dissonante e tão alto que Mari teve certeza de que um padre furioso chegaria a qualquer momento. Ela nunca tinha ficado tão nervosa em toda a sua vida, mas a emoção de fazer algo proibido fazia as pontas de seus dedos formigarem.

Ela tapara os ouvidos com as mãos, rindo.

"Isso não é música, de forma alguma."

Holmes descera do altar e se aproximara dela em um dos bancos.

"Então, vamos dançar sem música", sugerira ele, envolvendo-a pela cintura.

Mari não resistira. Ela se inclinou para perto dele, encostando a cabeça em seu peito, respirando seu cheiro terroso e salgado enquanto balançavam para a frente e para trás em silêncio. Em certo momento, ela o pegou olhando para o banco baixo e plano ao lado deles. Sabia o que Holmes havia pensado. Ela rira, balançando a cabeça para ele.

Ainda não, lembrava-se de ter pensado, *mas em breve*.

Agora, enquanto estava deitada no olival, Mari decidiu que queria caminhar até a igreja. Ainda não estava cansada e talvez aquela mesma porta dos fundos estivesse destrancada. Gostava da ideia de ficar exatamente no lugar onde ela e Holmes haviam dançado. Talvez isso a fizesse se sentir mais próxima dele.

Ela se levantou, limpando a grama da saia, mas, antes que pudesse descer a colina, uma coisa escura chamou sua atenção no horizonte aquoso: uma sombra, algo ainda mais escuro que o mar.

Um navio.

Não deveria ser nada fora do comum, exceto que estava muito perto, era o meio da noite e, o mais alarmante, a embarcação era enorme, do tamanho de uma *fregata*.

Observando atentamente na escuridão, Mari conseguiu distinguir alguns detalhes do navio. Três mastros. Dois conveses de canhões que, para o horror dela, estavam apontados, prontos para disparar.

Aquele navio parecia pronto para a guerra.

Esquecendo a igreja, Mari correu para casa. Uma vez lá, foi até o quarto de Paola e começou a bater na porta. Paola abriu, com os olhos vermelhos. Cleila estava atrás dela; as duas costumavam dividir o quarto porque o pai de Mari roncava muito alto.

— Um navio chegou — sussurrou Mari, balançando a lanterna na mão. — Eles estão ancorados na costa. Os canhões estão posicionados.

Cleila cobriu a boca com a mão, com angústia nos olhos.

— Você acha que os Mazza já voltaram?

Era exatamente o que Mari temia, e foi o que respondeu à madrasta.

Paola se virou e começou a juntar algumas coisas.

— Vai saber há quanto tempo estão ancorados. Podem estar se esgueirando pelo vilarejo agora. Devemos nos esconder? Reunir as mulheres e fugir?

Mari olhou para ela com raiva.

— *Fugir?* Pelo que sabemos, Lia está no navio. Eu… — Ela não conseguia acreditar no que estava prestes a dizer. — Bem, eu irei até eles. Você pode fazer o que quiser, mas eu pretendo enfrentá-los. Vou me entregar se eles devolverem Lia.

— Você não pode ir sozinha — disse Cleila. — Não vou deixá-la ir sozinha.

Mari sentiu um raro afeto por sua madrasta.

Enquanto as mulheres saíam de casa e seguiam pela trilha na encosta, Mari prestava atenção ao som de passos, caso homens enviados pela Fratelli Mazza — ou até mesmo o próprio Matteo — já estivessem espalhados pelo vilarejo. Mas, para a surpresa dela, não foi um homem que elas encontraram, foi…

— Pippa — sussurrou Mari, avistando-a na estrada, a pouca distância da casa. A menina vestia calça de lona e tinha o cabelo preso em um chapéu. Provavelmente achava mais seguro se disfarçar de homem, se pretendia dar um passeio noturno. — O que está fazendo aqui?

Ela sentiu uma pontada de irritação pelas ações de sua amiga mais nova: no dia anterior, Mari tinha sido bem enfática sobre permanecer em casa.

Pippa arregalou os olhos. Ela havia sido pega.

— Mari! — exclamou a jovem. — Por favor, não conte à minha mãe. Eu saí escondida. Estava… — Ela ficou ali parada, arrumando alguns fios de cabelo soltos. — Bem, não consigo dormir desde que Lia foi levada. Eu só estava dando uma volta.

Mari não podia culpá-la por isso.

— Tem um navio ancorado na praia. — Ela indicou Cleila e Paola com um aceno de cabeça. — Não sabemos quem é, mas vamos descobrir. Talvez eles estejam com Lia.

Em um instante, Pippa endureceu a expressão.

— Eu vou com vocês.

— *No, assolutamente no* — disse uma voz masculina atrás delas. Todas se viraram e viram Leo correndo com uma expressão severa. — Onde você estava, Pippa? — Ele a olhou de cima a baixo. — Essas roupas são minhas?

— Não conseguia dormir — a menina deixou escapar.

Um instante depois, Vivi apareceu correndo. Ela e Leo tinham saído para procurar a filha. O alívio tomou conta de seu rosto, e ela se curvou, respirando com dificuldade.

— Você nos deixou apavorados — disse ela a Pippa. — Pensamos que eles tinham vindo atrás de você.

Mari contou rapidamente aos recém-chegados sobre o navio.

— Nós iremos — anunciou Vivi, assentindo para Leo. — Pippa, vá direto para casa. Agora.

— Não — retrucou a menina. — Já tenho idade suficiente. Tenho 17 anos. Mari é só três anos mais velha que eu. E Paola, só dois anos mais velha.

— Você não tem escolha — retrucou Leo, apontando para a casa deles, não muito longe dali. — Vá.

Pippa bufou, sem dizer mais nada, e se dirigiu para casa. Juntos, Mari e os outros correram pelo vilarejo, descendo os degraus da rota mais rápida até a praia. O vilarejo estava vazio, as casas com as persianas fechadas.

Leo correu na frente, pulando dois ou três degraus de cada vez. Havia inúmeros caminhos sinuosos até a praia. Depois de alguns instantes, as mulheres o perderam de vista. Ele era mais rápido, mais ágil. Também tinha um pequeno revólver, embora isso não confortasse muito Mari. Os homens que haviam chegado certamente estariam mais bem armados.

Descendo às pressas uma escada estreita entre construções, Mari se equilibrou com as mãos nas paredes de pedra dos dois lados.

Um tiro repentino soou não muito distante, na esquina de uma casa. Mari, Cleila e Paola congelaram, mas Vivi gritou. Ou Leo havia acabado de atirar em alguém, ou alguém havia atirado nele...

— Leo! — gritou Vivi, pulando os últimos três degraus e gemendo de dor ao cair no chão. — Leo!

— Viviana, não — sussurrou Mari.

Nenhuma das mulheres sabia o que encontraria ao virar a esquina. Mas Vivi correu na frente, gritando o nome do marido. Mari quis correr atrás dela, mas aquilo poderia ser uma sentença de morte.

— Aqui — indicou Mari, segurando a mão de Paola e de Cleila e puxando as duas para uma porta escondida.

Testaram a maçaneta e descobriram que a entrada estava trancada. Juntas, se amontoaram no canto, respirando com dificuldade.

Alguns segundos se passaram em silêncio. Vivi tinha parado de gritar. Mari inclinou a cabeça para fora e sussurrou o nome da amiga mais algumas vezes, sem obter resposta. Pelo menos não havia gritaria nem mais tiros. Se Leo estivesse ferido, Vivi estaria gritando naquele momento. Talvez tivesse sido Leo quem disparara a arma e agora ele e Vivi estivessem escondidos…

Então, passos soaram perto delas, na direção de onde tinham vindo. Poderia ser qualquer pessoa — um aldeão ou um homem enviado pela Fratelli Mazza. Temendo que fosse a segunda hipótese, Mari correu de volta para a porta, colocando o dedo sobre os lábios, para pedir que as outras ficassem quietas. O som dos passos ecoava cada vez mais perto, e o coração de Mari começou a bater com uma força indescritível. Quem quer que estivesse na escada passaria por elas em questão de segundos.

Mari pressionou o corpo na parede, sem ousar respirar, enquanto uma figura sombria atravessou o lugar às pressas perto delas.

— Vocês conseguiram ver quem era? — perguntou Mari às outras, assim que a pessoa desconhecida se foi.

Cleila e Paola balançaram a cabeça em negativo. As mulheres ficaram imóveis por mais um ou dois minutos, atentas a qualquer barulho. Por fim, Mari não conseguiu esperar mais.

— Vamos — disse ela.

Elas desceram o último lance de escada na ponta dos pés, aproximando-se da praia. Não era uma área aberta — havia redes secando e cabanas de madeira espalhadas por toda parte —, mas Mari conseguiu avistar Vivi à frente. Ela e Leo estavam na beira da água, envolvidos no que parecia ser uma conversa tensa. Um pouco adiante, um barco menor balançava nas ondas.

— Ali — disse Mari, apontando. — Ela e Leo estão ali, logo à frente.

De repente, Cleila parou.

— Mari — disse ela solenemente. — Aquele não é Leo.

Cleila estava certa. O homem ao lado de Vivi era mais alto e maior que Leo. E, ao observá-lo, Mari percebeu que ele e Vivi não estavam de mãos dadas. Em vez disso, o homem a segurava com força.

A boca de Mari secou ao lembrar-se do tiro.

Protegidas por uma das cabanas, as mulheres começaram a correr, mas, de repente, Paola caiu, gritando de dor. Ela havia pisado em um pequeno buraco e torcido o tornozelo. Agora, ela segurava o pé com força, os olhos instantaneamente se enchendo de lágrimas.

Mari olhou de novo para os homens na beira da água. Para seu alívio, eles não tinham ouvido Paola gritar. Também não tinham visto as mulheres se aproximando na escuridão.

— Vá com Mari — implorou Paola à mãe, com a voz embargada pela dor. Ela apontou para outra cabana próxima, um lugar onde os pescadores costumavam se reunir para almoçar. — Vou ficar ali. Assim que a dor passar, vou ajudar com... — Ela parou de falar, chorando ainda mais.

Mari se ajoelhou, apalpando o tornozelo da meia-irmã. Estava quente ao toque e inchando rapidamente. A dor não diminuiria tão cedo.

Xingou baixinho. Ela não deixaria Paola sozinha.

— Leve-a para lá — pediu ela a Cleila, apontando para o abrigo. — Fique com ela. Leve-a de volta para o vilarejo o mais rápido que conseguir.

Cleila assentiu.

— Fique bem, Mari.

Então, sozinha, Mari correu até Vivi.

Ela odiava aquele trecho da praia, escondido no extremo leste do vilarejo. Era um lugar amaldiçoado, o mesmo local onde ela perdeu a mãe. Ainda assim, continuou, afastando as lembranças em favor da coragem.

Ao se aproximar da beira da água, notou um bote lutando com as ondas, avançando em direção ao enorme navio ancorado na costa. A bordo, dois homens remavam, mas era evidente que havia mais uma ou duas pessoas de estatura menor com eles. Não se sabia se eram *streghe* ou não, mas decerto eram mulheres. Mari continuou correndo, mas seus pés afundavam na areia, retardando seus movimentos.

Ela estava a dez metros, cinco metros da água...

De repente, um corpo chocou com o seu. Ela gritou e caiu no chão, ficando com a boca cheia de areia. Tentou se levantar, mas quem quer que a tivesse derrubado estava agora ajoelhado sobre ela, imobilizando-a de costas. Ele a agarrou pelo cabelo, puxando sua cabeça para cima. Ela se virou para o desconhecido da melhor forma que conseguiu, com o sangue escorrendo do rosto.

Era Matteo.

— Onde ela está? — gritou Mari. — Para onde você levou a criança?

Ele a ignorou e gritou para o amigo:

— É ela!

Matteo a puxou para que ficasse de pé. Mari tentou se debater para se soltar, mas ele manteve os braços dela presos nas costas.

— Mari — gritou Vivi, com as bochechas encharcadas de lágrimas. — Eles atiraram nele.

Mari sentiu a garganta apertar.

— Em Leo?

Vivi respondeu com um soluço.

— Levaram as irmãs Fontana também — informou ela, apontando para o barco que se afastava.

As meninas Fontana, ambas adolescentes, trabalhavam à noite na costa de vez em quando, esfregando as docas imundas, porque, inevitavelmente, todas as noites, as docas ficavam cobertas de vísceras de peixe secas deixadas para trás depois que os homens limpavam sua pesca. Era uma tarefa que levava algumas horas, mesmo com duas pessoas, mas toda semana os pescadores juntavam dinheiro para pagar alguém para realizar aquele trabalho desagradável.

E havia uma coisa que fazia as meninas Fontana se destacarem: embora não fossem *streghe*, elas tinham cabelo ruivo naturalmente vibrante.

— Você não quer as garotas — disse Mari para Matteo. — As meninas Fontana, elas só limpam o cais, só isso. Não são como...

— Cale a boca — interrompeu ele.

Segurando-a pela cintura, Matteo pegou uma corda e amarrou os braços de Mari atrás das costas. Os nós apertaram os ossos minúsculos de seus pulsos. Ela estremeceu, mas se recusou a gritar.

Olhou para o vilarejo. Em uma escada próxima, conseguiu distinguir as silhuetas escuras de Cleila e Paola subindo lentamente os degraus. Paola estava curvada para a frente, caminhando a passos lentos. Segundos depois, elas viraram a esquina e desapareceram de vista. Mari se sentiu aliviada, pois a situação na praia era ainda pior do que ela imaginava.

Um grito ecoou.

— Matteo! — chamou um homem. — Encontrei outra.

Ao lado dele, uma jovem mulher, amordaçada e com os olhos vendados, cambaleava.

Vivi gritou.

Era Pippa.

— Eu a encontrei há alguns minutos — continuou o homem, com um sorriso lascivo. — Ela estava descendo a escada, ali...

Assim que ele apontou para o extremo oeste do vilarejo, Mari entendeu: não tinha sido um daqueles homens nem outro morador que passou correndo quando as mulheres estavam se escondendo na porta. Tinha sido Pippa, procurando por elas.

Se ao menos Mari tivesse sido mais corajosa, tivesse ousado espiar pelo canto. Ela teria visto Pippa e talvez tivesse impedido a captura dela...

Esta praia é amaldiçoada, pensou Mari na hora. *Este vilarejo inteiro é amaldiçoado.*

— Não, não — implorava Vivi naquele momento, lutando intensamente com o homem que a segurava. — Não, por favor, não, levem-me, levem qualquer uma, menos...

— Vamos levar todas vocês — respondeu ele, bruscamente. — Ruivas ou não, vou levar todas as mulheres deste vilarejo patético, se conseguir. Não posso confiar em nenhuma de vocês.

Todas as mulheres. Mari se inclinou para a frente, com o estômago embrulhado. Pensou nas meninas Fontana, decerto confusas e apavoradas.

— Somos poucas — informou Mari, depois apontou para Pippa. — E ela é jovem demais — mentiu. — Ela e a garota que vocês levaram no outro dia não podem fazer nada. Leve-me no lugar delas. Posso mostrar neste exato momento do que somos capazes...

O som distante de um sino pesado a interrompeu. Alguém no navio acabara de tocá-lo e agora os homens olhavam inquietos para a embarcação.

— Temos que ir — gritou Matteo.

Vivi caiu em prantos, enquanto Pippa permanecia impassível, perfeitamente calma. Mari nunca tinha visto tamanha coragem como a que Pippa demonstrava agora.

Depressa, os homens prendendo Pippa e Vivi forçaram-nas a entrar no bote, enquanto outro se preparava para remar. Mari queria chegar o mais perto possível da água e das amigas, mas Matteo não saiu do lugar, imobilizando-a por meio dos braços apertados ao redor de seu tronco.

— O que foi? — perguntou o homem que segurava Pippa.

Matteo hesitou.

— Esta é a mulher que matou Massimo. — Ele olhou para o mar, que avançava e recuava em ondas lentas e constantes. — Estou preocupado em levá-la para a água.

Mari decidiu usar aquilo a seu favor, apontando para Pippa.

— Deixe-a ficar e eu cooperarei. Ela não pode fazer nada mesmo. — Então, com o tom de voz mais intimidador que conseguiu emular, acrescentou: — Caso contrário, garanto que estará cometendo um erro muito grave.

Os homens se entreolharam, e Mari percebeu um lampejo de medo passar entre eles. Um deles desamarrou Pippa, removeu a mordaça e a venda e a empurrou para fora do barquinho.

— Vá — ordenou. — Saia daqui.

Pela primeira vez, Pippa obedeceu. Ela estava em desvantagem numérica de qualquer forma, e os homens tinham armas. Usar sua magia naquele momento seria imprudente — uma sentença de morte para todas aquelas mulheres.

Quando Pippa correu para longe, Mari relaxou os ombros, aliviada. Colocaram-na na dianteira do bote, com Vivi no fundo da embarcação. De soslaio, Mari viu os pulsos e as mãos de Vivi se contorcendo nas amarras. Ela estava tentando se soltar para escapar. Mari esperava que o amuleto *cimaruta* de Vivi, escondido sob o vestido, lhe desse mais destreza para conseguir se libertar.

As amarras de Mari estavam muito apertadas, de modo que não conseguia mover as mãos nem um pouquinho, muito menos afrouxar o nó. Ela também usava seu *cimaruta*, mas o amuleto nos colares não era uma solução milagrosa.

Um dos homens remava rumo ao navio maior ancorado ao largo da costa. O que — e quem — os esperava lá? Torcia para que Lia estivesse a bordo. Na pior das hipóteses, poderiam pelo menos ficar juntas.

Mari estava deitada de costas no chão do barco, uma lágrima escorrendo lentamente pela bochecha. Suas mãos tinham sido torcidas em uma posição dolorosa nas amarras, e um dos homens apoiava o joelho com força no ombro dela para mantê-la no lugar.

Acima, Mari não conseguia ver nada além do céu, salpicado de estrelas brilhantes e cintilantes, as mesmas que ela havia contemplado apenas uma hora antes, no olival. *Como elas estão em segurança*, pensou, *ano após ano, hora após hora, enquanto o resto do mundo se revolve e estremece.*

Mari fechou os olhos, apavorada demais para imaginar qualquer forma nas estrelas naquele momento.

Não fazia ideia do que o restante da noite lhe reservava. Só sabia que ali, em meio àqueles homens, imobilizada e fora da água, seus poderes — sua magia — eram totalmente inúteis.

12

HAVEN

Terça-feira

Na manhã seguinte à ligação de Gage, eu estava diante da única loja de equipamento de mergulho de Positano, um pequeno prédio independente não muito longe da praia principal, com uma fachada de estuque desbotada e uma placa surrada com os dizeres POSITANO AVENTURAS SUBAQUÁTICAS. O fato de não estar escrito em italiano me indicava que a maioria dos clientes eram turistas.

Hesitei por um momento antes de entrar, olhando para alguns dos itens na vitrine: um conjunto de snorkel que parecia meio derretido pelos raios ultravioleta, um pôster anunciando um desconto em aulas expirado havia meses e uma coleção de camisetas brancas simples e largas. Uma delas tinha se soltado do cabide e estava em uma pilha bagunçada embaixo das outras.

Se a vitrine era assim, eu só podia imaginar o estado do equipamento da loja.

Com uma careta, abri a porta e um sino soou para anunciar minha chegada. A loja estava vazia, sem clientes, e não havia ninguém atrás do balcão, embora as luzes estivessem acesas e um hip-hop tocasse em algum lugar nos fundos. Inspirei o cheiro tão familiar de neoprene e protetor solar, depois dei uma olhada nas mercadorias, que não eram melhores do que as que eu tinha visto na vitrine.

— Olá! — chamei.

Fui respondida com um chiado alto, seguido por um barulho ensurdecedor, como se alguém tivesse derrubado uma bandeja de metal. Uma voz masculina nos fundos da loja murmurou:

— *Cazzo.*

Eu sabia o que significava. Também tinha estudado alguns palavrões em italiano.

Um pouco depois, ouvi passos.

— Desculpe — falei, prestes a ficar cara a cara com o funcionário que eu havia assustado.

Mas, quando ele apareceu, fiquei aliviada ao ver um sorriso largo em seu rosto.

— *Ciao* — cumprimentou.

— *Ciao* — respondi. O homem parecia ter mais ou menos a minha idade, talvez alguns anos a mais. — Desculpe se te assustei.

Por outro lado, aquele funcionário não parecia do tipo que se incomodava facilmente: vestia bermuda e uma camiseta de manga comprida, e seu cabelo ondulado, quase preto, estava despenteado e meio molhado. Parecia que tinha ido nadar e acabado de chegar.

Ele também me parecia familiar.

— Acho que te vi ontem de manhã — comentei. — Subindo a escada com uma caixa de máscaras de mergulho.

O homem riu.

— Sim. Você tentou usar seu italiano comigo. Não foi tão ruim assim. — Ele se inclinou para a frente, apoiando os cotovelos no balcão de vidro. Sua pele ostentava um belo bronzeado italiano e, conforme as mangas de sua camisa subiam, vi a ponta de uma tatuagem no antebraço: duas tartarugas marinhas cercadas por algumas ondas abstratas. — E você não me assustou — completou, com um sotaque italiano forte. — As mangueiras dos nossos tanques de ar às vezes dão trabalho. Não cooperam.

Eu teria achado aquela afirmação preocupante não fosse pelo seu olhar intenso, que me deixou sem palavras.

— Certo — falei, aproximando-me do balcão. — Eu… bem, sou mergulhadora e pensei em passar aqui para fazer algumas perguntas. — Quase morri de vergonha ao falar. Aquele homem provavelmente pensou que eu tinha vindo comprar um desembaçador para máscara ou talvez um par extra de sapatos impermeáveis. Mal sabia ele tudo o que tinha acontecido no último dia e o quanto eu precisava de ajuda. — Vocês fazem excursões de mergulho? — perguntei, enfim.

— Certamente — respondeu, entregando-me um folheto. Agora, mais de perto, pude ver a barba por fazer em seu queixo e os olhos escuros, cor de café. — Temos uma vaga em aberto esta tarde — informou — e várias amanhã. Luca está liderando os mergulhos. Ela é *top*, como vocês americanos gostam de dizer. — E então piscou para mim.

Ele estava sendo um tanto atrevido, mas não achei desagradável. Forcei meus olhos de volta para o folheto, tentando me concentrar no mapa que havia ali. De soslaio, percebi que o homem estava olhando para minha mão esquerda.

— Obrigada — concluí, devolvendo o folheto. Não estava interessada em explorar grutas subaquáticas nem em procurar barracudas. — As excursões parecem ótimas, mas, na verdade, não vim aqui para mergulhar por lazer. Sou pesquisadora e estou mais interessada em alugar um barco particular.

— Ah! Tem algum local de mergulho em mente?

— Li Galli.

Ele fez uma careta.

— Você ouviu falar do…

— Do iate, sim. — Suspirei. — Que momento terrível. — Não queria ficar remoendo aquilo, então segui em frente rapidamente. — Preciso alugar tanques de ar também. Luca faz o fretamento de barcos particulares?

O homem pressionou os lábios e balançou a cabeça.

— Infelizmente, não. Temos apenas um barco e só o usamos para mergulhos em grupo.

Assenti, desanimando na hora.

— Entendi. — Olhei sem foco para o balcão, tentando pensar em uma alternativa. — Você tem algum serviço de aluguel de barco particular na região para recomendar?

— *Sì*, temos centenas deles em Positano — respondeu. — Mas, sendo mergulhadora, você sabe…

— Que a maioria dos barcos não é boa para mergulho.

Ele transferiu o peso de um pé para o outro.

— Exato.

Os barcos específicos para mergulho tinham suportes para manter os tanques de ar bem presos, além de escadas e degraus especiais. Também possuíam tanques de água doce para molhar roupas de mergulho e equipamentos caros. Pensei nos equipamentos preciosos que eu havia trazido — alguns deles custando milhares de dólares —, em particular as lentes da minha câmera, que precisavam ser mergulhadas em água doce o mais rápido possível após o uso. A água salgada era terrivelmente corrosiva.

De repente, tive uma ideia.

— A que horas são as excursões em grupo?

— Fazemos duas por dia — respondeu o homem. — Das onze à uma e das duas às quatro.

— Nesse caso, antes das onze ou depois das quatro ninguém usa o barco?

Ele ficou em silêncio por um momento, analisando meu rosto.

— Isso mesmo — disse por fim. Os cantos da boca tremeram, como se estivesse contendo um sorriso.

— Então eu poderia alugar o barco nesse horário? Óbvio que pagarei o que for necessário, incluindo o combustível.

O homem desviou o olhar, tamborilando os dedos no vidro.

— Não sei — respondeu, franzindo a testa. — Vou ter que verificar com o proprietário, ver se ele aprova.

— Mas é claro — respondi depressa.

— Quantos mergulhos em mar aberto você já fez? — perguntou ele, inclinando a cabeça para o lado.

— Milhares. Mergulho desde os 4 anos de idade.

Ele ficou imóvel.

— Só um instante — pediu.

Assenti, imaginando que ele iria até os fundos para conversar com o proprietário, quem quer que fosse. Mas, em vez disso, o sujeito permaneceu no balcão de vidro, demorando alguns segundos para desnecessariamente arrumar os folhetos e organizá-los em uma pilha reta.

De repente, levantou a cabeça.

— O proprietário aprovou.

Eu dei uma risadinha.

— Como assim?

— Sou o proprietário e ficarei feliz em concordar com isso. — Ele estendeu a mão. — Enzo Rossi.

De repente, minhas mãos ficaram úmidas, e precisei lutar contra a vontade de mexer no cabelo. Estendi a mão em resposta, rezando para que ele não percebesse como minhas palmas estavam suadas.

— Haven Ambrose — falei, encarando-o direto nos olhos castanho-escuros.

— Às quatro horas da tarde, então, para o nosso primeiro mergulho? — perguntou Enzo.

Eu hesitei. Mesmo quando o Projeto Relíquia era inteiramente meu, eu não tinha planejado fazer o primeiro mergulho até a semana seguinte. Não tinha sequer desembalado meu equipamento ainda. Mas nada naquela viagem a Positano estava saindo conforme os planos. Eu temia que, se não aceitasse a oferta de Enzo naquele exato momento, ele poderia reconsiderar.

E... Conrad. Ele estava a caminho e chegaria a Nápoles no dia seguinte. Com que rapidez ele vestiria o equipamento de mergulho e mobilizaria sua equipe? Se eu estivesse na água naquela tarde, bem, pelo menos chegaria antes dele.

— Sim — respondi. — Quatro horas. Estarei pronta.

— Não posso deixar que mergulhe sozinha, você sabe disso.

— É claro — concordei. — Mais alguém virá, então?

Uma terceira pessoa para pilotar o barco não era imprescindível, mas decerto seria a melhor opção.

— Não — respondeu ele. — Vamos lançar a âncora e hastear nossa bandeira.

Assenti, fingindo que aquilo não me preocupava nem um pouco. Mal ficaria furiosa comigo por concordar com tudo.

— Me encontre no cais principal. — Enzo me lançou um último sorriso antes de contornar o balcão, dirigir-se até a porta e segurá-la para mim. — Tenha um ótimo dia, Haven Ambrose — disse, baixando o tom da voz.

Agradeci, dando uma batidinha leve e rápida em seu braço. Não era do meu feitio flertar com alguém que tinha acabado de conhecer, mas com Enzo simplesmente não consegui resistir.

13

MARI

Sexta-feira, 20 de abril de 1821

Quando o bote diminuiu a velocidade ao lado do imponente casco do navio, Mari ouviu risadas e gritos dos homens a bordo, bem como o barulho de metal e cordas.

Tudo intercalado com o som dos choramingos de Vivi. Ela não tinha conseguido escapar das amarras.

Mari sentou-se, olhando para o navio, um labirinto de cordas e fios esticados. O nome da embarcação, *Lupo*, estava pintado em letras pretas enormes no casco. No convés superior, um jovem espreitava por uma portinhola. Ele não devia ter mais de 16 anos. Parecia magro e esfomeado, e o branco de seus olhos lembrava Mari de coisas mortas.

Pensou brevemente que, pelo menos, sua irmãzinha Sofia não estava viva para enfrentar aquilo.

Alguém no convés principal jogou uma escada de corda, e um dos homens no bote de Mari subiu depressa, movendo-se com destreza, como um inseto. Uma vez a bordo, ele e outro marinheiro lançaram um par de cordas com ganchos de ferro pesados, que os homens ainda no bote de Mari rapidamente prenderam à pequena embarcação.

Ela se sobressaltou quando a roldana começou a funcionar. Eles subiram, saindo da água, e Mari foi tomada pela sensação de uma ausência instável de peso. Logo, o bote ficou nivelado com o convés principal do navio.

Os marinheiros puxaram Vivi do barco primeiro, segurando-a enquanto ela pulava o espaço entre o barco e o navio. Um dos homens assobiou e apalpou a parte da frente dela, mas, assim que ela estava segura no convés, ele gritou. Vivi tinha acabado de pisar no dedo do pé dele.

Um momento depois, mancando, ele a levou embora.

— Para onde você vai levá-la? — gritou Mari, assistindo à amiga desaparecer em uma escotilha que conduzia ao convés inferior.

À distância, a vila de Positano estava escura, silenciosa. No meio da encosta, Mari avistou um lampejo de luz: provavelmente uma lamparina ainda acesa na janela de alguém.

Nenhum dos marinheiros respondeu. Em vez disso, Matteo a puxou do chão, tirando-a da posição em que estava sentada. Mari escorregou, gritando ao dar de cara com o ombro largo e ossudo dele. Havia batido o nariz, que começou a sangrar intensamente.

Olhou por cima da borda do bote, que naquele momento pairava a cerca de cinco metros acima da água. Abaixo dela, o mar ondulava, escuro e ameaçador. No entanto, pela primeira vez em muito tempo, Mari ansiou pela água, pela segurança relativa que ela proporcionava.

Ouviu um grito abafado: Vivi, de algum lugar do navio. As meninas Fontana também estavam lá? Ou Lia? Embora desejasse desesperadamente se reunir com elas, Mari não tinha certeza de que aqueles homens a mandariam pela mesma escotilha que as outras. Não estava disposta a arriscar diante de tantas incógnitas. Tinha se sacrificado por Pippa na praia e não se arrependia: sempre escolheria enfrentar aquele perigo ela mesma em vez de Pippa. Mas, sendo sincera, Mari não havia considerado o que viria a seguir — o que faria quando confrontada com a situação desagradável do cativeiro.

Não posso salvar nenhuma daquelas mulheres se estiver trancada em uma cela no porão, pensou Mari, analisando o navio. Ela engoliu em seco, sentindo gosto de ferro, pois seu nariz ainda sangrava muito.

Discretamente, arrastou os pés alguns centímetros, tentando dar uma olhada no oceano mais uma vez. De todo modo, qual era a profundidade? Profundo o bastante para ancorar um navio daquele porte, então ao menos vinte, talvez trinta metros. Àquela distância da praia, decerto haveria tubarões, águas-vivas. A água estaria gelada. E suas mãos... ainda estavam amarradas com força nas costas. Mari poderia tolerar a temperatura, até mesmo a ameaça dos tubarões. Mas os nós que a prendiam? Aquele era um desafio totalmente diferente. Ela precisaria prender a respiração por muito tempo e permanecer debaixo d'água enquanto tentava se livrar das cordas.

Naquele momento, mais do que nunca, era grata pelo *cimaruta* pendurado em seu pescoço. Precisaria de toda ajuda possível.

Ela olhou para o amuleto. Em um único instante fugaz — assim que Matteo a soltou e antes de o homem no convés a segurar —, Mari respirou fundo e se jogou para o lado.

Ouviu a gritaria dos homens, os palavrões agressivos, antes mesmo de atingir a água.

Logo depois, sentiu o choque da baixa temperatura, o corpo submerso por inteiro. A água gelada desencadeou uma vontade instintiva de respirar, que passaria desde que ela conseguisse se acalmar e deixasse seu corpo se acostumar.

Usando apenas as pernas, Mari pegou impulso para o lado, em direção à dianteira do navio, para evitar boiar até a superfície à vista dos homens. De repente, sentiu pedras roçando em seu pescoço: o colar com o *cimaruta* se desfizera. Xingou conforme o amuleto escorregou e começou a afundar. Com as mãos amarradas atrás do corpo, Mari deu um pequeno giro e tentou alcançá-lo com os dedos trêmulos, agarrando um fragmento de coral no último instante.

Diversos tiros atingiram a água bem perto dela. Com o *cimaruta* em mãos, Mari nadou para o fundo, permanecendo abaixo da superfície pelo máximo de tempo que conseguiu. Ouvia um baque surdo constante no mar, como se alguém batesse em um tambor debaixo d'água.

Era o oceano, pulsando no ritmo dos batimentos cardíacos de Mari.

Quando os tiros e gritos se afastaram, ela ousou nadar para a superfície e levantar a cabeça acima das ondas.

Estava logo abaixo do longo gurupés revestido de cobre, escondida de vista. Naquele momento, o ar parecia mais frio do que a água, e o sangramento nasal também havia cessado. Mas, com os braços ainda presos, nadar era difícil. Enquanto lutava para se manter flutuando, Mari considerou suas opções, precisava encontrar alguma maneira de usar sua magia para salvar as mulheres que acabara de deixar para trás. Mas naquele instante elas estavam nas entranhas do *Lupo*. Criar um redemoinho para colocar o navio em perigo faria mais mal do que bem.

Mari tossiu, engolindo um bocado de água do mar. Ela precisava se salvar primeiro, depois elaborar outro plano. Olhou para o vilarejo, respirou fundo de novo e mergulhou outra vez.

Debaixo d'água, seguiu em direção à vila. No começo, foi difícil nadar apenas com as pernas, mas, com o passar dos segundos, Mari entendeu que era como emular um peixe e manteve as pernas juntas, usando-as como uma cauda para pegar impulso para a frente. A correnteza também era favorável: a maré estava subindo e, enquanto nadar contra ela exigiria um grande esforço, nadar a favor não era tão ruim.

Durante todo aquele tempo, Mari puxava a corda amarrada em suas mãos, esperançosa quando algumas das fibras molhadas de cânhamo se soltaram. Depois de mais alguns minutos puxando e torcendo, os nós folgaram e suas mãos ficaram livres. Estavam dormentes por causa do frio, mas ela já tinha nadado tanto que o pequeno desconforto mal a incomodava. Mari apenas ansiava pela costa.

Levantava a cabeça da água a cada minuto para verificar sua localização e garantir que ninguém a tivesse seguido. Será que os homens presumiram que ela havia se afogado e morrido? Para o seu grande alívio, eles não tinham baixado o bote de volta à água, e ela não via nenhuma sombra se movendo no convés principal.

Seguiu em frente, ficando mais calma à medida que se aproximava do vilarejo. Se os homens tivessem a intenção de alcançá-la, ela saberia. Mas estava tudo muito silencioso, apenas Mari e o mar escuro. O som pulsante e estrondoso do oceano não havia cessado, mas soava mais lento e suave.

Por fim, seus pés tocaram o chão de areia. Mari se endireitou, exausta, e começou a caminhar em direção à costa. Uma hora havia se passado? Duas? As pernas tremiam, a cabeça latejava e ela ainda não conseguia sentir as mãos. Mas estava segura. Estava viva. Agora poderia começar a pensar em um plano para salvar as mulheres que tinham sido capturadas.

Ao sair da água, percebeu que não tinha usado magia alguma durante aquela noite. Muita coisa acontecera a seu favor: a água estava fria o bastante para estancar o sangue que escorria de seu nariz, a direção da maré tinha facilitado o trabalho de nadar e, o mais importante, o oceano — por mais escuro e ameaçador que fosse — a mantivera bem escondida, envolvendo-a na escuridão. Se a água estivesse cristalina e quente, decerto os marinheiros do *Lupo* teriam pulado atrás dela.

E durante tudo aquilo estivera apertando o amuleto *cimaruta* na mão, em vez de tê-lo ao redor pescoço. Não havia precisado de sua proteção.

Mari não podia negar: por mais que repudiasse o mar, ele tinha cuidado muito bem dela naquela noite.

Tropeçando até a praia, virou-se para olhar as ondas. Semicerrou os olhos, procurando o navio do qual acabara de escapar. Mas ele já se afastava, rumando para sudoeste.

Os homens tinham partido com suas três novas prisioneiras a reboque.

Mari desabou na areia, exausta e desolada.

14

HAVEN

Terça-feira

Enzo estava atrasado.

Não cinco minutos, nem dez ou quinze, mas vinte e seis minutos atrasado. Sentei-me na areia esperando por ele, cada vez mais impaciente — e desanimada — conforme o tempo passava. Decidi esperar mais quatro minutos antes de voltar para a casa alugada, que naquele momento estava vazia. Mal tinha pegado um ônibus de volta para Nápoles perto da hora do almoço. Ela ainda não tinha conseguido reservar um voo para casa — os que saíam da região estavam lotados e havia muitas pessoas na lista de espera —, mas, caso surgisse uma vaga, precisava estar perto do aeroporto.

Pelo menos conseguira recuperar seu antigo emprego. A ex-chefe tinha sido muito compreensiva quando conversaram por ligação.

Antes de ela ir embora, contei sobre a visita à loja de mergulho de Enzo e que ele tinha concordado em me ajudar. Mal teve sentimentos contraditórios. Não porque Enzo era um desconhecido, mas porque não gostava da ideia de o barco estar desocupado enquanto estivéssemos debaixo d'água, o que significava uma pessoa a menos para lidar com uma emergência. Porém, ela me conhecia havia tempo suficiente para saber que eu faria o que quisesse. E, se não podia me impedir, o melhor que poderia fazer era me aconselhar.

"Você testou sua máscara para verificar se tem vazamento?", perguntara ela.

Sim.

"E o seu regulador?"

Sim.

"Seu relógio de mergulho está carregado?"

"Sim. Tudo está em ordem", garanti. "Eu mergulho desde os 4 anos de idade", lembrei. Ela me lançara um olhar de derrota antes de me puxar pelos ombros, dizer que me amava e beijar minha testa.

"Então vá e encontre o que seu pai deixou para trás", dissera Mal. "E mostre o dedo do meio para Conrad enquanto isso."

Sentada na areia esperando por Enzo, perguntei-me se teria a chance de fazer alguma dessas coisas. Mas então o avistei, ou, mais precisamente, seu barco. Era azul e branco, com *Positano Aventuras Subaquáticas* impresso na lateral. Fiquei surpresa com o bom estado. Dada a condição da loja, eu esperava que a embarcação estivesse um tanto acabada.

Enzo estava ao leme, acenando para mim. Exalando frustração — eu já estava quase começando a arrumar minhas coisas —, levantei-me, sacudi a areia da roupa e caminhei até o cais.

— *Mi dispiace* — disse ele repetidas vezes. — Sinto muito, srta. Ambrose, sinto muito mesmo. Minha mãe precisou de ajuda com o jet ski. A bateria tinha acabado e ela estava muito nervosa.

Queria ficar brava, mas, se aquilo fosse verdade, era até comovente. Eu teria feito o mesmo pelo meu pai.

— Tudo bem — respondi. — E, por favor, me chame de Haven. — Joguei minha bolsa com os equipamentos sobre a grade de alumínio do barco, em cima do banco acolchoado. — Barco novo? — perguntei, admirando o piso, sem amassados nem arranhões, e a tela do sonar escondida no console central.

— Novinho em folha. — Ele estendeu a mão para me ajudar a subir. Não estava usando camisa nem sapatos. Apenas um par de óculos escuros e um calção de banho que, como não pude deixar de notar, lhe caía muito bem. — A loja está um pouco degradada, admito, mas isto... — ele fez um gesto com a mão —... isto é o que importa.

Enzo afastou a embarcação lentamente do cais, depois inclinou-se para a frente e aumentou o volume dos autofalantes. Um batidão rítmico começou a tocar — algum tipo de música eletrônica italiana. Inclinei a cabeça para trás na grade do barco, maravilhada com o fato de que, no dia anterior, eu havia sido retirada do Projeto Relíquia, mas naquele momento estava ali, com um italiano absurdamente bonito, indo direto para Li Galli. Sorri, o sol acima de mim aquecendo minhas bochechas. Estava feliz com minha desenvoltura e apreciando bastante a vista.

À nossa direita, os penhascos ao redor do vilarejo eram abarrotados de grutas escuras e estruturas de pedra antigas. Enquanto Enzo dirigia, puxei minha bolsa para perto e retirei alguns itens de lá. Não tinha trazido meu equipamento fotográfico naquela tarde, pois decidi que aquele seria um mergulho de aclimatação. A água estava fria, cerca de quinze graus. Mesmo com uma roupa de mergulho, não seria confortável.

Eu também precisava me acostumar com a visibilidade. Tinha sido mimada na Florida Keys, com suas águas cristalinas. Em alguns dias, a visibilidade lá era tão boa que podíamos enxergar até mais de 30 metros de distância. Mas a água ao redor do barco de Enzo era azul-escura, quase preta. Eu não conseguia ver nem peixes, muito menos o fundo do oceano. Uma vez na água, eu teria uma ideia melhor dos filtros que minha câmera precisaria.

Percebi que Enzo me observava. Ele baixou o volume da música e diminuiu a velocidade do barco, silenciando os motores.

— Então, Haven, aqui está o pouco que sei sobre você. Você é pesquisadora. Tem um equipamento legal. — Ele olhou para a máscara que eu acabara de tirar da bolsa. — E quer mergulhar em Li Galli.

Meu coração começou a acelerar. Isso sempre acontecia antes de eu entrar na água — por causa da adrenalina, ansiedade —, mas naquele momento eu tinha ainda mais motivos.

— Isso mesmo — falei, escolhendo as palavras com cuidado. — Estou envolvida em um projeto para fotografar naufrágios subaquáticos. — Não era mentira, eu ainda estava tecnicamente envolvida no Projeto Relíquia, mesmo que só para entregar vários arquivos para Conrad. — Idealmente — acrescentei —, antes que o Vesúvio entre em erupção de novo.

— É improvável que isso aconteça durante a nossa vida — constatou ele.

— Muitos cientistas discordariam veementemente de você.

— Justo — disse ele, manobrando para nos aproximar das ilhotas e apontando para o local onde o iate havia afundado. — Seu projeto inclui os destroços mais recentes? — perguntou. — O iate?

— Não — respondi. — Estou interessada nos destroços mais antigos. Dos séculos XVIII e XIX.

— Imagino que não tenha sobrado muita coisa.

— Você ficaria surpreso — afirmei.

Na verdade, havia um número incontável de naufrágios em todo o mundo que estavam bem preservados, apesar do tempo. Principalmente aqueles enterrados em parte no lodo ou na areia. Não era incomum que arqueólogos recuperassem lemes inteiros, correntes, jarros de cerâmica. Às vezes, enormes cascos de madeira permaneciam intactos, até mesmo as palavras gravadas neles. Fotografias dessas coisas eram exatamente o que o Projeto Relíquia pretendia compilar e transformar em imagens quadridimensionais.

— Cada local é diferente — expliquei para Enzo, que havia começado a passar protetor solar na barriga. Pigarreei de leve. — Vamos ver o que este tem a oferecer.

Ele assentiu, com expressão pensativa.

— Você já ouviu falar da *la maledizione amalfitana*? — perguntou. — A maldição de Amalfi?

Apesar do clima quente, senti um calafrio.

— Óbvio — respondi. — É impossível pesquisar os naufrágios nesta área e não encontrar algumas referências a isso. — Inclinei a cabeça. — O que você acha?

— Não acredito em nada disso — respondeu ele. — Me considero mais realista. — Em seguida, acrescentou depressa: — Espero que isso não te ofenda.

— De forma alguma — respondi. — Penso o mesmo.

Ele apontou para a minha bolsa de equipamentos.

— Vai tirar fotos debaixo d'água hoje?

Eu balancei a cabeça.

— Hoje, só preciso entrar na água, sentir a temperatura e verificar a visibilidade e se meu equipamento é adequado. Mas da próxima vez, sim, vou trazer minha câmera.

— *Da próxima vez* — repetiu ele, sorrindo. — Então meu atraso não te assustou por completo.

— Não por completo. — Comecei a vestir a roupa de mergulho e sorri de volta para ele. — Além disso, se sua mãe foi a razão para o seu atraso, acho que posso perdoá-lo.

Enzo apontou para a terra firme.

— Está vendo aquele morro e a casa no topo? Ela mora lá com uma amiga íntima.

Assenti, avistando o imóvel com facilidade.

— É lindo — concluí. — Há quanto tempo ela mora lá?

— Apenas alguns meses. Ela morava nos arredores de Veneza, onde nós… — ele hesitou e pigarreou —… onde eu cresci. A casa estava desabitada e vai levar anos para ser reformada. — Ele balançou a cabeça. — Receio que grande parte disso recairá sobre mim.

Enzo não tinha dito nada sobre o pai nem sobre qualquer outro membro da família, mas eu não me atrevi a me intrometer.

— Tenho certeza de que ficará belíssima um dia. — Olhei mais uma vez para a casa. — A vista deve ser espetacular.

— Minha mãe diz que, em dias de céu limpo, dá para ver Palermo da varanda. Não acredito nela. — Ele sorriu de canto. — Estive lá ontem. O céu estava limpo e não consegui ver Palermo nem a pau.

Estávamos nos aproximando das ilhotas quando Enzo virou-se para a tela do console, que exibia um mapa do sonar.

— Onde você gostaria de ir em Li Galli? — perguntou. — Alguns pontos são um pouco rasos, mas podemos ancorar em outro lugar e chegar aonde deseja mergulhando.

Peguei meu celular e recorri às fotos do meu pai. Parei na que tinha as coordenadas de GPS acima da água e apontei para a tela do sonar.

— Posso te dar algumas coordenadas?

Enzo ergueu as sobrancelhas.

— Melhor ainda.

Ele inseriu a longitude e a latitude, dirigindo o barco em direção à ilhota mais a leste.

À medida que nos aproximávamos de Li Galli, avistei alguns barcos. Para o meu desânimo, havia mais uma embarcação da guarda costeira. Embora o resgate e a operação tivessem sido concluídos, imaginei que ainda havia muito trabalho pela frente, inclusive, entre outras coisas, determinar a causa do naufrágio do iate. Perguntei-me se já teriam encontrado o gravador de dados da viagem, a caixa-preta da embarcação.

Enzo parou o barco e desligou o motor e a música. O sonar indicava que estávamos a uma profundidade de onze metros. Ele lançou a âncora e hasteou a bandeira vermelha e branca de mergulho, destinada a informar os marinheiros que passavam que havia um mergulhador embaixo d'água. Fiquei de olho nos navios da guarda costeira, imaginando se eles se aproximariam e nos pediriam para ir embora. Mas, depois de alguns minutos, ficou evidente que não estavam interessados em nós.

Ficamos balançando em silêncio por um tempo. Suspeitei que Enzo estivesse prestando homenagem às vítimas, mas eu só conseguia pensar em meu pai.

Ele não tinha morrido ali, mas, naquele local, tinha feito seu último mergulho. Havia respirado o mesmo ar, contemplado as mesmas ilhotas minúsculas e mergulhado nas mesmas águas frias e escuras. Senti uma onda de determinação renovada, um desejo de realizar o que ele não pôde, mas a realidade da tarefa em mãos não me escapava: por mais que eu estivesse a poucos metros do tesouro que ele havia avistado, aquilo era o oceano. As coisas se moviam, mudavam, balançavam e desmoronavam. O mar não prometia nada. Era possível que meu pai tivesse avistado as joias apenas porque o lodo se moveu. Elas poderiam muito bem ter voltado a ficar ocultas poucas horas depois.

De repente, meu celular tocou: Conrad.

E aí, garota, escreveu. Gage disse que vocês conversaram. Que mudança radical nos planos, né? Mas precisamos te manter fora de perigo. Era o que o seu pai iria querer.

— Fala sério — murmurei para mim mesma.

De repente, passei a odiar o apelido que ele me dera, "garota".

O comentário sobre o que meu pai iria querer também não me agradou. Será que ele realmente teria sido a favor de que eu saísse do projeto? Ou teria confiado em mim para lidar com as águas turbulentas? Eu não conseguia decidir.

Enzo se virou para mim.

— Você disse alguma coisa?

— Desculpe, nada não — respondi, enquanto outra mensagem chegava.

Precisamos revisar a planta do local, disse Conrad. Almoço amanhã, depois que eu pousar?

Digitei rapidamente no teclado do meu celular. Ocupada, respondi. Então, silenciei o aparelho e o joguei no assento ao meu lado.

Já com as roupas de mergulho, colocamos o resto do equipamento. Não era a coisa mais elegante do mundo, especialmente depois de calçar o pé de pato. Seguimos em direção à plataforma de mergulho na parte de trás do barco.

— *Andiamo* — disse a Enzo. — Pronto?

— Depois de você — respondeu, com a voz nasalada por causa da máscara de mergulho.

Não pude deixar de rir do brilho de entusiasmo juvenil em seus olhos. Depois de anos trabalhando com mergulhadores acadêmicos e reservados, a energia e a alegria de Enzo eram revigorantes.

Pisei na plataforma. Um instante depois, dei um gritinho, a água fria inundando de maneira intensa os poros da espuma da roupa de mergulho. Levaria alguns minutos para o calor do meu corpo aquecer a camada mais interna da roupa, mas, ainda assim, as roupas de mergulhadores não nos mantêm *aquecidos*, apenas faz a água fria parecer um pouco menos desagradável. Um pouco.

Depois que Enzo pulou ao meu lado, trocamos um sinal de joinha e começamos a descer. Logo de cara, fiquei decepcionada: esperava pelo menos alguns metros de boa visibilidade, mas o plâncton e os sedimentos flutuantes eram tão densos que eu mal conseguia distinguir a silhueta de Enzo. Esfreguei o exterior da máscara com o dedo. Tinha esquecido de pulverizá-la com antiembaçante antes de saltar, mas naquele instante percebi que isso pouco importava.

Fiquei perto de Enzo, tão perto que quase conseguia tocá-lo se esticasse o braço. A água fria e turva era assustadora. Mesmo assim, apontei o polegar para baixo, indicando que queria continuar descendo. Estávamos a apenas alguns metros de profundidade, e, como o plâncton gostava de pairar na superfície do oceano, era possível que a água ficasse mais cristalina conforme descêssemos mais. Infelizmente, mais fundo também significava mais frio, então estaríamos trocando um inconveniente por outro.

Descemos depressa e senti a mão de Enzo alcançar a minha. Poderíamos ter apenas apertado as mãos, mas, em vez disso, entrelacei meus dedos aos dele.

A visibilidade melhorou um pouco e logo pude distinguir o fundo nebuloso do mar. Apertei o botão do inflador do meu equipamento para liberar ar no colete, desacelerando minha descida. Enzo fez o mesmo e ficamos flutuando, sem peso, na água escura.

Ele apontou para algo atrás de mim e eu me virei. A poucos metros de distância havia uma pilha de tábuas de madeira. Comecei a nadar em direção a elas, sabendo que ele me seguiria, mas, ao olhar mais de perto, franzi a testa. Pareciam fragmentos de um palete de madeira, talvez feito de carvalho. Aproximei-me, observando com atenção as marcas em uma das tábuas, que pareciam ser tinta spray. Era algo recente, provavelmente levado pelo mar.

Por alguns minutos, percorremos uma rota em zigue-zague debaixo d'água, com meu relógio de mergulho acompanhando nossos movimentos. Em determinado momento, Enzo deu algumas cambalhotas ao meu lado, com os olhos arregalados de alegria. Não resisti e fiz o mesmo, saboreando o frio na barriga. Fazia anos que não dava uma cambalhota debaixo d'água. E decerto nunca em um mergulho de pesquisa, sob o olhar atento de colegas.

Exploramos algumas outras pilhas de detritos, mas não encontramos nada interessante ou mesmo muito antigo. Sabendo que estávamos logo abaixo das coordenadas da foto tirada por meu pai, não pude deixar de sentir mais uma pontada de decepção.

Lembrei a mim mesma que aquele mergulho era apenas para aclimatação, nada mais. Além disso, de acordo com meu relógio, tínhamos percorrido apenas uma área do tamanho de uma quadra de tênis.

Comecei a tremer, o frio da água já não era suportável. Precisaria pedir ao Enzo uma roupa de mergulho mais grossa para futuros mergulhos. Nadamos de volta ao ponto de partida, e fiz um joinha a Enzo. Juntos, mais uma vez de mãos dadas, subimos, fazendo uma breve parada de segurança antes de emergir à superfície. Meu relógio de mergulho mostrava que ficamos debaixo d'água por apenas vinte e dois minutos, e a temperatura havia caído para cerca de dez graus. Eu também usei muito ar, por causa do nervosismo e da tentativa de reter o calor no corpo.

Se essas condições fossem mantidas, a busca pela descoberta de meu pai poderia ser de fato brutal.

De volta ao barco, Enzo e eu tiramos nossas roupas de mergulho. Com calafrios e dentes rangendo, não fiquei decepcionada quando ele se aproximou por trás com uma toalha seca e a colocou sobre meus ombros, deixando as mãos repousarem por um momento. Também não fiquei decepcionada quando ele pegou uma garrafa térmica com *caffè amaretto* quente no console central.

— Não é uma bebida popular entre a maioria dos turistas de verão — informou, entregando-me a garrafa térmica. — Mas, convenhamos, a maioria deles não está mergulhando no fundo do mar Tirreno.

Tomei um longo gole e meus dentes pararam de ranger de imediato.

— Obrigada — falei, inclinando a cabeça para trás, deixando o sol aquecer minha testa. Eu ainda estava toda arrepiada. — Isso foi... frio. Tipo, *frio pra cacete.*

Ele riu.

— É bom para a circulação do sangue — brincou, tomando um gole da mesma garrafa.

— Você tem uma roupa de mergulho mais grossa na loja?

— Claro que sim. — Ele passou a mão pelos lábios. — Quando quer voltar?

— Quando seria bom para você? — perguntei, um pouco envergonhada.

Eu odiava abusar da boa vontade de Enzo, que tinha sido incrivelmente generoso até então.

— Amanhã de manhã? Amanhã à tarde? Não entro na água tanto quanto gostaria. Qualquer desculpa que eu tiver…

— Qualquer um dos dois funciona para mim — respondi. — Qualquer um ou ambos. Eu me sentiria culpada de pedir, mas, pelas suas cambalhotas, é evidente que se divertiu muito lá embaixo.

— É óbvio — retrucou ele. — Não levo nada muito a sério, Haven. Trabalhei muito pela minha loja, pela minha liberdade. Quero aproveitar.

Com uma toalha cobrindo tudo, Enzo tirou o calção molhado e vestiu um seco. Ligou a música de novo e sentou-se ao meu lado.

— Você trouxe uma muda de roupa? Há uma pequena cabine e um banheiro embaixo do deque.

Com tanta coisa em mente, eu havia esquecido por completo de trazer algo para me trocar.

— Esqueci — respondi. — Mas vou me aquecer na caminhada até em casa. São mais de quatrocentos degraus. Eu contei.

Devolvi a garrafa térmica para ele, nossos dedos se tocando.

Enzo hesitou, com as bochechas corando.

— Posso te levar para jantar mais tarde?

Dado o meu histórico de encontros ruins com outros mergulhadores, quase disse *não*. Mas nada em Enzo me lembrava dos meus parceiros anteriores, sérios e preocupados com o universo das pesquisas acadêmicas. Em oposição, ele dava cambalhotas e preparava garrafas térmicas de café com álcool.

— Pode — respondi, olhando para seus lábios enquanto ele tomava outro longo gole. — Eu adoraria.

— *Bene*. — Pela expressão em seu rosto, parecia agradavelmente surpreso por eu ter aceitado. — Frutos do mar? Pizza? Gelato de mascarpone?

— Tudo isso. — Olhei para o relógio, ainda não eram nem cinco e meia da tarde. — Vou só me arrumar e te encontro onde você quiser.

— Ótimo.

Ele me passou a garrafa térmica mais uma vez, pegou o celular e suspirou alto.

— O que foi? — perguntei.

— Minha mãe, de novo. Ela quebrou a chave dentro de uma das fechaduras externas. — Ele foi até o painel e ligou os motores. — Não conte a ela que eu disse isso, mas às vezes ela me deixa frustrado demais. Sabe a bateria do jet ski que ela me pediu para consertar mais cedo? Não tinha nada de errado. Ligou na hora. — Ele se virou para mim. — A casa, porém, é outra história. Gostaria de vê-la antes do jantar?

Eu arregalei os olhos.

— Sua mãe não se importaria de receber uma visita?

Enzo jogou a cabeça para trás e riu.

— Ah, nem um pouco. Ela adora exibir o lugar. Tem um terraço belvedere diferente de tudo que vai encontrar na cidade. Podemos pegar minha scooter, passar na sua casa para você trocar de roupa e depois partir. Talvez comer uns aperitivos enquanto estivermos lá?

Parecia maravilhoso. E quais as chances de ter outra oportunidade daquela?

— Adoraria ver a casa — respondi.

Assentindo, Enzo ligou o som de novo e colocou o barco em marcha. O *amaretto* quente já me deixava leve e tonta.

Mas, enquanto ele nos levava de volta para a costa, olhei para cima, para a casa de sua mãe, no alto da colina, com vista para o oceano. Tive certeza de ter visto alguém em pé no terraço, olhando em direção a Li Galli. Outro arrepio percorreu meu corpo, e eu enrolei a toalha com mais força nos ombros, desviando meu olhar para longe.

15

HOLMES

Domingo, 12 de abril de 1821
Baía de Nápoles

No domingo à noite, a bordo do *Aquila*, Holmes escreveu uma breve carta para Mari, informando-a da mudança no itinerário e da sua chegada antecipada a Positano. Quinto tinha acabado de passar por lá, avisando a todos os homens que tivessem suas correspondências prontas às sete horas da manhã seguinte, pois um barco de correio levaria todas as cartas e alguns documentos do capitão para a cidade.

Mais tarde naquela noite, algo o acordou: o chiado das cordas, o rangido da madeira tensionada. Pensou ter ouvido também o barulho das roldanas, como se um bote tivesse chegado com novos passageiros.

Ele ficou acordado por quase uma hora, tentando pegar no sono novamente. Um dos homens perto dele roncava e ofegava em espasmos. Com um suspiro de frustração, Holmes desistiu de dormir, acendeu uma vela em seu beliche e pegou o diário.

Ele cogitou escrever alguns pensamentos, mas não encontrava a caneta em lugar algum — devia ter escorregado entre a parede e o colchão fino —, então, em vez disso, ocupou-se lendo anotações antigas. Virou as páginas para uma anotação de dezembro do ano anterior, durante uma escala em Positano, quando já conhecia Mari havia quase sete meses.

Já faz semanas que não a vejo, escrevera ele. *Esperei por ela no bosque, comendo algumas azeitonas enormes que arranquei de um galho carregado.*

Mari sabia que deveria me procurar lá. Eu tinha enviado uma carta dizendo quando voltaria. Finalmente, avistei-a se aproximando, com um sorriso travesso no rosto. Carregava uma cesta e um cobertor grosso nos braços.

Quando chegou perto, abri a boca para falar, mas então ela pressionou os lábios nos meus de uma maneira que nunca tinha feito antes. Sua respiração estava descontrolada, suas unhas, afiadas em minha nuca. Ela pegou minhas mãos, levou-as à cintura dela e sussurrou coisas que eu nunca tinha ouvido uma mulher dizer em toda a minha vida.

Caímos no chão, nossos lábios entrelaçados, nossos quadris pressionando um ao outro.

Depois de duas horas, enfim conseguimos dizer olá. Compartilhamos os figos que ela trouxe de casa, conversando o tempo todo. Mari me contou que o pai levara Cleila e Paola para Sorrento, mas, ao receber minha carta, ela fingiu estar doente para poder ficar em casa.

Pouco tempo depois, ela começou a rir. Minhas mãos haviam deixado uma mancha de piche na parte mais macia de sua coxa. Ofereci-lhe um lenço imediatamente, mas Mari recusou. "Espero que nunca saia", sussurrou ela, antes de colocar minha mão lá de novo.

Fizemos amor pela segunda vez. Depois, ela disse: "Você já me conhece".

Mais tarde, Mari viu os caroços de azeitona que eu havia cuspido no chão. Ela os recolheu, um por um, e os colocou na bolsa. Falou que queria guardá-los para lembrar-se daquela noite.

Holmes leu mais alguns trechos do diário enquanto o ronco de seu companheiro de navio continuava. Por fim, não aguentou mais, levantou-se da cama, colocou um cigarro atrás da orelha e subiu a escada até o convés.

Enquanto caminhava, passou pela cabine do segundo imediato. O cadeado estava pendurado na porta, destrancado. Havia alguém dentro do quarto? Embora curioso, ele não ousou se aproximar... Estremeceu ao pensar no que aconteceria se fosse pego espiando.

Holmes continuou seu caminho. Estava muito escuro no convés principal, apesar de já ser de manhã. Ele foi direto para a popa, pensando em se esconder sob as cordas e fumar um cigarro. À frente, a bombordo, estava a cidade de Nápoles, envolta em neblina.

No meio do deque, Holmes ouviu vozes sussurrando perto de uma das escotilhas que levavam às cabines dos oficiais. O grunhido rouco inconfundível de Quinto era uma delas. Agachando-se atrás de um cabrestante, Holmes ouviu outra voz: a do capitão.

Hesitou, não queria ser descoberto. Não estava fazendo nada de errado, mas não estava disposto a conversar com ninguém àquela hora, muito menos com os oficiais.

— *Massimo* — repetia Quinto sem parar. — *Massimo Mazza, Massimo Mazza.* — Soava como se ele estivesse chorando. Então: — *Il mio amico è morto.*

Meu amigo está morto.

Ele continuou explicando que Matteo Mazza o havia informado menos de uma hora antes.

— Matteo? — indagou o capitão.

— Sim. Ele embarcou faz pouco tempo. Está na cabine do segundo imediato, examinando alguns mapas. Não quer ser incomodado.

Holmes *tinha* ouvido a chegada de um bote, então. Era Matteo com a notícia da morte de seu irmão mais novo. Isso explicava por que o cadeado da cabine estava aberto.

— O que aconteceu? — perguntou o capitão. — Quem o matou?

— Uma mulher. — Quinto cuspiu. — Há quase uma semana. Matteo estava a alguma distância, mas a viu fazer tudo, inclusive afogá-lo.

— Massimo não conseguiu lutar com ela?

— Ela usou a água contra ele. Como se o mar estivesse sob seu comando. E Matteo disse que o cabelo dela era… inacreditavelmente ruivo.

Holmes prendeu a respiração. *Inacreditavelmente ruivo*. Mari se encaixava naquela descrição.

— Cabelo ruivo? — repetiu o capitão. — Mas isso é…

— Sim — interrompeu o imediato. — Exatamente. Ela estava com uma menina também. Matteo conseguiu capturar a garota.

Os dois homens se mexeram, e Holmes rezou para que não se aproximassem mais. Ficar no convés vazio para fumar não era proibido, mas escutar a conversa dos oficiais decerto era.

— Matteo acha que eles se enganaram, anos atrás — continuou Quinto. — O vilarejo deve estar cheio dessas *puttane* ruivas.

— Meu Deus — disse o capitão. — Pense nisso…

— De fato. — Holmes ouviu um baque, como se um dos homens tivesse chutado algo. — Temos ordens para capturar todas elas — afirmou o imediato. — Até a última.

Ao ouvir aquilo, Holmes deu um passo à frente, perdendo o equilíbrio.

— Para onde vamos levar as prisioneiras? — perguntou o capitão.

— Ischia — respondeu Quinto depressa. — Castello Aragonese. A criança, com 6 ou 7 anos, segundo eles, já está lá. De acordo com Matteo, outra mulher e duas irmãs foram levadas para a ilha ontem, através do *Lupo*.

— Uma delas é a mulher que matou Massimo?

— Não — respondeu Quinto. — Eles quase a capturaram. No último instante, ela pulou do bote e caiu na água.

— Acham que ela morreu? Ou que fugiu?

Holmes prendeu a respiração, esperando pela resposta de Quinto. Se aquela mulher fosse de fato Mari, o fato de ela ter pulado na água lhe dava esperança. Mari era uma excelente nadadora.

— Não morreu — afirmou Quinto. — Eles acham que a mulher ficou debaixo d'água e nadou de volta para a costa. Temos que chegar a Positano ainda mais rápido agora, se pudermos. Antes que todas fujam.

— Malditos ventos — sussurrou o capitão. — Se não tivessem mudado ontem à noite, poderíamos estar lá em um dia.

Os ventos, sim. Rajadas sopravam do norte havia uma semana, mas na noite anterior mudaram de direção, vindo agora do oeste. E a ventania estava forte.

Todos suspeitavam que uma tempestade se aproximava.

— E quando chegarmos a Positano? O que faremos? — perguntou o capitão.

— Capturaremos qualquer mulher com o cabelo ruivo. Mas estamos procurando em específico aquela que matou Massimo. Matteo ouviu as outras mulheres a chamarem na noite em que quase a colocaram no *Lupo*. Parece que o nome dela é Mari.

Holmes fechou os olhos com força, suas suspeitas confirmadas. Mari havia matado um homem. E não qualquer homem — mas um dos mais poderosos da região. Ela devia estar em grande perigo para recorrer à violência. Devia estar apavorada.

Como você é corajosa, minha Mari, pensou ele.

E a carta que acabara de escrever para ela? Mais valia jogá-la ao mar. Não chegaria a ela, não depois de tudo o que ele tinha ouvido. Precisava voltar depressa para o seu beliche e escrever uma nova, contando tudo o que sabia: Matteo estava naquele brigue, e eles estavam indo direto atrás dela.

Mari precisava fugir.

Quinto e o capitão conversaram por mais alguns minutos. O capitão perguntou se havia sido relatado mais algum roubo entre os homens.

— Não — assegurou Quinto. — Não que eu saiba.

Finalmente, cada um foi para um lado. Quando tudo ficou em silêncio e não havia mais ninguém por perto, Holmes voltou para baixo do convés.

Com os dedos trêmulos, rasgou a carta para Mari em pedacinhos e começou a escrever outra. Mal conseguia segurar a caneta. Sua caligrafia, desleixada e tremida, traía a turbulência dentro dele. Mari perceberia de imediato, antes mesmo de ler uma palavra, que algo estava errado.

Colocou a nova carta na sacola de correspondência pouco depois, bem a tempo de o barco de correio partir para a cidade às sete horas.

Mas, ainda assim, algo em seu íntimo o incomodava. Holmes não estava disposto a arriscar a vida de Mari em uma corrida contra o carteiro. Precisava garantir — não apenas esperar — que a carta chegasse até ela antes que o *Aquila* atracasse em Positano.

Tinha uma ideia muito boa em mente — mas era perigosa. Se fosse pego, Quinto e Matteo não pensariam duas vezes antes de açoitá-lo ou amarrá-lo ao mastro.

Apesar disso, sua decisão estava tomada. Era o que precisava ser feito.

16

HAVEN

Terça-feira

De volta ao meu Airbnb, Enzo estacionou sua Vespa. Corri para dentro da casa para me trocar e coloquei um vestido cor-de-rosa na altura dos tornozelos com as costas abertas. Achei-o elegante e sedutor, embora tenha sido um desafio quando tentei subir na scooter, pois tive que puxá-lo até os joelhos para poder sentar direito. Enzo pareceu não notar — ou, pelo menos, fingiu muito bem.

— Sua mãe sabe que você está levando uma convidada? — perguntei.

— Mandei uma mensagem para ela, sim — respondeu ele, ligando a moto. — Ela está muito feliz de receber uma visita. A amiga dela não vai estar lá. Foi passar o dia em Sorrento.

Enzo conduzia a scooter com habilidade entre as fileiras estreitas de carros em movimento. Logo, estávamos fora do vilarejo, seguindo para oeste pela Amalfi Drive. Era a mesma estrada que Mal e eu havíamos percorrido na manhã anterior.

— Espere — pedi, avistando uma banca de flores à beira da estrada.

Fiz um gesto para Enzo encostar, depois desci depressa da scooter e comprei um buquê de pequenas rosas brancas silvestres embrulhadas em juta. Era o mínimo que eu podia oferecer à mãe de Enzo, depois de aparecer sem avisar com o filho dela.

Voltei para a scooter.

— A propósito, como se chama a sua mãe?

— Savina.

— Que nome bonito!

— É mesmo. — Ele hesitou. — Ela é um pouco... difícil, mas você sabe como são as mães.

Na verdade, eu não sabia. Nunca fui muito próxima da minha. Ela morava em Manhattan e raramente nos víamos. Eu tinha feito as pazes com aquela situação havia muito tempo. Além disso, nunca me faltou amor durante a minha infância.

Guardando aquilo para mim, envolvi a cintura dele com os braços enquanto voltávamos para a estrada.

— Ela fala inglês? — gritei por cima do barulho do motor.

Ele assentiu.

— Sim, mas ficará muito emocionada se você tentar falar italiano com ela.

— Entendi — respondi, tentando lembrar algumas frases educadas mais básicas.

Eu não conseguia pensar direito, com o rosto tão perto da nuca de Enzo e as coxas nuas envolvendo seu quadril.

Por fim, ele diminuiu a velocidade da scooter e entrou em uma estrada estreita de cascalho em que mal passava um carro pequeno. Árvores nos cercavam, estávamos em uma espécie de matagal, e um portão antigo de ferro forjado, fechado e trancado, apareceu diante de nós.

— A casa foi abandonada há muito tempo. Na verdade, nem sabemos ao certo quando foi a última vez que alguém morou aqui. — Enzo saltou da scooter e destrancou o portão. — Algumas paredes estavam grafitadas. As pessoas adoram lugares abandonados, especialmente crianças e turistas. Minha mãe ainda se preocupa com invasores.

— Você sabe quando foi construída? — perguntei ao passarmos pela entrada.

Embora os pilares de ambos os lados estivessem em ruínas, os detalhes do portão eram extraordinários. Um entrelace de flores e cobras lhe conferia um ar de mansão assombrada.

— Acho que é de meados do século XVIII — respondeu Enzo. Quando começamos a subir a encosta arborizada, o motor da scooter gemeu em protesto. Era mais íngreme do que parecia. — Algumas partes ainda parecem bem antigas. O terraço é o destaque da propriedade, mas não fique muito animada com o resto. Ainda tem muito a ser feito.

Ele não estava errado. Assim que saímos do matagal, a casa apareceu em toda a sua glória do Velho Mundo: a fachada de estuque estava descascada em algumas áreas e completamente desmoronada em outras. Algumas janelas do segundo andar estavam com o vidro quebrado, ou nem vidro tinham.

Não era de se admirar que Savina tivesse pedido ajuda a Enzo com o lugar. Sequer parecia seguro morar ali.

Uma abelha enorme pairou perto de minha mão e eu a afastei gentilmente.

— Tem... — Eu não queria ofendê-lo ou criticar a propriedade, estava apenas curiosa. — Tem eletricidade e água?

Ele riu, desligando o motor.

— Sim. As duas coisas foram instaladas antes de ela se mudar.

Enzo guardou as chaves no bolso e me ajudou a descer da scooter.

— Bem, é deslumbrante — elogiei, e fui sincera.

Aquilo não era a Positano turística de lá embaixo, repleta de lojas de bugigangas e hordas de turistas. E, embora ainda não tivesse visto o terraço, suspeitava que a vista seria de tirar o fôlego.

A cabeça de uma mulher apareceu em uma das janelas quebradas no andar de cima da casa.

— *Il mio Enzo!* — gritou ela, sorrindo.

Usava um batom vermelho vivo e o cabelo grisalho estava preso em uma longa trança. Ela me pareceu, de imediato, calorosa e alegre.

E também um tanto familiar.

Savina fez uma pergunta a Enzo em italiano, que eu não consegui entender.

— *Ciao, mamma* — respondeu ele, então começou a falar com ela de modo acelerado em italiano, provavelmente sobre mim, a visitante inesperada.

Sentindo-me um pouco envergonhada e exposta, olhei ao redor da propriedade, admirando as muitas flores silvestres roxas e cor-de-rosa que adornavam o local.

Uma vez dentro da casa, pude ver Savina mais de perto e descobri onde a tinha visto: na praia, no dia anterior. Era a mulher que caminhava pela orla com a amiga chorando. Perguntei-me se aquela amiga seria a outra mulher que morava ali.

Por um instante, pensei em Mal. Ela ainda estava em Nápoles, esperando um voo para ir embora.

Entreguei a Savina o buquê de rosas silvestres, que ela admirou por alguns instantes antes de colocá-lo sobre a bancada, ao lado de uma foto emoldurada de uma jovem que se parecia muito com Enzo.

— Minha filha, Bria — explicou ela.

Fiz o possível para dizer algumas palavras em italiano para Savina — *prazer em conhecê-la* e muitos agradecimentos —, mas, para o meu alívio, ela respondeu em inglês, livrando-me da obrigação de conversar em sua língua nativa.

Mãe e filho passaram alguns minutos me mostrando o interior esparso da casa. Era evidente que havia reformas em andamento: baldes de tinta estavam encostados em uma parede e um lustre ainda não montado dominava o piso da sala principal. Quase não havia móveis, além de uma chaise longue e uma mesinha. Aquilo me causou uma sensação curiosa e repentina de melancolia.

O piso de ladrilhos de terracota era um dos destaques mais magníficos da casa. Perguntei se tinham sido instalados recentemente, mas Enzo insistiu que eram originais.

— Na semana passada — disse ele, com um discreto revirar de olhos —, eu poli cada um deles até ficarem brilhando.

— Não preciso de muito — acrescentou Savina. — Mas, graças a Deus, minha amiga e eu temos Enzo para nos ajudar nessas tarefas. Meu marido, pai do Enzo, faleceu há muitos anos.

Sua expressão ficou melancólica, e agora eu entendia por que Enzo não havia mencionado o pai. Era algo que tínhamos em comum, e guardei aquela informação em minha mente para perguntar a ele quando fosse um bom momento.

— Deixa eu te mostrar o terraço — sugeriu Enzo.

— Ah, o terraço, sim! — exclamou Savina.

Juntos, nós três nos aproximamos de uma porta de vidro dupla na extremidade sul da casa. Cortinas finas estavam penduradas na frente dela. De repente, Enzo as puxou para o lado e abriu as portas. Eu suspirei, tapando a boca com a mão.

Eu já esperava uma bela vista, mas não *aquilo*. Olhando para o oeste, eu podia ver até a Ilha de Capri, e, ao leste e ao sul, Enzo apontou Salerno e San Marco. Ele contou que terraços belvedere como aquele eram projetados tendo a paisagem em mente: a grade de calcário branco ficava na altura da cintura para não obstruir a vista. A palavra *belvedere*, conforme ele explicou, significava contemplar algo bonito, e eu realmente não conseguia pensar em uma vista mais bela do que a que estava em minha frente. Era como se toda a costa amalfitana estivesse estendida diante de nós.

— Mas onde fica Palermo? — sussurrei no ouvido de Enzo, lembrando-me de como havíamos brincado sobre isso antes.

Ele se virou para mim, com as covinhas e os olhos castanhos.

— Você é esperta, Ambrose.

Ninguém jamais tinha me chamado só pelo sobrenome, e até que gostei bastante.

Virei-me para Savina.

— Que incrível que você conseguiu comprar uma propriedade em uma área tão cobiçada. Acho que os hotéis teriam feito ofertas altíssimas por um terreno como este.

— Ah, esta casa nunca esteve à venda — disse Savina. — Foi passado por muitas gerações de amigos e familiares. Nós, italianos, somos muito unidos, você sabe. — Ela colocou as mãos no parapeito. — Os hotéis nunca tiveram chance alguma. E fico feliz por isso. Positano já viu o suficiente. Se continuar assim por muito mais tempo, acho que vai perder todo o seu charme.

Enzo aproximou-se de nós por trás, com três copos de shot na palma da mão. Ele deve ter se afastado enquanto conversávamos. Dentro de cada copo havia um líquido amarelo brilhante, quase neon.

— *Limoncello*? — ofereceu.

Nós duas pegamos um copo, e Savina continuou:

— Eu, pessoalmente, não estou lá muito decepcionada com o que ouvi no noticiário recentemente.

Lembrei-me do que Enzo havia dito sobre sua mãe e seu jeito desafiador, mas não pude deixar de ficar incomodada com a insensibilidade do comentário dela.

— Você está se referindo ao naufrágio do iate ou às preocupações com o Vesúvio?

Ela assentiu e tomou um gole de *limoncello*.

— Ambos — respondeu. — Ouvi dizer que houve um número sem precedentes de cancelamentos de voos esta semana.

— Ouvi o mesmo. Você está preocupada com o Vesúvio?

— Nem um pouco. — Então ela ergueu o copo. — *Salute*.

Relutante, ergui o meu de volta e tomei um gole, antecipando o sabor cítrico doce e refrescante. Em vez disso, o sabor era sem graça, quase amargo.

— Aquele é o olival — disse Savina, apontando para um bosque de árvores que se estendia pela encosta. — Se você descer a colina e andar um pouco, chegará à Amalfi Drive, e, logo abaixo dela, à *escadaria para o mar*, como gostamos de chamá-la. Temos dois jet skis na base da escadaria. Enzo e eu já saímos algumas vezes. — Ela deu um passo para trás. — Venha, vou mostrar o olival.

— É claro — respondi, feliz por termos mudado de assunto.

Enzo se ocupou com a fechadura quebrada da porta que a mãe havia mencionado mais cedo enquanto Savina me conduzia pelos degraus do terraço até o olival, que estava tão deteriorado quanto a casa.

— Tenho muito o que arrumar aqui — afirmou ela —, mas a maioria das árvores ainda está viva. As oliveiras vivem centenas de anos. — Ela apontou para um pequeno grupo delas em um matagal próximo. — É estranho que algumas também tenham conseguido brotar ali. — Continuou caminhando. — Vou plantar frutas cítricas também. Um dia, gostaria de poder fazer meu próprio *limoncello*.

Savina ergueu o copo e bebeu de um gole só.

Sentindo-me vagamente inquieta, fiz o mesmo.

Nós percorremos o olival, Savina examinando alguns arbustos silvestres. De repente, ela se virou para mim, com o rosto corado, embora eu não tivesse certeza se era por causa do álcool ou do sol forte.

— Enzo tem 39 anos, sabe, e não está ficando mais jovem.

Aquilo me surpreendeu: dado o espírito aventureiro dele e sua pele quase perfeita, eu não diria que tinha mais de 35.

— Não parece — respondi. — E sua filha, é mais velha ou mais nova que Enzo?

Savina olhou para a casa.

— Bria faleceu no ano passado. De maneira muito inesperada. Ela e Enzo eram… gêmeos.

— Caramba — falei, colocando a mão sobre a boca.

Ela arrancou algumas folhas amareladas de um arbusto.

— Tive uma vida mais difícil do que a maioria das pessoas — contou ela. — Achei que havia aguentado tudo: a perda do meu marido, dificuldades financeiras por tanto tempo. Mas então veio *Bria*. — Ela enfiou a mão no bolso e tirou um lenço manchado de rímel. — Às vezes, eu me sinto amaldiçoada. Quanto mais posso aguentar? — perguntou, enxugando os olhos. — Bria queria se casar um dia, ter filhos. Não posso dizer o mesmo de Enzo. Ele só pensa em trabalho. Se não fosse pela ajuda que preciso aqui na casa, tenho certeza de que nem o veria. — Ela soltou um longo suspiro. — Desejo desesperadamente ter netos, mas, ultimamente, comecei a temer que isso não seja mais uma possibilidade. Enzo não traz uma garota para casa há muitos anos — continuou ela, colocando o lenço de volta no bolso e sorrindo. — O que significa que estou muito feliz de te ver.

Ah, pensei. *Ah, não. Ela acha que nós somos… um casal.*

— Nós não somos… — gaguejei, arrastando os pés. — Bem, somos apenas amigos. Nos conhecemos esta manhã. Sou mergulhadora e ele me levou para mergulhar hoje.

Um lampejo de preocupação cruzou o rosto da mulher.

— Ele te levou para mergulhar? — Quando assenti, ela olhou para o terraço. — Ele me disse que fica na loja e deixa um funcionário acompanhar os mergulhadores.

— Acho que hoje foi uma exceção.

Savina retomou a caminhada pelo olival, pisando com cuidado sobre algumas raízes expostas. Conversamos sobre fotogrametria subaquática e minha pesquisa na área de arqueologia náutica. Tentei ao máximo manter minhas explicações simples, sem saber se ela entenderia patavina de alguns dos aspectos mais técnicos.

— Muito interessante — disse Savina, enfim, embora não parecesse muito convencida. — Como você começou nessa área?

Contei-lhe sobre o meu falecido pai e seu interesse por naufrágios e caça ao tesouro. Ao ouvir aquilo, ela se virou para mim, com os olhos brilhando.

— Isso me lembra Giuseppe Ferlini. Você já ouviu falar dele?

Eu ri.

— Já ouvi falar dele, sim. — Era um caçador de tesouros italiano do século XIX que saqueou mais de quarenta pirâmides no Egito e morreu rico. — Na verdade, estou mais interessada nos naufrágios em si, mas decerto há rumores de tesouros enterrados que me intrigam.

— Ainda mais para alguém como você, que tem as habilidades necessárias para explorar esses naufrágios.

Sorri para mim mesma. Ah, se ela soubesse...

Enquanto conversávamos, Enzo se aproximou.

— Existem várias ruínas arqueológicas na Baía de Nápoles — disse Savina.

— Sim, existem — concordei. — Mas não é preciso ir tão longe. Existem muitos naufrágios aqui ao longo da costa. Especialmente em torno de Li Galli.

— Li Galli? — perguntou ela, com a voz tensa. Em seguida, virou-se para Enzo. — Foi lá que vocês dois foram hoje?

Nós dois assentimos, e Savina ficou irritada.

— Não é seguro, Enzo — repreendeu ela, balançando a cabeça, então começou a falar apressadamente com ele em italiano, com as mãos no ar.

Por um momento, pensei que ela fosse chorar de novo.

— Está tudo bem, *mamma* — afirmou Enzo, tentando acalmá-la. — As correntes estavam tranquilas e não estávamos nem perto de onde o iate…

Ela o interrompeu, falando mais italiano. Eu não precisava entender o que ela dizia para perceber que estava horrorizada com a nossa escolha de local para mergulho.

Entendi a palavra *Vesúvio*. Ao dizê-la, Savina usou as mãos para imitar um vulcão em erupção. No entanto, tinha dito momentos antes que não estava preocupada com uma erupção.

Savina, como eu estava começando a perceber, podia ser um pouco dramática.

— Tudo bem. — Enzo ergueu as mãos. — Eu entendo. Eu entendo.

Ela o encarou por um tempo, como se não estivesse pronta para ceder, então começou a andar novamente. Às escondidas da mãe, Enzo me lançou um olhar de desculpas.

Por mais bonita que fosse a casa com sua vista panorâmica, eu estava pronta para ir embora. Depois da menção a Li Galli, o humor de Savina mudou tão repentinamente que agora eu me sentia desconfortável, como se tivesse invadido uma discussão familiar.

Fiquei aliviada quando Enzo disse que havia consertado a fechadura e que era hora de irmos jantar. Nos despedimos da mãe dele e desejei-lhe boa sorte com a reforma antes de correr de volta para a scooter.

Fiquei feliz de termos vindo, pois a vista dali de cima era realmente incrível.

Mas, para ser sincera, não senti vontade de voltar.

17

MARI

Segunda-feira, 23 de abril de 1821

Na segunda-feira, Dante voltou de Nápoles. Ele tinha ficado fora por uma semana.

Lia não estava com ele.

Quando Ami viu que o marido tinha voltado sozinho, caiu de joelhos, soluçando em lágrimas. Mari estava sentada com ela na cozinha escura apesar de ser meio-dia: as duas tinham fechado as cortinas, pois Mari estava escondida na casa deles. Apenas o pai dela e as outras *streghe* sabiam que ela estava ali.

Enquanto Ami se recompunha, Mari contou a Dante tudo o que havia acontecido desde que ele partira: a chegada do *Lupo*. Os outros sequestros. O assassinato de Leo.

A notícia tinha se espalhado rapidamente pelo vilarejo. Nas casas e lojas, descendo as colinas e pelos caminhos sinuosos, podia-se ouvir os sussurros: *Mais três sequestradas e um homem morto também.*

Naquele momento, todos sabiam que o sequestro de Lia tinha sido um vislumbre do que estava por vir. Alguns dos homens do vilarejo choravam em plena luz do dia, lamentando que a boa sorte tivesse enfim acabado.

Os vestígios do incidente ainda eram visíveis. Rastros cortavam a areia onde as mulheres tinham sido arrastadas para botes já a postos, e uma mancha de sangue marcava o local onde Leo havia caído na calçada de pedra após ser atingido.

Os moradores se sentiam impotentes. A polícia de Nápoles favoreceria a Fratelli Mazza, como sempre fizera. Os irmãos tinham muito dinheiro e muitos amigos influentes.

Para a maioria, não havia uma explicação. As quatro mulheres sequestradas — uma criança, uma padeira muito querida e as irmãs Fontana — eram de diferentes idades e classes sociais. Enquanto alguns moradores especulavam que os agressores estavam atrás de uma família específica — talvez por dívidas não pagas —, outros achavam que seria feito um pedido de resgate.

Somente as outras *streghe* sabiam que aquilo não era verdade. Não tinha nada a ver com um resgate.

Apesar das muitas perguntas que circulavam, havia apenas uma que importava. Onde estavam as mulheres? Todos queriam trazê-las para casa.

Ao saber das últimas notícias, Dante sentou-se à pequena mesa da cozinha e colocou a cabeça entre as mãos.

— Não entendo — disse ele, balançando a cabeça, as palavras abafadas pela palma das mãos. — Desde sempre, Positano prosperou. Nossos pescadores, nossos filhos. Fomos abençoados com tudo de que precisamos. Até mais. E estivemos *a salvo*. — Ele olhou para Mari, com desespero nos olhos. — Minha filha se foi. Meu amigo está morto. O que fizemos para merecer isso? — Dante começou a chorar. — Gostaria que houvesse algo que pudéssemos fazer — continuou ele, apesar das lágrimas. — Alguma maneira de proteger estas águas para sempre. A visão do mar sempre me confortou. Nunca mais. De agora em diante, ficarei de olho nos navios deles.

Há uma maneira de proteger as águas, pensou Mari, *por um longo período, pelo menos.* Ela observou Dante enxugar uma lágrima com o dorso da mão. *É o* vortice centuriaria, *e qualquer uma de nós, mulheres, morreria se o recitasse.*

Mari se virou para longe, envergonhada pela dor que causara a ele e a Ami, pela dor que causara a todo o vilarejo. Ela também se sentia uma impostora. Ninguém, nem mesmo Ami, sabia que ela pretendia fugir daquele lugar com Holmes. Se as outras mulheres conhecessem a verdadeira Mari, não a quereriam como líder, nem mesmo como amiga.

Em toda a sua vida, Mari nunca se sentira tão envergonhada, tão sozinha em seu turbilhão interior.

Pelo menos, pensou ela, *Holmes está longe de tudo isso*. Era um pequeno consolo, mesmo que significasse que o plano deles de fugir juntos tivesse chegado a um fim repentino e imprevisto.

Eles haviam acertado os detalhes no início de março, quando tinham se visto pela última vez.

Durante a próxima visita de Holmes a Positano, os dois se encontrariam na praia no meio da noite. Mari deixaria uma muda de roupa limpa na areia para dar a impressão de que tinha saído para nadar à noite, mas, na verdade, Holmes estaria esperando em um bote, pronto para remar até a vizinha Praiano, onde ninguém a conhecia. De lá, eles seguiriam por terra até Nápoles.

Seus amigos e vizinhos a esperariam. Com o passar das horas, ficariam preocupados, imaginando se Mari teria nadado até uma gruta próxima ou remado em direção às águas turbulentas ao redor das ilhotas Li Galli.

Logo, começariam a procurá-la. Alguém seria encarregado da tarefa nada invejável de correr até a casa de Mari para contar a notícia ao pai dela, mas nem mesmo ele seria capaz de encontrá-la.

Por fim, todos presumiriam que ela havia se afogado. Esperariam muitos dias e semanas, de luto, imaginando se o corpo inchado de Mari seria levado pela maré até a costa. Imaginando se o mar a devolveria.

Um dia, diriam que foi o destino. Afinal, o oceano tinha levado sua mãe e sua irmã. Era o destino de Mari ser vítima dele também, certo? Aqueles que sentissem saudade dela — Ami e Lia, especialmente — se consolariam com a crença de que Mari estava em um lugar mais feliz agora, contemplando o mar por dias intermináveis.

Enquanto isso, Mari e Holmes estariam a caminho do norte. Não sabiam exatamente onde se estabeleceriam, apenas que seria em um lugar distante, onde o mar não pudesse mais causar estragos na vida dela.

Mas agora o plano teria que esperar. Mari havia causado muito sofrimento ao seu vilarejo. Estava determinada a consertar tudo.

E nunca iria parar de procurar por Lia.

Depois que Dante se recompôs, ele informou a Ami e Mari que também tinha novidades para compartilhar.

Começou contando de sua viagem a Nápoles, relatando às mulheres seus esforços inúteis para encontrar Lia. Embora tivesse cavalgado intensamente depois de deixar o vilarejo, ele nunca alcançou um homem que correspondesse à descrição dada por Mari, o que o levara a questionar se o sequestrador de Lia a havia levado para Nápoles de fato.

Assim que chegou na vila, investigou os estabelecimentos conhecidos por serem onde os irmãos Mazza faziam negócios. Não apenas os escritórios, mas também os cais ao longo da Baía de Nápoles. Esperava encontrar Matteo e, como tinha levado uma arma, estivera pronto para tomar todas as medidas necessárias para obter informações sobre o paradeiro de sua filha.

Ele nunca o encontrou. No entanto, esbarrou com um jovem estivador descarregando mercadorias nas docas dos Mazza. Entregando-lhe um punhado de moedas, Dante implorou por qualquer informação sobre Matteo Mazza.

O estivador aceitou o dinheiro e compartilhou algumas informações interessantes.

Em primeiro lugar, dissera que, na noite anterior, havia ajudado a carregar uma caixa de roupas em um pequeno barco da Fratelli Mazza com destino à ilha vizinha de Ischia. Eram roupas de mulher, segundo ele, e havia também alguns vestidos de criança.

— Então estão vivas — exclamou Ami, segurando a mão de Dante.

Ele assentiu.

— Acredito que sim. Perguntei ao rapaz se ele conhecia algum barqueiro que pudesse me levar até Ischia. Ele contou que a Fratelli Mazza estava proibindo todos de entrar na ilha e que, poucos dias antes, seus homens haviam atirado e matado um pescador que se aproximara demais das rochas. — Ele balançou a cabeça. — Eu teria achado que o jovem estivador era um ótimo contador de histórias se não fosse pelo fato de que mais pessoas também comentaram a morte do pescador.

Mari e Ami trocaram um olhar sombrio, sem dizerem nada.

— E tem mais — continuou Dante, com a voz séria. — Há outro navio dos Mazza a caminho de Positano neste exato momento.

Mari ficou imóvel. Será que estava se referindo ao brigue de Holmes, o *Aquila*?

— A embarcação está em Nápoles agora — informou Dante — e deve chegar em dois dias. Talvez menos, dependendo da tempestade que se aproxima e dos ventos.

Então não era o *Aquila*. Holmes estava bem ao norte de Roma, a muitos dias ou semanas de distância.

Dante fez uma pausa, respirando fundo.

— O estivador me disse que o próprio Matteo Mazza está a bordo. Precisamos sair daqui — concluiu. — Todos nós. É a coisa mais segura a fazer.

— Não vou embora sem Lia — contestou Ami. — E se Vivi e Lia conseguirem fugir? Este será o primeiro lugar para onde virão.

— Elas podem nos encontrar mortos — argumentou Dante —, considerando tudo o que aqueles homens nos fizeram até agora.

— Mortos ou não, não vou embora — disse Ami ao marido, resoluta.

— Nem eu — acrescentou Mari.

Não com outro navio e Matteo a caminho. Ela não ousaria fugir do perigo que ela mesma trouxera para este vilarejo.

Além disso, uma ideia muito arriscada começava a tomar forma em sua mente.

* * *

No final daquela noite, as dez *streghe* restantes do vilarejo se reuniram na pequena padaria de Ami, escondida no final de uma das muitas vielas discretas de Positano.

Chegaram uma a uma, com rostos sombrios. Muitas delas, incluindo Mari, vestiam roupas masculinas, com os cabelos presos sob chapéus.

A padaria estava fresca por dentro. Suas paredes de pedra eram impenetráveis ao calor daquela noite, e Ami não assava nada havia dias, devido a tudo o que acontecera. Velas estavam alinhadas nos cantos da sala. As mulheres permaneceram em silêncio, esperando que Ami explicasse o motivo pelo qual as havia reunido em nome de Mari. As lajes estavam escorregadias com farinha, e a sala lotada cheirava a limões podres e amêndoas estragadas.

Ami sentou-se ao lado de Pippa, com um braço protetor em volta da menina. Uma havia perdido a filha; a outra, os pais. Agora, Pippa estava hospedada com a mais velha das *streghe*, Emilia, que morava a poucas casas de distância com o marido.

Mari caminhou até a frente da sala. Mal conseguia olhar para qualquer uma delas.

Pouco antes de ela começar a falar, Emilia levantou a mão.

— Mari — disse a mulher —, Pippa e eu vimos algo estranho ontem à noite. Achamos que você deveria saber.

Mari franziu a testa.

— Prossiga.

— Alguém estava do lado de fora de casa, vasculhando minha lata de lixo — explicou Emilia. — Já havia escurecido. Meu cachorro nos alertou. Quando fomos até a janela com meu marido, a pessoa fugiu.

Estranho, sem dúvida. Em Positano, ninguém trancava as portas nem se preocupava com invasores.

— Você conseguiu ver bem o homem? — perguntou Mari.

Pippa interrompeu.

— Não temos certeza de que era mesmo um homem. Era uma pessoa de estatura baixa e magra. — Ela esfregou as mãos. — Minha mãe reclamou de algo semelhante há algumas semanas — contou.

— Ela achava que tinha visto alguém contornando os fundos da nossa casa, espiando pela janela.

Mari franziu a testa.

— Ela nunca me disse nada sobre isso.

— Ela se convenceu de que não era nada. Tivera uma dor de cabeça terrível o dia todo. Achou que tinha imaginado.

Do outro lado da sala, Cleila soltou um suspiro frustrado.

— Quando isso vai acabar? — perguntou. — Estou cansada de viver com medo. — Ela colocou um braço protetor em volta de Paola, que mantinha o olhar fixo nas lajes.

Mari teria pensado que o intruso era um ajudante dos Mazza se não fosse pela descrição do delinquente: magro e esguio. O que Vivi observara nos fundos da casa também era estranho. Aquilo a deixou muito nervosa. A Fratelli Mazza já lhes dava motivos suficientes para se preocuparem. Mas um vilão tão perto de casa, alguém do próprio vilarejo?

Ela estremeceu involuntariamente, imaginando em quem mais poderia confiar.

Forçou sua atenção de volta ao que havia se proposto a fazer.

— Hoje soubemos que outro navio dos Mazza está a caminho de Positano — começou ela. — E Matteo Mazza está nele. Pode chegar amanhã ou depois de amanhã.

Emilia inclinou-se para a frente.

— Temos que ir — disse ela, olhando freneticamente pela sala iluminada por velas. — Por que ainda estamos aqui? Por que não estamos reunindo nossas famílias para partir?

— Não — retrucou Mari, levantando a mão. — Não vamos fugir deles.

Emilia apontou para Pippa.

— Eles levaram a mãe dela e mataram o pai — constatou. — Você é uma tola se acha que podemos nos proteger deles.

A afirmação doeu, mas Mari continuou, baixando a voz:

— Tenho outra ideia.

Houve silêncio na sala.

— Qual? — perguntou Ami, franzindo a testa.

Mari respirou fundo e disse:

— Vamos afundar o navio.

Algumas mulheres prenderam a respiração. Pelo que sabiam, nenhuma *strega* jamais havia afundado um navio inteiro.

Quase todas começaram a cochichar, mas Mari levantou a mão de novo.

— Os Mazza, arrogantes como são, sempre pegaram a perigosa rota de Li Galli em vez do caminho mais longo e seguro ao sul.

De fato, apenas os capitães mais confiantes navegavam perto de Li Galli. A maioria dos navios mercantes evitava as ilhotas e seus redemoinhos invisíveis, preferindo navegar com tranquilidade ao sul, contornando Capri, aproximando-se assim de Positano por aquela direção.

Ela continuou:

— Eles têm sorte de não terem enfrentado nenhum problema perto das ilhotas. Pelo menos até agora. Vamos recitar o *incantesimo vortice*. — A potência do feitiço dependia do número de mulheres recitando a maldição e do número de vezes que elas a recitavam. Uma vez geraria um pequeno redemoinho, como Mari havia feito com Massimo. Mas várias *streghe*, recitando o feitiço repetidas vezes? Seria tremendamente poderoso. — Três de nós recitaremos a maldição. Vamos criar um vórtice largo e forte o bastante para perturbar o lastro do navio, para sacudi-lo antes de puxá-lo para baixo.

Murmúrios de inquietação percorreram a sala.

— Lembrem-se, não estamos amaldiçoando o navio em si — continuou Mari. — Estamos amaldiçoando a água sobre a qual ele navega. Como eles passarão por Li Galli, os homens culparão as correntes. E se formos bem-sucedidas, e seremos, não haverá sobreviventes para dizer o contrário. Todos acreditarão que o navio foi mais uma vítima infeliz das ilhotas.

Mari sentiu-se encorajada pelas poucas que assentiram ao redor da sala. Ela queria explorar o perigo existente no oceano — seus redemoinhos subaquáticos imprevisíveis — e usá-lo a seu favor. Enganar os homens com o mar.

— Vamos esperar por eles perto de San Pietro — sugeriu ela —, escondidas em uma das cavernas.

— Por que não podemos simplesmente desviar as correntes de Positano? — perguntou outra *strega*. — Como sempre fizemos. Como fizemos na semana passada.

Mari já havia considerado aquela possibilidade, mas achou insuficiente.

— Aqueles homens querem nos capturar. — Ela olhou ao redor do círculo de mulheres. — Eles levaram quatro de nós e mataram um de nossos maridos. Se chegarem a Positano, será devastador. Não podemos deixar que isso aconteça. E com Matteo a bordo? — Mari juntou as mãos. — Pensem no mal que aqueles homens trouxeram para a região. Será o fim dos irmãos. Sem eles, a Fratelli Mazza, seus associados... não vão prosperar. Não como vêm prosperando.

— Mas não sabemos quando o navio chegará — contrapôs Paola — e San Pietro fica a noventa minutos a pé daqui. Como três de nós chegaremos lá a tempo?

— Amanhã, a partir do meio-dia — explicou Mari —, ficaremos de vigia na caverna. — As *streghe* tinham vários locais secretos de encontro, mas o que ficava perto de San Pietro era o mais adequado, dada a vista panorâmica da costa amalfitana. Aquela caverna, assim como outras, tinha várias lanternas e tapetes. Mari e Holmes já haviam passado diversas noites lá. As mulheres só precisariam levar comida e óleo para as lanternas. Mari levaria um ou dois cobertores. — Ficarei lá o tempo que for necessário. O resto de vocês pode se juntar a mim em duplas. A cada doze horas, vocês trocam. Assim, sempre teremos três de nós no local.

— E quando avistarmos o navio?

A sala ficou em silêncio.

— Quando o avistarmos — respondeu Mari —, as três que estiverem de vigia vão esperar até que ele passe por Li Galli. Desceremos até a água e, assim que a embarcação estiver em posição, lançaremos a maldição.

Pippa concordou com um murmúrio, e Ami também. Imediatamente, diversos outros começaram a ecoar pela sala: *sì*, *sì*.

Mari aproveitou a oportunidade.

— Vamos votar — sugeriu.

As reuniões, poucas e esparsas, consistiam em um protocolo mínimo. Não havia uma abertura formal da reunião e, decerto, ninguém fazia anotações. Mas havia uma regra antiga e imensamente respeitada à qual as mulheres aderiam: em caso de votação, a maioria prevalecia. Considerando quantas assentiram ao redor do círculo, era evidente que a ideia de Mari havia conquistado a aprovação das mulheres.

Além disso, com Pippa e Ami defendendo a sugestão, o que mais as outras poderiam dizer? Aquelas duas tinham perdido mais do que qualquer uma delas nos últimos dias.

Todas votaram a favor.

O navio dos Mazza jamais chegaria a Positano.

18

HAVEN

Terça-feira

Para jantar, Enzo pretendia me levar a uma *trattoria* escondida nos arredores da cidade.

— A cidade está muito tranquila esta noite — comentou ele. — Mesmo para uma terça-feira.

Eu concordei. Se não soubesse, teria pensado que estávamos em uma vila bem afastada dos centros urbanos.

Segundo Enzo, o restaurante era conhecido principalmente por sua *zuppa di cozze* — mexilhões frescos em caldo de tomate.

— É quase impossível conseguir uma mesa lá sem reservar com meses de antecedência — contou ele. — Para a nossa sorte, o dono é um grande amigo meu.

Mas, quando entramos, Enzo franziu a testa. Eram oito horas, mas havia apenas dois clientes jantando.

Uma garçonete nos levou a uma mesinha em formato de L nos fundos do restaurante e, alguns minutos depois, trouxe uma garrafa de vinho e uma enorme tigela de mexilhões fumegantes.

— Obrigada por me apresentar sua mãe — falei a Enzo, mergulhando a casca do pão no caldo. Sentávamos lado a lado, com apenas alguns centímetros de distância. — Ela pareceu achar que éramos um casal. Disse que fazia tempo que você não apresentava ninguém a ela.

Ele sorriu.

— Faz muito tempo, sim. Eu me mudei para cá há um ano para abrir a loja. — Ele abriu um mexilhão, usando os dentes para tirar a carne. — Não tive interesse em namorar — explicou. — A loja, meu trabalho... tomam muito tempo. Para ser sincero, este é meu primeiro "primeiro encontro" em dois anos. Talvez mais.

— Meu histórico não é muito melhor. — Recostei-me no banco, cruzando as pernas na direção dele. — Tive muitos primeiros encontros, mas, infelizmente, a maioria deles também foi o último. Acho que tenho procurado no lugar errado. Muitos acadêmicos e pesquisadores, e pouco...

Calor. Lembrei da primeira vez que vi Enzo, quando nos cruzamos na escadaria. Ele estava ocupado carregando equipamento de mergulho, mas ambos nos olhamos duas vezes. Aquela química — ou qualquer que fosse a estranha energia que atraía desconhecidos — estava em alta antes mesmo de sabermos nossos nomes.

— Bem, pouco interesse para justificar um segundo encontro — concluí.

Nós dois ficamos em silêncio.

Perguntei-me se estávamos pensando na mesma coisa — *então, estamos os dois solteiros* — e tomei um gole do meu vinho, ciente de que Enzo havia acabado de mover as pernas alguns centímetros na minha direção.

— Você sempre quis ter uma loja de mergulho? — arrisquei perguntar, tentando pensar em qualquer coisa que não o calor que crescia na parte inferior do meu corpo.

Enzo se virou para mim.

— Cresci muito pobre — disse ele. — Depois que meu pai faleceu, minha mãe, minha irmã e eu não tínhamos quase nada. — Engoli em seco, imaginando o quanto Enzo contaria sobre sua falecida irmã, Bria. — Morávamos em um apartamento de um quarto em uma área perigosa da cidade — continuou. — Algumas noites, não havia nada para o jantar. Outras, nossa mãe saía para trabalhar. Acho que ela mal conseguia suprir nossas necessidades básicas. Sempre sem sorte, ao que parecia. Ela nunca conseguia uma chance de verdade. — Enzo franziu a testa, como se aquele fosse um assunto difícil para ele. — Vendo-a batalhar assim, eu sabia que não queria um emprego tradicional. Queria trabalhar por conta própria. Sempre adorei o mar. Comecei a mergulhar com amigos quando tinha 14 anos, então decidi que um dia teria minha própria loja de mergulho. Comecei a fazer bicos, economizando cada centavo que podia. — Ele sorriu com orgulho. — A loja, o barco… foi para isso que trabalhei. No momento, só posso pagar um funcionário, mas espero contratar outro em breve, alguém para cuidar da loja, para que eu possa mergulhar mais. Hoje, com você, foi meu primeiro mergulho em meses. Sentia falta da aventura. Da adrenalina. Das surpresas inesperadas.

Uma pontada de melancolia me atingiu: meu pai e Enzo teriam sido grandes amigos.

— Para mim — concluiu Enzo —, o mar significa liberdade.

Que perspectiva incrível: não guardar rancor pelas dificuldades da infância, mas usá-las como exemplo do que não queria para a própria vida.

— Sinto orgulho de você — falei, ousando apertar sua mão. — Só te conheço há um dia, então talvez seja estranho dizer isso, mas é sincero. Sinto orgulho de você.

Enzo ficou em silêncio por um tempo, olhando para a mesa.

— Eu… — Ele engoliu em seco e pigarreou. — Bem, eu não ouço isso com frequência. Obrigado, Haven. — Ele deu um sorriso triste. — Gostaria que Bria estivesse aqui para ver o que conquistei. Ela sempre brincava que queria entrar no meu negócio. Será que estaríamos trabalhando juntos aqui em Positano?

Fiquei curiosa sobre a relação deles — que parecia boa, considerando o que Enzo acabara de dizer — e também sobre o que havia acontecido com ela.

— Sua mãe contou que ela faleceu há cerca de um ano — comentei, da maneira mais delicada possível.

Ele assentiu.

— Foi no ano passado, no final da Maratona de Londres. Ela teve uma parada cardíaca, bem perto da linha de chegada. Minha mãe estava lá, observando enquanto os paramédicos colocavam Bria em uma maca. Ela morreu a caminho do hospital.

— Sinto muito — disse.

Sempre considerei a morte do meu pai repentina, mas aquela tinha sido ainda mais. Senti muita pena de Enzo e da mãe dele pela perda abrupta.

— A pior parte — continuou Enzo — é que até hoje não sabemos *por quê*. Fizeram uma autópsia depois. Nenhum sinal de doença cardíaca, nada congênito. Consideraram idiopático. Acabei aceitando. Todos os dias, coisas ruins acontecem com pessoas boas sem motivo. Mas minha mãe não vê dessa forma. Está convencida de que o azar a persegue como uma sombra.

Aquilo explicava o comentário de Savina naquela manhã no olival. *Às vezes, eu me sinto amaldiçoada.*

Enzo balançou a cabeça e pegou sua taça de vinho. Percebi que ele não diria mais nada — pelo menos não sobre aquele assunto.

Queria voltar a falar da mãe dele e de Li Galli. Talvez as opiniões fervorosas dela fossem uma questão cultural. Os italianos eram conhecidos por serem explosivos, certo?

— É evidente que sua mãe tem uma forte aversão a Li Galli — comentei.

Enzo assentiu.

— Sempre preocupada. Ainda mais depois do que aconteceu com Bria. Ela tem agido de uma forma superprotetora comigo agora, como nunca fez antes.

— As correntes ao redor das ilhotas por acaso te preocupam? Especialmente depois do incidente com o iate.

— As correntes não me preocupam, não — respondeu ele. — Quanto ao iate, eles vão descobrir por que afundou. É só uma questão de tempo.

Em um canto do restaurante, havia uma TV de tela plana na parede. Um canal de notícias exibia imagens feitas por um helicóptero do Vesúvio, mostrando uma estreita faixa de vapor emanando de uma seção da cratera. Ao ver aquilo, ergui as sobrancelhas.

— Pioraram? — perguntei. — As fumarolas?

Enzo seguiu meu olhar, olhando para a televisão por um instante.

— Não. As fumarolas sempre estiveram lá. Só estão mostrando as imagens para atrair telespectadores.

Ele abriu uma concha de mexilhão, depois chamou a atenção do dono do restaurante, que estava perto da porta da frente, e acenou para que ele se aproximasse.

— Onde está todo mundo? — perguntou Enzo em inglês.

O dono apontou para a televisão.

— Assustados.

O noticiário mudou para imagens de Asher Vice, o influenciador que morreu no recente naufrágio. Nós três assistimos em silêncio enquanto as palavras *la maledizione amalfitana* apareciam na parte inferior da tela, seguidas por uma montagem de vídeos que não foram filmados na área de Li Galli, mas no Triângulo das Bermudas, a leste do Caribe. A reportagem fazia uma comparação entre as duas áreas e seus fenômenos inexplicáveis.

Depois que o proprietário do restaurante saiu, Enzo se inclinou, girando o vinho na taça.

— Os italianos adoram suas lendas. — Ele olhou ao redor do restaurante vazio. — Infelizmente, tudo isso acontecendo ao mesmo tempo está tendo implicações reais. Nunca vi Positano tão silenciosa.

A televisão ainda mostrava imagens das fumarolas, que me lembraram dos dados oceanográficos que eu tinha visto no noticiário no dia anterior.

— E quanto às fontes hidrotermais? — perguntei. — As leituras de dióxido de carbono que pioraram nos últimos dias?

Conhecia Enzo havia menos de um dia, mas ele parecia pragmático e sensato. Afinal, não acreditava na maldição de Amalfi e acabara de dizer que as correntes de Li Galli não o preocupavam.

A resposta dele, portanto, me alarmou.

— As leituras subaquáticas me preocupam um pouco — disse —, porque são novas e não conseguiram descobrir a causa disso.

— Ele arrancou um pedaço do pão e voltou o olhar para mim. — Você deveria ter um plano caso precise pegar um voo para ir embora — sugeriu. — Só por precaução.

Apesar de todas as notícias e conversas que eu tinha visto online, foi aquilo — o aviso de Enzo e sua expressão sombria repentina — que mais me assustou.

Pousei o garfo. Tinha perdido o apetite.

Ele percebeu a mudança no meu humor.

— Ei — chamou, gentilmente. Virei o rosto para ele. — Neste exato momento, estamos seguros, tá bem?

Assenti.

— E estamos nos divertindo.

Assenti de novo. *Muito mesmo.*

— E temos uma garrafa inteira de vinho para beber.

Não pude deixar de sorrir com aquilo.

— É verdade — concordei.

— Então não se preocupe, minha Haven.

Enzo se inclinou lentamente, com os olhos em mim o tempo todo, e tocou meus lábios com os dele. Eram mais macios do que eu esperava, com um sabor sutil de vinho. Eu me inclinei na direção dele, tomada pela sensação de queda livre.

Depois de alguns instantes, ele se afastou.

— Tudo o que temos é o agora — concluiu.

Como eu precisava ouvir aquilo. Peguei minha taça de vinho e dei um sorriso caloroso, terrivelmente feliz de, apesar de tudo o que nós dois havíamos perdido no último ano, estarmos juntos naquela noite.

Acordei na manhã seguinte com uma dor de cabeça terrível.

Depois do jantar, Enzo e eu tínhamos nos refugiado em um bar ao ar livre, bebendo *meloncello* e conversando por mais de duas horas. Tínhamos concordado que um mergulho pela manhã estava fora de cogitação, mas que um mergulho à tarde não faria mal algum.

Naquele momento, eu me virava na cama, feliz de ver que ele já havia enviado uma mensagem. Bom dia, Ambrose, havia escrito uma hora antes. Como está se sentindo?

Péssima, respondi. O que exatamente colocam no *meloncello*?

Melão. Açúcar. Vodca. Todos os grupos alimentares necessários. Alguns minutos depois, ele me perguntou sobre o nosso mergulho da tarde. Passa na loja por volta das quatro? Vou te dar uma roupa de mergulho nova. 2 mm? 3 mm?

Sorri com sua consideração. 3 mm. A água está FRIA.

Tenho que te ajudar a ficar mais durona, respondeu ele.

Apesar da dor de cabeça, não consegui deixar de rir. Até logo.

Logo depois, recebi outra mensagem, e meu sorriso desapareceu. Era Conrad. Cheguei em Nápoles, dizia ele. Temos que transferir os documentos. Vou fazer meu primeiro mergulho hoje à tarde... Preciso das plantas do local de mergulho o quanto antes. Onde você está hospedada?

Merda. Ele pretendia mergulhar naquela tarde? Eu detestava a ideia de encontrá-lo na água.

Já havia adiado nosso encontro uma vez. Não queria que ele viesse até minha casa, então dei a ele o nome de um café que Enzo havia mencionado na noite anterior, pedindo para nos encontrarmos lá em uma hora. Tomei banho, me vesti e, com relutância, reuni tudo o que precisava entregar, incluindo uma grande pasta com as plantas do local de mergulho, que eu tinha impresso e anotado nos últimos meses. Havia mapas topográficos cheios de anotações, bem como minhas ideias para pesquisar o campo de destroços. Havia também cartas batimétricas, com minha análise da profundidade, salinidade, composição do sedimento do fundo do mar e de como esses fatores poderiam afetar a localização e a condição dos destroços.

As cartas e as plantas do local de mergulho — sem minhas análises — também estavam salvas em um pen drive de um terabyte. Joguei tudo na bolsa junto com a documentação e as aprovações de várias autoridades italianas, incluindo a guarda costeira.

Mas, quando estava quase pronta para sair, hesitei, olhando para a bolsa. Eu realmente tinha que dar a pasta para Conrad? Afinal, os dados brutos e as plantas do local de mergulho estavam no pen drive. A pasta continha as *minhas* anotações, a *minha* pesquisa, as *minhas* estratégias.

Hesitei por um instante antes de tirar a pasta da bolsa e jogá-la em cima da cama. Que Conrad fizesse suas próprias anotações, decidi. Eu não tinha obrigação alguma de dar a ele meses das minhas análises.

Quando cheguei à cafeteria, Conrad já estava lá, tomando um café preto em uma mesa no canto. Estava igualzinho a quando eu o vira no funeral do meu pai, meses antes: banhado de sol, cada centímetro dele de um bronzeado perfeito, exceto pelas marcas dos óculos escuros ao redor dos olhos, e com a cabeça cheia de fios grisalhos e espessos.

Conrad se levantou para me cumprimentar e me abraçou. Eu hesitei por um momento antes de lembrar que ele e meu pai não eram apenas colegas de escola, mas amigos de longa data. E que Conrad já tinha salvado a minha vida.

Ainda assim, por mais que quisesse dar a ele o benefício da dúvida, eu me mantive em alerta.

— Café? — perguntou, depois que me sentei. — É por minha conta.

Eu balancei a cabeça.

— Não, obrigada. — Naquele momento, com o estômago embrulhado, a sugestão não era nada atraente. — Trouxe tudo de que você precisa — falei, entregando a ele o pen drive.

Queria acabar logo com aquela reunião.

Conrad nem olhou para o pen drive quando o coloquei na frente dele. Apenas manteve o olhar concentrado em mim.

— Haven — disse ele.

Pensei ter visto algo triste em seus olhos, talvez lembranças de como as coisas eram antes da morte do meu pai: nós três dividindo um jantar com peixe fresco em um bar em Key West. Conrad e meu pai bebendo cerveja demais e cantando "Fly Like an Eagle". A vez em que fomos mergulhar tarde da noite, havia vários anos, todos nós procurando por plânctons bioluminescentes e casulos de peixes-papagaio.

Hesitei, lutando contra a vontade repentina de chorar. Tanta coisa tinha sido perdida.

— Por que você não me contou que estava assumindo o projeto? — perguntei. — Por que eu tive que saber pelo Gage?

— A fundação de Gage está financiando o projeto.

— Mas você é o novo líder. Você deveria ter me ligado. Além disso, por que não me colocou na sua equipe?

— Não sabemos o que diabo está acontecendo naquelas águas, Haven. — Ele enfiou a mão no bolso de trás e pegou o celular. — Veja isto... — pediu, mostrando uma página da internet cheia de números e símbolos. — Atividade de fontes hidrotermais nas proximidades — explicou.

Ele rolou a tela para baixo para exibir um gráfico, manipulando os eixos várias vezes. Era inegável: as fontes haviam se tornado visivelmente mais ativas nos últimos dias.

— Agora, sabe que não sou alarmista — continuou ele —, mas, mesmo trabalhando com caras que estão no campo há dez, vinte anos, bem, estamos tomando mais precauções do que o normal. Eu nunca me perdoaria se... — A voz de Conrad falhou. — A perda do seu pai tem sido difícil para mim, Haven — admitiu. — Não tão difícil quanto tem sido para você, eu sei. Mas também não está sendo fácil. Imagine como eu me sentiria se algo acontecesse com você também.

Envergonhada, recostei na cadeira. Talvez estivesse errada sobre ele. Talvez aquilo não tivesse nada a ver com o tesouro e tudo a ver com prezar pela minha segurança. Exatamente como Gage havia dito.

Naquele momento, quase desejei ter trazido a pasta com os mapas anotados para Conrad.

Quase.

— Aqui está — disse, colocando o pen drive na palma da mão dele. — Aí estão as aprovações documentadas e as informações sobre o aluguel do barco. A planta do local de mergulho também. Tudo de que você precisa.

Ele assentiu, apertando os lábios com força.

— Obrigado, Haven. Vamos fazer o possível para conseguir as fotos de que precisamos.

— Você vai entrar na água hoje?

Conrad assentiu.

— Hoje à tarde. Dois caras da minha equipe já estão aqui. — Ele olhou para o relógio. — O outro deve chegar a Nápoles a qualquer minuto. Espero estar no mar ao meio-dia para fazer uma pequena exploração preliminar. E você? — perguntou ele. — Vai voltar para casa logo ou planeja ficar em Positano por um tempo?

Hesitei. Apenas Mal e Enzo sabiam que eu ficaria lá por mais um tempo.

— Vou para casa — respondi. — Não imediatamente, mas em breve.

A resposta foi vaga o suficiente.

— Que bom para você. Aproveite para passear um pouco enquanto estiver por aqui.

— Sim, sim — falei —, pretendo fazer algo nessa linha. — Juntei minhas coisas e me levantei. — Me mande notícias, Conrad. — Hesitei, parte de mim querendo dizer *Boa sorte*, mas outra pensando *Espero que seu projeto fracasse*. Optei por: — Cuide-se.

Pelo menos, o sentimento era sincero.

Às quatro e meia, Enzo e eu estávamos de novo na água. Considerando a consternação da mãe dele com o nosso mergulho em Li Galli, concordamos em não contar a ela sobre aquele retorno.

Enquanto ele dirigia o barco, eu estava ao seu lado no leme, abraçando-o pela cintura, o braço de Enzo em volta do meu pescoço. Desde o nosso primeiro beijo no restaurante na noite anterior, mal passávamos um minuto sem usar alguma desculpa para nos tocarmos. Enzo manteve a música baixa hoje, e eu me peguei fechando os olhos ao lado dele, ouvindo o som do barco cortando a água. De vez em quando, ele dava um beijo na minha têmpora.

Enquanto navegávamos para oeste, ele apontou para um dos penhascos próximos ao longo da água.

— Está vendo aquela escada ali e o pequeno cais? É onde minha mãe guarda os jet skis. Ao que parece, ela deve estar por aqui pilotando um deles.

— Que engraçado — comentei —, ela não me pareceu o tipo de pessoa que se aventura na água.

— Ela tem um lado selvagem — afirmou ele, rindo.

Enzo se voltou para o volante enquanto eu pegava meu equipamento fotográfico: uma Nikon digital com punho duplo, além de uma variedade de flashes, lentes e filtros.

— Uau — exclamou ele, olhando para o meu equipamento espalhado. Era muito mais do que qualquer leigo precisaria. — Você é realmente uma profissional, né?

Se ele soubesse que eu acabara de ser expulsa do maior projeto da minha carreira...

— Você ficaria surpreso com o que os filtros certos podem fazer debaixo d'água — respondi.

Ele indicou com a cabeça as ilhotas próximas.

— Para onde vamos hoje?

Tirei minha pasta da bolsa. Mais cedo, eu havia usado um marca-texto para destacar em um dos mapas a área que tínhamos percorrido no dia anterior, fazendo algumas anotações sobre a profundidade e a ausência de destroços de navios.

— Um pouco mais ao norte de onde ancoramos ontem — pedi.

— Entendido — respondeu ele.

À medida que nos aproximávamos do nosso novo local de mergulho, monitorei a profundidade no sonar do barco e confirmei as informações nos mapas náuticos, feliz de descobrir que eles estavam quase todos corretos. A água quase não formava ondas, tão calma quanto eu desejava.

— As correntes superficiais estão boas — comentei. — Acho que devemos entrar na água bem aqui.

Estávamos bem no meio das três ilhotas: o olho de Li Galli.

Enzo lançou a âncora, ergueu a bandeira de mergulho e começou a vestir seu equipamento. Enquanto isso, coloquei uma lente grande-angular na minha câmera e prendi uma luz estroboscópica no pulso. Quando estávamos prontos, assentimos rapidamente e demos um longo passo para fora da popa do barco, entrando na água.

De imediato, soube que aquele mergulho seria melhor do que o do dia anterior. Não só a água estava calma, como eu estava muito mais quente, graças à roupa de mergulho mais grossa. A visibilidade também era melhor. Mesmo a alguns metros de distância, conseguia ver com precisão o logotipo amarelo da Cressi na roupa de mergulho de Enzo.

Verifiquei meu relógio de mergulho. Estávamos a quinze, depois a vinte, e depois a vinte e cinco metros abaixo do nível do mar. Diminuí a velocidade da descida, com cuidado para não tocar o fundo muito rápido, então respirei fundo pelo bocal.

Apenas alguns metros abaixo de mim, projetando-se do fundo do oceano, estava a forma inconfundível da proa de um navio. *Um naufrágio.* Espalhados pelos destroços, havia enormes pedaços de madeira e revestimento de cobre oxidado. Uma longa enguia preta deslizou por baixo de mim, antes de se enfiar em uma fenda estreita.

Preparei minha câmera para tirar algumas fotos. Mas, de repente, ouvi um som metálico suave. Enzo estava a alguns metros de distância, batendo com um pequeno instrumento de metal em seu tanque de ar. Segui na direção que ele estava apontando e observei com atenção um objeto sólido e escuro. Nadando para mais perto, avistei o que havia chamado a sua atenção: o casco de outro navio, este segundo deitado de lado como um brinquedo de criança, com a quilha exposta.

Sorri por trás do bocal: apesar de ter sido retirada do Projeto Relíquia, acabava de descobrir meu primeiro campo de destroços em Li Galli.

Ainda assim, não era tola a ponto de acreditar que estava perto de descobrir o tesouro que meu pai havia avistado. Eram apenas dois destroços entre muitos outros.

Mas, pelo menos, tínhamos encontrado *alguma coisa*.

Depressa, tracei uma estratégia. Tiraria fotos dos destroços e, mais tarde, carregaria as imagens no meu computador e as compararia com as fotografias granuladas de meu pai.

Como sempre fazia durante meus mergulhos, parei um momento para desacelerar a respiração. Eu quase sempre voltava à superfície com mais ar no tanque do que meus companheiros de mergulho, algo de que me orgulhava. Só podia torcer para que Enzo também conseguisse economizar o tanque dele.

Fiz-lhe um sinal subaquático para que ele ficasse perto e comecei a tirar fotos dos dois navios. Pairei sobre uma área de destroços de cobre próxima do primeiro naufrágio. Muitas vezes, os cascos dos veleiros eram revestidos com cobre abaixo da linha d'água para protegê-los de vermes marinhos e outros danos biológicos. Por sorte, o cobre era um elemento que resistia relativamente bem ao fundo do mar por longos períodos, e, por isso, era o metal que costumava levar os cientistas até os naufrágios.

Passei para o segundo destroço de navio, sentindo-me especialmente atraída pela borda afiada da quilha exposta. Milhares de moluscos e algumas estrelas-do-mar estavam agarrados a ela. Parte do casco estava coberta por líquen marinho, de cor laranja opaca. Tirei fotos de tudo, bem como de alguns buracos grandes ao longo da quilha.

Procurei nos dois naufrágios por qualquer coisa que se parecesse com um canhão ou um sino, que pudesse ter uma marca de identificação do fabricante. Não encontrando nada do tipo, afastei-me da área em busca de mais destroços, ciente de que já havia consumido metade do meu suprimento de ar.

Pensei em nos levar mais para o norte, mas nos últimos minutos as correntes subaquáticas tinham ficado visivelmente mais fortes. Sem vontade de nadar contra a corrente — que era a maneira mais rápida de se esgotar um tanque de ar —, conduzi Enzo para o leste. Minha frustração com a piora das condições marítimas se dissipou quando, logo depois, descobrimos mais uma pilha de escombros. Aqueles destroços pareciam mais antigos: os fragmentos de madeira estavam em grande parte decompostos e, em geral, mais dispersos. Era possível que aquela pilha fosse formada por dois, três ou até quatro navios naufragados, emaranhados e retorcidos. Em um dos destroços, avistei o número treze, que era decerto uma marcação de calado afixada no casco. Marcas como aquela eram geralmente feitas de chumbo, quase impermeável à água salgada.

Enzo cutucou meu ombro e eu me virei para vê-lo bater em seu manômetro. Ele tinha 700 PSI restantes. *Droga*. Precisaríamos voltar à superfície quando a pressão do ar atingisse 500 PSI. Considerando a rapidez com que Enzo havia gastado seu ar, teríamos mais cinco, talvez sete minutos debaixo d'água.

Tirei o máximo de fotos que pude de vários ângulos, usando a luz estroboscópica em locais onde a luminosidade ambiente era insuficiente. Não resisti à tentação de tirar algumas fotos da vida marinha também: pólipos laranja agarrados aos destroços e balançando com a correnteza; um cardume de garoupas, com sua pele prateada refletindo a luz do flash; e um verme marinho verde solitário rastejando na areia.

Enquanto nadávamos pelo campo de destroços com apenas alguns minutos restantes, percebi que era preciso cada vez mais esforço para resistir à corrente subaquática. Eu respirava com mais dificuldade naquele momento, não por nervosismo ou excitação, mas pelo cansaço de tentar me manter estável enquanto tirava fotos. Os músculos da minha panturrilha esquerda começaram a tremer. Se eu começasse a ter cãibras, precisaria tirar a nadadeira para alongá-la.

Por fim, decidi encerrar o mergulho. Chamei a atenção de Enzo e fiz um joinha com a mão.

De volta ao barco, Enzo e eu conversamos sobre o que havia acontecido. Ele perguntou se eu queria deixar uma corda e uma boia para que localizássemos o lugar com mais facilidade ao voltar ali, mas recusei. Já tínhamos as coordenadas, e eu não queria dar a ninguém — principalmente a Conrad — nenhuma pista óbvia sobre o local exato.

Peguei minha pasta e anotei às pressas tudo o que lembrava sobre a localização dos destroços. Registrei a longitude e a latitude da nossa posição atual, o que seria importante quando eu voltasse para casa e analisasse os mapas do local no meu computador.

— A correnteza ficou muito forte no final — comentou Enzo, tirando a roupa de mergulho.

Terminei de fazer as anotações, fechei a pasta e a joguei no banco.

— Quase tive cãibra na panturrilha tentando nadar contra ela.

Olhei para o oceano, visivelmente mais agitado naquele momento do que quarenta e cinco minutos antes, quando começamos o mergulho.

Enzo me ofereceu uma cerveja do cooler, que aceitei de bom grado antes de tirar minha roupa de mergulho — fria, rígida e encharcada de água do mar. Ele pegou um binóculo em um compartimento sob o leme, entregou-o para mim e apontou para Positano.

— Dê uma olhada.

Fiquei maravilhada com o nível de detalhes. Eu podia ver crianças brincando no telhado plano de um prédio no centro da cidade — talvez uma escola ou uma creche — e treliças de buganvílias laranja e magenta nos muros por todo o vilarejo. Também avistei a escada de Savina que dava acesso ao mar. Ela ainda estava passeando por aí em seu jet ski.

Eu estava quase pronta para devolver o binóculo, mas antes usei-o para observar alguns barcos próximos, ajustando o botão de foco.

Então eu o vi: Conrad, em pé na dianteira de um barco de mergulho perto dali, olhando diretamente para mim. Através das lentes ampliadas, ele parecia incrivelmente perto.

— Merda — xinguei. — *Merda.* — Virei-me para Enzo. — Precisamos voltar.

Antes que eu pudesse me explicar, o piloto do barco de Conrad acelerou o motor. Eles me viram.

Às pressas, informei Enzo de que um dos homens que se aproximava era um colega de trabalho.

— Não é exatamente um colega — esclareci. — É complicado. Não estamos na nossa melhor fase no momento.

Eu poderia ter dito mais, mas a embarcação de Conrad se aproximou, com as ondas que criara no caminho balançando o nosso pequeno barco para a frente e para trás na água. Enzo colocou um braço protetor ao meu redor, mantendo-me firme.

— Haven. — Conrad tirou os óculos escuros e os colocou na cabeça. — Que bom ver você de novo. Mas pensei que estivesse… passeando.

Ele olhou para a roupa de mergulho e a máscara jogadas no chão, depois examinou minha pasta por um momento. Nada daquilo era comprometedor por si só. Mas o conjunto de equipamentos fotográficos caros? Aquilo com certeza levantaria algumas perguntas.

Depressa, joguei uma toalha em direção ao equipamento, na esperança de cobri-lo, mas ela escorregou para o chão.

— Você me conhece — disse, tentando parecer indiferente. — Prefiro passear debaixo d'água a acima dela.

Os dois barcos balançavam paralelamente na água, a poucos centímetros um do outro. Conrad nos apresentou ao seu piloto, Gio, e a alguns de seus colegas mergulhadores — sua equipe, presumi. Eles estavam ocupados demais preparando seus equipamentos para me cumprimentar.

Quando Enzo e Gio começaram a conversar em italiano como velhos amigos, eu quase resmunguei. Esperava que aquele encontro fosse breve, mas Gio já havia desligado o motor.

Conrad destravou seu celular e apontou a câmera para o barco de Enzo e nossos arredores.

— Viu algo legal lá embaixo? — perguntou ele.

— Não muito — menti.

Semicerrei os olhos perante a luz do sol. A temperatura havia subido nos últimos minutos e eu estava com calor, com sede e precisando de um banho. Por mais que eu amasse o oceano, odiava a sensação da pele pegajosa após um mergulho. Também senti uma dor de cabeça se aproximando, o que acontecia às vezes após um mergulho especialmente frio.

Conrad assentiu lentamente.

— E as fotos são para… o que mesmo?

— Eu sempre levo minha câmera para debaixo d'água — respondi, sorrindo. — Não se preocupe, Conrad. Não vou enviar minhas fotos para a equipe de software na esperança de continuar o projeto pelas suas costas.

Ele riu.

— Você herdou a determinação do seu pai, Haven Marie.

Não era a primeira vez que eu ouvia aquilo.

— Tudo certo com o Projeto Relíquia? — perguntei.

— Projeto Delfino — corrigiu Conrad, apontando o celular naquele momento para a água, aparentemente tirando fotos da superfície. — Nós o renomeamos.

Óbvio que sim.

— Até agora, tudo bem — respondeu ele.

Então colocou o celular no painel de instrumentos e caminhou em direção a uma grande maleta preta em um dos assentos do barco. Abriu o zíper, tirou vários equipamentos e os entregou aos membros de sua equipe. Reconheci alguns — um sonar de alta frequência e uma câmera duas vezes maior que a minha —, mas um dos objetos era completamente desconhecido. Parecia um alto-falante ou um ecobatímetro, com quase trinta centímetros de diâmetro.

Não resisti.

— O que é isso?

— É patenteada — respondeu Conrad, mexendo em alguns botões. — Uma câmera protótipo.

— A HPI emprestou para você? — perguntei, sentindo o calor subir pelo pescoço. — Ou foi o próprio Gage Whitlock?

Ele levantou a cabeça bruscamente e olhou para as pessoas ao nosso redor.

— Caramba, Haven — murmurou, baixinho. — Nenhum dos dois. Um amigo meu é diretor de uma empresa de tecnologia. — Ele hesitou, encarando-me. — Tem certeza de que não está procurando por outra coisa aqui?

Conrad manteve o olhar concentrado em mim por mais um instante.

Ele sabe, pensei comigo mesma. *Ele sabe, porra. Mas como?*

Ainda não conseguia aceitar a ideia de que meu pai tivesse contado a ele.

— Tenho — respondi, com a boca seca. Apontei para a maleta preta. — É para a renderização de imagens? Fotogrametria?

Se fosse, ficaria decepcionada por ele não ter me contado antes do Projeto Relíquia.

Conrad balançou a cabeça.

— Não é para imagens, não. É mais para... *detecção*. Encontra anomalias. Material inorgânico no fundo do mar, por exemplo. Funciona melhor com coisas pequenas, na verdade. Facilita um pouco a localização daquela agulha no palheiro.

Eu não conseguia acreditar. Ele estava admitindo sem precisar admitir com todas as letras, aquele cretino corajoso. O objetivo principal do Projeto Relíquia — ou Projeto Delfino, agora — era fotografar destroços. E destroços de navios não eram *coisas pequenas*.

Conrad estava procurando o tesouro.

— Percorremos um longo caminho desde marcações em papéis e pastas — continuou ele, apontando para a minha mão. — Embora eu ache curioso que não tenha trazido a sua quando nos encontramos. Tem alguma coisa interessante?

Chocada, eu só consegui balançar a cabeça.

Conrad deu um tapinha na maleta preta, guardou o celular em uma bolsa e se virou para os colegas mergulhadores.

— Estamos prontos, rapazes?

Um dos mergulhadores grunhiu em resposta e colocou a máscara. Fiquei enjoada ao pensar que eles poderiam encontrar algo lá embaixo que eu não tinha encontrado. Neste local exato, para onde eu os tinha levado sem querer.

— Agora, lembrem-se — disse Conrad em voz alta para os seus parceiros. — Não é para ninguém se meter em problemas hoje. Se eu tiver que salvar a vida de vocês, vão ficar em dívida comigo.

Minha garganta ficou seca. Eu sabia exatamente a que ele estava se referindo.

Conrad se aproximou da parte de trás do barco, pronto para pular na água. Ele se virou para mim mais uma vez, gritando por cima do ombro:

— Por aqui — disse ele —, se eu te ajudo, você me ajuda. — Ele inclinou a cabeça. — Boa sorte, Haven.

Com isso, pulou na água e mergulhou abaixo da superfície.

Sob o pretexto de liderar o Projeto Relíquia, que se tornou Delfino, ele havia começado sua busca pela coisa que meu pai me implorara para encontrar.

19

HOLMES

Segunda-feira, 23 de abril de 1821
Baía de Nápoles

A tempestade que vinha ao leste estava sobre eles.

Várias horas antes, tinham avistado a frente baixa e escura a oeste. Os homens começaram os preparativos de imediato. Dois marinheiros subiram nos mastros — uma tarefa angustiante até mesmo para os mais corajosos — e enrolaram as velas superiores e a vela mestra para protegê-las das rajadas violentas que logo enfrentariam. Algumas velas, como as de proa na frente do navio, permaneceram içadas para manter o brigue o mais estável possível durante a tempestade.

O próprio Holmes recebeu instruções para fechar e travar as escotilhas, enquanto outro marinheiro prendia uma corda desde o leme do *Aquila* até a popa, dando aos homens algo em que se segurar quando as águas ficassem turbulentas.

E turbulentas elas ficaram. Naquele momento, o *Aquila* balançava e sacudia em meio às ondas pesadas. Era quase impossível para Holmes ouvir os gritos de seus oficiais por causa do vento uivante e do barulho das velas molhadas sendo atingidas pelas rajadas acima dele. A chuva e os respingos do mar atingiam seu rosto, embaçando a visão. O brigue tremia várias vezes, enquanto se inclinava nas depressões entre as ondas. Mais de uma vez, Holmes caiu de joelhos.

Todos se seguravam em algo — um corrimão, um poste, uma corda — para não escorregar no convés e cair ao mar. Aquelas ondas poderiam afogar um homem em um instante. Não haveria como salvar ninguém, não naquele dia.

Algumas ondas atingiram o convés principal. À medida que a água penetrava pelas escotilhas fechadas, dois homens começaram a acionar as bombas de porão. Outros observavam os mastros, que oscilavam para a frente e para trás com o balanço do *Aquila*.

Relâmpagos brilhavam ao redor deles, e Holmes fez uma rápida oração: por mais traiçoeiro que estivesse o mar, um raio seria ainda pior. Afinal, o navio era feito de madeira.

O brigue mergulhou em outra depressão entre as ondas. Em meio aos ventos ensurdecedores, Holmes ouviu gritos na proa. Era Quinto, apontando para a vela de proa na parte dianteira do navio.

A corda que a mantinha esticada havia se rompido.

Em um instante, a vela desabou. Começou a rasgar imediatamente.

— Perdemos! — gritou Quinto, com um lampejo de pânico nos olhos.

Velas dianteiras como aquela eram essenciais para manter um navio estável em condições climáticas turbulentas.

O estômago de Holmes revirou. De fato, a vela de proa naquele momento era pouco mais do que uma pipa rasgada batendo ao vento.

Tudo estava acontecendo exatamente como ele havia planejado.

Naquela manhã, antes da tempestade, enquanto estiveram brevemente atracados em Nápoles, os oficiais tinham desembarcado, mas não sem antes dar à tripulação uma série de tarefas para fazer a bordo do *Aquila*: limpar o convés com óleo de linhaça, enfiar estopa nas fendas entre as tábuas.

Holmes e vários outros tinham recebido instruções para cobrir com piche o cordame, que protegia as cordas da chuva, da água do mar, do sal e afins. Era a tarefa menos agradável de todas: o piche cheirava mal, os baldes eram pesados e era preciso subir nos mastros para alcançar as cordas mais altas.

Depois de mais de duas horas de trabalho, Holmes se espreguiçou e bebeu um gole de água. Ele tinha terminado de passar o piche, mas ficou com o balde e o pincel. Dirigira-se para a proa do navio, mantendo um olhar furtivo nas movimentações ao seu redor: os oficiais ainda não haviam retornado e os outros marinheiros tinham se retirado para o convés de atracação, com o trabalho concluído.

Havia chegado o momento.

Depressa, Holmes foi para a proa, a bombordo. Ele prendeu o pincel, que estava encharcado de piche úmido, na ponta de uma vara. Inclinando-se sobre a amurada, estendeu a vara e rapidamente pintou um círculo de piche preto, com cerca de trinta centímetros de diâmetro, dentro da faixa amarela que se estendia pelo casco do *Aquila*. De qualquer distância, pareceria uma portinhola de vigia.

Então, Holmes pousou as ferramentas e rastejou até a base do gurupés, escorregadio devido ao revestimento de cobre. A Fratelli Mazza insistia em gurupés revestidos de cobre em todos os seus navios. Vaidade, supunha Holmes. Uma demonstração de riqueza.

Na ponta do gurupés, a vela de proa estava enrolada. Aquela vela seria içada assim que eles zarpassem, ainda mais com uma tempestade se aproximando.

Holmes pegou sua faca.

Fora um presente dado por seu pai quando ele saíra para o mar pela primeira vez, e Holmes sempre mantinha a faca com cabo de jacarandá na cintura, guardada em uma bainha de couro bem esticada.

Ao longo dos anos, ele a tinha usado para cortar cordas velhas, estripar atuns e, uma vez, para se defender de um bêbado que subira por uma escada de corda durante a vigia da meia-noite.

Mais recentemente, porém, ele a usara para descascar laranjas para Mari ou cortar fios soltos dos vestidos dela.

Holmes sempre havia usado sua faca para o bem: proteção, reparos ou sustento.

Até aquele momento.

Ele olhou para a tempestade que se formava a oeste. Agarrando algumas das cordas necessárias para içar a vela, rapidamente começou a serrá-las, mas não cortou nenhuma delas por completo. Em vez disso, raspou as fibras de cânhamo, comprometendo bastante a integridade de cada uma.

Os ventos fortes cuidariam do resto.

Terminado aquilo, ele embainhou a faca, pegou o balde de piche e se dirigiu para a escada. No convés de carga, em vez de devolver o balde de piche ao baú, ele o levou até os sacos de lonas limpas e secas, destinadas ao conserto das velas. Ao lado deles, havia pilhas de cordas sobressalentes cuidadosamente enroladas — metros e metros em perfeito estado.

Nada estava trancado ou escondido, pois que marinheiro ousaria estragar as coisas que mantinham seu navio na água? Seria como lançar comida ou rum ao mar.

Com uma rápida olhada por cima do ombro, Holmes levantou o balde, virou-o de ponta-cabeça e despejou o piche sobre o saco de lonas limpas. Como manteiga derretida, o líquido lentamente penetrou as camadas de tecido. Em questão de minutos, engrossaria e transformaria tudo em uma bagunça pegajosa e coagulada. Não haveria como consertar aquele estrago.

Ele teria pegado um segundo balde — o primeiro não tinha piche suficiente para derramar sobre a corda enrolada —, mas ouviu vozes de algum lugar acima de onde se encontrava. Os oficiais estavam de novo a bordo.

Holmes colocou o balde de piche vazio no baú de armazenamento, limpou as mãos e voltou para o convés principal.

Equilibrando-se em meio ao balanço do *Aquila*, Quinto alcançou uma das cordas danificadas. Ele a aproximou do rosto, inspecionando o local onde ela havia se rompido.

— Desgastada — murmurou para si mesmo. Com o dorso da mão, ele limpou a chuva da testa. — Ouso dizer que está *cortada*.

Levou alguns homens, incluindo Holmes, para o convés de carga.

— Precisamos de cordas novas — gritou enquanto desciam a escada — e a maldita vela também precisa ser substituída. O mais rápido possível.

Juntos, os homens se aproximaram dos sacos de lonas sobressalentes e das pilhas enroladas de cordas. Holmes caminhava com passos instáveis devido à tempestade e ao nervosismo. Em questão de segundos, Quinto olharia dentro do saco de lonas e perceberia que estavam encharcadas de piche.

A garganta de Holmes fechou. Ele manteve os olhos baixos, para esconder melhor sua expressão na sombra.

Quinto abriu o saco. Ele tocou o tecido e retirou a mão, franzindo a testa para o piche preto e pegajoso em seu polegar. Tirou um pedaço da lona do saco, com uma expressão horrorizada.

— Quem fez isso? — perguntou, olhando para os homens. Então, como se recordasse o cordame desgastado no gurupés, exigiu: — Mostrem-me suas facas. Todos vocês.

Um por um, os marinheiros retiraram as facas das bainhas para que Quinto as inspecionasse. Quando Holmes entregou a dele, Quinto olhou para a peça por um longo tempo, grunhindo quando a lâmina refletiu a luz.

— A faca mais limpa que já vi — sussurrou ele.

Holmes pensou que, talvez, não devesse ter polido tão bem a faca depois do seu delito.

De repente, outra onda se ergueu sob o brigue, e todos foram jogados para a frente, caindo de joelhos e com as mãos no chão. Um estrondo de trovão se seguiu. Quinto deixou tudo como estava e fez um sinal para os homens o seguirem.

Ao retornarem ao convés principal, o coração de Holmes se acalmou. Quinto não havia atribuído a culpa a ninguém. E como poderia? Todos os homens estavam armados com facas. Todos tinham acesso ao convés de carga. Qualquer um deles poderia ter feito aquilo.

A tempestade se mantinha implacável e o *Aquila* continuava a balançar de um lado para o outro. Um marinheiro estava na popa, agarrado ao parapeito, tentando manter o equilíbrio enquanto vomitava pela borda.

O capitão ordenou que dois dos homens, incluindo o amigo de Holmes, Nico, subissem ao mastro e desfizessem a vela mestra. Isso não compensaria a falta de uma vela de proa, mas estabilizaria um pouco o brigue.

Nos minutos até que a vela fosse içada, o *Aquila* se aproximou cada vez mais da terra firme, que era exatamente onde eles não queriam estar. Em uma tempestade como aquela, águas profundas e mar aberto eram mais seguros, pois um navio como o *Aquila* podia lidar com as ondas desde que nada ameaçasse seu casco. Mas, quanto mais raso, mais provável era que a quilha encalhasse. As águas ao largo de Nápoles eram repletas de bancos de areia, recifes e cidades romanas submersas.

No leme, o capitão soltou a corda enrolada em sua cintura, que o mantinha seguro dos movimentos violentos do brigue. Jogou a corda para um marinheiro próximo, ordenando que ele assumisse o leme. Holmes ajoelhou-se ali perto, tentando consertar uma trava quebrada em uma das escotilhas que naquele momento deixava a água entrar.

O capitão avistou Quinto.

— Quinto — gritou ele. — Onde você estava?

— No convés inferior! — respondeu, batendo com a palma da mão em um barril ao se aproximar. — Alguém estragou as velas lá embaixo, jogou piche em todas elas.

O capitão franziu a testa, boquiaberto. Ele não falou nada por um momento, depois perguntou:

— Quando você pretendia me contar isso?

Quinto olhou para ele com raiva.

— O que você acha que estou fazendo agora?

O capitão parecia pronto para lhe dar um belo soco por sua insolência, mas algo deve ter chamado sua atenção, pois ele correu em direção ao castelo de proa, gritando coisas incompreensíveis. Holmes o seguiu, com um alicate na mão.

Então, através da chuva fria e ofuscante, ele viu. *Sangue.* Sangue vermelho brilhante misturado com chuva e água do mar, escorrendo em direção às bordas do brigue. Holmes seguiu o rastro, com o estômago revirando ao reconhecer Nico imóvel no convés, logo abaixo do mastro principal. Ele sangrava pela boca e pelo nariz, e sua perna estava dobrada em um ângulo impossível, virada para fora na altura da cintura.

— Meu Deus — sussurrou Holmes, caindo de joelhos ao lado do amigo.

Ele começou a chorar escancaradamente ao examinar os ferimentos.

Holmes soube, de imediato, que a pélvis de Nico estava quebrada. Talvez até a coluna. Seus olhos estavam fechados e ele gemia de forma ininteligível. Não estava morto, por mais que provavelmente desejasse estar. O capitão ajoelhou-se ao lado dele, decerto angustiado. Pegou a mão de Nico, onde uma queimadura vermelha profunda se estendia por toda a palma.

— Ele caiu? — gritou Quinto no meio da chuva, correndo para se juntar aos homens, mas seu andar coxeado o atrasou.

Outro marinheiro deu um passo à frente, sacudindo a água do cabelo.

— Lá de cima. — O sujeito apontou para a vela principal, pesada e molhada.

Os marinheiros caíam com frequência dos mastros durante tempestades, mas, geralmente, o resultado não era tão terrível.

Quinto empalideceu. Olhou de novo para a perna retorcida de Nico, depois se virou para Holmes.

— Leve-o lá para baixo. Arranje um pouco de uísque para ele.

De repente, o navio estremeceu.

— Será que… — o capitão ficou imóvel —… acabamos de encalhar?

Alguns homens começaram a gritar, e o pânico tomou conta do rosto de Quinto. Se de fato tivessem encalhado, não seria mais uma questão de haver danos ao casco, mas do quão graves eram esses danos. E se a tempestade continuasse…

Holmes olhou para o oeste, feliz ao ver que o céu havia clareado, mesmo que apenas um pouco. O navio tinha sofrido danos suficientes — mais, até, do que ele esperava. Se a tempestade não diminuísse, o *Aquila* logo seria um monte de estilhaços e destroços, e todos estariam nadando para salvar suas vidas.

Holmes se preparou. Jogou Nico sobre os ombros, fazendo o possível para ignorar os gritos de agonia do amigo. A perna ferida de Nico pendia, desajeitada, enquanto eles se moviam, o que levou Holmes a suspeitar que a fáscia e os tendões estavam rompidos, tão inúteis quanto as cordas que ele havia cortado com a faca. Um colar com um medalhão em forma de coração escorregou da camisa de Nico. Holmes sabia que dentro dele havia uma mecha do cabelo de sua filha pequena.

Se não fosse pela interferência de Holmes na vela de proa, o capitão não teria precisado usar a vela principal. Naquele momento, seu amigo estava gravemente ferido por sua culpa. *Talvez*, pensou Holmes, com uma enxurrada de profundo remorso, *eu devesse ter pensado em um plano melhor.*

Ele deitou Nico no chão do convés de atracação e foi procurar o cozinheiro, que estava vomitando sem parar em um balde, jurando que nunca mais voltaria para o mar. O cozinheiro entregou a Holmes um pouco de uísque e, assim que a bebida foi dada a Nico, o brigue parou de balançar. A chuva diminuiu e o navio começou a se mover de novo, tendo se soltado do que quer que fosse que o prendia antes.

Holmes respirou fundo pela primeira vez em horas. Nico estava em péssimo estado, mas nem tudo tinha sido um fracasso: o *Aquila* ficara incapacitado, e seu avanço em direção a Positano fora bastante prejudicado. Por mais que Holmes não escutasse água jorrando para dentro do navio, decerto haveria reparos a serem feitos no casco, e Quinto precisaria chamar um bote para trazer velas novas para o brigue.

E o mais importante: Mari receberia sua carta antes que o *Aquila* chegasse.

Ainda assim… *Nico.* O plano de Holmes valera a pena, considerando o que havia acontecido com seu amigo?

Alguém levantou a escotilha e passos lentos soaram vindo em sua direção. Era Quinto, sozinho. Ajoelhando-se, ele colocou a mão na testa de Nico, que estava pálido, com a pele gelada e inconsciente. Holmes suspeitava — e até esperava, pelo bem de Nico — que o amigo provavelmente não sobreviveria.

— Juro que vou encontrar quem fez isso — afirmou Quinto, com verdadeira compaixão na voz. — E, quando o encontrar, não vou lhe dar a cortesia de ser eu a lidar com ele pessoalmente. Matteo pode decidir o que fazer.

Quinto balançou a cabeça e se levantou para sair, deixando Holmes vigiando o único amigo que tinha no *Aquila* — um pai, um marido e um homem inocente que ele, sem saber, enviara para uma morte prematura.

20

HAVEN

Quarta-feira

Enquanto Enzo nos levava de volta para Positano, peguei meu celular para enviar uma mensagem a Mal. Ela havia me dito que continuava esperando uma resposta do aeroporto de Nápoles. Incapaz de voltar para casa, estava ficando cada vez mais frustrada.

Eu estava prestes a jogar lenha na fogueira.

Encontrei Conrad na água, comecei a digitar freneticamente no celular. Ele está 100% atrás das joias.

Logo depois, ela respondeu. FDP. Como você sabe?

Ele tem uma câmera nova e tecnológica. Não me disse exatamente o que era. Mas a insinuação foi suficiente.

Você vai provar que ele está errado, disse ela.

Não faço ideia de como. Mergulhei hoje em um campo de destroços incrível. Perfeito para o Projeto Relíquia, mas não tanto para encontrar tesouros perdidos há muito tempo.

Mal não respondeu, mas eu precisava desabafar minha frustração, então continuei: Conrad disse aos caras da equipe que, se precisasse salvar a vida de um deles, eles ficariam em dívida. Então olhou para mim e disse: "Se eu te ajudo, você me ajuda". Que merda.

Ele quer você fora do caminho dele, respondeu Mal, enfim.

Não pretendo dar isso a ele.

Isso mesmo, garota. E depois: Você precisa pensar fora da caixa, Haven.

Fiquei encarando o celular por alguns instantes, depois o joguei na bolsa e voltei meu olhar para os penhascos. Aquelas mesmas falésias desgastadas existiam havia milênios, e eu só podia imaginar o que exatamente aquelas rochas testemunharam. Tempestades e chuvas torrenciais. Ondas gigantes e mar agitado. Pessoas escorregando para a morte. Crianças aprendendo a nadar. Amantes fugindo para passar a noite juntos. Navios inclinando-se, quebrando-se e afundando.

"Você precisa pensar fora da caixa", havia dito Mal. Eu poderia fazer algumas ligações, tentar encomendar meu próprio equipamento de última geração. Poderia convidar Conrad para se sentar comigo e implorar para que desistisse de procurar a descoberta do meu pai. Poderia pedir a Enzo para dar meia-volta com o barco, mergulhar e desligar a válvula do tanque de ar de Conrad.

Ou eu poderia desistir de tudo, voltar para casa e tentar recuperar um pouco da minha dignidade.

Eu odiava todas as ideias, uma mais do que a outra.

Quando nos aproximamos do cais e desembarcamos, soltei um suspiro, feliz por Enzo não ter perguntado sobre meu mau humor.

— Entro em contato mais tarde — falei. — Por enquanto, preciso ficar sozinha.

Ele não discutiu. Em vez disso, me deu um beijo lento e gentil no lábio inferior e disse para eu levar o tempo que precisasse.

— Li Galli não vai a lugar nenhum. Tudo ficará exatamente como deixamos.

Admirei seu sentimento, sua gentileza. Mas outra pessoa estava vasculhando aqueles destroços naquele exato momento.

Enzo não tinha ideia de como poderia estar errado.

De volta à casa alugada, transferi as fotos daquele dia da minha câmera para o Mac. Devido à alta resolução, a transferência dos arquivos seria lenta, então me sentei na beira da cama, batendo o pé, impaciente. Eu havia tirado mais de cento e cinquenta fotos durante o mergulho.

Assim que as imagens foram baixadas no computador, dei uma olhada rápida nelas. Algumas estavam escuras ou subexpostas, então ajustei manualmente as configurações das fotos para enxergá-las melhor. Era um trabalho rápido e fácil, algo que fiz a vida inteira. Além disso, preferia mil vezes analisar os destroços daquele jeito, seca, aquecida e debaixo de um cobertor. No computador, eu podia ampliar e reduzir as imagens ou aplicar filtros úteis.

Com as fotos organizadas, comecei uma revisão mais minuciosa, procurando por algo, qualquer coisa, que pudesse se parecer com as imagens granuladas do meu pai: o formato de um canhão ou sino, o padrão das tábuas de madeira ou até mesmo um aglomerado reconhecível de corais. Se algo correspondesse, eu perceberia de imediato.

Uma hora se passou, mas nada chamou minha atenção. Muitas das fotos estavam ótimas — nítidas, bem enquadradas. As imagens da vida marinha, em particular, estavam excelentes. Criei uma pasta separada para elas, caso quisesse imprimi-las e emoldurá-las algum dia.

Eu tinha visto um tipo interessante de líquen laranja, ou alga, no segundo naufrágio — aquele que estava deitado de lado, com a quilha para cima. Revisitei as imagens, ampliando para observar melhor. Tinha visto o mesmo líquen de cor viva em uma das fotos do meu pai. Devia ser comum por aqui, supus, se ambos o capturamos em nossas imagens.

No entanto, ao analisar a fotografia, franzi a testa. Aquele suposto líquen não estava agrupado, como a maioria das algas subaquáticas.

Em vez disso, havia alguns cantos afiados, como se alguém tivesse pegado uma faca e o cortado.

Franzi a testa, usando o *trackpad* do meu computador para ampliar as imagens. Era realmente líquen laranja, mas estava grudado em outra coisa — três letras em relevo que formavam "AQU". Imaginei que as letras fossem feitas de chumbo, assim como as marcações de calado afixadas nos cascos, e que o líquen tivesse encontrado naquele material um elemento adequado no qual viver.

Depressa, fui até a pasta na nuvem do meu pai, pulando a lista de códigos indecifráveis. Cliquei em uma foto na qual nunca tinha prestado muita atenção: um pedaço de um navio naufragado, deitado no fundo do mar, com um aglomerado do mesmo líquen laranja. Ampliei de novo, mas o aglomerado não parecia formar letra alguma.

Até que girei a foto noventa graus.

Vendo-a de outro ângulo, consegui distinguir a que o líquen se agarrava: três letras que formavam "ILA". E o formato daqueles escritos — ou a fonte, por falta de uma palavra melhor — parecia corresponder ao que eu havia encontrado.

Mas e o tamanho?

Meu pai não tinha usado uma régua, raramente o fazia em seus mergulhos recreativos, então encontrei objetos em cada foto que poderiam ser usados como ferramentas de medição: uma estrela do mar na minha imagem e uma garrafa de cerveja enterrada até a metade na foto do meu pai. Sabendo o tamanho aproximado das duas coisas, calculei o tamanho das letras em cada imagem.

Para minha alegria, elas eram idênticas.

— *Aquila* — disse em voz alta, deixando a palavra rolar lentamente pela minha língua.

Embora meu pai e eu tivéssemos fotografado partes diferentes do mesmo naufrágio, isso quase confirmava que o local que Enzo e eu havíamos explorado naquela tarde estava *perto do* lugar correto. Agora eu sabia onde concentrar minha busca — e até mesmo em qual naufrágio. Quase gritei de emoção, sabendo que enfim estava no caminho certo.

Na hora, pensei em Conrad. Ele poderia ter o equipamento apropriado para pesquisar o fundo do mar, mas eu tinha algo que ele não: o nome do navio que havia naufragado. Naquele momento, mais do que nunca, estávamos equiparados.

Eu precisava descobrir mais sobre o *Aquila*. Se conseguisse colocar as mãos em uma planta do navio, suas especificações poderiam me ajudar a determinar onde o tesouro estava escondido. Um manifesto de carga também seria útil.

Novamente encorajada, abri minha pasta, onde mantinha uma lista dos arquivos e recursos marítimos para ajudar no Projeto Relíquia. O mais extenso dos arquivos ficava em Nápoles, o Archivio Marittimo di Napoli, que abrigava mais de dois milhões de documentos, incluindo registros de embarques, diários de viagem de marinheiros, plantas de navios e similares.

Era um tiro no escuro, mas talvez eles tivessem algo que eu pudesse usar.

21

HOLMES

Terça-feira, 24 de abril de 1821
Baía de Nápoles

Foi ideia do capitão entrevistar todo mundo, realizar um interrogatório metódico. Ele chamou cada marinheiro e fez a todos a mesma pergunta: quem viu quem, e quando? Os oficiais então compararam as respostas com o horário dos turnos e a lista de tarefas que havia sido atribuída a cada marinheiro na manhã anterior.

Aquilo reduziu o número de suspeitos a quatro homens, entre eles Holmes. A partir disso, seria apenas uma questão de exclusão.

Com os quatro homens encurralados, Quinto exigiu que cada um mostrasse sua faca de novo. Com os objetos em mãos, ele foi até a proa do navio, onde ainda estavam os cordames danificados. Começou a serrar as cordas, exatamente como Holmes havia feito. Em seguida, segurou-as e examinou a maneira como cada lâmina cortara os fios.

No final, era inegável: a faca de Holmes tinha feito aquilo. Era tão óbvio que nem mesmo o homem em questão podia negar as acusações.

— Foi você que roubou os homens também? — perguntou Quinto, depois de mandar os outros suspeitos para o convés de atracação. — A caixa de rapé, meu conhaque…

— Não — respondeu Holmes, com raiva. — Se tivesse feito isso, você já teria me visto bêbado.

Quinto estreitou os olhos.

— Então, por que fez isto? Por que cortou as cordas?

Porque você pretende capturar e matar a mulher que eu amo, pensou Holmes. Mas não ousou revelar aquilo nem nada do que ouvira da conversa entre Quinto e o capitão. Em vez disso, permaneceu em silêncio, rezando para que seu diário — que ele havia enfiado nas costas, caso fosse pego e banido do navio — não caísse. Transferiu o peso de uma perna para a outra, sentindo a capa impermeável do caderno roçar sua pele.

O silêncio de Holmes só enfureceu Quinto ainda mais. Ele o empurrou em um dos mastros e o segurou pela garganta.

— Você sabe sobre o…

Mas então hesitou, olhando para Holmes com desconfiança.

Sobre o quê? Será que se referia ao plano de sequestrar as mulheres de Positano ou a outra coisa?

Quinto o soltou, e Holmes se curvou, ofegante.

— Eu mataria você, se pudesse — disse. — Mas acho que Matteo vai preferir fazer isso pessoalmente.

— Me matar? — indagou Holmes. — Por cortar algumas cordas? Não parece valer a pena.

Quinto soltou uma risada.

— Ele não dá a mínima para o equipamento. — Enfiou a faca de Holmes no bolso de trás. — Você não tem ideia do que mais há neste brigue, seu idiota. Se eu o deixasse afundar, eles nunca me perdoariam.

Quinto puxou Holmes pelo braço e o levou até o porão, o mais longe possível da popa. O espaço era escuro e úmido, escondido por caixotes de madeira.

À frente, Holmes avistou seu destino: uma jaula de ferro construída nas vigas do navio. Sua cela de prisioneiro. E, ao lado dela, algo envolto em um pedaço de lona escura. Tinha quase dois metros de comprimento. Imóvel.

O cadáver de Nico.

O navio permanece impotente, escreveu Holmes em seu diário pouco tempo depois. *Acho que vai demorar um pouco até começarmos a nos mover.*

Ouço o barulho constante da água de lastro balançando abaixo do convés de carga onde estou preso — uma mistura de água do mar, excrementos em decomposição, piche e restos de comida. Também sinto cheiro de urina e de vísceras de peixe.

Um rato passou pelas barras de ferro. Está aos meus pés, roendo a sola do meu sapato.

Está muito escuro, pois apenas uma luz fraca entra por algumas fendas entre as tábuas. Também está muito frio.

Nunca mais vou navegar. Sei disso. Depois de me mandarem para uma prisão em terra, vão me matar.

Acho que ainda não assimilei por completo a realidade de que nunca mais verei a minha Mari. Não consigo respirar se começo a pensar nessa possibilidade. Em vez disso, ocupo a mente tentando desvendar o comentário intrigante que Quinto fez hoje, antes de me prender.

"Você não tem ideia do que mais há neste brigue."

22

HAVEN

Quinta-feira

Na manhã seguinte, quando liguei para o Archivio Marittimo di Napoli para perguntar sobre o *Aquila*, uma jovem atendeu. Após uma conversa constrangedora, na qual eu contei, da melhor maneira possível, que sabia apenas um pouco de italiano, a atendente relutantemente recorreu ao inglês. Eu informei meu nome e ela me disse o dela, Chloe.

— Em que posso ajudar? — perguntou ela, enfim, com um tom frio e seco.

Ao fundo, ouvi suas unhas tamborilando na mesa.

Fui direto ao ponto:

— Estou procurando informações sobre um navio que naufragou na costa de Positano, perto de Li Galli. O nome da embarcação era *Aquila*.

— Quando naufragou? — perguntou Chloe.

— Eu… não tenho certeza.

Houve um longo silêncio do outro lado da linha.

— Você sabe em que século? Ou o nome do construtor do navio, do proprietário ou de algum tripulante?

Cobri o rosto com a mão, feliz por ela não poder me ver.

— Não — respondi. — Nada disso. Só o nome do navio.

— Um momento. — Ouvi Chloe digitando. — Bem — disse ela —, há catorze embarcações com o nome *Aquila* em nossos registros.

— Catorze?

— Isso mesmo. Alguns registros do final do século XVIII, alguns do século XIX… — Ela continuou digitando. — O resto é de 1912.

— Seus registros indicam se um navio foi aposentado, desmantelado ou se naufragou? — perguntei.

Ela suspirou.

— Nosso banco de dados é um pouco limitado. Você precisaria consultar os registros de cada embarcação para ver quais informações temos.

— Entendo. — Fiz uma pausa, hesitante em perguntar mais.

A mulher era uma das arquivistas mais irritadiças que eu já tinha conhecido. Mas o *Aquila* era importante: era o exato naufrágio no qual meu pai poderia ter mergulhado quando avistou o tesouro. E eu não esqueceria seu sábio conselho: "Às vezes, as respostas não estão na água, mas fora dela".

— Posso ir até aí, então? — perguntei. — Ficaria feliz de analisar os registros eu mesma.

O tom da atendente suavizou, embora não muito.

— Mas é claro. Ficamos abertos até cinco da tarde às terças, quartas e quintas-feiras.

Hoje era quinta-feira.

— Então — continuou Chloe —, se não puder vir hoje, podemos marcar um horário na próxima semana.

Cocei a nuca, decepcionada. Eu preferia dar outro mergulho naquele dia, ainda mais com Conrad por perto, mas não queria esperar quatro dias para saber mais sobre aquele navio.

— Estarei aí em algumas horas — falei para ela, já pegando minha bolsa.

De Positano, peguei um ônibus para Nápoles. Durante a viagem, mandei uma mensagem para Enzo, avisando que não poderia comparecer ao nosso mergulho daquela tarde. Quando ele perguntou o que eu estava fazendo em Nápoles, fui vaga. Visitando alguns arquivos, respondi, e, se sobrar tempo, o Museo del Mare — o Museu do Mar.

O Archivio Marittimo di Napoli ficava no centro da cidade, poucos quarteirões ao norte do principal porto marítimo, em uma rua estreita de paralelepípedos. Era um prédio de dois andares, com uma fachada de estuque cor de pêssego e algumas janelas com grades. Aproximei-me da porta de pedra em arco, duas vezes mais alta que eu, e empurrei-a para entrar.

Sentada a uma mesa no saguão pouco iluminado, estava uma mulher. A pequena placa diante dela informava seu nome: *Chloe*.

— Oi — falei, esperando que ela fosse um pouco mais simpática pessoalmente. — Sou Haven. Liguei mais cedo...

— Sim, olá — interrompeu, desviando o olhar da tela.

Chloe era pequena, com cabelo loiro platinado e olhos azuis penetrantes. Ela me pediu para assinar o livro de visitas, depois deslizou um formulário pela mesa — a frente estava em italiano, mas o verso era em inglês — e me pediu para preenchê-lo. Em seguida, Chloe me conduziu por uma porta e por um corredor. Quanto mais adentrávamos no prédio, mais escuro e frio ficava. Lutei contra um calafrio, desejando ter trazido um casaco.

Por fim, Chloe abriu mais uma porta e entramos na sala de arquivos.

— Minha nossa — sussurrei, parando no meio do caminho.

Ela sorriu, seu primeiro sinal de cordialidade.

— Ouvimos isso muitas vezes aqui.

Eu não estava em uma sala única, não exatamente. Em vez disso, era uma longa fileira de salas contíguas, cada uma separada por um arco. Ao longo das paredes, havia enormes prateleiras de metal que iam do chão ao teto, abarrotadas de livros e manuscritos embrulhados em papel kraft marrom. Havia uma escada em cada parede para facilitar o acesso às prateleiras superiores.

Uma rápida olhada em uma prateleira próxima me mostrou que o arquivo era bastante organizado. Havia câmeras de segurança por toda parte e um termostato digital marcava dezenove graus.

Chloe me levou para a sala ao lado, que era idêntica à primeira, com exceção de uma grande abertura de ventilação no teto. Um desumidificador, segundo ela. Seguimos para a última das salas, onde dois computadores antigos estavam em cima de uma mesa grande. Depois de me mostrar como usar o banco de dados — que era todo em italiano —, ela me deixou sozinha, lembrando que o arquivo fecharia em três horas.

Sentei-me em frente ao computador, observando o cursor piscar acima de um campo de entrada. Quando estudei italiano antes daquela viagem, preocupei-me principalmente com frases de conversação — como me orientar, o que pedir em restaurantes. Não tinha aprendido nada tão técnico como aquilo. Suspirando, peguei meu celular e abri o aplicativo do Google Tradutor, tentando compreender a base de dados.

Por fim, consegui digitar a palavra *Aquila* no campo de pesquisa e fiquei aliviada quando o número de registros apareceu: catorze. Exatamente como Chloe havia dito ao telefone.

Presumi que os identificadores dos registros estivessem vinculados aos documentos nas salas de arquivo. Já tinha visitado muitos arquivos antes, mas precisava admitir que aquela vez parecia diferente: estava cercada de documentos em uma língua que eu não dominava, vinculados a um banco de dados que eu não conseguia entender, com uma única funcionária antipática a quem não queria pedir ajuda.

Para cada um dos catorze registros, anotei o que parecia ser o número da sala, o código de localização e o identificador da prateleira. Fui em busca do primeiro registro, subindo uma escada para alcançar a prateleira mais alta. Fiquei muito feliz quando avistei um pacote de papel pardo com o código que eu estava procurando.

Levei o pacote de volta para a mesa. Depois de desamarrar o cordão que o envolvia, descobri que era uma lista de mais de dois mil passageiros, datada de 1912. Não havia como o casco que eu tinha visto ser tão grande. Mesmo uma tripulação de cem pessoas seria exagero.

Reembalei o pacote e o devolvi ao seu lugar.

Peguei mais alguns registros em várias salas, desanimada ao descobrir que também estavam relacionados ao *Aquila* de 1912. Dado quão bem organizado o arquivo parecia, achei que eles colocariam todos os registros relacionados a um único navio no mesmo lugar. Ainda assim, avancei depressa na lista, determinada a fazer com que aquela visita valesse a pena.

Enquanto trabalhava, não pensava em Conrad, em Enzo ou mesmo no Projeto Relíquia. Em vez disso, pensava em meu pai. Ele ficaria orgulhoso de mim por investigar aquilo. Mal também ficaria orgulhosa de mim por pensar fora da caixa.

Finalmente, desembrulhei os registros de um *Aquila* diferente. O pacote consistia em plantas e projetos de construção naval, quase três dúzias deles, todos datados de 1798. Embora escritos em italiano, eles detalhavam a embarcação de vários ângulos e seções transversais. Mas, escondido atrás das plantas, havia um certificado indicando que o navio havia sido aposentado e desmantelado em meados do século XIX. Em Gotemburgo, na Suécia.

Não era o que eu procurava.

Peguei mais alguns registros. Dois estavam em alemão; outro em espanhol. Em um dos pacotes, encontrei um diário ilegível e um pequeno pente, ambos marcados com uma etiqueta com a palavra *relitto*, ou destroço. Aquilo foi brevemente encorajador, pois indicava que o navio havia naufragado, mas depois de mais alguns minutos coloquei os cotovelos na mesa e me inclinei para a frente, frustrada. Aquele navio havia naufragado no mar Adriático. Mais um que não correspondia ao que eu buscava.

Comecei a ponderar a possibilidade muito real de que o *Aquila* que eu tinha visto debaixo d'água não tivesse nenhum registro, pelo menos neste arquivo específico. Restava apenas um registro para olhar.

Lutando contra uma sensação de derrota, levei o último pacote de documentos para a mesa e o desamarrei. Eram pouco mais de quatro horas e, do jeito que as coisas corriam, eu voltaria para Positano em poucos minutos.

Fiquei chocada, então, quando a primeira coisa que vi foi uma bolsa de couro com uma espessa camada de piche e uma pequena gravura desbotada na frente:

Diário de viagem de Holmes Foster
Boston, Massachusetts

Havia também alguns documentos dobrados no pacote, mas fui primeiro na bolsa. Abri com cuidado e retirei o diário encadernado em couro que estava dentro. Tanto a bolsa quanto o diário estavam muito manchados, com o couro descolorido e rígido em alguns pontos. Danos graves causados pela água.

Assim como o título gravado na capa, as entradas no diário estavam escritas em inglês, embora em muitos pontos a caligrafia estivesse tão desbotada que as palavras eram ilegíveis. Ainda assim, muitas passagens eram entendíveis, e logo percebi que o autor — Holmes — tinha sido marinheiro de um brigue chamado *Aquila*, em 1821. Escolhi uma entrada aleatória no diário e descobri que ele odiava seus companheiros de tripulação, considerando-os agressivos e sem princípios. Havia várias referências aos *irmãos Mazza* — anotei aquela informação em meu caderno — e aos seus negócios duvidosos, que Holmes chamava de *deploráveis*.

Deixei o diário de lado e analisei o outro documento do pacote, uma matéria de jornal laminado em uma capa plástica fina. Era datado de 1º de maio de 1821 e escrito em italiano. "*L'Aquila Affonda*", dizia a manchete. "*Causa Sconosciuta.*" Peguei meu celular, voltei ao Google Tradutor e passei a câmera sobre a matéria. Na hora, o aplicativo traduziu a manchete: "O *Aquila* afunda, causa desconhecida".

Tentei a mesma técnica com o resto do artigo, mas a fonte era pequena e a capa laminada refletia a luz do teto. Ainda assim, consegui deduzir que o *Aquila* havia afundado exatamente no local onde eu mergulhei: o canal condenado que contorna as ilhotas Li Galli.

Recostei na cadeira, confiante — embora não totalmente certa — de que aquele artigo se referia ao naufrágio que meu pai e eu havíamos encontrado.

Passei os olhos pelo pouco que o aplicativo havia traduzido. Vinte e cinco homens morreram no naufrágio. Um marinheiro, Nico, tinha ficado gravemente ferido antes do ocorrido — mas o excerto não evidenciava como aquela notícia chegou ao continente. Segundo a matéria, os ferimentos foram causados por um incidente atribuído a outro membro da tripulação.

Então, fiquei boquiaberta: o culpado, segundo o jornal, era ninguém menos que Holmes Foster. Ele havia sido preso no porão do navio com a intenção de ser enviado à prisão ao desembarcar em Positano.

Meu entusiasmo cresceu. Aquele navio havia afundado na localização exata correspondente. Os negócios *deploráveis*, o incidente a bordo... Não pude deixar de me perguntar se tudo aquilo tinha a ver com a mercadoria a bordo.

Mercadoria ou... *tesouro*. Joias.

Olhei outra vez para o diário de Holmes. Culpado ou não, ele sequer chegou a Positano. Nenhum deles chegou. Afundaram, junto com tudo o que havia naquele barco.

Toquei na capa impermeável de novo. Alguns flocos de revestimento preto e ceroso se soltaram e grudaram em meus dedos, mas, fora aquilo, o diário tinha sido preservado. Devia ter sido recuperado como destroço, em algum momento — as histórias de um homem perdido no mar. Fui tomada por uma vontade repentina de me jogar em uma cadeira e ler cada página.

Olhei para o meu celular. O lugar fecharia em menos de meia hora. Não era tempo suficiente para ler o diário, e eu não queria fazer várias viagens de volta a Nápoles. Também não poderia fotografar todas as páginas — pois levaria horas, sem falar na dor de cabeça adicional de ter que analisar centenas de imagens.

Então, fiz a segunda melhor coisa. Apertei o botão Gravar, segurei meu celular sobre o diário e comecei a virar as páginas. Mais tarde, eu poderia assistir ao vídeo outra vez, pausando quando necessário para ler no meu próprio ritmo.

Uma mensagem automática anunciou que o arquivo estava prestes a fechar. Tirei mais algumas fotos, inclusive da bolsa impermeável e do artigo de jornal, depois, embrulhei cuidadosamente o pacote e o devolvi ao seu lugar.

Quando voltei ao hall de entrada, Chloe estava juntando suas coisas para ir embora. Ela me cumprimentou com a cabeça.

— Encontrou o que estava procurando?

— Sim — respondi. — Acho que sim. — Dei alguns passos em direção à porta, então parei, lembrando-me do que havia escrito em meu caderno. — Você já ouviu falar nos irmãos Mazza? — perguntei. — Encontrei o nome deles em um dos registros.

Ela riu.

— Todos os historiadores de Nápoles já ouviram falar nos irmãos Mazza. No início do século XIX, dois terços dos navios que entravam e saíam de Nápoles eram deles.

— Uau — exclamei. — Impressionante.

— É... — disse ela, desgostosa. — Eles eram homens maus, andavam com ladrões, corsários. Seus navios estavam cheios de mercadorias roubadas. Eram vigaristas também, conhecidos por dar golpes e plantar armadilhas. — Ela pegou a bolsa e jogou-a sobre o ombro. — Costumavam esconder as verdadeiras mercadorias em lugares inesperados. — Ela deu de ombros. — Divertido para nós, arquivistas, para ser sincera. Temos muitos registros sobre os Mazza, caso você precise.

Agradeci, me despedi e saí.

"Seus navios estavam cheios de mercadorias roubadas", dissera Chloe. Olhei para o céu azul, pensando em meu pai.

Eu estava no caminho certo, disso tinha certeza.

23

MARI

Terça-feira, 24 de abril de 1821

Na manhã em que as mulheres pretendiam começar a vigília, enquanto Mari estava na casa de Ami preparando suas coisas para sair, alguém bateu à porta. Com um pequeno revólver na mão, Dante correu até a janela, espreitando através das cortinas fechadas.

— Corso — informou ele, franzindo a testa.

Mari empalideceu. Não esperava que ele voltasse tão cedo. Ela se perguntou se o pai o noticiara de tudo o que acontecera em Positano.

Ou talvez aquela visita fosse sobre o noivado.

Dante abriu a porta.

— Seu pai disse que eu a encontraria aqui — falou Corso a Mari. — Podemos conversar em particular lá fora?

Poucas pessoas sabiam onde Mari estava. Naquele momento, ela sentia uma onda de irritação com o pai por ter revelado seu paradeiro a Corso. Olhou na direção do caminho que levava à casa.

— Não é seguro — afirmou. — Decerto ele lhe contou o que aconteceu.

— Ele me contou sobre os sequestros, sim. — Corso se virou para Dante e Ami. — Lamento muito sobre Lia. Espero que ela seja encontrada logo e volte para casa.

— Obrigado — disse Dante, com o queixo tenso. — Vocês dois podem conversar na adega nos fundos da casa, se quiserem.

Ele esperou Mari assentir, e só então permitiu a entrada de Corso.

O porão era úmido e vazio. Corso acendeu uma vela perto da entrada. À luz inconstante, Mari conseguiu distinguir algumas garrafas de vinho e duas caixas com frutas machucadas e alface murcha.

Corso enfiou a mão no bolso, e Mari se preparou quando ele pegou uma pequena caixa.

— O joalheiro terminou de inserir as pedras há apenas dois dias — contou ele, abrindo a caixa.

O anel era lindo: uma fina aliança de ouro amarelo, feita por inteiro a partir de uma técnica filigrana intrincada. No centro do anel, havia um conjunto de ametistas roxas em formato marquise.

Mari lutou contra um desejo quase incontrolável de tomar o anel e esmagá-lo com o sapato.

— O que você acha? — sussurrou Corso. — É inestimável, considerando o trabalho customizado…

— Acho que quero Lia em casa — interrompeu ela. — Viviana e as irmãs Fontana também. Quero Leo vivo. Quero que tudo isto desapareça.

Corso hesitou, observando-a, depois fechou a caixa do anel com um estalo.

— Venha para Roma comigo, Mari. — Ele passou o braço em volta dos ombros dela, roçando os dedos em sua pele. — Deixe-me levá-la embora.

Mari estremeceu, lembrando-se da vez em que Holmes disse exatamente a mesma coisa para ela — na mesma noite em que ele a ensinara a buscar formas nas estrelas. Os dois tinham estado escondidos em uma das muitas cavernas à beira do penhasco, contemplando a vastidão do céu noturno.

"Uma montanha", dissera Mari, apontando para o oeste. "Vejo uma montanha bem ali. E outra, bem ao lado."

Por um instante, montanhas eram tudo que ela conseguia ver em meio às estrelas.

Holmes assentira, aproximando-se dela. Ele beijara seu ombro, observando-a enquanto ela olhava para o céu.

"Você já esteve nas montanhas?", sussurrara ele.

Mari balançara a cabeça. Na verdade, ela nunca tinha saído da região de Amalfi.

"Não. Sempre quis ir. Ouvi dizer que os picos ao norte daqui, na Áustria, são feitos de pedra tão branca que dói olhar para eles."

"As Montanhas Pálidas", dissera Holmes. "Conheci homens que as escalaram."

Uma estrela cadente cruzara o céu e parecera mergulhar no mar.

"Deixe-me levá-la embora. Vamos viajar para lá e ver as montanhas juntos."

Mari virara o rosto para ele. "Você promete?"

Ele se levantara e caminhara para dentro da caverna. Com a faca dele, na escuridão quase total, esculpira um pequeno *V* de cabeça para baixo na parede rochosa.

Uma montanha.

E abaixo dela, as iniciais deles: *M&H*.

"Eu prometo", dissera ele, sentando-se ao lado dela outra vez.

Como aquela noite parecia distante agora. Mari desejava ter aproveitado mais aquele céu cheio de montanhas estreladas. A respiração de Holmes em sua pele. As promessas fáceis e ingênuas que trocaram.

Mari se afastou do abraço de Corso, indo em direção à escada. *Que interessante*, pensou, *que, apesar de todo o dinheiro e dos amigos influentes, ele não dedicou um momento sequer para ajudar a localizar Lia.*

Ela só tinha uma coisa a dizer a Corso:

— Não.

Então se virou, deixando-o na base da escada do porão, com a caixa do anel apertada entre os dedos.

Naquela tarde, as mulheres começaram sua vigília no esconderijo entre dois penhascos, muito perto do vilarejo de San Pietro. Aquela caverna era o melhor lugar para ficar de olho no oeste, na direção de Capri: qualquer navio vindo do oeste ou do norte — como Nápoles — seria facilmente visível.

Elas se revezavam em turnos de doze horas, vasculhando o horizonte em busca da silhueta sombria e lenta de um navio. Sempre que avistavam um ao longe, observavam seu rumo, velocidade e bandeiras.

Dois dias se passaram. Na quinta-feira à tarde, Mari e Ami começaram a se perguntar se Dante havia sido enganado pelo jovem estivador nas docas de Nápoles. O navio já deveria ter chegado. Mari decidiu que esperariam mais alguns dias, pelo menos, antes de tomar a decisão de desistir da vigília. Afinal, uma tempestade tinha atingido a região alguns dias antes. Talvez aquilo tivesse impedido a passagem de qualquer embarcação que estivesse a caminho.

Naquela noite, enquanto Mari estava sentada sozinha na entrada da caverna, uma brisa suave soprou e uma pena branca e cinza pousou de maneira delicada a seus pés. Ela sorriu, pegando a pena na mão. Aquilo a fez lembrar de Holmes — uma vez, ele contou uma história sobre ter salvado um filhote de pássaro de um contramestre que pretendia mantê-lo como animal de estimação. Mari guardou a pena em seu vestido, bem em cima do peito.

Olhou para o oeste — nada ainda — e se perguntou o que o dia seguinte traria. Fratelli Mazza? Notícias das mulheres sequestradas? Ou, mais uma vez, nada? Pelo que lhe contaram, vários outros moradores tinham ido a Nápoles perguntar sobre a pequena ilha de Ischia e por que a Fratelli Mazza a mantinha tão bem guardada. Todos voltaram frustrados e de mãos vazias. Não conseguiram descobrir nenhuma informação nova e, decerto, não encontraram as prisioneiras desaparecidas.

O clima em Positano, então, era sombrio. Muitos estavam angustiados com o sequestro das quatro mulheres, nervosos com a inevitável chegada de outro navio dos Mazza.

24

HAVEN

Quinta-feira

Naquela noite, Enzo e eu estávamos deitados em minha cama.

— Como foi no Museo del Mare? — perguntou ele.

Estávamos em cima do edredom, apoiados em travesseiros.

Eu tinha me esquecido do Museu do Mar, muito mais preocupada com o arquivo.

— Na verdade, não fui. Não tive tempo.

Ele se virou para mim, sorrindo.

— Passou a tarde inteira no arquivo, então?

Alisei a barra do meu short fino de pijama, depois cruzei e descruzei as pernas. Não conseguia ficar parada, não com Enzo deitado ao meu lado. Mesmo todo vestido, ele me deixava tonta.

— Sou arqueóloga, lembra? Adoro arquivos.

— Encontrou alguma coisa interessante?

Peguei meu celular na mesa de cabeceira ao meu lado.

— Vou te enviar a foto de uma reportagem — falei. — Você pode traduzir para mim?

— Talvez. — Enzo se aproximou. — Depende.

Bati de leve no braço dele e enviei a foto por AirDrop. Enquanto ele lia, eu passava o tempo em meu celular, espiando com inveja o Instagram de Conrad. Ele havia postado um *story* naquela manhã, um vídeo gravado enquanto estava ao leme do barco ao lado de seu companheiro de equipe, Gio. O barco de mergulho cortava as ondas, jogando a água do mar pelos ares. Embora eu não pudesse ver Conrad, podia ouvi-lo rindo e gritando. Eles estavam indo direto para Li Galli.

Olhei para Enzo.

— Já terminou de ler? — perguntei. Quando ele não respondeu, joguei minha perna nua sobre a dele. — Eeeei. Olá. Oi.

Ele colocou a mão na minha coxa, apertando-a.

— Terminei — confirmou ele, com a voz rouca.

— Você pode traduzir para mim? — perguntei. — A reportagem.

Enzo hesitou, quase me devorando com os olhos.

— Posso — respondeu, enfim, acomodando-se de maneira mais confortável nas almofadas. — Tudo bem. Então...

— Espere. — Eu enfiei a mão na bolsa, peguei meu caderno e uma caneta e assenti. — Ok.

Enquanto lia, ele repetiu muito do que eu já sabia: vinte e cinco homens haviam morrido no *Aquila*, incluindo Holmes Foster, que era prisioneiro a bordo. Mas Enzo compartilhou alguns detalhes que o Google Tradutor não havia captado, incluindo os proprietários do brigue — os irmãos Mazza — e vários detalhes técnicos sobre a embarcação. Dois mastros. Trinta e quatro metros de comprimento. Duzentas e cinquenta toneladas.

Bati com a caneta no caderno, arrasada. Não havia nada de útil ali. E nada sobre a carga.

— Por que esta reportagem? — perguntou ele, de repente. — Você acha que o *Aquila* é um dos navios naufragados que vimos ontem?

Eu não achava que era. *Sabia* que era.

Mesmo assim, evitei o assunto.

— Encontrei isso enquanto procurava informações sobre Li Galli. Estou tentando entender por que há tantos naufrágios na área.

Aparentemente satisfeito com a resposta, ele olhou para a porta do quarto.

— Você se importa se eu pegar um copo d'água?

— Imagina.

Quando Enzo saiu, cliquei no último vídeo de Conrad no Instagram, postado seis horas antes, quando eu estava enfurnada no arquivo.

A imagem carregou e meu estômago revirou. Eles não tinham só voltado para Li Galli, mas para o mesmo local onde os deixamos no dia anterior. Era mais uma prova, como se eu precisasse de outra, de que Conrad não estava tirando fotos para o Projeto Delfino. Se estivesse, eles teriam ancorado em outro lugar.

— Droga — falei em voz alta, jogando meu celular para o lado.

Eu precisava voltar para a água no dia seguinte, não importava o que acontecesse. Não importavam as condições.

Enzo voltou com um copo d'água em cada mão. Ele olhou para mim e ergueu as sobrancelhas.

— Está tudo bem?

Suspirei.

— Sim. É só trabalho.

Ele se acomodou de novo, de frente para mim, apoiado em um cotovelo. Brincou com o cordão do meu short de pijama.

— Podemos mergulhar de novo amanhã de manhã? — pedi. — No mesmo lugar de ontem?

Ele hesitou, com os dedos pairando perto de mim.

— Tem algo mais por trás disso tudo? Você parece… com pressa. Aqueles destroços não vão a lugar algum. — Seus olhos castanhos procuraram os meus. — Temos tempo.

Enzo não entendia. Eu não tinha tempo. Mas não podia culpá-lo por aquela afirmação: ele não sabia a história inteira. E, olhando para ele naquele momento, com a expressão cheia de preocupação e desejo, me senti mais desesperada do que nunca. Sobre *tudo*.

Pousei o copo de água na mesa, desamarrei o short do pijama e o beijei com a urgência e a frustração que acumulei ao longo de uma semana.

* * *

Na manhã seguinte, enviei uma mensagem rápida para Mal. Depois de passar três noites em um hotel perto do aeroporto de Nápoles, ela enfim conseguiu reservar um voo para casa naquela noite.

Posso confirmar, contei, os homens italianos são os melhores amantes.

Detalhes, garota, respondeu ela, com um emoji de foguinho.

Caminhando até a cozinha para tomar café, olhei para a bancada e corei: na noite anterior, Enzo e eu tínhamos empurrado tudo freneticamente para o lado. Eu podia distinguir o contorno de uma marca de mão, ainda visível no mármore reluzente. Então me virei para o terraço, a grade branca brilhando ao sol da manhã, lembrando-me de como a havia segurado na noite anterior, com o hálito quente de Enzo em minha nuca.

Ele é muito aventureiro, respondi. Acho que já batizamos todas as superfícies sólidas nesta casa.

Três pontinhos enquanto Mal digitava sua resposta. Meu tipo de sexo.

Eu ri. Antes da noite anterior, eu nunca tinha feito sexo em uma bancada de cozinha ou em um terraço parcialmente visível por um vilarejo inteiro. No entanto, adorei cada segundo. Não fiquei preocupada se estava quebrando regras ou sendo vista. Eu o desejava tanto — mesmo naquele instante, fazendo café na cozinha — que achei que poderia pegar fogo. Acho que, a partir de agora, esse também é o meu tipo de sexo, respondi.

Enzo tinha voltado para casa às três da manhã. Eu estava toda dolorida, então tomei dois comprimidos de analgésico e um banho quente. Depois, já que faltava bastante tempo até a hora de encontrá-lo no cais, fui para o terraço com meu café e meu celular, pronta para mergulhar no diário de Holmes.

Comecei pelo início. A primeira anotação foi feita em julho de 1817 e relatava sua empolgação com uma viagem transatlântica que estava prestes a fazer de sua casa, em Boston, para a Sicília e depois para Nápoles. Era evidente que Holmes havia trabalhado em barcos durante grande parte da adolescência e início da vida adulta, e suas anotações revelavam que ele sabia de tudo um pouco, desde consertar velas até carpintaria e navegação básica. O conhecimento sobre cordames também era inegável, e, embora eu pensasse saber bastante sobre navegação, logo me perdi em suas descrições detalhadas sobre cabos de velas, sistemas de roldanas e nós complexos.

Havia muitas entradas dessa natureza. Mantive meus olhos no relógio — precisava encontrar Enzo em meia hora — e comecei a folhear as páginas, ansiosa para chegar à parte sobre a chegada de Holmes à Itália. Pelas minhas suspeitas, só a partir dali encontraria os tópicos que me interessavam: os irmãos Mazza e seu tesouro do mercado ilegal.

Ainda assim, percebi que estava gostando cada vez mais desse Holmes. Algumas anotações revelavam seu lado compassivo — como quando ele retirou uma isca artificial da boca de um corvo-marinho, apesar de seus companheiros de navio quererem deixar o pássaro à mercê da morte — e outras eram engraçadas, como quando ele enganou a tripulação com um ensopado de conchas.

Em dezembro de 1817, no dia do seu aniversário de 22 anos, Holmes enfim chegou a Nápoles. Mas, assim que comecei a ler aquela entrada no diário, Enzo me mandou uma mensagem:

Não vai dar para mergulhar hoje.

Franzi a testa, sentindo uma breve pontada de rejeição, mas então comecei a me preocupar de que estivesse doente ou de que algo tivesse acontecido com ele. Você está bem?, perguntei.

Enzo demorou alguns minutos para responder, o que só aumentou minha preocupação. O Vesúvio está em todas as manchetes. Passei a manhã fazendo ligações. Quer tomar um café?

— Merda — sussurrei. — E agora?

Entrei no site da *CNN*, no qual a manchete principal era: "Ameaça de erupção do Vesúvio interrompe turismo na costa amalfitana".

O início da matéria citava uma importante agência de viagens. De acordo com seu porta-voz, mais de setenta por cento das reservas para a região da costa amalfitana nos próximos dois meses haviam sido canceladas nas últimas noventa e seis horas.

"Algumas pessoas mudaram seus planos de viagem para Santorini ou Ibiza", dizia o porta-voz. "Outras cancelaram completamente. Estamos contratando agentes extras para trabalhar vinte e quatro horas por dia para manter nossos clientes satisfeitos."

Esqueça o sensacionalismo. A arqueóloga em mim queria *dados* reais. No final da matéria, como se fosse uma reflexão tardia, um vulcanologista havia se pronunciado publicamente sobre suas preocupações. As medições de dióxido de carbono subaquático na área indicaram um grande aumento durante a noite, segundo ele. Certos registros de temperatura da água também haviam mudado e não correspondiam às correntes sazonais.

No entanto, o próprio Vesúvio — a cratera propriamente dita, bem no interior — não demonstrava nada fora do normal. Nenhum tremor. Nenhuma vegetação seca. Nenhuma mudança nas fumarolas.

Voltei para a aba das mensagens de texto de Enzo. Um café parece uma boa ideia, digitei, com as mãos trêmulas. Quando e onde?

Combinamos de nos encontrar no Dall'Alba al Tramonto, um café que a mãe de Enzo havia recomendado recentemente para ele.

O local estava quase vazio, com apenas dois funcionários atrás do balcão. As notícias passavam em uma televisão no canto. Eu não conseguia entender, mas o assunto da reportagem era bastante óbvio, já que a equipe de filmagem estava ao vivo na Spiaggia Grande, em Positano. O repórter apontava para a praia deveras vazia atrás dele.

Enzo estava sentado em uma mesa ao ar livre, com as mãos cruzadas no colo. O terraço tinha uma vista magnífica do oceano, mas a expressão do homem era sombria enquanto olhava para a água. Dois cappuccinos estavam diante dele.

Eu me aproximei por trás e dei um beijo em sua bochecha.

— Bom dia.

Ele sorriu, não me deixando sentar até me puxar para um beijo mais longo e profundo. A aba do meu chapéu bagunçou o cabelo dele, e, a algumas mesas de distância, um casal de idosos nos lançou um olhar severo. Eu me joguei na cadeira e peguei meu cappuccino.

— Então… — comecei, apontando para o oceano. Eu não tinha uma boa vista da praia dali, mas em algum lugar lá embaixo estava o repórter que acabara de ver na TV. — O que você acha?

— O que eu acho não importa mais. — Enzo tamborilou os dedos na mesa e suspirou com força. — Quando cheguei à loja hoje de manhã, tinha uma mensagem de voz da nossa seguradora.

Fechei os olhos. Eu sabia onde aquilo ia dar.

— A decisão não é mais sua — falei.

— Exato. — Ele me mostrou a lista de chamadas feitas no celular. — Luca e eu passamos a manhã ligando para todos que tinham reservas em aberto. Atualizamos nosso site. Por enquanto, estamos… — tomou um gole do café — … fechados.

— Sinto muito — sussurrei em resposta, sentindo-me péssima pela situação dele.

Enzo havia me contado como as margens de lucro do seu negócio eram apertadas. Sem turistas de mergulho em um futuro próximo, a loja decerto entraria no vermelho. E pensar no quanto ele havia trabalhado duro para conseguir tudo aquilo…

Não pude deixar de pensar em mim também.

— Isso significa que você não pode sair com o barco?

Ele assentiu devagar.

— Infelizmente, sim. Sinto muito, Haven.

Então, nosso mergulho estava cancelado.

— Não precisa se desculpar. Nada disso é culpa sua.

Empurrei meu cappuccino para longe, com o ânimo o mais baixo que estivera ao longo de toda aquela semana.

— É tão frustrante — disse Enzo, com o queixo tenso. — Os dados não…

— Fazem sentido — terminei por ele. — Deveria haver terremotos, gêiseres ou algo assim se o Vesúvio estivesse prestes a entrar em erupção.

— Exato. Não sei se devo ficar com medo ou não. Se devo ir embora ou não.

— Você conhece alguém que está indo embora? Moradores locais?

— Sim, vários.

Aquilo me surpreendeu.

— E sua mãe? Ela vai ficar?

— Vai. Ela insiste que está tudo bem. — Enzo deu de ombros. — Mas todo mundo está dando no pé. Só que são os turistas que mantêm meu negócio funcionando. Sem eles, não há trabalho.

Refleti sobre tudo o que tinha dado errado nos últimos dias.

— Que semana de merda — afirmei, enfim.

Enzo pegou minha mão.

— Nem tudo nesta semana foi terrível.

Minha memória voltou para a noite anterior: o cheiro limpo da pele dele, minhas unhas cravadas em suas omoplatas, minha cabeça apoiada em sua clavícula. Senti meu corpo esquentar.

— É verdade — concordei. — Conhecer você foi tudo menos terrível.

A expressão de Enzo estava séria.

— Eu só não entendo por que o mundo funciona assim. Conheço a primeira mulher incrível em anos, e, na mesma semana, meu negócio, e toda a cidade, vão para o buraco.

Apertei a mão dele, mas seu celular vibrou e ele se afastou.

— Preciso ir — informou. — Tem gente querendo o reembolso dos depósitos...

Senti pena dele, imaginando se a empresa tinha dinheiro em caixa para reembolsar os clientes.

Depois que Enzo foi embora, chequei meu Instagram de novo. Conrad havia postado um novo vídeo, e eu cliquei para ver, imaginando como ele estava lidando com as últimas notícias.

Aparentemente, não estava.

Ele as ignorara por completo, dado que havia postado um vídeo de si mesmo em um barco apenas alguns minutos antes.

"Fazendo um ótimo progresso!", dizia a legenda. "Tenho um bom pressentimento sobre os próximos dias."

Eu podia ler as entrelinhas: aquela postagem era para mim. Conrad queria que eu soubesse que ele estava se aproximando da descoberta do meu pai. Será que seu equipamento havia detectado algum tipo de anomalia?

Eu me sentia impotente. Sem Enzo, não tinha um barco. Não tinha um companheiro de mergulho. Não tinha tanques de ar. E, mesmo que tivesse tudo aquilo, será que eu queria mergulhar em condições tão precárias?

Não era a primeira vez nos últimos dias que eu começava a me perguntar se deveria simplesmente aceitar a derrota. Conrad tinha as ferramentas e as habilidades necessárias para enfrentar aquelas águas. Eu não. Simples assim.

Liguei para Mal, que atendeu no segundo toque.

— Está tudo bem? — perguntou ela, com a voz mais aguda do que o normal, cheia de preocupação. Vozes indistintas conversavam ao fundo. Ela devia estar no aeroporto, se preparando para voltar para casa. — Eu vi as notícias.

— Sim — respondi. — Bem, não. Quer dizer, estou bem. Não estou em perigo. — Girei minha xícara vazia no pires, irritada com tudo. — Só me sinto… desamparada. Frustrada. Parte de mim quer desistir de tudo e voltar para casa.

Houve um momento de silêncio.

— Uau — exclamou Mal, enfim. — Não esperava que você dissesse isso.

Eu também não esperava por aquilo, mas nada naquela viagem tinha corrido bem. Pelo menos no sentido profissional. E não achava que um romance recente com Enzo fosse motivo suficiente para ficar. Seria melhor cortar os laços, acho, e voltar para casa antes de me apaixonar ainda mais por ele.

— Espere aí — pediu Mal. Ouvi passos, depois o barulho de fundo do outro lado diminuiu. — Haven — disse ela —, não faça nada precipitado. Você precisa pensar. Você não é do tipo que desiste.

— Conrad está no mar neste momento — lembrei a ela. — Eu não estou. Nem sequer tenho acesso a um barco.

— As coisas azedaram com Enzo?

— Pelo contrário. Estou gamada.

— Isso não é típico de você.

— Eu sei. Mas a seguradora da loja dele ligou. Nada de mergulhos em um futuro próximo. Posso ligar para outros estabelecimentos de mergulho, mas é provável que estejam na mesma situação. — Eu me vi despejando palavras em Mal, contando a ela sobre os últimos dias. Fotografando o *Aquila*. O arquivo. Mergulhando com Enzo, dormindo com Enzo. — Sinto que estou muito perto de juntar algumas peças do quebra-cabeça, mas preciso de mais tempo para mergulhar. — Eu reprimi um bocejo. — E preciso de uma noite inteira de sono.

— Isso é problema seu, garota. Tire uma soneca. Ninguém mandou você ficar acordada a noite toda transando.

— E, pelo amor de Deus — continuei, ignorando-a —, preciso de um companheiro de mergulho. Não posso descer lá sozinha.

— Deixe-me fazer algumas ligações — disse Mal, de repente. — Vá tirar uma soneca. Te mando uma mensagem em breve.

— Ligações? Para quem você vai ligar?

— Tenho contatos.

— O que você... — Mas parei, interrompida de novo por uma conversa alta do outro lado da linha.

— Nos falamos depois — disse Mal.

Ela desligou antes que eu pudesse responder.

Decidi aceitar a sugestão de Mal e tirar uma soneca, então peguei minha bolsa para ir embora. Duas mulheres entraram no terraço, com cafés nas mãos. Sentaram-se sob uma glicínia recém-florida. Passei os olhos por elas com pouco interesse, mas então as encarei de novo: uma delas se parecia muito com a mãe de Enzo, Savina. Ele não tinha dito que ela recomendara este café?

Observei-a por um instante por trás dos meus óculos escuros. Aquele batom vermelho brilhante... Sem dúvida era ela. E estava acompanhada por outra mulher, a mesma com quem esteve na praia no outro dia.

Hesitei por um momento. Cumprimentá-las poderia abrir portas para perguntas sobre mim e Enzo, uma conversa para a qual eu não tinha energia. Além disso, a própria Savina parecia preocupada, sentada perto da amiga, enquanto as duas examinavam uma pilha de papéis.

Puxando a aba do chapéu para baixo, eu pretendia sair dali depressa. Já estava usando óculos escuros, então tinha certeza de que Savina não me reconheceria.

Então ouvi: o nome do influenciador cujo iate havia naufragado. *Asher Vice.*

As mulheres falavam em um italiano rápido e baixo, mas consegui captar mais algumas palavras, incluindo *Vesuvius* e — algo que quase tropecei ao escutar — *la maledizione amalfitana.* A maldição de Amalfi. A amiga de Savina disse a palavra *streghe* várias vezes, e eu a memorizei, com a impressão de que me era vagamente familiar.

Todos falavam sobre os dados da fonte hidrotermal e o naufrágio do iate. Mas ainda assim achei estranho como as mulheres se debruçavam sobre as páginas diante delas. O que eram aquelas folhas, afinal? Eu queria muito dar uma olhada.

Joguei minha bolsa no ombro e levantei-me em silêncio. Ao me dirigir para a porta, parei, fingindo vasculhar a bolsa enquanto observava os papéis espalhados sobre a mesa.

Só consegui dar uma olhada rápida, mas foi o suficiente. Os papéis eram preenchidos por dados — tabelas — que reconheci de imediato como leituras oceanográficas. Alguns dias antes, o noticiário havia exibido gráficos parecidos com aqueles. As páginas estavam cheias de anotações e grifos, como se tivessem sido tiradas do meu caderno de pesquisa.

Lembrei-me da preocupação de Savina com Enzo mergulhando em Li Galli e naquele instante entendi o motivo: obviamente, ela estava obcecada com os acontecimentos estranhos. Compulsiva, até, considerando as tabelas de dados marcadas. Aquilo me lembrou a maneira como meu pai costumava marcar seus mapas dos locais de mergulho, suas tabelas de profundidade. Naquele momento, enquanto passava por elas, Savina batia com a caneta nas páginas. Mencionou a palavra "Asher" de novo, e "*memoriale*".

Aquela mulher era ainda mais peculiar do que eu pensava.

Eu já estava quase chegando à porta da frente do café quando senti uma mão tocar de leve o espaço entre minhas omoplatas.

Merda.

— Haven — chamou Savina. Eu me virei, fingindo surpresa e a cumprimentei. — Eu vi você saindo — continuou, com seu sotaque italiano forte — e minha amiga, Renata, já estava de saída. Você tem alguns minutos?

Seria muito indelicado recusar. Voltei para o terraço e sentei-me, conversando um pouco com Renata antes que ela fosse embora.

Para o meu alívio, Savina evitou falar sobre Enzo. Conversamos sobre a reforma da casa dela — na semana seguinte, um empreiteiro instalaria o lustre que eu tinha visto no chão durante minha visita — e então Savina me perguntou mais sobre meus estudos e alguns dos meus naufrágios favoritos na Florida Keys.

A conversa começou a esfriar.

— Antes de irmos — disse Savina, fazendo um sinal para eu me levantar. Pétalas de glicínia caídas salpicavam o chão à nossa volta. — Estive pensando em algo que você me disse lá em casa.

Sob a luz do sol, pude observar melhor seu rosto. Naquele momento, notei as rugas profundas na testa e as sombras debaixo dos olhos. Ela parecia privada de sono e tensa. Eu conhecia bem aquele olhar — luto, se espalhando pelo corpo — e senti muita empatia por ela. Perder Bria... Bem, eu não conseguia imaginar o quanto aquilo havia dilacerado seu coração.

— Você falou que há rumores de um tesouro afundado que te intriga — comentou Savina. — Tem algo específico que está procurando?

Tentei manter minha expressão neutra diante da pergunta direta demais. Pensei na nossa conversa anterior e me perguntei se havia revelado acidentalmente *por que* estava mergulhando em Li Galli. Tinha certeza de que não.

Balancei a cabeça em negativa.

— Na verdade, não — menti.

— *Hum* — murmurou Savina, abrindo a porta para mim. Percebi que minha resposta a havia decepcionado. Ela se inclinou para me dar um abraço rápido. — Bem, tenha um ótimo dia, Haven.

Com aquilo, a mãe de Enzo saiu do café e desapareceu pelas ruas estreitas e sinuosas da ensolarada Positano.

25

MARI

Sexta-feira, 27 de abril de 1821

O navio chegou, enfim, ao anoitecer da sexta-feira, dia 27 de abril. Mari estava de vigília com Emilia e Pippa. Elas tinham ficado acordadas a noite inteira, praticando as estrofes do *incantesimo vortice*. O objetivo não era atrair uma corrente profunda e lenta do mar, mas sim algo rápido e incrivelmente turbulento — algo impossível de se sobreviver — em uma pequena área do oceano.

As mulheres não podiam errar, não com tanta coisa em jogo.

Tentando permanecer alerta, Mari lançou um olhar desanimado pela lente de latão de um telescópio que pertencera à mãe dela. Suas pálpebras estavam pesadas e, ao esfregá-las, a visão ficou embaçada.

Ela mal conseguiu acreditar quando avistou a silhueta nebulosa de um navio à distância, envolto pela névoa do mar.

Entregou o instrumento a Pippa e ouviu alguém rastejando pela encosta íngreme e coberta de arbustos do lado de fora da caverna — Ami e Paola, chegando para a troca de turno.

Mari apontou para a silhueta à distância.

— Vejam — disse ela às mulheres.

Enquanto as outras espreitavam o mar, Ami discretamente enfiou a mão na bolsa, tirou uma carta e a entregou para Mari, que franziu a testa, sem entender por um momento. No entanto, assim que viu a caligrafia no envelope, sentiu um frio na barriga. *Uma carta de Holmes.*

Enquanto as outras quatro se revezavam para olhar pela lente, Mari saiu da caverna, abriu o envelope e leu à luz da lanterna. A data era domingo, dia 22 de abril.

O recado era curto, com a caligrafia desleixada.

Soube do que aconteceu, começava a carta. *Que você matou Massimo. Que escapou do* Lupo.

Mari franziu as sobrancelhas, confusa. Como Holmes, isolado no mar a bordo do *Aquila*, ao norte de Roma, poderia ter ouvido sobre aquelas coisas?

Você deve fugir do vilarejo, continuava a carta. *Matteo e seus homens pretendem encontrá-la e capturá-la.*

Daquilo Mari já sabia. Se tudo corresse conforme o planejado, Matteo nunca teria chance.

Mas o que Holmes revelou a seguir a deixou horrorizada:

> Há dois dias, mudamos nosso itinerário e começamos uma rota para o sul. Enquanto escrevo, estamos muito perto de Nápoles. Meu brigue — o *Aquila* — foi designado para seguir, com pressa, para Positano. Matteo está a bordo.
>
> Caso ainda não tenha partido, deve fazê-lo assim que receber esta carta. Se não puder, pelo menos fique atenta: vou pintar um círculo de piche bem perto da proa, a bombordo, na faixa amarela do casco. De longe, parecerá uma portinhola de vigia. Lembre-se, temos dois mastros. Não temos armas.
>
> Quando estiver em segurança, envie uma carta para Ami, dizendo onde posso encontrá-la.
>
> Por favor, cuide-se, minha querida.
>
> Com todo meu amor,
>
> Seu amado Holmes

Mari levou a mão ao coração. Ele havia escrito aquilo cinco dias antes, perto de Nápoles. Já deveriam ter chegado, mas a tempestade deve tê-los atrasado.

Devagar, ela colocou a carta na bolsinha pendurada sobre o peito e olhou para o horizonte, a sombra do brigue se aproximando de forma lenta.

Aquilo não podia ser real.

Não podia ser verdade.

— Mari — chamou Ami, com a voz grave. — Mari, o navio tem a bandeira dos Mazza.

Sentiu os joelhos fraquejarem. Mari olhou para o horizonte — a névoa do mar começava a se dissipar — e conseguiu distinguir os dois mastros do brigue, sem canhões.

E a faixa amarela de tinta. De tão longe, ela ainda não conseguia distinguir um círculo pintado com piche. Ainda assim, sabia por instinto que só poderia ser o *Aquila*. Com Matteo a bordo. Com Holmes a bordo.

E pensar que tudo aquilo tinha sido ideia dela mesma.

— São eles — afirmou Paola, com o rosto corado.

A mulher olhou para Mari, desconfiada — será que tinha visto Ami passar uma carta para ela? —, e então apontou:

— Vamos descer até a água.

— Temos certeza da direção deles? Estão vindo para cá? — perguntou Pippa.

Se o brigue estivesse indo para o sul, elas estariam olhando naquele momento para a lateral do navio, e as velas pareceriam conchas de ostras, arcos rasos captando o vento. Mas aquelas velas estavam abertas e altas, retângulos ocupando quase toda a largura do navio, o que significava que a embarcação estava vindo…

— Sim — respondeu Paola. — Está vindo direto em nossa direção — afirmou, levando o amuleto *cimaruta* aos lábios e dando-lhe um beijo leve.

— Ainda está muito longe — conseguiu dizer Mari.

Ela cruzou os braços, na tentativa de esconder as mãos trêmulas. O brigue ainda estava bem além do arquipélago Li Galli e se movia deveras devagar. Ela calculou que levaria pelo menos uma hora para passar pelas ilhotas.

— Somos cinco — comentou Paola, de repente. — Tínhamos planejado apenas três. Pense só. Vamos afundá-lo depressa.

A mente de Mari não conseguia compreender o que ela estava vendo, o que acabara de descobrir. Enquanto as mulheres juntavam suas coisas, prontas para sair da caverna, seu estômago revirou de medo.

O que faço agora?, perguntou a si mesma.

26

HOLMES

Sexta-feira, 27 de abril de 1821

Nas primeiras horas da manhã, Holmes acordou de um sono agitado ao som de algo arranhando nas proximidades. Pensou que poderiam ser os homens fazendo mais reparos no brigue. No dia anterior, ele os ouvira anunciar a chegada de alguns barcos com novos suprimentos de velas e madeira. Aquilo foi seguido por horas de marteladas e batidas.

Por fim, tinham começado a se mover, embora Holmes não tivesse noção da velocidade nem da direção.

Alguns marinheiros também resgataram o corpo coberto de Nico. Holmes chorou quando o levaram embora. Esperava que o corpo do amigo, de alguma forma, voltasse para a família.

Naquele momento, ele se mexia na minúscula cela, com o ombro extremamente dolorido, enquanto os arranhões continuavam. Ouvia passos havia dias, o barulho de homens andando para a frente e para trás no convés de atracação. No entanto, o som parecia terrivelmente próximo. Na verdade, diretamente acima dele.

A cela consistia em quatro paredes com barras de ferro. O teto e o chão eram apenas tábuas, que o separavam do compartimento da água de lastro abaixo e do convés acima.

Olhou para cima, curioso com o barulho.

De repente, deu um pulo.

Em um buraquinho entre as tábuas de madeira acima dele havia *olhos*. A princípio, pensou que fosse um animal, mas as viagens eram muito curtas para levar gado. Os tripulantes não precisavam de porcos ou galinhas, pois atracavam no porto com frequência suficiente para manter os estoques de alimentos bem abastecidos.

Os olhos piscaram. Eram muito escuros, quase pretos, e as pestanas eram grossas e longas.

Holmes abraçou o próprio corpo, sentindo-se exposto. Contemplou a sua localização exata no navio. Devia estar diretamente abaixo da cabine do segundo imediato — a mesma cabine onde os oficiais guardavam algo de valor incalculável.

Matteo. Segundo Quinto, Matteo estivera na cabine do segundo imediato alguns dias antes, examinando mapas. Seria o irmão mais velho dos Mazza quem olhava para ele naquele instante? Espionando, talvez?

— O que você quer? — perguntou Holmes, mais alto do que pretendia.

— Quieto — foi a resposta sussurrada. — Seu tolo. Ele voltará para buscá-lo se ouvir você falando comigo.

Holmes ficou boquiaberto. Era a voz de uma mulher.

Ela o encarava através da fresta. Pelo olhar dela entre as tábuas, Holmes concluiu que devia estar deitada de bruços. Ele tapou a boca com a mão, surpreso: por mais que estivesse acostumado a irritações na pele, ao cheiro nauseante do porão e ao balanço incessante do navio, não estava acostumado com mulheres a bordo.

Observou os olhos dela mais de perto.

— Quem é você? — sussurrou.

A cabine do segundo imediato ficava trancada, exceto quando Matteo estava lá dentro. Sendo assim, aquela mulher também estava presa na cabine? Ele se perguntou se ela teria levantado um tapete ou movido um móvel para espiar embaixo.

— Quem é *você*? — perguntou ela, de volta.

Ele hesitou por um momento, depois respondeu:

— Holmes Foster.

— Você não é daqui — retrucou ela, em um italiano magnífico.

O sotaque lhe soava familiar.

Holmes balançou a cabeça.

— Massachusetts.

— E o que fez para ser preso?

Ele teria pensado que a mulher era uma das cúmplices intrometidas de Quinto se não fosse pelo fato de que Holmes já havia praticamente admitido o crime.

— Eu cortei as cordas com uma faca — respondeu — e joguei piche na vela reserva. Queria sabotar a viagem. Talvez tenha conseguido. Pelo menos a atrasei.

— *Humm*. — A mulher semicerrou os olhos e se mexeu de bruços. — Quinto ou o capitão fizeram algo para irritá-lo?

Ele não ousaria contar a verdade — nem mesmo pronunciar o nome de Mari. Permaneceu em silêncio.

— Ah, então é um homem de segredos — comentou a mulher, dando uma risadinha. — Bem, não posso dizer que estou surpresa. É um navio dos Mazza. Imagino que todos os homens aqui tenham um motivo diferente daquele que pronunciam em voz alta.

Quem quer que fosse aquela mulher, não era novata naquele brigue nem com relação aos negócios dos homens a bordo. Holmes tentou de novo.

— Quem é você?

— Não confio em você o suficiente para contar — afirmou ela.

Holmes cutucou a cutícula, frustrado.

— Disseram-nos que o segundo imediato foi expulso da própria cabine. Não nos disseram por quê, mas colocaram um cadeado maior do que qualquer outro que já vi. — Ele semicerrou os olhos e tentou uma nova tática. — O que você tem aí em cima? Mercadorias ilegais?

— Nada de valor — respondeu ela.

— *Quem*, então?

— Neste momento, ninguém.

— Alguém esteve com você mais cedo?

— Eles têm entrado e saído há semanas, sim.

Holmes cogitou a quem ela poderia estar se referindo.

— Quinto — arriscou —, ou o capitão, ou Matteo?

— Todos os três — respondeu ela —, mas principalmente Matteo.

Ele teve certeza, então, de que se tratava de uma prostituta. Não era incomum trazê-las a bordo. Mas, ainda assim, o sigilo em torno dela — e o cadeado também — não fazia sentido.

Os olhos da mulher desapareceram e Holmes ouviu passos enquanto ela se afastava. Parecia que tinha liberdade total em sua cabine.

Deve ter colocado uma lanterna no chão, pois uma luz fraca penetrou pelas tábuas na cela de Holmes. Era mais luz do que ele via em dias. Ele abriu o diário, sentindo vontade de escrever ou desenhar. Esperava não ter frustrado a mulher e aguardou impaciente que ela voltasse. Ocupou-se esboçando sem entusiasmo uma ilustração do *Aquila*.

A mulher enfim voltou, alguns minutos depois.

— Aqui — disse ela, jogando metade de uma avelã pelas tábuas.

Holmes colocou-a na boca enquanto a mulher continuava jogando pedaços de avelã, um por um. A barriga dele parou de roncar pela primeira vez em dias.

— O outro irmão Mazza está morto — contou ele, na esperança de manter o interesse dela e ganhar sua confiança.

Era agoniante que ela se recusasse a revelar a sua identidade.

Os dedos dela pairaram sobre a fresta, com uma pequena noz entre eles.

— O que você acabou de dizer?

— O outro irmão Mazza está morto.

— Massimo?

— Sim.

— O que aconteceu com ele?

— Alguém o matou — respondeu Holmes.

Ela arfou.

— Ele mereceu. São homens maus.

Holmes hesitou. A mulher não os teria chamado de *homens maus* se Matteo estivesse por perto. Talvez o irmão mais velho dos Mazza estivesse naquele instante nos aposentos dos oficiais.

Ele se sentia desinformado, escondido nas entranhas daquele brigue.

— No entanto, aqui está você, escondida, ou presa, na cabine do imediato — pontuou.

Se não conseguia fazê-la revelar quem era, pelo menos poderia tentar entender por que estava ali.

— Presa — murmurou ela.

— Então você é amante de alguém?

— Não, de jeito nenhum — sibilou. — Eu não tocaria em nenhum daqueles homens, nem nos oficiais, nem nos irmãos, nem se minha vida estivesse em perigo.

Um brilho prateado chamou a atenção de Holmes. A mulher tentava enfiar um recipiente estreito — uma caixa de rapé — entre as frestas, mas não cabia. Em vez disso, ela abriu a caixa e jogou algumas pitadas de tabaco pela abertura.

Holmes estendeu a mão, deixando o pó cair em sua palma. Mas então franziu a testa. Uma caixa de rapé de prata havia desaparecido no início da viagem.

— Você roubou isso?

— Sim — admitiu ela, com um leve sorriso na voz.

— Como — perguntou ele —, se está trancada?

— A veneziana na parte de baixo da porta da cabine — respondeu ela. — Eu deslizei a tampa, tirei os pinos de madeira e removi a veneziana. É grande o suficiente para eu passar.

Então ela é a ladra entre nós, pensou Holmes, olhando para a cela em busca de alguma saída engenhosa, como ela havia feito. Não encontrou nenhuma.

— Como você não foi pega? — perguntou ele. — Deve estar saindo muito tarde. E mesmo assim, você foi muito sortuda de não encontrar ninguém fazendo a vigia noturna.

— Pois é, sortuda — retrucou ela. — Mas não se esqueça que tenho um armário cheio de roupas masculinas à minha disposição. No meio da noite, não sou tão visível quanto você imagina.

Holmes colocou outra avelã na boca.

— Afinal, que livro é esse? — perguntou a mulher, apontando para o diário de Holmes.

— Muitos de nós, marinheiros, temos um caderno — respondeu ele.

— Mas isso está longe de ser um registro de rumos e observações meteorológicas. É um diário, então?

— Acho que sim. — Holmes cedeu. — Às vezes, rasgo algumas páginas e escrevo cartas. — Deu de ombros. — Mas agora não há como enviá-las.

— Eu poderia enviar uma carta para você — sugeriu ela. — Há espaço suficiente entre as tábuas de madeira para você passar um pedaço de papel para mim.

— Agradeço a gentileza. — Ele se recostou nas barras de ferro e suspirou. Não havia mais nada a ser enviado. Só podia torcer para que Mari já tivesse recebido seu aviso e deixado Positano. — Só há uma pessoa para quem eu escreveria, e ela está… — Holmes se interrompeu. — Bem, não sei onde ela está. Espero que não esteja mais em Positano.

Ele não hesitou em compartilhar aquilo com uma desconhecida. Sentia-se solitário, terrivelmente só, e também assustado. Mesmo os marinheiros mais durões ansiavam por amigos.

— Positano? — repetiu a mulher, elevando a voz. — Uma irmã? Uma amiga?

— Não é uma irmã. Mas também não é exatamente uma amiga.

Ele pensou no tempo que tinha passado no olival com Mari, nos olhares e nas histórias que haviam trocado. Também pensou na maneira como se tocaram.

— Uma amante, então.

Holmes hesitou.

— Uma amante, sim.

No entanto, até mesmo aquela palavra parecia extremamente inadequada.

— Conte-me sobre ela — pediu a mulher.

Sem pensar, Holmes disse a primeira coisa que lhe veio à mente, talvez porque estivesse cercado por água:

— Ela odeia o mar. Mora em uma casa com vista para o oceano, mas mantém as cortinas fechadas no quarto. Prefere ficar sentada no escuro.

Ou ir para as montanhas, pensou. Ele havia prometido levá-la. Era uma promessa que não poderia cumprir.

— Como ela é? — perguntou a mulher.

— Seu cabelo é muito ruivo.

E há uma pequena verruga na palma da mão esquerda dela, pensou, mas não acrescentou, *e meu polegar se encaixa perfeitamente no pequeno espaço atrás da orelha dela.*

— Não há muitas mulheres ruivas em Positano… — Ele percebeu uma mudança no tom de voz da mulher, algo como surpresa ou hesitação.

— Nem em nenhum lugar da Itália — concordou Holmes.

— Eu conhecia muitas mulheres ruivas — comentou a mulher. — Mas todas adoravam o mar.

— Bem… — Holmes impediu que o nome de Mari escapasse de sua boca. — Ela me disse que, muito tempo atrás, também adorava o mar.

— O que a fez mudar de ideia?

— A mãe dela se afogou — respondeu ele — e a irmã mais nova também. Ela sente como se o oceano tivesse tirado tudo dela.

— Quando a mãe dela se afogou?

Holmes franziu a testa, fazendo contas.

— Faz doze anos.

— E quanto a… — a voz da mulher falhou — … a irmã dela?

Aquilo era mais fácil de lembrar. Mari falava de Sofia toda vez que se encontravam.

— Há dois anos.

A mulher ficou em silêncio, respirando tão baixinho que ele pensou que ela tivesse adormecido. Mas então, com o passar dos segundos, Holmes ouviu-a chorar. Ele esperou pacientemente, dando-lhe espaço para libertar o que quer que fosse que a incomodava tanto.

Finalmente, ela disse um nome que ele reconheceu:

— Sofia.

A irmã mais nova de Mari. Holmes sentou-se muito ereto.

— Você conheceu Sofia?

— Sim — respondeu ela. — Sofia e Mari são minhas filhas. Eu sou... Imelda. A mãe de Mari.

27

MARI

Sexta-feira, 27 de abril de 1821

De onde estava, no alto do penhasco, Mari contemplava a água, esfregando as mãos. O *Aquila* se aproximava.

— Precisamos descer até a água agora — disse Paola às mulheres. — Eles estão enrolando as velas.

Mari sabia o que aquilo significava: se os oficiais tinham ordenado que enrolassem as velas, era porque pretendiam diminuir a velocidade do navio para preparar a âncora.

— Vamos — falou Emilia.

Embora as outras assentissem, Mari permaneceu onde estava. Ela se sentia dormente, incapaz de dar um passo.

— Mari — chamou Paola, com um tom de voz gélido. — Você parece insegura sobre alguma coisa.

Então, ela se lançou para a frente, enfiando a mão na bolsa de Mari. Ao retirá-la, segurava a carta de Holmes entre os dedos.

— O que é isto? — questionou.

— Me dê isso — gritou Mari.

Mas Paola virou as costas, arrancando a carta do envelope, enquanto usava seu corpo para impedir que Mari a alcançasse.

— Paola — interrompeu Ami, com a voz trêmula —, não temos tempo para discutir. Por favor, devolva a carta para Mari. Vocês duas podem conversar sobre isso mais tarde.

— Conversar sobre o quê? — perguntou Pippa.

Ela e Emilia ficaram ao lado, com expressões confusas.

Paola ergueu a carta.

— Parece que Mari tem um amante. — Ela olhou para o brigue. — Ele está no *Aquila* neste exato momento. — A meia-irmã se virou para Mari. — Há quanto tempo você conhece esse homem? E ele sabe sobre Corso? — Então, em um sussurro, para que apenas Mari pudesse ouvir, falou: — Eu não deveria estar surpresa. Não com todas as outras mentiras que você contou.

Mari arrancou a carta das mãos dela.

— Isto não tem nada a ver com você — sussurrou de volta.

— Tem tudo a ver comigo. Corso pediria minha mão se não tivesse a intenção de pedir a sua.

— *Intenção* de pedir? — respondeu Mari, com raiva. — Ele já pediu.

Paola ficou boquiaberta.

— Quando?

— Há alguns dias, na casa de Ami. — Mari enfiou a carta no bolso do vestido. — Eu disse que não quero o pedido de casamento nem o anel customizado dele. Só quero encontrar Lia.

— Não entendo — comentou Pippa, segurando seu *cimaruta*. — Ainda vamos descer até a água para afundar o navio?

Mari não conseguiu responder. Seus joelhos vacilaram e ela caiu no chão, aos prantos.

— Deixem-nos a sós um minuto — pediu Ami às outras. Ela se ajoelhou ao lado de Mari, afastando o cabelo do rosto dela. — Nós precisamos fazer isso. Temos que afundá-lo.

— Eu sei — concordou Mari entre lágrimas.

Ela concentrou a mente em Matteo, em vez de em Holmes, e pensou em toda a dor que os irmãos Mazza haviam causado ao vilarejo. Se as mulheres deixassem o *Aquila* chegar à costa, os homens devastariam o vilarejo novamente. Quem iriam capturar, ou até matar, desta vez? Mari não suportava a ideia de ter mais sangue nas mãos.

Pensou no que Holmes gostaria que ela fizesse. Ele insistiria para que ela seguisse com o plano. Na verdade, ficaria furioso se soubesse que Mari havia hesitado, mesmo que por um breve momento.

— Holmes iria querer que eu fizesse isso — concluiu Mari, tomada de tristeza.

Ela se levantou, limpando a sujeira e as folhas do vestido. Enxugou o rosto com a mão, contendo as lágrimas. Não havia tempo para aquilo. Teria uma vida inteira para lamentar a perda de um sonho, o fato de nunca ter sido a esposa de Holmes.

Naquele instante, porém, havia uma tarefa que precisava cumprir.

— Vamos — disse Mari, gesticulando para que as outras descessem a colina.

Ela ficou na retaguarda, mas, após alguns instantes, Paola diminuiu o passo para acompanhá-la.

— Quantos outros segredos você esconde? — sussurrou a meia--irmã.

Mari prendeu a respiração.

— O quê?

Paola parou de andar e ficou de frente para Mari. Adiante, as outras mulheres continuavam descendo a colina.

— Você tem vivido uma mentira — constatou Paola —, mas eu sei a verdade. Eu sei o que realmente aconteceu com sua mãe.

O coração de Mari deu um salto. *Não*. Devia ser aquilo que Paola quis dizer alguns instantes antes: "Não com todas as outras mentiras que você contou".

Por um instante, Holmes foi esquecido. Eram apenas Mari e Paola. E aquele segredo havia muito tempo enterrado, que de repente fora revelado.

— Nós duas sabemos que ela não se afogou — acrescentou Paola. — Eu também estava com minha mãe à beira da água naquela noite. Nós vimos tudo.

* * *

Naquele dia, havia doze anos, nas primeiras horas da manhã, Mari, de 8 anos, acordou ao som de passos apressados. Olhando pela janela, viu a mãe saindo pelo portão, com uma bolsa pendurada no ombro.

Mais cedo, a mãe de Mari tinha sido especialmente carinhosa com ela e Sofia, abraçando as meninas por um longo tempo, dando beijos na testa delas. Mari lembrou-se de se sentir tão segura naquela noite, tão amada.

Mas, depois de ver sua mãe sair correndo pelo portão, a curiosidade da jovem tinha falado mais alto. Vestindo uma camisola fina, ela não perdeu tempo e discretamente seguiu a mãe. Desceu degrau após degrau. Quando chegou à praia, Mari observou, horrorizada, enquanto a mãe entrava em um bote com dois homens desconhecidos. Por um momento, ela tinha achado que não estava acordada, mas em um sonho estranho.

Pouco antes de os homens começarem a remar, Mari correu.

— Não! — gritou ela, com a franja colada ao rosto.

Quase tinha escorregado na areia grossa de pedrinhas.

Sua mãe olhou para ela, assustada.

— Mari! — exclamou. — O que você está…

— Aonde você está indo?

Imelda tinha arregalado os olhos, horrorizada.

— Não era para você ver isto. Você não deveria saber. — Ela se virou para um dos homens. — Aquela é minha prima. Nós vamos embora. Agora.

A jovem Mari franziu a testa. Prima? Aquilo não fazia sentido. O homem tinha enfiado os remos na água e começado a remar, mas Mari se jogou na lateral do barco, puxando-o com os dedos fracos. A borda do bote cravou farpas em sua palma. Mais tarde, o pai dela tiraria meia dúzia delas de sua mão.

— Por favor, não, aonde você está…

De repente, uma corrente forte a empurrou para trás. Ela olhou para a mãe, que estava com os dedos se arrastando pela superfície do oceano. A correnteza tinha ficado mais forte, e, enquanto Mari lutava contra ela, o barco flutuava cada vez mais para longe.

— *Mamma* — sussurrou, mergulhada até a cintura. — *Mamma!*

Não houve mais nada que ela pudesse fazer.

Sua mãe partiu por vontade própria.

Mari voltou para casa angustiada, com as pernas tremendo. Vomitou duas vezes no caminho. Foi primeiro ao quarto de Sofia. Acordou a irmã de 4 anos com carícias e preparou-se para lhe contar que a *mamma* não voltaria para casa. Mas, quando Sofia se mexeu na cama, com os olhos marejados e parecendo tão frágil, tão ingênua, Mari se viu incapaz de admitir que a mãe tinha acabado de abandoná-las.

Parecia mais fácil dizer que ela estava… morta.

E aquela foi a história que Mari contou ao pai, à Sofia, aos moradores do vilarejo e também a Holmes: que ela havia seguido Imelda até o oceano no meio da noite e a visto entrar na água para nadar, mas que, depois de mergulhar, a mãe nunca mais voltara. Mari, sendo tão jovem, não teve força para salvar uma mulher adulta do mar.

As *streghe* perguntaram a Mari se Imelda estava usando seu *cimaruta* quando se afogou. Mari disse que sim, pois a mãe nunca o tirava. Mesmo assim, o mar havia estado forte demais. As mulheres tinham assentido em sinal de compreensão: todas sabiam que o talismã era uma fonte de força, mas não tornava uma *strega* invencível.

Todos acreditaram na história de Mari.

O mar *tinha* levado a mãe dela.

Aquela parte, pelo menos, era verdade.

Naquele momento, Mari mantinha o olhar cravado em Paola, surpresa por ela e Cleila saberem a verdade aquele tempo todo.

— Por que você estava na praia naquela noite? — perguntou Mari. — Era de madrugada.

— Eu e minha mãe tínhamos dificuldade de dormir nos meses após a morte do meu pai — respondeu Paola. — Costumávamos fazer caminhadas noturnas à beira-mar.

A revelação de Paola explicava muita coisa, incluindo por que ela havia recentemente acusado Mari de receber tanta compaixão sem merecer: a mãe de Mari não estava morta. O pai de Paola, sim.

Também fazia sentido que Cleila e Paola tivessem guardado o segredo. Se o vilarejo soubesse que Imelda ainda estava viva em algum lugar, aquilo invalidaria o casamento de Cleila com o pai de Mari.

— Mais alguma coisa? — bramou Paola. — Eu sei a verdade sobre seu amante, sua mãe... O que mais você não me contou?

Mari pensou em seu plano secreto para fugir de Positano, para abrir mão de uma vida com Corso em favor de uma com Holmes. Mas de que importaria no presente momento? Tinha sido apenas aquilo: um plano. Algo que não se concretizaria. Estava praticamente morto.

— Nada — respondeu. — Não tem mais nada.

Mari deu meia-volta e começou a andar, deixando Paola para trás. Juntou-se às mulheres enquanto elas desciam a trilha estreita e rochosa. Embora já tivessem usado aquele caminho algumas vezes antes, continuava coberto por vegetação, e Paola gritou quando galhos pontiagudos bateram em suas pernas. Ami quase escorregou duas vezes.

Quando as cinco chegaram à praia, o *Aquila* apareceu não muito distante. A embarcação cruzaria Li Galli em meia hora, segundo os cálculos de Mari, ainda desanimada.

Elas poderiam começar *le incantesimi* — seus feitiços — em breve.

Emilia de repente começou a chorar.

— Acho que não consigo fazer isto — murmurou ela, balançando a cabeça. — Aqueles homens são irmãos e pais e...

Amantes, pensou Mari consigo mesma.

— Eles são *sequestradores* — retrucou Pippa, gesticulando. Era como se qualquer conversa sobre Holmes tivesse sido esquecida. — Eles levaram minha mãe e mataram meu pai. Só querem nos fazer mal.

— Vamos nos posicionar. Está na hora — declarou Mari, com a boca tremendo.

Ela mordeu os lábios com força, tentando se concentrar, embora os pensamentos ainda girassem em torno da conversa que acabara de ter com Paola.

Nunca conseguiu entender por que a mãe abandonara ela e Sofia. Quando pequena, Mari se perguntava se as duas tinham afastado a mãe por motivos simples: os pés sempre cheios de areia, a bagunça de conchas no jardim, as perguntas repetitivas sobre o mar e seus mistérios aquáticos.

No entanto, conforme crescia, suas suposições amadureciam. Como se abrisse uma concha de mexilhão com a faca, Mari enfim entendera que algumas pessoas — em especial as mulheres — guardavam seus segredos mais íntimos.

Segredos como a ganância. Será que a vida simples como esposa de um camponês não era suficiente para a mãe de Mari? Talvez ela quisesse coisas maiores, mais grandiosas, ou um estilo de vida mais luxuoso.

Ou teria sido por amor? Talvez Imelda tivesse outra pessoa. Será que ela estava apaixonada por um dos homens que a levou embora?

Não era exatamente tranquilizador para Mari pensar que aquelas poderiam ter sido as razões pelas quais a mãe a abandonou, mas qualquer coisa era melhor do que a ideia de que ela e Sofia tinham afastado a mãe.

Naquele momento, Mari voltou sua atenção ao mar.

Aquela parte da costa formava um arco de cerca de vinte metros de largura. Mari direcionou Paola para o extremo oposto e, em seguida, posicionou-se com as outras mulheres de forma que ficassem igualmente espaçadas ao longo do comprimento restante da praia. Assim sendo, a faixa de água amaldiçoada cobria uma linha estreita que se estendia do litoral até o centro das ilhotas de Li Galli.

Uma vez posicionadas, as mulheres se abaixaram, cada uma colocando as mãos no mar. Mari ouviu sussurros suaves enquanto as outras quatro recitavam a primeira estrofe do feitiço.

De repente, a água começou a se afastar das mãos de Mari, como se não quisesse nada com ela. Pequenas ondas se espalharam perto de seus dedos, criando uma indentação côncava na água.

A relutância a preenchia por inteiro, e aquela era a forma como o mar expressava o sentimento de Mari.

O *Aquila* se aproximava. Mari pensou em Holmes. Será que estava no convés, em sua cabine ou em outro lugar? Será que viu o estranho redemoinho se formando à frente? *Algum* membro da tripulação viu?

Mantendo a cabeça baixa, começou a recitar o feitiço. Mari manteve o olhar concentrado na água, o reflexo de seu cabelo vermelho sangue se movendo e balançando na forte correnteza recém-despertada.

28

HOLMES

Sexta-feira, 27 de abril de 1821

Com a revelação de Imelda, Holmes paralisou.

— Impossível — disse ele. — Mari, ela…

Procurou em sua memória os detalhes da história, o que Mari tinha visto aos 8 anos. Contudo, ela nunca dissera o nome da mãe.

— Mari contou que o mar te levou embora, que ela viu você se afogar.

— A primeira parte é verdade — confirmou Imelda. — O mar realmente me tirou dela. Mas eu não me afoguei, e Mari sabe disso.

Houve um barulho no cômodo acima de onde Holmes estava preso, em seguida, vários fios de cabelo vermelho e comprido apareceram através da fresta. Imelda tinha os encaixado ali ou arrancado um tufo. Holmes passou a mão por uma das mechas. Mesmo com a luz fraca, conseguiu distinguir a cor vermelho sangue, igual ao cabelo de Mari.

Começou a desconfiar que era um truque. Afinal, enganar era a principal ferramenta dos Mazza. Será que Quinto sabia que Holmes estava apaixonado por Mari? Talvez ele o tivesse colocado ali, logo abaixo da cabine do segundo imediato, por um motivo, instruindo aquela farsante a descobrir qualquer informação que conseguisse.

— O que aconteceu, então? — perguntou ele.

Em questão de segundos, aquilo que pensava da mulher passou de curiosidade para desdém. Ou ela havia abandonado as duas filhas, ou estava mentindo e fingindo ter feito isso.

— Eu fui embora para protegê-las — respondeu Imelda. — Enganei os irmãos Mazza, fazendo-os acreditar que eu era a última *strega*. Eles não sabiam que eu tinha duas filhas. Eu me entreguei antes que descobrissem a existência de Mari e Sofia.

Holmes se moveu para olhar pela fresta de um ângulo melhor, sentindo dor nas costas.

— *Strega?* Nunca ouvi essa palavra.

— Mari não te contou?

— Não.

O ambiente ao redor deles ficou silencioso. O brigue parecia ter diminuído um pouco a velocidade.

— Há mulheres em Positano com habilidades... especiais. Nós praticamos algo conhecido como *stregheria*. Bruxaria. Você já ouviu falar disso?

Nico já havia mencionado algo sobre a irmã e seus interesses estranhos — feitiços na cozinha com ervas e pastas, orações em bebês, caroços de azeitona transformados em contas —, mas não tinha chamado de bruxaria.

— Não sei nada sobre isso — concluiu Holmes.

— Alguns nos chamam de bruxas do mar — continuou Imelda. — Podemos decifrar os segredos do oceano: seus movimentos estranhos e comportamentos aparentemente inexplicáveis. Entendemos o que ele quer dizer sobre o que acontece abaixo da superfície. Como os naufrágios, os tesouros. O oceano revela tudo — continuou ela —, embora em uma linguagem que poucos entendem.

Holmes se perguntou se a *stregheria* explicava algumas das habilidades mais intrigantes de Mari, como a capacidade de prender a respiração debaixo d'água por longos períodos ou a facilidade em encontrar conchas raras.

— Muitos anos antes — contou Imelda —, os irmãos Mazza estavam no vilarejo e me pegaram fazendo um simples feitiço no mar. Eu procurava uma pulseirinha de prata que Sofia havia perdido nas águas rasas, bem perto da praia. Tinha colocado meu cordão de pedras de bruxa na água, lendo-a, deixando-a me guiar. Em poucos instantes, eu encontrei a pulseira.

— A pulseira tem um pequeno pingente preso a ela?

Imelda manteve o olhar cravado nele.

— Você já a viu.

Ele assentiu.

— Mari me mostrou uma vez.

— Ela a usa?

— Não. Tem medo de que algo aconteça com a peça. Guarda a pulseira em segurança, em outro lugar.

— Ah. — Imelda assentiu e continuou a história: — Bem, eu sequer desconfiava que os irmãos tinham começado a me seguir. Por dias, segundo o que descobri depois. Felizmente, eles só tinham me visto fazendo feitiços sozinha. Nunca me viram com minhas filhas nem com as outras *streghe*.

— Então Mari é uma *strega*?

— Óbvio que é — confirmou Imelda depressa. — E desconfio que seja uma melhor do que eu fui. — Soltou um longo suspiro. — Por fim, os homens me confrontaram com facas. Perguntaram se mais alguém no vilarejo possuía tais habilidades. Eu respondi que não, pois nunca arriscaria o bem-estar das minhas filhas ou amigas. Os irmãos Mazza então me mandaram ir com eles, senão me matariam. Eu os convenci a me deixar voltar para casa por algumas horas, para que pudesse pegar algumas coisas para deixar na praia, o que daria a impressão de que eu tinha apenas ido nadar. Eu disse que aquilo impediria meu marido de me procurar e fazer perguntas. — Imelda enxugou uma lágrima. — Não era por causa do meu marido. Eu só precisava ver minhas filhas mais uma vez. Beijar a testa delas mais uma vez. Mari, esperta como era, me seguiu para fora de casa. Não era para ela me ver indo embora. Como todos os outros, ela deveria pensar que algum acidente terrível havia acontecido comigo. Eu deixei minhas roupas na areia, de modo que parecesse que tinha me afogado. — Imelda respirou fundo. — Com base no que me contou, parece que essa é a história que Mari passou adiante.

Naquele momento, mais do que nunca, Holmes desejava ter Mari em seus braços, ela e todas as suas mágoas e segredos. Durante todos aqueles anos, ela se escondera atrás da história sobre a morte da mãe. Holmes mal podia acreditar na verdade que sua amada guardava dentro de si, sem compartilhar com ninguém — nem mesmo com ele.

A desconfiança em relação a Imelda também se dissipou em um instante.

A mãe de Mari continuou:

— Depois que minha filha me perseguiu até a água, não tive escolha a não ser mentir para os homens. Eles perguntaram quem era a garota, por que ela estava me seguindo. Eu disse que era minha prima, e eles acreditaram. Acreditam em tudo que digo, pois já os levei a inúmeras pilhas de tesouros no fundo do mar. Muito do que os irmãos Mazza conquistaram é graças a mim. É por isso que Matteo me visitou mais cedo. Nós dois nos encontramos com regularidade. Ele me transfere de navio em navio conforme lhe convém.

Finalmente, Holmes entendeu o que Quinto quis dizer quando disse: "Você não tem ideia do que mais há neste brigue".

Ele não estava se referindo a joias.

Referia-se àquela mulher, àquela bruxa.

— Como você faz isso? — perguntou Holmes. — Como encontra tesouros naufragados?

— Nascemos com esse dom no sangue — respondeu ela. — Tudo de que preciso é um cordão de pedras de bruxa: pedras do mar com um pequeno orifício no meio. Elas me guiam. Me puxam, literalmente.

Muito mais interessante do que pastas de ervas e caroços de azeitona, pensou Holmes.

— Os irmãos Mazza acreditam que sou imune à ira do mar, *al contrario*, que sou capaz de controlá-la. E, para ser sincera — continuou —, às vezes, acho que eles me sequestraram para mais do que apenas as riquezas que eu poderia lhes trazer. O mar sempre foi o domínio dos homens, um instrumento para seus objetivos de dominação. Quando perceberam quem eu era, acho que ficaram com medo. Não é por isso que os homens temem as bruxas? Uma mulher usando seus poderes para destruí-los? Talvez eles temessem que, se não me mantivessem em cativeiro, eu pudesse manipular o mar contra eles, perturbar as rotas comerciais ou me aliar a um de seus concorrentes. — Imelda deu uma risadinha. — Eles não estariam errados... Não consigo expressar o quanto estou aliviada por aqueles homens nunca terem descoberto que deixei duas filhas, ambas com tanto poder sobre o mar quanto eu.

— Bem... — disse Holmes, sabendo que ela era sua única aliada no brigue —... agora eles sabem.

Imelda prendeu a respiração.

— O que quer dizer?

— Foi Mari quem matou Massimo. Ela o afogou. Eu não falei isto antes, mas ela o afogou à distância, aparentemente. De alguma forma, Mari tinha controle sobre a água.

— Minha menina tola — sussurrou Imelda. — Será que ela o reconheceu daquela noite na qual fui embora? Mas, pensando bem, doze anos é muito tempo para lembrar de um rosto.

— Escrevi uma carta para Mari há alguns dias — confessou Holmes —, dizendo para ela fugir. Foi por isso que cortei as cordas com uma faca. Para retardar a nossa viagem, para que ela pudesse escapar.

— Você é um homem bom — afirmou Imelda. — E espero que ela tenha recebido a carta, pois estamos a apenas uma hora de Positano.

Holmes congelou.

— Uma hora?

Ele sabia que haviam voltado a navegar após os reparos no brigue, mas não tinha como saber a distância que percorreram.

— Sim — disse ela, transparecendo a gravidade da situação. — Ouvi os oficiais falando sobre isso há pouco tempo.

O coração de Holmes bateu mais forte no peito. Talvez tivesse sido um homem bom, como Imelda acabara de dizer, mas era um criminoso. Seria um homem morto assim que pisasse em terra firme.

O *Aquila* estremeceu sob ele, avançando lentamente.

29

HAVEN

Sexta-feira

A conversa estranha com Savina me deixou inquieta. No caminho até a casa alugada, peguei o celular e abri a galeria de fotos, encontrando a matéria de jornal do arquivo, a mesma que Enzo havia traduzido na íntegra para mim.

Dei uma olhada rápida e então vi, ao final, a palavra *streghe*, que eu tinha ouvido Savina e Renata discutindo mais cedo. A matéria também continha uma palavra relacionada: *stregheria*. Franzi a testa, sem lembrar como Enzo havia traduzido aquilo, então busquei a palavra no navegador.

Os resultados não foram nada do que eu esperava.

Stregheria era a palavra italiana para *bruxaria*, e *streghe* significava *bruxas*.

Quando li pela primeira vez a tradução do Google da reportagem sobre o naufrágio, fiquei tão chocada com a menção a Holmes Foster que não prestei muita atenção ao final do texto. E, mesmo quando Enzo a traduziu para mim, ele não disse nada sobre bruxaria.

Por que, eu me perguntei, ele teria omitido aquela informação?

Ao chegar em casa, peguei meu laptop e comecei a trabalhar, traduzindo meticulosamente cada frase.

O final da matéria falava sobre rumores de um grupo de mulheres que praticava *stregheria* em segredo na região. O autor chamava essas mulheres de *streghe del mare* — bruxas do mar — e relatava que, embora não tivessem sido identificadas, seriam procuradas pelas autoridades para determinar qualquer possível envolvimento no naufrágio.

Sentei-me na cama, intrigada e um pouco perturbada. Bruxaria? Sério?

Apesar disso, passei a hora seguinte lendo tudo o que encontrei online sobre *stregheria*. Sua existência era uma lenda difundida por toda a Itália, especialmente na região de Nápoles: acreditava-se que as primeiras *streghe* tivessem surgido na Idade Média em Benevento, enquanto as bruxas do mar teriam origem especificamente na região de Positano.

Em geral, as mulheres eram conhecidas por recitar feitiços esquisitos e venerar vários amuletos, sendo o mais importante deles o *cimaruta*. Era uma espécie de colar-talismã destinado a proteger quem o usava, contendo pequenos galhos, assim como os corais, e pingentes como corações ou luas.

Descobri que tais mulheres eram, em grande parte, praticantes de magia benevolente na cozinha: trabalhavam com bebês, ervas e pedras preciosas. Hoje, muitas ainda praticam formas de *stregheria*, embora sejam levadas tão a sério quanto outros praticantes do esotérico, como médiuns ou curandeiros de Reiki.

O que significa que não são levadas nada a sério.

Em um site obscuro sobre as lendas das *streghe del mare*, deparei-me com um registro de feitiços marinhos e suas ferramentas associadas. Achei a lista um tanto ridícula — pentes de sereia e feitiços centenários? — mas interessante, e acabei pesquisando imagens de pedras de bruxa e cápsulas de ovos de tubarão no Google.

Por fim, não consegui encontrar mais nada sobre as *streghe del mare* ou qualquer evidência de que as *streghe* históricas usavam sua bruxaria de forma maliciosa. Quando esgotei todas as pistas de pesquisa, empurrei meu laptop para o lado e fui para a cozinha, subitamente com fome.

Enquanto estava lá, em pé ao lado da bancada, mordiscando um pedaço de queijo pecorino, comecei a rir de mim mesma. Eu tinha vindo para liderar o Projeto Relíquia e encontrar o tesouro marinho do meu pai, mas passei apenas uma fração do meu tempo em Positano na água. Em vez disso, fiquei debruçada sobre o celular lendo a respeito de bruxas, dos irmãos Mazza e de influenciadores em iates.

Ainda assim, muitas das pistas se entrelaçavam. Tudo voltava para Li Galli. Tudo voltava para a lenda da maldição de Amalfi.

Eu precisava continuar investigando.

Na noite anterior, tinha parado de ler o diário de Holmes no momento em que ele chegara a Nápoles. Naquele momento, retomei de onde parei, determinada a ler mais devagar daquela vez. Eu havia ignorado as menções às *streghe* na matéria do jornal e não queria ignorar algo importante de novo.

Logo após sua chegada a Nápoles, Holmes mencionou os irmãos Mazza:

Encontrei-me com Matteo esta manhã para assinar meus papéis, escrevera Holmes em um registro. *Ele tinha um hematoma amarelado ao redor do olho e o braço em uma tipoia, como se tivesse acabado de brigar. O homem chupa os dentes constantemente, tentando tirar comida. Ainda assim, todos nós que escolhemos a vida no mar somos um tipo bruto. E ele é o responsável pelo meu salário, então vou continuar nas boas graças dele, chupando os dentes ou não.*

Mas, à medida que Holmes trabalhava em uma viagem após a outra — a maioria com duração de apenas uma ou duas semanas —, começou a ressentir os irmãos Mazza e a maneira como conduziam seus negócios. *Nunca testemunhei tal abuso por parte dos oficiais*, escrevera ele. *Açoitar a tripulação por infrações menores? Há até rumores de que amarram os marinheiros à popa e os arrastam pelo mar. Onde os irmãos Mazza encontram homens tão bárbaros? Nossos salários também atrasam, às vezes em até uma semana, quando já parti para a minha viagem seguinte.*

Eu já havia praticamente decidido partir para Marselha ou Nice, escrevera Holmes, *mas tenho minha amada, Mari…*

Ali, parei, pensando em Enzo e em como a minha situação era parecida com a de Holmes em alguns aspectos. Eu também sabia o que significava lutar contra sentimentos românticos por alguém que vivia em um lugar do qual era melhor eu partir.

Continuei lendo, ansiosa para saber mais sobre o que parecia ser uma história de amor.

Holmes e Mari tinham se conhecido quando ele estava no porto de Positano. Holmes descrevera o vilarejo como um lugar de *pescadores honrados e suas famílias abastadas, todos calorosos e acolhedores. O vilarejo desfruta de águas frias e férteis, e parece imune aos desafios enfrentados por outras vilas de pescadores próximas.*

Então, Holmes relatara o momento em que a vira pela primeira vez.

Ancoramos ao largo da costa e amarramos nossos botes ao longo das rochas, depois caminhamos pela praia. Alguns dos meus companheiros marinheiros começaram a gritar, insistindo que havia uma mulher nua brincando na água adiante. Um ou dois deles sugeriram ir atrás dela.

Eu não tinha visto a mulher e, enquanto ficávamos ali esperando que ela reaparecesse na água, me perguntei se os homens — que estavam bêbados — tinham simplesmente imaginado. Eles enfim desistiram de esperar e seguiram para a vila. Fiquei para trás, caminhando lentamente ao longo das ondas baixas, coletando algumas conchas e pensando em como passaria a noite.

Foi então que vi um lampejo de pele. Ombros nus, pescoço nu e cabelo da cor de cerejas.

Desviei o olhar, envergonhado. Mas eu sou homem, não sou? Tive que olhar mais uma vez. Quando o fiz, ela estava saindo da água e não estava nua. Usava uma roupa de banho de musselina, amarrada logo acima dos seios. O cabelo caía até a cintura, grudando na pele molhada. Nas mãos, tinha uma pequena tartaruga, com um anzol saindo da boca. Parecia consternada — achei até que estava chorando — enquanto tentava remover o objeto.

Parecia que ela tinha saído de um livro. De uma pintura. De um sonho. Quem, eu me perguntava, era aquela mulher que acabara de emergir do mar?

Pulei com uma batida na porta. *Enzo.* Ele devia ter terminado suas ligações. Colocando o celular na mesa, rapidamente me olhei no espelho, passei um batom rosa nos lábios e penteei alguns fios de cabelo que estavam fora do lugar.

— Oiii — disse, abrindo a porta.

Parei de repente. Não era Enzo.

Era Mal.

— Sei que não vai sair daqui sem terminar o que começou — disse ela. — Não posso fazer o trabalho sujo por você, mas posso tentar garantir que não se machuque enquanto faz isso.

— Bem, olá para você também — consegui dizer.

— Você é a pessoa mais teimosa que já conheci na vida.

Mal deixou a bolsa cair, batendo no chão com um baque.

— E o seu voo? — perguntei.

— Na verdade, me pagaram para abrir mão do assento — contou ela. — Dinheiro vivo.

— E o seu outro emprego?

— Como eu disse, minha antiga chefe é demais. Ela me deu um pouco mais de tempo.

Fiquei sem reação.

— Você está mesmo aqui.

— Sim. — Ela passou por mim e entrou na cozinha. Foi até a geladeira e tirou o queijo que eu tinha guardado pouco antes. — Quem come a ponta do queijo? — perguntou, segurando o pedaço, então olhou para mim e estalou os dedos. — E por que você ainda está aí parada? Temos muito trabalho a fazer.

Fechei a porta, sorrindo. Era a melhor coisa que me acontecia nos últimos dias. Nas últimas semanas. Talvez na vida toda.

— Primeiro, o mais importante — disse Mal, pegando um prato. — Vamos encontrar um barco.

— Não. Primeiro, o mais importante — repeti. — Tenho *muita coisa* para te mostrar.

* * *

Passei a tarde e boa parte da noite contando a Mal tudo o que havia descoberto nos últimos dois dias. Também mostrei a ela a matéria que indicava as circunstâncias pouco conhecidas em torno do naufrágio do *Aquila*.

— Isto — falei, apontando para a palavra *stregheria* na matéria. — Já ouviu falar disto?

Mal franziu a testa.

— Nem sequer consigo dizer "banheiro" em italiano. Então, não.

— Significa *bruxaria*. Houve rumores após o naufrágio, já que ninguém conseguia explicar como o navio tinha afundado. E tem mais. A reportagem fala sobre um prisioneiro a bordo, Holmes Foster. Dá uma olhada nisto. — Abri o vídeo do diário dele e mostrei a capa interna para Mal. — Tenho o diário de bordo dele. Mas é mais um diário confidencial.

Mal arregalou os olhos.

— Como você descobriu tudo isso?

— Um pouco de sorte e muito Google Tradutor.

Ela indicou meu celular com a cabeça.

— Você leu o diário dele?

— Um pedaço. Ouça isto. — Rolei a tela até onde havia parado. — "Quem, eu me perguntava, era aquela mulher que acabara de emergir do mar?" — Então olhei para Mal. — Não é… poético?

— Lindo — concordou ela. — Então, quem era? Quem era a mulher?

Continuei a ler em voz alta.

Para não a assustar, mantive distância, fingindo não prestar muita atenção nela enquanto caminhava pela praia e espremia a água do cabelo.

Ela se abaixou, ainda tentando tirar o anzol preso na boca da tartaruga. Com a testa franzida, analisou o ângulo, a forma como estava preso e então, muito gentilmente, com grande ternura, o retirou.

De imediato, devolveu a tartaruga à água. O animal ficou flutuando por um minuto, como se estivesse desorientado.

"Ti ringrazierebbe se potesse", falei. Ele agradeceria se pudesse.

Juntos, observamos a tartaruga colocar suas pequenas nadadeiras na água, finalmente rumando ao mar aberto, à liberdade.

Observei a mulher mais de perto. Tinha uma covinha profunda no lábio superior, e, de imediato, senti uma vontade irresistível de passar o polegar ali. "Você gosta muito do mar?", perguntei.

Ela balançou a cabeça de leve. "Na verdade", respondeu, "eu odeio." Ela indicou com a cabeça a direção de onde acabara de devolver a tartaruga. "Mas era uma questão de vida ou morte para ela".

Não sabia bem como responder, então fiquei em silêncio. Ajoelhei-me, pois uma concha chamou minha atenção. Não conseguia identificar o que era, mas havia algo de incomum nela.

Continuei lendo o relato de Holmes em voz alta e descobri que ele tinha encontrado o que Mari chamava de concha sinistral. Segundo ela, eram muito raras.

Era evidente que Holmes havia ficado comovido com aquele encontro.

Sabendo que a concha era tão rara, perguntei se ela gostaria de ficar com o objeto. A mulher insistiu que as encontrava com frequência, então me deixou ficar com a concha. Coloquei-a de imediato no bolso e nunca mais me separei dela.

Por fim, a mulher se apresentou como Mari DeLuca. Ela apontou para a casa na encosta. "É onde mora minha família", disse.

Olhei para ela, imaginando por que tinha me contado aquilo. Não parecia haver nenhuma razão a não ser que tivesse algum desejo de me ver outra vez.

— Que encontro fofo — comentou Mal. — Quase o suficiente para me fazer virar hétero. Pena que o coitado morre no final.

Olhei para ela com raiva.

— Mal, isso não é um romance. É a vida real de um cara.

— Desculpe — disse ela, envergonhada. — Você está certa, isso foi grosseiro. Como o diário sobreviveu ao naufrágio?

— Destroços — respondi. — Muitos dos documentos do arquivo foram danificados pela água. Recuperados de naufrágios ou trazidos pela maré.

Passei para o registro subsequente. Ficamos muito felizes de descobrir que Holmes tinha ido direto para a casa de Mari no dia seguinte.

Ficava evidente no diário que, nas semanas e meses que seguiram, Holmes e Mari se apaixonaram perdidamente. E, assim como ao ler um romance, fiquei encantada e inquieta pelo relato agonizante de Holmes sobre a primeira vez que os dois fizeram amor, em dezembro de 1820: as manchas de piche que ele deixou nas coxas de Mari e o que ela sussurrou depois da segunda vez que se amaram: "Você já me conhece".

Sorri ao pensar em Enzo — ele também aprendia rápido — e continuei lendo as anotações de dezembro, muito feliz de aquele diário não ter se perdido no fundo do oceano.

Enquanto juntávamos nossas coisas para nos separarmos à noite, ela me perguntou quando eu partiria.

"Amanhã, ao meio-dia." Só que devo ter pronunciado algo errado, porque ela sorriu e se inclinou para beijar minha testa, como sempre fazia quando eu tropeçava no meu italiano.

"E para onde você vai?", perguntou ela.

"Para Nápoles. Será uma viagem curta, espero, mesmo levando em conta a tramontana. Dependerá das correntes também, é óbvio. Elas têm nos puxado para o sul."

Mari assentiu lentamente. "Sim", disse em um tom suave.

Ali, Holmes havia desenhado uma seta para uma pequena nota na margem. Virei a tela do meu celular para ler mais de perto.

No fim das contas, as marés estavam muito a nosso favor quando zarpamos para Nápoles no dia seguinte. Elas haviam mudado para o norte e chegamos ao nosso destino em doze horas. Segundo Quinto, foi a viagem mais rápida que aquele pequeno navio já havia feito.

Nenhum de nós conseguia explicar.

Um arrepio me percorreu. Eu estava prestes a perguntar a Mal o que ela achava, mas, quando levantei a cabeça, ela tinha acabado de pegar o celular e estava com a testa franzida.

— O que foi? — perguntei.

— Megan acabou de mandar uma mensagem. — Ela percorreu as notificações do celular por um segundo. — Mas que diabo…

— *O que foi?* — perguntei outra vez.

— O influenciador que morreu, Asher Vice. Haverá uma cerimônia em sua homenagem agora à noite, no mar. Megan mandou mensagem dizendo que o evento está passando no noticiário neste instante. Dois barcos colidiram no caminho, bem perto de Li Galli. Um deles perdeu o controle, algo sobre um redemoinho na água.

Senti um aperto no peito. No café, quando ouvi Savina e Renata conversando, escutei as palavras *Asher* e *memoriale*. Eu me joguei do sofá e fiquei de pé, sentindo o sangue sumir do meu rosto.

— Acho que vou passar mal.

— Deixa que eu pego um copo de á…

— Não — interrompi, respirando fundo algumas vezes. — Pegue suas coisas. Vamos dar uma volta.

30

HOLMES

Sexta-feira, 27 de abril de 1821

À medida que os minutos passavam e o *Aquila* se aproximava de Positano, Holmes sentiu-se invadido por um medo crescente.

Imelda estivera muito quieta nos últimos quinze minutos — Holmes se perguntou se ela teria saído da cabine outra vez —, deixando-o livre para pensar em seu futuro sombrio. Ao desembarcar, Matteo viria buscá-lo e então… o quê? Prisão, tortura, morte?

Ele se perguntou se conseguiria se safar com uma conversa, se poderia mentir sobre o motivo de ter cortado as cordas. *É melhor começar a pensar em uma história muito boa*, refletiu, arrasado.

Passos. Imelda estava de volta. Houve um barulho acima dele, seguido por um som oco e rangente, então uma chuva suave de pó de madeira.

— O que você está fazendo? — sussurrou ele quando uma lâmina de metal serrilhada deslizou entre as tábuas, chegando perigosamente perto do topo de sua cabeça.

Uma serra. Ela teria saído às escondidas para pegá-la?

Imelda continuou serrando e, após alguns minutos, tinha feito um buraco nas tábuas grande o suficiente para o antebraço de Holmes passar. Ele tossiu, com serragem presa no fundo da garganta.

Logo, seus rostos estavam a poucos centímetros de distância.

Holmes limpou uma fina camada de pó dos lábios e olhou bem para a sua nova amiga. Ela e Mari eram muito parecidas: o nariz afilado e inclinado, as maçãs do rosto salientes, o sulco acima do lábio superior.

Imelda afastou o rosto e Holmes viu o que ela segurava: um serrote de ponta, fino e estreito.

— Ajude-me — pediu ela. — Puxe a lâmina mais para dentro, bem ali.

Ela apontou para um espaço estreito entre duas tábuas.

Segurando a lâmina com o polegar e o indicador, Holmes ajudou a puxá-la para o lugar. Imelda retomou o trabalho. Em poucos minutos, removeu outra seção de tábuas. Holmes agora conseguia passar o braço inteiro, até mesmo o ombro.

Seu coração começou a acelerar. *Meu Deus*, pensou ele, *ela está me ajudando a fugir.*

— Espere — pediu ele, respirando um ar mais fresco do que qualquer outro que havia inspirado nos últimos dias. — Precisamos pensar melhor nisso. Antes que alguém veja o que está fazendo.

— Não temos tempo — sussurrou Imelda. — Chegaremos em Positano em breve.

A mente de Holmes trabalhava freneticamente em busca de um plano de fuga que parecesse viável. Mesmo que ele conseguisse sair por aquele buraco para a cabine do imediato e escapasse pela veneziana, como Imelda havia feito, teria que chegar ao convés principal e, de alguma forma, pular a grade.

Se fosse visto por um dos oficiais, atirariam nele.

Por um breve momento, permanecer preso pareceu a escolha mais adequada. Pelo menos para continuar vivo nas próximas horas.

— Imelda — sussurrou Holmes —, como vou sair daqui sem ser visto?

Ela parou de serrar e limpou o lábio superior com a ponta de um lenço azul amarrado ao pescoço.

— Estou te tirando dessa cela — observou. — Confesso que não pensei no resto.

Voltou a serrar, com mais força desta vez.

— Mesmo disfarçado, somos poucos a bordo — argumentou ele, pensando em voz alta.

Não havia anonimato, não havia como se esconder. Não no *Aquila*.

Imelda o ignorou e seguiu trabalhando.

— Quando estiver no convés principal, jogue-se no mar. Não estamos longe da terra firme. São dez minutos nadando, no máximo. — Ela olhou para ele com uma intensidade renovada. — Mas você precisa ser rápido e nadar com mais força do que nunca. — Estendeu a mão e segurou a dele. — Prometa que vai nadar o mais rápido que conseguir.

Esperava que tivesse sorte. Se conseguisse chegar à água, sabia que estaria livre.

Holmes assentiu, com a garganta apertada demais para responder. Imelda estava salvando sua vida.

Logo, ela cortou madeira suficiente para que ele pudesse passar. Usando toda a força que conseguia reunir nos braços, Holmes se ergueu e passou pelo buraco.

Finalmente, viu-se sentado ao lado dela, ofegante pelo esforço que acabara de fazer. Um par de prismas de convés estava instalado na cabine, permitindo a entrada da luz fraca da manhã que vinha do deque principal.

— Ela é tão parecida com você — sussurrou ele.

— Você devia ter visto Sofia — respondeu Imelda, dando-lhe um sorriso triste.

Holmes tocou o peito, verificando se o diário estava lá. Continuava com ele, bem guardado em sua bolsa de lona impermeável. Depressa, Imelda lhe deu um pouco de conhaque e comida — carne seca e as fatias de laranja em conserva mais doces que ele já havia provado. Enquanto comia, olhou ao redor da cabine, achando-a um pouco menos interessante do que havia imaginado todo aquele tempo. Alguns baús marítimos. Roupas extras, louça usada. Uma escada de corda, cuidadosamente dobrada e guardada.

— Será que é melhor eu vestir roupas diferentes? — perguntou Holmes, olhando para um par de calças masculinas penduradas em uma cadeira.

As dele estavam ensanguentadas, graças ao soco de Quinto, e pendiam frouxamente do corpo. Ele também estava descalço, embora não houvesse necessidade de sapatos. Só iriam atrapalhar na água.

— Não vejo por quê — respondeu Imelda. — Você não ficará no convés principal por mais do que alguns segundos.

Ela encostou o ouvido na porta, escutando por um momento, depois deslizou a veneziana para fora do lugar. Passando os dedos finos entre as ripas, retirou as quatro cavilhas de madeira que prendiam a veneziana à porta.

Então, muito silenciosamente, removeu a veneziana. O buraco escuro aberto na porta — uma fuga perfeita — atraiu Holmes para a frente. Ele conhecia bem o convés de atracação e sabia exatamente como chegar ao convés principal.

Virou-se para Imelda.

— Quando eu estiver em segurança, como Mari e eu podemos encontrá-la?

O olhar da mulher era indecifrável, mas Holmes tinha certeza de ter enxergado tristeza. Até mesmo pesar. Talvez ela pretendesse continuar trabalhando com a Fratelli Mazza. Já havia se entregado a eles uma vez. Sabendo que a vida de Mari naquele momento corria perigo, Holmes não ficaria surpreso se Imelda tentasse alguma nova tática para manter Matteo feliz.

Ignorando a pergunta, Imelda verificou seu pequeno relógio de bolso.

— Há mais uma coisa — disse ela, entregando-lhe um frasco de vidro com cerca de quinze centímetros de comprimento e tampado com uma rolha de cortiça. Parecia estar cheio de conchas. — Não abra — instruiu. — Entregue a Mari quando a encontrar de novo. — Ela olhou para a fresta na porta. — Vá, Holmes.

Holmes colocou a mão no ombro de Imelda e cravou o olhar no dela, enxergando apenas Mari. Seus pensamentos já estavam voltados para ela: precisava encontrá-la, protegê-la, levá-la para um lugar onde não pudessem ser descobertos.

— Obrigado por me salvar — disse ele, depois saiu correndo, indo direto para a abertura na porta.

Enquanto corria, desabotoou um dos bolsos e enfiou o frasco de vidro dentro.

Fora da cabine, virou à esquerda. Subiu depressa a escada, sem encontrar ninguém, e chegou ao convés principal.

Imelda tinha razão: não estavam longe do litoral. Uma névoa fina pairava no ar, dando à costa a aparência de uma sombra escura e ameaçadora. O mais leve sinal de salvação.

Holmes correu em direção à amurada, pronto para se jogar. No entanto, ao dar um passo longo, escorregou. A névoa havia deixado o convés escorregadio, e ele caiu com força, torcendo o joelho direito. Ouviu um pequeno estalo na articulação. Não sabia ao certo se tinha quebrado algo ou apenas torcido, mas não havia tempo para investigar.

Jogou uma perna por cima da amurada, depois a outra. Sentou-se ali por um instante, olhando para a costa, temendo nadar até lá com o joelho latejante.

Atrás dele, um grito. Em seguida, passos e o clique de um revólver sendo engatilhado.

Holmes não se virou para ver quem estava com a arma.

Por fim, pulou.

31

HAVEN

Sexta-feira

— Onde estamos? — perguntou Mal.

Desliguei a Vespa e peguei minha bolsa transversal.

— Na casa da mãe do Enzo — respondi, baixinho. — O nome dela é Savina.

Acima de nós, uma copa de árvores pairava ameaçadoramente baixa.

— Enzo está aqui?

Olhei para a entrada da garagem, mas não vi a scooter dele.

— Parece que não. E, para ser sincera, espero que não esteja. Ele faria muitas perguntas.

— Haven — chamou Mal, segurando-me pelo cotovelo. — O que está acontecendo?

— Veja bem — falei, cedendo. — Sei que parece absurdo. Mas a mãe de Enzo, ela é… — Hesitei, sem saber por onde começar. — Há algo nela que me deixa nervosa. Outro dia, Savina ficou horrorizada, até mesmo zangada, por termos mergulhado em Li Galli. Implorou para não voltarmos lá. Hoje cedo, em um café, ouvi ela e uma amiga falando sobre o iate que naufragou. Elas mencionaram a maldição de Amalfi. E *streghe*. Estavam olhando para… — Fiz uma careta, sentindo-me cada vez mais tola. — Elas tinham imprimido vários gráficos de oceanografia. Havia destaques e anotações por toda parte.

— E isso é perturbador… por quê? Todo mundo está falando sobre o iate, sobre o Vesúvio.

— Por causa da matéria sobre o naufrágio do *Aquila* — continuei. — Ao final, menciona *stregheria*, bruxaria, duas vezes. Pedi ao Enzo que traduzisse a matéria para mim, mas ele omitiu por completo essa parte. Simplesmente ignorou.

— Então você acha que a mãe do Enzo é uma… — Mal riu, desviando o olhar. — Eu nem consigo dizer. Meu Deus, o que Positano fez com a minha amiga racional e cientificista?

— Eu sei, eu sei — falei, virando-me e caminhando em direção à casa. — Mas, no café, Savina e sua amiga também mencionaram um memorial para Asher. E agora houve outro incidente em Li Galli, durante o memorial? — Galhos e folhas estalavam sob meus pés enquanto eu caminhava. — Talvez não seja nada. Talvez seja algo. Apenas me acompanhe.

Meu coração acelerou quando nos aproximamos da casa. À frente, através das árvores, pude ver a luz de uma única lâmpada na sala principal.

— Venha comigo — falei para Mal, caminhando ao longo da lateral da casa.

Espiei por uma das janelas. Havia uma garrafa de vinho aberta sobre a bancada, ao lado de um prato de antepastos comido pela metade.

Peguei a mão de Mal e a puxei para a frente. Mantivemo-nos perto da parte externa da casa, aproximando-nos do terraço por trás.

Enquanto caminhávamos, peguei meu celular, abri o aplicativo de gravação de áudio e cliquei em Gravar antes de guardar o aparelho no bolso da frente.

Então, ao ouvir uma voz, parei onde o terraço se encontrava com a casa.

— Que diabo — sussurrou Mal, trombando comigo.

Coloquei os dedos sobre os lábios, pedindo-lhe que fizesse silêncio. Tínhamos parado atrás de uma treliça repleta de flores cor de ameixa. Através das aberturas da planta, avistei Savina. Ela estava inclinada sobre o parapeito, sussurrando ao celular.

Atrás dela, formando um círculo, havia mais de uma dúzia de velas tremeluzindo na noite. Além daquele terraço dotado de uma vista extraordinária do mar Tirreno, a silhueta da maior ilhota de Li Galli se erguia do mar.

Inúmeras embarcações balançavam na água, com luzes vermelhas piscando. Barcos da polícia.

Ao redor de Savina, havia alguns livros e pilhas desordenadas de papéis. De vez em quando, ela levava a mão à clavícula para tocar em algo ali pendurado.

Eu queria muito contar a Mal sobre o que tinha lido na noite anterior sobre os colares com amuletos *cimaruta*, mas não conseguia dizer uma palavra, não tão perto de Savina.

Sem saber o que estava em jogo ali — o que eu estava vendo, se é que estava vendo alguma coisa —, não consegui ficar olhando nem esperar mais um minuto.

— O que você está... — Mal estendeu a mão para mim, mas eu me movi depressa em direção à escada que levava ao terraço.

— Savina — chamei, forçando um sorriso largo ao subir o último degrau. — Desculpe a intrusão, mas eu estava mostrando sua casa para uma amiga e vi você aqui. Pensei em vir cumprimentá-la.

Savina sussurrou algo ao celular e desligou. Ela olhou para mim, com uma expressão que misturava choque e consternação.

— Haven — disse ela, lentamente. — Enzo está com você?

— Não — respondi —, mas esta é minha querida amiga, Mal. — As duas assentiram uma para a outra enquanto eu apontava para as velas, mantendo minha voz alegre e despreocupada. — O que é isso? — perguntei.

— Ah — exclamou Savina, procurando palavras. — Bem, eu...

— Com licença — interrompeu Mal —, mas Megan me ligou seis vezes. Volto já.

Ela saiu às pressas. No entanto, conhecendo Mal, ela ficaria a poucos passos de distância, observando-nos de perto.

Savina se ajoelhou ao lado das velas, e eu pude ver melhor alguns outros objetos ao redor dela. Entre eles, para minha surpresa, um pente estranho, parecido com uma serra ou dentes.

Eu tinha visto aquilo no site que acessei mais cedo, com o registro de feitiços do mar. Não tinha certeza, mas achava que o objeto parecido com uma serra era a ferramenta necessária para o feitiço que alterava a composição da água.

Não podia ser coincidência.

— Isto não é nada — disse ela, enfim respondendo à minha pergunta.

Savina arrumou alguns papéis enquanto eu olhava para a água e as luzes piscando.

— Não acho que seja nada — contestei. *Aqui vamos nós.* — As leituras das fontes hidrotermais, as mudanças nos níveis de dióxido de carbono. — Indiquei o pente com a cabeça. — Esta é uma das ferramentas necessárias. Eu sei tudo sobre *stregheria*, Savina.

Ela ergueu as sobrancelhas.

— Só há uma razão para ter pesquisado isso — retrucou ela, com a voz rouca. — Você está procurando algo em Li Galli.

Se eu queria sua honestidade, precisava fazer minha parte também.

— Sim.

Savina se aproximou, passando a mão de leve ao redor do meu punho.

— Então deixe-me ajudá-la. Eu posso ler a água, o oceano. — Ela apontou para a extensão escura do oceano diante de nós. — Posso comandar o mar… a fazer coisas. Posso comandá-lo a revelar coisas. Posso levá-la exatamente ao que está procurando.

Fiquei em silêncio. Algumas horas antes, aquilo teria parecido uma ideia absurda, as afirmações de uma lunática. Se não fosse por tudo que eu havia descoberto.

Savina pegou minha mão esquerda com as dela, brincando com meu dedo anelar vazio.

— Haven — disse ela, enfim —, você é uma jovem bonita e realizada. Por que ainda não se casou?

Recuei diante da afronta.

— Tenho me concentrado em minha carreira — respondi, embora não fosse da conta dela. — E ainda não encontrei a pessoa certa.

Ela se inclinou em minha direção.

— E o meu Enzo poderia ser a pessoa certa?

Não sabia onde aquilo ia dar, o que Enzo tinha a ver com *stregheria* ou com as velas tremeluzentes ao redor de nossos pés.

— Acabei de conhecê-lo.

— Ah, mas pense em como seria perfeito — sussurrou Savina, com urgência. — Meu filho, dono de uma loja de mergulho. — Ela deu um passo em direção à grade da varanda, segurando-a com as mãos. — Meu Enzo tem o que é preciso para te levar para a água, para os naufrágios. Você tem a habilidade necessária para explorá-los, para procurar riquezas. — Hesitou. — E eu, bem, eu posso te levar até elas. É assim que deve ser. O momento em que ele te trouxe para a minha casa, Haven... foi toda a prova de que eu precisava.

Eu a observei na escuridão.

— Prova... de quê?

— Prova de como o que Renata e eu estamos fazendo está funcionando. O azar que me perseguiu durante toda a minha vida, bem, eu finalmente descobri *por quê*. E, mais importante, sei como consertar.

— Não estou entendendo — disse. — Consertar o quê?

— Nós somos *streghe* — confessou Savina —, por mais que Renata e eu desejemos não ser. Enquanto eu crescia, minha avó e minha mãe tentaram me ensinar sobre isso. Elas compartilharam as lendas e tradições passadas ao longo da história: tudo sobre Li Galli, as sereias mitológicas, as mulheres que viveram aqui por milhares de anos. Elas também me ensinaram os feitiços.

Savina pegou um dos livros aos seus pés e me mostrou a página aberta. Era um diário, escrito com a letra de uma criança. "*Incantesimo di riflusso*", dizia uma entrada, ao lado do esboço de um fóssil na forma da bala de uma arma.

— Eu me recusei a ouvir minha mãe e minha avó — explicou. — Não queria saber daquelas histórias bobas. Renata também. Nós somos amigas desde pequenas, pois nossas famílias se conheciam havia muito tempo. A mãe dela tentava ensinar as mesmas coisas, mas, assim como eu, Renata estava mais interessada em bonecas e meninos do que em feitiços com conchas.

Olhei ao redor, espreitando pelas janelas altas de vidro.

— A propósito, onde está Renata?

Savina apontou para a água.

— Ela saiu com um dos jet skis.

Eu já desconfiava.

Savina continuou:

— À medida que fui crescendo, minha mãe me disse que, ao rejeitar minha linhagem, meus poderes inatos, eu seria assombrada pela infelicidade. Mesmo em seu leito de morte, quando eu tinha 18 anos, ela me implorou para aceitar a verdade, para aceitar quem realmente era. "É magia das trevas", dissera ela. Mas mesmo assim, eu me recusava. Desprezava toda essa ideia. Nós, italianos, somos em nossa maioria católicos, você sabe. Meus amigos, os pais deles, um marido em potencial... O que pensariam de mim se soubessem que eu fazia bruxaria? — Savina fechou o diário de infância e o apertou contra o peito. — Quase queimei isto, mas decidi guardar em um armário. E com o passar dos anos, fiquei convencida de que coisas ruins aconteciam comigo com mais frequência do que com os outros. Meu marido, pai de Enzo, morreu em um acidente de carro. Fui demitida de vários empregos, apesar de trabalhar com dedicação. Nosso apartamento foi assaltado duas vezes. Durante anos, Bria teve infecções no ouvido e Enzo, eu juro, quebrou todos os ossos que um menino pode quebrar. Mesmo assim, eu me recusava a acreditar que tudo isso tinha a ver com minha rejeição à *stregheria*. Até que aconteceu o pior...

— A morte de Bria — falei.

— Exato. — Ela assentiu. — Isso, finalmente, me convenceu de que o que minha mãe havia dito era verdade. Se eu não aceitasse... e, mais importante, não *usasse* meus poderes, a maldição continuaria recaindo sobre mim. Ela me disse uma vez que rejeitar meu dom era como cortar a circulação dos meus membros. Minha linhagem, gostando ou não, é minha força vital. Corte-a, e todas as partes de mim perecerão. Inclusive meus próprios filhos, ao que parece. — Ela gentilmente colocou seu diário no chão. — Essa magia das trevas já me fez vítima o suficiente. Perdi Bria. Não vou deixar que ela tire mais nada de mim.

Que estranho, pensei, *ela chamar aquilo de* magia das trevas. Considerando as pesquisas e os feitiços que descobri online, não me parecia que a *stregheria* fosse inerentemente sinistra.

— E quanto a Renata? — perguntei. — Ela também acredita que essa bruxaria está ligada ao azar em sua vida?

— Sim — respondeu Savina, assentindo com veemência. — Nós duas mantínhamos contato, apesar de ela ter se mudado para Milão, e, quando me reaproximei dela no ano passado, contei sobre minha teoria. Ela ficou sem palavras, depois começou a chorar. Tudo o que Renata sempre quis foi ter filhos, pelo que me disse, mas nunca conseguiu engravidar. Nem uma vez. Agora é tarde demais para ela, mas quando contei o que aconteceu com Bria, de forma tão repentina, Renata jurou que me ajudaria. Nenhuma de nós quer mais resistir à maldição dessa linhagem. Nenhuma de nós quer perder mais do que já perdeu. Desenterrei meu diário de infância com os feitiços, então Renata e eu nos mudamos para cá, juntas. Esta casa sempre foi compartilhada entre nossas duas famílias, embora, como você sabe, estivesse desabitada. Acontece que nos saímos muito bem praticando em dupla. Este local também é perfeito, com vista para Li Galli. Com seu histórico de redemoinhos e naufrágios, não é um curso d'água que desperte suspeitas. É bruxaria — concluiu ela — disfarçada de forças naturais.

Savina observou minha reação por alguns instantes e então disse:

— Você não acredita em mim, né?

Eu não sabia como responder. Parecia tudo tão improvável. Mas, por outro lado, tinha sido eu quem arrastou Mal para fora de casa e para o terraço da mãe de Enzo para investigar mais a fundo.

— Deixe-me mostrar — disse Savina, pegando o celular mais uma vez e discando um número. — Renata — chamou em ligação, antes de dizer algo em italiano. — Observe a linha d'água — pediu ela para mim —, bem ali.

Segui seu olhar, observando o local onde as ondas encontravam a encosta vertical do penhasco. De repente, as ondas naquela área começaram a crescer e rodopiar no sentido anti-horário.

— Faça aquilo parar — desafiei-a.

— *Fermate* — disse ela ao celular.

De imediato, a água se acalmou. *Impossível.* Coloquei os dedos sobre os lábios.

Savina desligou a ligação e se virou para mim.

— Agora, cada feitiço que fazemos na água me gera um grande conforto, como se eu estivesse me redimindo de uma vida inteira de ignorância.

— O iate — falei, apontando para o círculo de velas atrás de mim, depois me virando para encará-la. — Vocês duas são responsáveis pelo acidente, não são? E por tudo que está acontecendo na água esta noite?

Ela desviou o olhar, como se estivesse envergonhada.

— Não era a nossa intenção. Se eles não estivessem *ubriaco*, drogados e em estado de estupor, teriam conseguido sair…

— Oito pessoas morreram — lembrei, sentindo-me desorientada. — Vocês serão pegas. A polícia vai descobrir tudo, um dia.

Savina balançou a cabeça.

— Não, não vai. Vão atribuir tudo às correntes ao redor de Li Galli, que sempre foram imprevisíveis.

A menos que ouçam o que estou gravando no meu celular neste exato momento, pensei.

Abaixei-me e peguei o pente de peixe-serra.

— E quanto a isto? — perguntei. — Tem a ver com as preocupações com o Vesúvio, as leituras hidrotérmicas?

— Sim — respondeu ela, pegando o pente nas mãos.

— Então não há risco algum de erupção.

Ela balançou a cabeça.

— Não. Nenhum.

Passei a mão pela testa, espantada com seu egoísmo, sua crueldade. Ela e Renata eram as responsáveis pelo naufrágio do iate e pelo incidente com os barcos que ocorrera naquela noite. Elas eram a razão pela qual o turismo na região da costa amalfitana havia despencado da noite para o dia. E a razão pela qual o próprio filho de Savina corria naquele momento o risco de perder seu negócio.

Ela também era a razão pela qual eu tinha sido arrancada do Projeto Relíquia e para Conrad estar a um passo de encontrar algo que jamais deveria.

— Eu vi a lista de feitiços — admiti. — Tão simples quanto fazer a água refluir ou fluir. Por que afundar um iate, então, ou aterrorizar uma região inteira? Por que não se sentar à beira da água e lançar feitiços sozinha, em segurança?

— Porque estou compensando uma vida inteira de negação — respondeu Savina, desta vez com a voz mais alta.

Eu a tinha irritado: ela apertava o pente com tanta força entre os dedos que os nós ficaram brancos.

— Não vou *ficar sentada à beira da água*, como dizem, fazendo pequenos feitiços como uma criança — continuou. — Tenho muito a provar, a consertar. Estou anos atrasada. Não sei como essa bruxaria funciona, mas agora estou ouvindo. Agora estou do lado dela. — A forma como me olhava tornou-se gélida. — Perdi minha filha — sussurrou. — Ela morreu por minha causa, sua vida inteira foi interrompida porque não dei ouvidos aos avisos de minha mãe. E Enzo? Não posso perdê-lo também. Farei qualquer coisa para mantê-lo em segurança. Até mesmo bruxaria. — Ela enfiou o pente no bolso e soltou um suspiro de frustração. — Você não é mãe, mas se entendesse esta dor faria o mesmo. Qualquer mãe faria.

32

HOLMES

Sexta-feira, 27 de abril de 1821

Holmes atingiu a água ao som de um tiro. Seu corpo afundou. Ele se debateu, chutando, agitando os braços, xingando o peso das roupas molhadas. Rasgou a camisa, tomando cuidado para não perder o diário, embora naquele momento se perguntasse se a bolsa de lona resistiria a uma imersão tão completa.

Nadou alguns metros. A água fria, apesar de deixá-lo sem ar e à beira do pânico, havia quase anestesiado a lesão no joelho. Por aquela razão, sentia-se grato.

Outro tiro. Holmes girou na água. Do convés principal, Quinto apontava um revólver para ele. E puxou o gatilho várias vezes.

Holmes respirou fundo e mergulhou de novo. Sem enxergar, nadou com toda a força que podia, tal como prometera a Imelda. Mas, ao ouvir o estalo de outro tiro, estremeceu.

Quinto tinha acertado a parte inferior de sua perna direita.

Holmes fez o possível para continuar avançando, mas não era uma tarefa fácil com uma perna praticamente inutilizável. Sem conseguir prender a respiração por mais tempo, não teve escolha a não ser emergir. Tinha certeza de que era o fim: Quinto o veria, dispararia a arma de novo e, daquela vez, miraria em sua cabeça.

Ao emergir, ele se virou para olhar para o *Aquila*, que seguia na direção leste. Quinto estava lá, tentando recarregar a arma.

De repente, o navio se inclinou de maneira brusca, como se uma onda enorme tivesse acabado de bater do lado esquerdo. Quinto caiu no convés, e a arma voou para longe de seu alcance.

Holmes nadou às pressas em um círculo, franzindo a testa: o restante do mar — incluindo o local onde ele boiava naquele instante — estava relativamente calmo. Ele olhou para o horizonte, não havia ondas com cristas brancas à vista. A turbulência giratória parecia confinada a uma pequena área, precisamente onde o *Aquila* estava naquele momento inclinado.

Ele continuou nadando na direção da costa, mas engoliu um bocado de água do mar, tossindo e cuspindo. Olhou outra vez para o *Aquila*. A embarcação havia voltado ao prumo, mas a água ao redor dela agitava-se violentamente, e a proa naquele instante estava direcionada a Holmes. Havia girado cento e oitenta graus. O brigue rangia alto, o casco audivelmente se esforçando contra algo invisível.

Não fazia sentido algum. Ele devia estar imaginando tudo aquilo.

Considerou, brevemente, que talvez já estivesse morto.

Holmes fechou os olhos, flutuando com a corrente por tempo indeterminado, enquanto o *Aquila* vacilava no mar agitado. Várias vezes os mastros balançaram quase em paralelo com a água.

A rotação do brigue acelerou, e, em seguida, ouviu-se um estrondo alto quando uma fissura se abriu na proa. O mar rapidamente invadiu a embarcação, e Holmes pensou em Imelda na cabine do imediato.

O *Aquila* continuou a se partir, rodopiando e balançando. O brigue inclinou-se para estibordo e o mastro da proa se partiu em dois, fazendo com que suas cordas e cordames pendessem.

E, então, Holmes ouviu os gritos.

Os homens começaram a pular do navio condenado. Presumivelmente, pensavam que poderiam chegar à terra, mas estava claro que seus esforços seriam inúteis, pois, assim como o navio não conseguia resistir ao redemoinho, eles também não conseguiriam.

Ao pular da dianteira do brigue e nadar em direção ao norte, Holmes conseguira escapar de tudo aquilo.

Os homens começaram a se afogar, um por um, e a última imagem que Holmes teve deles foi apenas um braço, uma mão, tentando alcançar o céu da madrugada.

Não aguentou assistir àquilo. No entanto, pouco antes de desviar o olhar, avistou Quinto na água. Acostumado com a aparência ameaçadora dele, Holmes mal o reconheceu. Parecia uma criança — um menino pequeno, debatendo-se em um lago profundo demais para suas pernas curtas. Com a boca aberta, Quinto respirava com dificuldade e gritava por socorro.

— *Aiutami* — gritava ele. — *Aiutami!*

Acima do barulho da madeira se partindo, seus gritos eram inconfundíveis.

Holmes não sentiu pena.

Momentos depois, o mar engoliu o *Aquila* inteiro.

Não houve mais gritos. O som da madeira se partindo havia cessado. Nadando, Holmes ainda podia ver um estranho redemoinho onde o brigue afundou. Detritos começaram a flutuar em sua direção: fragmentos de carvalho lascado, um saco de lona, uma escada de corda que ele reconheceu do interior da cabine do segundo imediato.

E então um lenço azul brilhante.

Imelda.

Holmes tentou alcançá-lo, sabendo que nunca o soltaria. Ele não tinha certeza do que havia acontecido com o *Aquila*, mas sentia-se pesaroso por Imelda, que lhe demonstrara tanta bondade.

Em choque e exausto, fez o que era preciso fazer quando não se conseguia mais nadar.

Holmes se virou de costas. Com dificuldade, amarrou o lenço em torno do joelho para estancar o sangramento do ferimento à bala. Então, rendeu-se ao mar e se deixou flutuar.

Ele havia escapado do *Aquila* e do que quer que tivesse acontecido com o brigue, mas achava muito improvável que conseguisse chegar à costa naquele estado.

Sentia-se tonto, quente.

Poucos instantes antes de perder a consciência, sorriu para si mesmo. O *Aquila* e os homens nele tinham afundado. Matteo tinha afundado. Os dois irmãos Mazza estavam mortos.

Pelo menos, pensou ele, *não chegarão até minha Mari nem às outras mulheres...*

Fechou os olhos e começou a afundar.

33

MARI

Sexta-feira, 27 de abril de 1821

Mari se inclinou para a frente ao longo da costa, ofegante. Ela não conseguia respirar. Não conseguia pensar. Os braços tremiam violentamente enquanto tentava não desmaiar.

Elas cessaram os feitiços.

As mulheres haviam afundado o *Aquila*.

Holmes estava morto.

Ela olhou para a água, tentada a nadar em direção ao local onde o brigue tinha afundado. O feitiço já estaria se dissipando, enfraquecendo. Talvez pudesse gritar por ele, chamar o nome de Holmes, caso tivesse escapado do navio que afundava. Mas ela sabia que aquilo era uma mera fantasia: tinha visto as cordas se romperem, o casco se dobrar. Tinha ouvido os gritos, homens implorando por suas mães antes de serem sugados para o fundo. Tinha sentido o cheiro de sal no ar, visto a névoa do mar ser expelida para cima pelo redemoinho giratório.

Mari sentiu uma mão nas costas. Ela se virou e viu Ami parada atrás dela, com um olhar de empatia.

— Venha — disse a amiga. — Vamos para casa.

— Afundou tão rápido — respondeu Mari, atordoada, ainda ajoelhada próximo à água. — Mais rápido do que eu poderia imaginar...

Ami usou os braços para levantar Mari do chão.

— Concordo — disse ela, com tristeza. — Foi mais rápido e mais poderoso do que qualquer uma de nós esperava.

Ami apontou para a encosta atrás delas. As outras mulheres já haviam recuado, voltando para a vila.

— E os tiros... — Mari franziu a testa, pensando nos estrondos altos que ouvira momentos antes de o *Aquila* entrar na área amaldiçoada. — Foi minha imaginação?

Ami balançou a cabeça.

— Eu também ouvi. — Ela puxou Mari gentilmente pela mão, afastando-a da água. — Talvez tenha havido alguma briga.

Elas trocaram um olhar. *Não que isso importe agora.*

Mari não resistiu. Ela se virou para o mar mais uma vez, procurando por qualquer sinal de vida: um braço saindo das ondas ou destroços carregando um corpo ainda em movimento.

Não havia nada.

Então deixou Ami levá-la para longe do litoral e colina acima. Estava grata por ter uma amiga como guia, ajudando-a a percorrer o caminho instável de rochas até sua casa.

Ela chorava tanto que não conseguia enxergar para onde ia.

Menos de duas horas depois de ver o *Aquila* naufragar, Mari abriu silenciosamente a porta da casa de sua família e entrou.

Não era mais perigoso ficar ali: Matteo tinha morrido. Ninguém viria atrás dela. Naquele momento, ela só queria ir para o quarto, entrar debaixo da coberta e chorar. Talvez por toda a vida.

Ao se dirigir para lá, passou pelo escritório do pai. A porta estava fechada, o que era incomum. Mesmo enquanto trabalhava, ele costumava deixá-la aberta.

Ela parou, ouvindo vozes sussurradas lá dentro. Aproximou-se, pressionando o ouvido na porta.

—... as quatro prisioneiras — dizia o pai. — Isso tudo saiu terrivelmente do controle.

As quatro prisioneiras. Ela sabia exatamente a quem ele se referia.

— Eu não queria que aquilo acontecesse. — Veio a resposta.

Mari franziu a testa, reconhecendo a voz de imediato. *Corso.*

— Eu só queria assustar as mulheres — continuou Corso. — Se os irmãos Mazza começassem a se intrometer no que quer que elas estivessem fazendo, achei que isso poderia dissuadir Mari de querer ficar aqui. Roma, talvez, não lhe parecesse tão desagradável assim. E, óbvio, eu esperava ganhar algum dinheiro em troca das informações.

— Afinal, você é um homem de negócios. Espero que Matteo tenha lhe recompensado tão bem quanto você imaginava, considerando tudo o que aconteceu — sugeriu o pai dela, com um tom de impaciência na voz.

Corso emitiu um som de desgosto.

— Depois que enviei minha primeira carta, ele prometeu que me compensaria por qualquer informação que eu pudesse dar. Respondi assim que possível, contando o que vi naquela quarta-feira à noite perto da água, a maneira como as mulheres entraram no mar, mudaram as correntes. Contei sobre suas idas e vindas estranhas. Os cabelos ruivos. Os pequenos objetos que insistiam em carregar. Eu esperava ter algo tangível para ele. Vasculhei as pilhas de lixo de algumas amigas de Mari, mas não consegui nada.

Mari ficou chocada. O dia em que ela e as mulheres enfeitiçaram a água para afastar os piratas havia sido uma quarta-feira. Ela pensou na sombra próxima ao cais naquela noite. E então, quando voltara para casa, Corso e seu pai estavam acordados, apesar de ainda ser de madrugada. Mas ela sequer cogitou que fosse Corso lá embaixo, perto da água.

E fora *ele* também que espreitou as casas de Vivi e Emilia. Mari entendia como, à distância e na escuridão, a estatura esguia de Corso poderia ser confundida com a de uma mulher.

Tudo começou a fazer sentido. Era por isso que os irmãos Mazza estavam no vilarejo naquele dia em que ela saiu com Lia e Pippa.

Eles estavam fazendo um reconhecimento da área, procurando o que Corso lhes havia informado.

Corso suspirou com força e continuou:

— O pior é que ainda não recebi nenhum dinheiro de Matteo. Sinto-me um idiota, ainda mais por ter prometido uma parte para você.

Mari se apoiou na parede, atordoada com o que havia acabado de escutar: seu pai também esperava lucrar com aquele plano.

— Fique de olho nele — insistiu o pai. — Faça um acordo com o homem e tenho certeza de que ele vai pagar o que lhe deve.

Não, pensou Mari, *Corso nunca vai receber nada porque Matteo está morto.*

— Não tenho tanta certeza de que ele vai me pagar — respondeu Corso. — Falei com ele ontem à noite, em Nápoles.

Mari franziu a testa. Devia ter ouvido errado.

— Como? — exclamou seu pai. — Como conseguiu encontrá-lo? Nenhum dos homens do vilarejo conseguiu.

— Eu o vi saindo pela porta dos fundos da sede da Fratelli Mazza, no estaleiro Castellammare di Stabia. Esperei lá por algum tempo, imaginando se ele poderia estar entrando ou saindo por outra porta. — Corso pigarreou. — No momento em que me apresentei, ele tentou me mandar embora. O dinheiro viria, segundo ele, mas aquele não era um bom momento. Estava indo para o cais em uma missão urgente. Ele me pediu para voltar outra hora e saiu correndo. Mas eu o segui — continuou Corso —, imaginando o que seria essa missão urgente. Ele embarcou em um navio, o *La Dea*. Um estivador me contou que ele estava indo para Positano e pretendia chegar no final da manhã. Ele deveria estar a bordo de outro navio que chegaria hoje, o *Aquila*, mas essa embarcação não tem artilharia, e o *La Dea* tem quarenta e quatro canhões.

— Ele pretende explodir todos nós?

— Os canhões não estão carregados. É tudo para se exibir.

— Isso não me surpreende em nada.

— Decerto — concordou Corso.

Mari lutou contra a vontade de cair de joelhos no chão. Matteo não estava no *Aquila*?

— Diga a Cleila e Paola para ficarem em casa hoje — pediu Corso ao pai dela. — Irei à casa de Ami para garantir que Mari também não saia. Não sei o que mais Matteo está planejando para quando ancorarem, mas tenho certeza de que não será nada bom. Só espero que esta seja a gota d'água para Mari. Que, depois de hoje, ela concorde em ir comigo para Roma.

Prestes a vomitar, Mari se afastou lentamente da porta. Depois do naufrágio do brigue de Holmes, poucas horas antes, ela não poderia imaginar que aquele dia pudesse ficar pior. E, no entanto, ficou.

Matteo estava vivo e bem. Era um pesadelo, a pior notícia possível: ela havia afundado o *Aquila* e matado Holmes, pensando que estava protegendo o vilarejo.

Correu pela casa e saiu para o terraço. Olhou para o horizonte e deu um grito.

À distância, aproximando-se pelo oeste, perto do cabo, havia outro navio. Sua rota, tão perto da costa perigosa, significava que só poderia ser o *La Dea*, de propriedade dos Mazza.

Não havia tempo para Mari reunir as outras *streghe* para uma segunda tentativa do feitiço: assim que conseguisse, o *La Dea* já estaria ali. No entanto, se Mari recitasse sozinha o *incantesimo vortice*, não seria poderoso o suficiente para afundar um navio inteiro.

Havia apenas uma outra maneira de Mari resolver aquilo. O *vortice centuriaria.* O feitiço mais poderoso, exigindo o maior dos sacrifícios...

Ela precisava partir de imediato. Estimou que poderia remar até Li Galli mais depressa do que o *La Dea*, que ainda estava a uma longa distância.

Correu para o quarto. Primeiro, foi até a escrivaninha e deixou um bilhete para Ami. Mari confiava que, nos dias seguintes, Ami e Dante iriam em busca de libertar as prisioneiras em Ischia com a mesma veemência de todos os outros moradores do vilarejo.

Nós afundamos o navio errado, rabiscou Mari no bilhete, *e eu preciso consertar este erro. Depois disso, todas vocês estarão a salvo. Não se aproximem de Li Galli outra vez.*

Ami leria aquilo e entenderia, em um instante, o que Mari tinha feito.

Foi, então, até a cômoda e abriu a última gaveta. De lá, tirou as coisas que havia escondido: a pilha de cartas de Holmes. A pulseira de Sofia. A bolsinha com caroços de azeitona secos.

Levaria tudo aquilo consigo para o mar.

Em silêncio, saiu pela porta da frente. Em vez de pegar o caminho que levava para longe da vila, seguiu pelo olival, parando um momento para dar uma última e longa olhada na árvore sob a qual ela e Holmes passaram tantas horas juntos. As azeitonas em seu bolso vinham dos frutos daquela mesma árvore.

Pegou a bolsinha e a girou na mão. Pelo menos aqueles caroços continham algo dentro deles, alguma promessa de esperança ou de um futuro. Ao se afastar do olival, Mari contornou a borda da floresta e os jogou debaixo de um arbusto. Talvez eles enterrassem na terra e brotassem. Talvez algo sobre ela e Holmes não se perdesse por completo.

Depois de deixar a carta na porta de Ami, Mari foi até a água e desamarrou um bote. Jogou dois remos e uma longa corda ali dentro. Por último, entre uma confusão de redes, rolhas e cinzéis, encontrou uma âncora pesada. Ela também a colocou dentro do pequeno barco.

Depois de reunir tudo aquilo a bordo, começou a remar. Tocava em seu *cimaruta* a cada poucos minutos, certa de que ele a ajudava a remar mais rápido. Ela se perguntou se avistaria destroços do *Aquila* à medida que se afastava. Só rezava para não ver corpos. Não conseguiria suportar, depois de tudo o que tinha passado.

Estranho como aquela era a mentira que ela havia planejado o tempo todo: afogar-se, tornar-se uma vítima do mar. E como suas intenções eram diferentes naquele momento. Não se tratava de escapar ou fugir com Holmes. Tratava-se de salvar o vilarejo. De acabar com os irmãos Mazza de uma vez por todas.

Não havia golfinhos ao seu lado nem aves marinhas para escoltá-la. Era apenas Mari e as ondas escuras abaixo dela, espreitando-a, como as sereias faziam séculos antes com marinheiros desavisados. Ela se sentia traída por sua linhagem, por todas as circunstâncias que a levaram àquele momento.

Começou a suar. Mergulhou a mão no mar e passou-a pela nuca para se refrescar. Mas, depois de fazer aquilo várias vezes, parou e olhou para a água de ambos os lados do barco. Apesar de seu desânimo total e de seu coração partido, o mar permanecia inalterado. Não tinha virado um breu nem começado a se agitar. Não pulsava ao ritmo de seu coração, nem se afastava dos dedos. A superfície da água estava perfeitamente serena.

Mari acreditou que aquilo significava que o mar a abandonara de vez. Ela e o oceano não tinham mais nenhuma conexão.

Ao norte das ilhotas, atravessou a área que as mulheres haviam amaldiçoado. O feitiço havia se dissipado e as ondas ao redor estavam baixas e calmas. Em instantes, ela remaria seu pequeno bote até o olho de Li Galli.

Mas primeiro, preparou-se. Amarrou a âncora à corda, puxando-a com toda a força que suas mãos fracas permitiam. Junto ao nó, prendeu o pacote de cartas de Holmes. Segurou a pulseira de Sofia na mão.

Tirou o *cimaruta.*

E então começou a enrolar a corda uma, duas, três vezes em volta da cintura.

34

HAVEN

Sexta-feira

Savina estivera furiosa comigo momentos antes, mas agora começava a chorar. Respirou fundo algumas vezes e estendeu a mão para mim.

— Me perdoe, Haven — pediu ela, com os olhos marejados e brilhando à luz das velas. — Eu nunca quis esse fardo. Nunca quis nada disso. Mas o que posso fazer?

Parada ali, imóvel, deixei que ela me abraçasse, pensando em Bria e no meu pai. Assim como Savina, eu ainda oscilava precariamente entre a raiva pela morte do meu pai — parecia injusto perdê-lo quando eu era tão jovem — e a tristeza por todas as oportunidades que lhe haviam sido arrancadas. Todas as coisas que ele nunca experimentaria, nunca descobriria. Aquilo me fez pensar, mais uma vez, no *Aquila*.

Alguns minutos antes, Savina havia dito algo sobre as lendas e tradições que sua mãe lhe ensinara.

— Você se lembra — perguntei — de ouvir sua mãe mencionar um navio chamado *Aquila*?

Savina arregalou os olhos.

— O *Aquila* é a razão pela qual nós, as *streghe*, deixamos Positano. Como você sabe disso?

Senti meu coração bater mais forte no peito.

— É uma das pontas soltas da minha pesquisa — respondi. — O que você sabe sobre a embarcação?

— Era um navio dos Mazza, para começar — respondeu ela. — Eles eram donos poderosos de navios e viviam em Nápoles no início do século XIX. Sequestraram várias *streghe* de Positano, jurando voltar para buscar mais. Pretendiam nos usar em benefício próprio. Controle das marés, proteção contra inimigos, descoberta de tesouros no fundo do mar. Eles enviaram o *Aquila* para capturar mais mulheres, mas o brigue afundou, bem ali. — Ela apontou para Li Galli e continuou: — Havia rumores de que a líder das *strega*, uma mulher chamada Mari DeLuca, estava apaixonada por um dos homens no navio.

Holmes. Mal consegui conter um grito de excitação.

— Minha mãe contava que Mari DeLuca também se ressentia de sua bruxaria. Ela rejeitou seus poderes sobre o mar, e veja no que deu. A mãe de Mari a abandonou. Sua irmãzinha se afogou. Seu grande amor morreu no *Aquila*. E então Mari se afogou.

Savina gesticulou com as mãos, como se dissesse: *Não é nenhuma surpresa para mim agora.*

Uma lufada de ar saiu do meu peito, como se eu tivesse virado a última página de um romance e descobrisse que a narrativa terminava em tragédia. Apenas algumas horas antes, eu estava imersa no início da história de amor de Holmes e Mari, nos primeiros dias da atração crescente entre os dois.

Eu sabia que Holmes tinha afundado com o navio, mas e o destino de Mari? Que final de partir o coração ela teve.

— Depois que Mari morreu — continuou Savina —, as *streghe* deixaram a vila, uma a uma. A maioria foi para o norte, em direção a San Marino ou Veneza, e nunca mais voltou para a região de Amalfi. Essas mulheres eram minhas ancestrais, assim como de Renata. Mas, infelizmente, minha mãe contou que Renata e eu somos as últimas *streghe* vivas. — De repente, ela me lançou um olhar curioso. — Enzo seria um ótimo pai um dia, sabe. Até esta semana, eu já tinha quase desistido dele.

Eu queria defendê-lo, lembrar Savina que Enzo tinha passado os últimos anos construindo seu próprio negócio em vez de se preocupar com casamento, algo que eu admirava muito. No entanto, depois de tudo o que ela acabara de revelar, defendê-lo parecia uma preocupação menor.

— As filhas de Enzo — continuou Savina, apontando para a casa, depois para o mar e, em seguida, para os itens a seus pés — também herdariam este poder.

Ela me encarou fixamente, sua implicação agora dolorosamente óbvia. Se Enzo e eu nos apaixonássemos, nos casássemos, tivéssemos filhos... bem, eles continuariam aquela linhagem.

— Minha filha, Bria, queria muito se casar e começar uma família. Ela era nossa maior esperança de continuar a linhagem. Agora, ela se foi. Um legado que remonta a milhares de anos, e nós somos as últimas. Exceto por...

— Enzo.

Quando Savina assentiu lentamente, aquilo tudo de repente pareceu muito mais pessoal. Mas ela devia pensar que eu era tola se acreditava que eu lhe daria netos — um arsenal — para ajudá-la a realizar seus planos atrozes.

— Enzo sabe sobre a *stregheria*? — perguntei.

Ela soltou uma risada suave.

— Não. Todos os italianos já ouviram falar, mas a maioria acha que é um hobby, uma diversão para mulheres com tempo de sobra. Era exatamente o que eu pensava da minha mãe, na verdade. Enzo acredita que tenho alguns hábitos estranhos, alguns totens esquisitos pela casa, mas que filho não acha o comportamento da mãe um pouco peculiar? — Ela apontou para o mar. — Ele nunca suspeitaria disso. Nunca.

Apesar de tudo, senti uma onda de alívio, sabendo que Enzo não tinha mentido para mim quando traduziu a matéria. Ele provavelmente só me poupou de detalhes que considerava um disparate completo.

— Como eu disse — acrescentou Savina —, você é a prova de que esta bruxaria já está funcionando. Enzo não só está bem e em segurança, como também, na última semana, tem estado mais feliz do que eu jamais me lembro de tê-lo visto.

Ela queria dizer que seus poderes, seus feitiços, de alguma forma me atraíram para Enzo? Que absurdo. A simples ideia era ofensiva, sem sentido…

Ou será que não? Eu tinha ido à loja de mergulho de Enzo justamente por causa das coisas estranhas que estavam acontecendo na região. Porque Gage me expulsara do projeto e eu precisava de um barco. Eu havia me sentido instantaneamente atraída por Enzo, o que era incomum. E, na noite anterior, tivemos o sexo mais quente da minha vida.

Mesmo assim… *bruxaria*?

Vi Mal subindo os degraus do terraço.

— Haven — chamou ela. — Acho que precisamos ir. Eu…

— Só um minuto — respondi, interrompendo-a. — Já vou.

Depois de olhar por cima do ombro, Savina se inclinou, aproximando os lábios do meu ouvido.

— Não sei o que está procurando — sussurrou —, mas posso levá-la até lá.

No chão, ela pegou um cordão de pedras cinzentas e lisas, cada uma com um pequeno orifício por onde passava a corda.

Pedras de bruxa. Lembrei-me de ter visto isso no registro de feitiços marinhos. Intrigada, peguei as pedras dela, sentindo sua superfície fria e sedosa. O cordão devia pesar alguns quilos. Olhei para uma das pedras e vi um pequeno fóssil de estrela-do-mar incrustado.

Com uma relutância que me surpreendeu, devolvi o colar para ela.

— Eu posso encontrar as maiores riquezas desconhecidas — constatou Savina. — Tudo o que você deseja alcançar, pessoal ou profissionalmente, pode acontecer, se você permitir.

Se você se permitir se apaixonar por Enzo, era o que ela poderia muito bem ter dito, *e se virar sua esposa e mãe de seus filhos.*

— E se eu... não quiser? — perguntei a ela. — E se eu for embora de Positano daqui a alguns dias e nunca mais vir seu filho?

Na verdade, independentemente dos meus sentimentos por Enzo, eu não queria fazer parte daquilo. Mesmo que Savina pudesse me levar aos naufrágios mais valiosos do mundo.

Afinal, eu não era tão superficial quanto Conrad.

— Renata e eu não desistiremos — concluiu Savina. — Farei o que for preciso para proteger o que me resta.

Senti um arrepio percorrer minha espinha, pensando em tudo o que estava em jogo. O bem-estar dos moradores da região e sua economia. Os negócios de Enzo. A vida daqueles que viviam no mar.

Percebi então que o que havia começado como Projeto Relíquia e uma busca pelo tesouro escondido de meu pai se transformou em algo muito mais importante. Não se tratava mais da minha carreira. Não se tratava mais do meu pai.

Eu não podia simplesmente ir embora, sabendo tudo o que descobri.

Se fizesse isso, seria tão culpada quanto Savina.

Mal e eu descemos cuidadosamente a colina na escuridão. Quando estávamos bem longe, recapitulei a minha conversa com Savina em uma torrente frenética de palavras.

— Ela fez a água... se mover? — perguntou Mal, incrédula.

— Duas vezes. — Assenti.

— Aquela mulher me dá arrepios. Ela e essa história toda.

— Juro, Mal, não estou inventando. Você sabe como sou cética.

— E ela quer que você... se junte a ela?

— Não *se juntar* a ela, na verdade, mas... — Eu girei a chave na ignição da scooter. — Bem, ela quer um neto para continuar sua linhagem. Está desesperada para que alguém se case com Enzo. E praticamente me disse que, se eu aceitasse, me ajudaria no que eu quisesse. Pessoal e profissionalmente.

— Não estou entendendo.

— Savina diz que as *streghe* podem encontrar coisas. Elas leem a água. Tesouros naufragados e coisas do tipo.

— Neste caso, por que ela não é bilionária?

Era uma pergunta válida.

— No momento, ela está mais preocupada em usar seus poderes para desfazer o que considera uma vida inteira de infortúnios. Talvez o dinheiro vá ser importante para ela mais tarde. Agora, só está preocupada com Enzo.

Seguimos pela Amalfi Drive e voltamos para nossa casa.

— Bem, *eu* acho que ela está te enganando — gritou Mal por cima do barulho do motor. — Com uma lorota totalmente delirante.

Eu queria muito concordar com ela, mas simplesmente não conseguia.

Eu sabia o que tinha visto.

35

HOLMES

Sexta-feira, 27 de abril de 1821

Após um momento afundando, algo pontiagudo atingiu a nuca de Holmes. Ele se virou, com o corpo pronto por instinto para voltar a nadar, mas suas mãos e, em seguida, seus pés tocaram o chão.

Rocha.

Parecia impossível que já tivesse chegado à costa continental. Ele piscou para tirar a água salgada dos olhos e ficou de pé, olhando ao redor.

Não estava na costa continental. A corrente o levara para a ilhota central de Li Galli, conhecida como La Castelluccia.

Holmes conhecia bem aquelas ilhotas, eram visíveis de grande parte da costa amalfitana. Ele se questionava, naquele momento, se a forma nebulosa que tinha visto do convés principal do *Aquila* não era o litoral, mas sim uma daquelas ilhotas. *Não estamos longe da terra firme*, tinha dito Imelda. Ela não tinha especificado exatamente de qual terra.

Holmes não se importava em saber onde estava: sentia-se simplesmente feliz de estar em terra firme. Ele se ergueu com dificuldade pela encosta rochosa e deitou-se de costas, respirando fundo, uma névoa fina rodopiando acima dele, a umidade resfriando as bochechas e a ponta do nariz.

Inspecionou o ferimento sob o lenço de Imelda. O sangramento não havia parado, mas havia diminuído.

O céu da manhã era claro. Os pescadores já estariam em seus *gozzi*. Alguém poderia ver fragmentos dos destroços e avisar para os moradores do vilarejo, se ainda não tivesse feito aquilo. Eles viriam procurar sobreviventes.

Mas Holmes era um criminoso e, com os dois irmãos Mazza mortos, seus colegas em Nápoles estariam em busca de vingança. Holmes seria caçado e morto. O sacrifício de Imelda teria sido em vão.

Ele precisava fugir.

Na verdade, a única maneira de se salvar naquele momento era fingir que estava morto.

Depois de recuperar o fôlego, voltou para a água e alcançou um pedaço de destroço, algo parecido com a lateral de um armário. Jogou-se sobre o objeto e começou a bater as pernas, da melhor maneira que podia, dirigindo-se para o continente. Era muito mais fácil daquela forma, tendo algo em que se apoiar. Ele sentiu que poderia nadar daquele jeito pelo tempo que fosse necessário.

Enquanto batia os pés, apoiou a cabeça nos braços, respirando com dificuldade e rezando para não ser visto. Concentrou-se apenas em tomar impulso para a frente por qualquer meio possível. Nem mesmo olhou para onde estava indo, pois sabia que acabaria chegando ao litoral. Estava cansado demais para se importar com quando aquilo aconteceria.

De repente, o pedaço de madeira em que se apoiava colidiu com outra coisa.

Holmes ouviu um grito, seguido por uma exclamação de susto. Levantou o olhar. E, assim como fizera havia muito tempo, naquele instante ao vê-la novamente, perguntou-se: *Quem é essa mulher que acabou de emergir do mar?*

Era Mari. Sua amada. Como uma aparição nascida da névoa.

— Mari — chamou ele, olhando para ela como um tolo.

Aquilo era uma prova: Holmes tinha enlouquecido completamente.

— Holmes. — Ela olhou para ele, perplexa. — Holmes.

— Não pode ser você, Mari.

— Mas sou eu. Como você está... — Ela observou o rosto e as mãos dele. — Como está vivo?

Ele abriu a boca para responder, mas a fechou depressa ao ver o que estava amarrado em volta dela: um pedaço de corda, enrolado várias vezes em sua cintura. Estava amarrado na frente, como se ela mesma tivesse feito aquilo.

Ao se erguer sobre os destroços para ver melhor, estremeceu. Na ponta da corda havia uma âncora de ferro, forjada à mão, tão larga quanto os ombros de Mari. Holmes não fazia ideia de como ela havia levado aquilo para dentro do barco. Mas se Mari conseguisse lançar o objeto na água, seria puxada para baixo em um instante. Sem ter chance alguma.

— Me ajude a subir no barco — pediu Holmes.

— Não — disse ela, começando a chorar. — Não, eu preciso fazer isto.

— Mas, meu amor, eu estou aqui agora.

Ela balançou a cabeça.

— Ah, Holmes. Eu achei que nada pudesse tornar este momento pior. E, no entanto, o fato de você estar vivo quase consegue.

Ele franziu a testa, sem entender o que ela queria dizer.

— Nós afundamos o *Aquila* — explicou Mari. — Há tanta coisa que não contei a você. Matteo Mazza ainda está vivo. Há algo que eu preciso fazer agora, para proteger a vila dele e de seus homens.

— Você está errada, Mari. Matteo está morto. Ele estava no *Aquila*.

— Não — insistiu ela. — Eu também achava que ele estava. Mas, esta manhã, descobri que não. Corso falou com ele ontem à noite, em Nápoles.

— Não faz sentido. Há alguns dias, ouvi os oficiais falando abertamente sobre isso. Matteo estava no brigue.

— Então ele deve ter desembarcado. Talvez sem você perceber.

Holmes assentiu. Afinal, ele tinha sido preso, então como poderia ter certeza?

— Por favor, Mari, me ajude a subir para que possamos conversar sobre isso.

Juntos, de uma maneira terrivelmente desajeitada, conseguiram colocá-lo dentro do bote. Em determinado momento, a embarcação quase virou, o que assustou muito Holmes. Ele ficou de olho na âncora, pronto para se lançar sobre o objeto caso o barco virasse com Mari ainda presa.

Uma vez no bote, Holmes começou a desatar os nós muito bem feitos de Mari. Havia vários, e ele mal respirou até conseguir libertá-la da corda.

— Tem algo que precisa saber sobre mim — começou ela. — Faço parte de um grupo de mulheres que possui um poder especial…

— Eu já sei de tudo — interrompeu ele. — Conheci alguém no brigue. Ela me contou sobre *stregheria* e seus poderes.

— *Ela?*

— Sua mãe — disse Holmes. — Imelda. Ela me libertou. Eu estava preso no porão e ela me ajudou a sair. Estava logo acima de mim, trancada na cabine do imediato.

Perplexidade tomou conta do rosto de Mari.

— Minha… mãe? — Ela olhou para o céu. — Devo estar sonhando. Tudo isso é um sonho.

Holmes balançou a cabeça.

— Não é um sonho. — Ele apontou para o lenço em volta de seu joelho. — Ela estava usando isto hoje de manhã.

Mari se inclinou para a frente, olhando atentamente para a peça de tecido.

— Eu reconheço esse lenço — afirmou Mari. — Ela usava muito quando eu era mais jovem.

Holmes enfiou a mão no bolso e tirou o frasco que Imelda lhe dera, estendendo-o para Mari.

Ela olhou para o objeto, desconfiada.

— O que é isso?

— Não faço ideia. Sua mãe me pediu para não abrir. Para dar a você. — Ele aproximou o pequeno frasco dela.

— Não. Não. — Mari desviou o olhar. — Ela abandonou a mim e a Sofia. Não quero nada dela.

— Mari — falou Holmes —, ela não abandonou vocês. Os irmãos Mazza não sabiam que ela tinha filhas. Imelda se entregou antes que eles pudessem descobrir que você e Sofia existiam. Ela fez aquilo para proteger vocês. Foi com eles que ela fugiu na noite em que partiu. Os dois irmãos. Você reconheceu Massimo antes de matá-lo?

— Sim. — Mari assentiu, agora com um tom mais suave. — Sim, eu o reconheci.

Holmes rapidamente contou tudo o que sabia, incluindo o fato de que Imelda e Matteo Mazza haviam se encontrado recentemente. Eles eram, de alguma forma, parceiros, embora com valores muito diferentes. Matteo era mau. Mas Imelda? Ela se associava aos homens para que suas filhas não precisassem fazer o mesmo.

Quando ele terminou a história, Mari apenas o encarou, incrédula.

— É por isso que ela me chamou de *prima* na noite em que partiu. Na época, não fez sentido para mim. Ela estava tentando despistá-los.

— Exato.

Mari pegou o frasco das mãos de Holmes.

— Passei a vida inteira odiando minha mãe — confessou ela, removendo cuidadosamente a rolha e começando a chorar. — Que tristeza — soluçou, entre lágrimas — ter sentido isso durante toda a minha vida. E então, em uma mesma manhã, ela se afoga e eu descubro a verdade.

Lentamente, ela virou o frasco de cabeça para baixo, deixando o conteúdo cair em sua mão. Um pequeno bilhete dobrado saiu de lá primeiro. Semicerrando os olhos, Mari leu uma vez, em silêncio, depois leu em voz alta para Holmes.

> Minha querida Mari. Conheci seu amado há poucas horas. O jeito como os olhos dele brilham quando fala de você... é algo que nunca vi nos olhos de um homem antes. Ele te ama tanto quanto eu. Talvez até mais.

Ele me contou sobre Sofia. Tenho sonhado com ela todas as noites há quase dois anos. Em algum lugar, no fundo da minha alma, eu achava que algo tinha acontecido com sua irmã. Só que eu possuía a dádiva da negação. Você não.

Minha menina, quanto você perdeu. Não consigo imaginar a dor que sentiu.

Tenho pensado em algo há muito tempo. Quero acabar com eles, com os Mazza e todos os seus homens. Tenho esperado o momento certo, aguardando a oportunidade ideal.

Sei que esse momento é agora. Holmes me contou que você matou Massimo. Você começou o trabalho por mim.

Sobra apenas Matteo. Holmes me disse que ele está vindo atrás de você.

Não sei se Matteo ainda está neste navio, não consigo me movimentar pelo brigue, é muito perigoso para mim, e só posso fazê-lo nas primeiras horas da madrugada. Matteo pode estar nos aposentos do capitão, ou pode ter chamado um bote. Pode estar em Nápoles, ou em outro navio rumo a Positano.

Enquanto Matteo estiver vivo, você não estará segura. Nem o vilarejo. Conheço as rotas que eles seguem — sei que sempre contornam Li Galli.

Há uma maneira de garantir a morte de Matteo. Você entenderá quando vir o que mais coloquei no frasco de vidro.

Lembra-se da noite em que parti, quando fui ao seu quarto e cobri sua testa e a de Sofia com beijos? É minha lembrança mais doce e preciosa, e na qual pensarei nos meus últimos momentos.

Por favor, perdoe-me por todos esses anos vazios, todas as vezes que você deve ter se perguntado por que fui embora. Eu sempre te amei. Espero que isto seja prova do meu amor.

Com carinho,
Mamma

Mari sacudiu o frasco. Tudo o que restava era um colar de conchas, frio na palma de sua mão.

— O *cimaruta* dela — sussurrou Mari, tocando os pingentes delicados, virando-os na mão. — Só há uma razão para ela ter tirado isto — disse, com os olhos cheios de lágrimas. — Uma *strega* nunca tira seu *cimaruta*. Nunca. A menos que...

Ela olhou para a água, perto de onde o *Aquila* havia afundado.

— A menos que o quê? — perguntou Holmes.

— A menos que ela pretenda realizar o *vortice centuriaria*.

Holmes franziu a testa, confuso.

— O feitiço dura cem anos. Mas, para realizar a maldição, uma *strega* precisa sacrificar a própria vida. E ela não pode realizar o feitiço enquanto estiver usando seu amuleto *cimaruta* de proteção. — Mari se inclinou para a frente, segurando o colar contra o peito. — Minha mãe afundou o brigue, Holmes. Isso explica por que o redemoinho era tão forte, muito mais forte, até, do que esperávamos em terra. O *vortice centuriaria* é muito poderoso.

Mas, então, Mari franziu a testa.

— Ainda há algo que não faz sentido — continuou ela. — Você disse que minha mãe estava trancada na cabine do imediato? Uma *strega* precisa tocar a água para realizar um feitiço. Como ela teria feito aquilo, de dentro do brigue?

— Ela conseguiu sair algumas vezes — respondeu Holmes —, como mencionou na carta. Será que... — De repente, ele ergueu a cabeça bruscamente. — Uma escada de corda. Havia uma na cabine com ela, pouco antes de eu escapar. Ela deve ter escapado para o convés principal logo depois de mim e prendido a escada na amurada. Pode ter descido por ela e...

— Recitado seu feitiço ao mesmo tempo que nós, que estávamos na costa — completou Mari. — Embora, é óbvio, não tenhamos percebido na hora.

Juntos, eles olharam em direção ao olho de Li Galli, perto de onde o *Aquila* havia afundado. Era difícil ver sentado, mas quando Holmes se levantou cuidadosamente no barco, conseguiu distinguir um aglomerado de redemoinhos largos e profundos. Eles rodopiavam violentamente.

Uma armadilha, esperando pela próxima tripulação de marinheiros desavisados.

Holmes inclinou-se para a frente, afastando gentilmente a gola do vestido de Mari.

— Você não está usando seu *cimaruta* — sussurrou, olhando para a corda que havia desamarrado da cintura dela. — Pretendia realizar o *vortice centuriaria* sozinha?

Mari assentiu.

— Sim, decidi depois de descobrir esta manhã que Matteo não estava no *Aquila*, mas no próximo navio, *La Dea*, que chegará em breve. Mas parece que minha mãe…

— Já cuidou disso — concluiu Holmes.

— Sim. — Ela assentiu.

Holmes levantou a corda e a âncora e pairou com elas sobre a borda do barco, pronto para jogá-las.

— Espere — pediu Mari, alcançando algo que permanecia amarrado em um dos nós da corda.

Uma pilha de papéis.

— Suas cartas — explicou ela, guardando-as perto do peito. — Todas as que você me enviou.

— Eu… — ele gaguejou — … não tenho as suas. Guardei-as atrás de uma tábua na minha cabine. — Ele olhou para a água. — Receio que agora estejam no fundo do mar.

Ela lhe deu um pequeno sorriso.

— Eu estou aqui. Você está aqui. Não precisamos de mais nada além disso.

Holmes jogou a corda e a âncora ao mar.

— O que posso fazer agora — perguntou Mari —, para honrar minha mãe? Para retribuir o sacrifício? — Ela apertou o frasco de vidro contra o peito. — Não temos feitiços para amor ou lembrança.

— Não acho que ela precisasse de nada disso de você. — Holmes indicou com a cabeça a carta no colo de Mari. — Ela pediu uma coisa. Perdão.

— Eu gostaria… — A voz de Mari estava embargada pelas lágrimas. — Eu gostaria de poder dar isso a ela tão facilmente. Acho que vai levar tempo.

Holmes assentiu.

— É óbvio que vai. É uma ferida profunda. — Com o polegar, ele enxugou uma lágrima grossa do rosto de Mari e mergulhou a mão no mar. — Mas seu desejo de honrar a morte dela mostra que uma pequena parte dessa ferida já começou a cicatrizar.

De repente, o barco deu um pequeno solavanco, assustando os dois. Onde os dedos de Holmes roçavam a água, algo escuro e brilhante rodopiava sob a superfície.

Mari se inclinou sobre a borda do barco, exclamando baixinho:

— Golfinhos. São três.

Ela colocou a mão na água, deixando que um deles tocasse suavemente a ponta de seus dedos. A água ao redor deles começou a brilhar, cintilando em tons de laranja e rosa. *Como raios de sol*, concluiu Holmes, embora não se lembrasse de ter visto o oceano brilhar daquela forma antes.

Com os golfinhos por perto, ele começou a remar em direção à costa. As ondas batiam suavemente no barco, de modo que mal precisava puxar os remos.

Enquanto avançavam, Mari deitou-se no fundo do pequeno bote, com a cabeça apoiada na perna de Holmes e as mãos em volta de sua panturrilha.

— Nunca vou te deixar partir — sussurrou ela.

Holmes não se lembrava de ter sido tão feliz quanto naquele exato momento.

— Para onde vamos — perguntou ele — quando chegarmos à terra?

— À pequena ilha de Ischia — respondeu Mari sem hesitar. — Assim que o *La Dea* afundar, vamos encontrar Ami e Dante e partir de imediato para Ischia.

Quase uma hora se passou enquanto Holmes e Mari permaneceram escondidos atrás de uma rocha, aguardando a chegada do *La Dea*. Enquanto esperavam, Holmes retirou seu diário da capa de cera. Estava úmido nos cantos, mas, felizmente, intacto. Ele virou para a primeira página em branco e anotou a data. *Sexta-feira, 27 de abril de 1821.*

Em seguida, relatou tudo o que havia acontecido naquela manhã: a mãe de Mari, Imelda, ajudando-o a escapar. Os tiros de Quinto. O encontro com Mari enrolada em nós de corda.

Mas não mencionou nada sobre *stregheria*. Aquilo não era um segredo dele para compartilhar.

Enquanto ele escrevia, Mari tirou uma pequena pena de pássaro do vestido.

— Quase esqueci que tinha isso — disse ela. — Encontrei há alguns dias e guardei comigo desde então. Me fez lembrar da história que você me contou uma vez, de quando salvou o passarinho do contramestre.

Holmes sorriu, colocando a pena entre as páginas. Ele pensou em toda a sua sorte e levantou a caneta pela última vez.

Esta viagem chegou ao fim, escreveu. *Nós dois somos considerados mortos.*

E, no entanto, estamos incrivelmente, completamente vivos.

36

HAVEN

Sábado

E, no entanto, estamos incrivelmente, completamente vivos.

Li a última linha do diário de Holmes outra vez.

— Ai, meu Deus — disse em voz alta. — Ai. Meu. Deus.

Com o vídeo pausado, ampliei ainda mais a página, localizando uma pequena pena cinza e branca presa na costura entre as páginas. Fiquei imaginando a história por trás dela. No entanto, naquele momento, eu estava mais fascinada com o que acabara de descobrir.

Era sábado de manhã e Mal ainda dormia em seu quarto. Levantei-me para acordá-la — precisava lhe contar aquilo o quanto antes —, mas me senti tão tonta que rapidamente me sentei de volta.

Precisava contar para Savina também. Essa informação mudava tudo o que ela achava que sabia sobre Mari. "Ela rejeitou seus poderes sobre o mar", havia dito a mãe de Enzo, "e veja no que deu." No entanto, pelo que eu tinha acabado de ler, a mãe de Mari não a abandonara. Seu amante não havia afundado junto com o navio. E ela mesma não havia se suicidado.

As desgraças que Savina acreditava sobre Mari? Com exceção da perda da irmã mais nova, as outras coisas não tinham acontecido.

Na verdade, Mari DeLuca parecia, de repente, uma das mulheres mais sortudas que já existiram.

Pulei ao ouvir alguém bater à porta. Seria Enzo?

Levantei-me do sofá, com a visão borrada por manchinhas pretas. Abri a porta.

Conrad.

E pela expressão em seu rosto, algo estava errado.

— Como descobriu onde eu estava? — perguntei, com os dedos agarrados ao batente.

— Gage me contou. — Ele olhou ao redor, observando as portas duplas que davam para o terraço. — Uma casa e tanto para uma equipe de projeto com orçamento limitado.

Eu o ignorei, evitando desperdiçar meu fôlego com uma explicação.

— Posso entrar? — perguntou ele. — Há algo que eu gostaria de conversar com você.

A curiosidade falou mais alto. Abri mais a porta, convidando-o a sentar-se em um dos bancos altos.

— O que houve? — perguntei.

— Gage e eu tivemos uma conversa agradável ontem à noite — disse ele, passando os dedos lentamente pelo balcão. — Você está ciente, Haven, da cláusula de confidencialidade quanto ao envolvimento da fundação neste projeto?

Comecei a suar pelas axilas. Havia algo no modo como agia de que eu não gostava. Algo de que não gostava nem um pouco.

— Sim, óbvio.

— Eu mesmo estou intimamente familiarizado com ela — continuou ele —, pois assinei o mesmo contrato há alguns dias. É um dos princípios mais rígidos da empresa: a HPI não permite que os beneficiários do financiamento divulguem o envolvimento deles. É por isso que Gage exige criptografia em e-mails e a supressão do nome da fundação em documentos compartilhados com outras pessoas. Você se lembra de ter assinado o contrato no qual concordou com isto, certo?

— Aonde quer chegar? Nunca compartilhei o nome da fundação com ninguém de fora da equipe do projeto.

Conrad pegou seu celular e passou por algumas fotos, parando em um vídeo. Ele apertou o *play*.

A primeira coisa que reconheci na tela? O barco de mergulho de Enzo. Era uma filmagem do início daquela semana, quando Enzo e eu demos de cara com Conrad e sua equipe. Tinha achado que ele estava tirando fotos com o celular, mas, em vez disso, ele gravara um *vídeo*.

Continuei assistindo enquanto a câmera fazia uma panorâmica das ondas e da água. Então a imagem ficou parada — deve ter sido quando Conrad colocou o celular no console central do barco.

Mas ele não havia parado a gravação. Deixou ligada enquanto começava a mexer no equipamento.

"É patenteada. Uma câmera protótipo." Era a voz dele no vídeo. Clara e nítida.

Mas foi o que ouvi a seguir que me deixou com um nó na garganta. A minha própria voz. "A HPI emprestou para você?", perguntei na gravação em voz alta. "Ou foi o próprio Gage Whitlock?"

Seguiu-se uma pausa da qual me lembro bem, mesmo agora. Conrad tinha olhado para mim com raiva depois da minha pergunta, e então o vídeo captou seu comentário sussurrado. "Caramba, Haven."

Naquele momento, ele apertou o botão Stop na gravação e cruzou os braços.

— O envolvimento da fundação deve ser mantido em sigilo — disse Conrad naquele instante. — No entanto, neste vídeo, você menciona o nome da organização e seu CEO na frente de várias pessoas que não estão envolvidas com o projeto de forma alguma.

— Enzo e o piloto do seu barco? Que exagero. Eles usam calções de banho para trabalhar, Conrad. Não estão interessados em fundações e compromissos financeiros.

Ele balançou a cabeça.

— Minha equipe de mergulho também não tem contrato. Eles não tinham ideia de que o projeto era financiado pela HPI. Não até você dizer. Agora, temos que lidar com acordos de confidencialidade.

Eu procurei uma desculpa, qualquer coisa para me exonerar.

— Bem, o contrato que assinei ficou nulo e sem efeito no momento em que Gage me tirou do projeto — retruquei, sem convicção.

— Nada disso. O documento diz que as obrigações de confidencialidade continuam mesmo se as partes decidirem encerrar o contrato. — Ele começou a digitar no celular de novo. — E eles têm uma baita equipe de advogados em Nova York que não lida com violações de confidencialidade com delicadeza. Veja.

Conrad me mostrou uma matéria obscura de um jornal de negócios, provavelmente algo que poucos tinham visto. A manchete dizia: "Fundação renomada processa beneficiária de financiamento por violação da cláusula de confidencialidade". Ele rolou a página para baixo, apontando para o final. "Duzentos e cinquenta mil dólares em indenização."

Levantei as mãos, exaltada.

— Está bem, eu estraguei tudo. E agora?

Ele deu de ombros.

— Posso apagar o vídeo.

— Ótimo. Maravilha. Mais alguma coisa que eu possa fazer por você?

Minhas mãos tremiam enquanto eu agarrava a borda do balcão.

— Sim — respondeu ele. — Quero que saia de Positano.

Eu semicerrei os olhos.

— O quê? Isso é uma piada?

— De forma alguma. — Ele ergueu o celular. — Você concorda em voltar para casa e eu apago o vídeo.

Fiquei boquiaberta, sem acreditar naquilo.

Então, finalmente, fiz a pergunta que estava com medo de fazer havia dias:

— Como você sabe?

Conrad não se abalou.

— Como sei do quê?

— Meu Deus, Conrad. Do *tesouro*. Das joias que meu pai viu em seu último mergulho. Eu sei que é por isso que está aqui. Ele mesmo te contou? Ou você bisbilhotou o escritório dele, os arquivos e...

De repente, hesitei.

Durante o nosso encontrão recente de barco, Conrad havia usado meu nome do meio, chamando-me de *Haven Marie*. Poderia ser algo irrelevante, não fosse pelo fato de que a senha da pasta na nuvem do meu pai — a mesma que continha as imagens do naufrágio — era o meu nome do meio.

De vez em quando, meu pai compartilhava imagens de seus mergulhos com amigos e familiares. Conrad deve ter bisbilhotado o drive na nuvem.

— Você descobriu a senha dele — falei, por fim. Não teria sido muito difícil encontrar a informação através das minhas redes sociais, ou talvez meu pai tivesse mencionado aquilo alguma vez, de passagem. — Você conseguiu entrar na pasta bloqueada *Potencial de Li Galli*, não foi?

Conrad não olhou para mim.

— Seu pai compartilhava muitas coisas comigo — afirmou. — Ele teria me contado enquanto tomávamos uma cerveja, de qualquer maneira.

Discordei veementemente.

— Deixe-me adivinhar — retruquei. — Sua busca está indo bem, mas você precisa de mais tempo. Você quer que eu saia do seu caminho, não é?

Eu não possuía o equipamento tecnológico extravagante que Conrad ostentava, mas talvez ele temesse que eu tivesse outras pistas à minha disposição, como informações sobre os estranhos códigos alfanuméricos que meu pai também havia deixado na pasta na nuvem.

Conrad não respondeu. Aquilo me disse tudo o que eu precisava saber.

Ainda assim, ele queria que eu desistisse da descoberta do meu pai.

E queria que eu *fosse embora*.

No entanto, naquele momento mais do que nunca, eu precisava estar ali. Havia algo com o qual só eu poderia lidar, algo com implicações enormes.

Pensei no que havia lido alguns minutos antes no diário de Holmes — *E, no entanto, estamos incrivelmente, completamente vivos* — e nas crenças equivocadas de Savina. Ela achava que Mari havia se afogado após uma vida de perdas pessoais. Ela também pensava que ela e Renata eram as últimas *streghe* vivas. Mas, como Mari e Holmes sobreviveram, é possível que tenham tido filhos. Podiam até ter deixado uma linhagem próspera de descendentes. Se aquilo fosse verdade, Savina precisava saber. Ela talvez não fosse a última da linhagem.

No entanto, nada era garantido. Ficar em Positano para investigar aquilo poderia dar em um beco sem saída. E, se fosse esse o caso, eu não teria conseguido nada em troca pelo que talvez fosse um enorme processo judicial.

— Preciso falar com Mal — respondi. — Volto em um minuto.

Cutuquei Mal no ombro, acordando-a.

— Ei — chamei. — Preciso de ajuda. É sobre Conrad.

Ela piscou os olhos, sentando-se na cama.

— Vamos enterrar um cadáver?

Eu não ri. Em vez disso, resumi o que tinha lido no diário de Holmes e, em seguida, minha conversa com Conrad.

— Não sei o que fazer. Ele quer que eu vá embora de Positano. — Apertei o osso do nariz. — Como posso abandonar tudo isso? Descobrir a verdade sobre Mari, revelar o que meu pai me implorou para encontrar…

Pela expressão séria de Mal, percebi que ela estava prestes a dar um de seus sermões de amor intenso.

— Olha, Haven — disse ela, em voz baixa. — Isso não tem mais a ver com seu pai. Eu entendo que está de luto por ele. Entendo que está cheia de remorso. Entendo que está tentando terminar o que ele começou. — Mal se levantou e colocou a mão no meu ombro. — Mas ele se foi, Haven. E, neste momento, tudo o que está em jogo, incluindo a segurança das pessoas no mar, mostra que você precisa desistir da busca pelas joias de seu pai. Pelo menos por enquanto. E se preocupar com Algo Maior. — Balançou a cabeça. — Pense da seguinte maneira: se não fosse pela jornada para encontrar o tesouro escondido no fundo do mar, você nunca teria ido ao arquivo. Não teria conhecido Enzo nem a mãe dele. Não saberia nada sobre as *streghe*. — Ela tocou a pulseira desgastada e desbotada no meu pulso. — Olhe para isto. Está surrada e velha e combina perfeitamente contigo. Você, Haven, não dá a mínima para dinheiro. Seu pai também não dava. Ele queria usar o dinheiro para criar um fundo de bolsas de estudo, pelo amor de Deus. Conrad sempre se importou com iates e ostentação. Mas você mesma me disse que seu pai se importava mais com a alegria da descoberta: a busca, a aventura, as imersões profundas com pessoas amadas. Essas são as coisas que ele queria para você. E você já fez uma descoberta incrível, não foi? — Mal enxugou a lágrima que escorria pelo meu rosto. — Você é uma mulher adulta. Pode tomar as próprias decisões. Tem o direito de fazer algo diferente do que seu pai pediu.

Ela estava completamente certa. Pelo menos por enquanto, eu precisava parar de me preocupar com as joias. Tinha que descobrir a verdade sobre a história de Mari e Holmes.

— Sim — falei, por fim. — Você tem razão.

— É óbvio que tenho.

Balancei a cabeça para ela — minha melhor amiga, tão direta e leal — e saí do quarto. Encontrei Conrad ainda na bancada da cozinha, com os olhos grudados na televisão. Era mais uma reportagem sobre a queda vertiginosa do turismo na costa amalfitana.

— Tudo bem, Conrad — anunciei. — Vou ficar longe da água, mas não vou sair da cidade. — Apontei para o celular dele. — Faça o que quiser com esse vídeo.

Ele enfiou o celular no bolso de trás.

— Não te entendo, Haven. Um processo como esse pode acabar com a sua vida.

Dei de ombros, indo até a porta da frente e abrindo-a para ele.

— Tenho coisas mais importantes com que me preocupar.

Com isso, ele franziu a testa, e eu me deleitei por um momento com a satisfação que a reação me causou. Talvez ele pensasse que eu estava seguindo pistas para um tesouro ainda maior. Uma descoberta ainda mais valiosa.

O que, de muitas maneiras, era verdade.

— Vá embora — pedi, segurando a porta aberta.

Com um leve aceno de cabeça, ele saiu da casa.

Dado o que eu havia lido no diário de Holmes antes da chegada de Conrad, fiquei tentada a ir até a casa de Savina naquele instante. Mas eu ainda tinha perguntas, e sabia que Savina também teria.

O diário e a capa de couro estavam danificados pela água. Presumi que fossem destroços, já que muitas outras coisas na sala de arquivos estavam marcadas como tal. Mas o diário não podia ser um destroço, não se Holmes havia feito uma anotação após o naufrágio, registrando que ele e Mari estavam vivos.

Como, então, aquele diário tinha chegado ao arquivo? E será que saber isso poderia lançar alguma luz sobre o destino de Holmes e Mari? Aquela parecia uma informação crucial antes de eu voltar para Savina com o que, sem maiores explicações, pareceria uma história absurda.

Vasculhei de novo as fotos em meu celular, observando um adesivo incomum colado no pacote que continha o diário e sua capa de couro: *FM-1842.1*. Eu não tinha ideia do que aquilo significava, e a única maneira de descobrir era ligar para Chloe, que não era exatamente minha pessoa favorita. Era sábado, mas, de acordo com o site do arquivo, eles estariam abertos naquele fim de semana para um evento especial com estudantes universitários.

Chloe atendeu ao terceiro toque. Depois de trocar um rápido "olá", perguntei a ela sobre o código que aparecia no diário.

— FM — repetiu ela. — Qualquer coisa com esse carimbo significa que veio da coleção particular que mantinha os registros da empresa Fratelli Mazza até o início do século XX. Em algum momento, eles doaram os registros para nós. Havia centenas de caixas. O número 1842 indica o ano em que o diário teria se tornado posse da coleção particular. E o 1 simplesmente significa que eles tinham apenas um registro daquele ano. O que é óbvio, já que a empresa Fratelli Mazza estava praticamente extinta ao final de 1821.

Aquilo me pegou de surpresa.

— Por quê? — perguntei.

Chloe soltou uma risadinha.

— Bem, os irmãos estavam mortos. Massimo se afogou em abril daquele ano e, duas semanas depois, Matteo estava a bordo de um brigue que naufragou muito perto de Positano. Suas mortes, tão próximas uma da outra, foram o assunto da cidade durante um ano. Temos dezenas de matérias de jornais antigos sobre os irmãos, se você estiver interessada.

Hesitei. Abril de 1821 foi o mês da última anotação de Holmes.

— Então por que o arquivo só recebeu este diário vinte anos depois?

— Pode ser por vários motivos — disse Chloe. — O autor do diário pode ter enviado ele mesmo para o arquivo, acreditando que seu conteúdo era historicamente significativo. Ou, após a morte do autor, sua família pode tê-lo enviado, sabendo que havia menção aos irmãos Mazza.

Pensei em meu pai, seu escritório em casa ainda repleto de antigos registros de mergulho, papéis espalhados e anotações rabiscadas em diagramas de navios. Eu ainda não tinha forças para analisar nada daquilo em detalhes.

O que eu faria com tudo aquilo algum dia? Não seria capaz de jogar fora as coisas dele. Talvez a família ou os filhos de Holmes — se existissem — tivessem sentido o mesmo, optando por enviar aquele documento pessoal para um acervo de arquivos, onde ficaria preservado para sempre.

— Você tem algum recurso — perguntei — que possa esclarecer o destino do autor do diário? Registros de óbito, por exemplo?

— Sim, assinamos duas bases de dados genealógicas.

Agradeci a Chloe e desliguei a ligação.

Era hora de voltar ao arquivo.

Na manhã seguinte, Mal e eu acordamos de madrugada para pegar um táxi para Nápoles, uma viagem mais rápida do que de ônibus. Chegamos ao arquivo logo após sua abertura ao público.

Antes de consultar as bases de dados genealógicas, eu queria dar uma última olhada no diário de Holmes para ter certeza de que não havia deixado nada passar.

— Gostaria de ver o mesmo documento que vi da última vez — pedi a Chloe. — Não precisa me ajudar. Sei onde está.

Ela empurrou a prancheta com o livro de visitas, e eu rabisquei meu nome. Mal fez o mesmo e, juntas, fomos para a última sala do arquivo. Eu ainda tinha o número da prateleira anotado no meu caderno e rapidamente localizei o pacote que continha a capa danificada pela água e o diário. Mal e eu nos sentamos juntas em uma pequena mesa.

Depois de todo o tempo que tinha passado revisando o diário de Holmes do meu celular nos últimos dias, tê-lo naquele instante ali em minhas mãos lhe atribuía um significado muito maior. Quando peguei aquele diário pela primeira vez, considerei Holmes pouco mais do que um marinheiro infeliz que se afogou. E talvez até mesmo um criminoso.

Mas, naquele momento, eu sabia que ele foi um homem que se apaixonou por uma bruxa do mar. Um homem que estava determinado a voltar para ela.

Um marinheiro que não tinha se afogado.

Procurei no diário por alguma pista que pudesse esclarecer como aquele item havia chegado ao arquivo em 1842, quase vinte anos após a morte dos irmãos Mazza.

Não encontrei nada.

Frustrada, dei uma última olhada no diário e em sua capa danificada pela água, depois dei um tapinha nele e o coloquei de volta no pacote de papéis. Por instinto, senti que nunca mais o veria. Ele havia me dado tudo o que podia.

— Então, terminamos? — perguntou Mal. — Eu aceitaria um *Bellini*.

Balancei a cabeça.

— Não. Não viemos aqui por causa do diário.

Mal ergueu as sobrancelhas.

— Eba!

Eu ri enquanto voltávamos para a entrada.

— Chloe — chamei. — Você pode me contar sobre os bancos de dados genealógicos?

— Mas é claro — respondeu ela. — Assinamos dois. Il Portale Antenati e FamilySearch.org. — Então pegou um pequeno cartão e me entregou. — Fique à vontade para usar um dos computadores lá atrás. Aqui estão nossas informações de login.

Alguns minutos depois, Mal e eu navegávamos pelo Il Portale Antenati, mas foi frustrante: o site era difícil de entender e não mostrava nenhum registro anterior a 1860.

Tentamos o FamilySearch.org em seguida.

— Vamos tentar *Holmes Foster* — sugeri, digitando o nome dele na função de pesquisa e deixando as datas bem abrangentes.

— E a localização? — sugeriu Mal.

Tentei Massachusetts primeiro, lembrando-me do que tinha lido no diário. Nada correspondia ao período. Tamborilei os dedos na mesa. Ele não teria ficado em Positano, disso eu tinha certeza.

— Vamos colocar… *Itália*? — perguntei, rindo de leve do quão absurda era a ideia.

— Não custa tentar.

Mais uma vez, nenhum resultado.

— Tá bem. Vamos tentar *Mari DeLuca* — falei.

Porém, outra vez, nada.

Recostei na cadeira e soltei um longo suspiro. De repente, Mal se inclinou sobre mim, quase me empurrando para fora do caminho para acessar o teclado. *Mari Foster*, digitou ela.

— Isso não vai funcionar — discordei. — Mulheres italianas não adotam o sobrenome do marido.

Mal me lançou um olhar fulminante.

— Eles fugiram depois de forjar suas mortes. Mari não parece exatamente alguém que seguia as regras.

Então, de forma muito dramática, ela apertou Enter.

De imediato, um único resultado apareceu na tela. Mas não estava relacionado a uma mulher chamada Mari Foster. Em vez disso, era uma postagem feita em um fórum vários anos antes. A usuária havia postado a mesma mensagem duas vezes, uma em inglês e outra em italiano, dizendo que estava procurando uma ancestral chamada Mari que poderia ter se envolvido com alguém com o sobrenome Foster. O período em que essa ancestral viveu foi no início do século XIX, com possíveis conexões com Nápoles e a costa amalfitana.

Parecia deliciosamente promissor.

— De nada — disse Mal, sorrindo.

Meu coração acelerou quando cliquei no perfil da mulher que havia feito a postagem. Seu nome era Lucille Detti, e ela havia postado uma foto, embora se parecesse com inúmeras outras mulheres italianas: pele bronzeada, olhos escuros. Curiosamente, porém, ela tinha o cabelo de um ruivo escuro, com alguns fios grisalhos. Era muito bonita, talvez na casa dos 50 anos. De acordo com suas postagens, morava em Veneza.

Seu perfil listava um endereço de e-mail. Rapidamente, enviei uma mensagem, pedindo que me ligasse a respeito de uma *Mari/Foster* sobre a qual ela havia postado online dois anos antes.

Não era uma resposta para o destino de Holmes, mas talvez pudesse esclarecer o de Mari.

— Agora é esperar — falei para Mal. — Vamos procurar um *Bellini* para você.

Várias horas mais tarde, enquanto Mal e eu estávamos em um táxi voltando para Positano, meu celular recebeu uma chamada de um número desconhecido com o código do país +39. Atendi às pressas, sentindo que poderia ser Lucille.

Eu estava certa.

— Você é a única pessoa que entrou em contato sobre aquela postagem — disse ela, com um tom de voz alegre e caloroso. — Há muitos anos venho compilando a árvore genealógica da minha família, e Mari é um dos poucos membros nos quais fiquei... *bloccata*.

Lucille estava em um beco sem saída, então. Resisti à vontade de começar a fazer perguntas. O que ela sabia sobre Mari e Holmes? Estava familiarizada com *stregheria*? Ela era uma *strega* praticante?

Em vez disso, forcei-me a começar com gentilezas. Perguntei se ela ainda morava em Veneza, o que se provou verdade, e se tinha família. Ela era casada havia trinta e quatro anos, pelo que contou, e tinha duas filhas adultas. Quatro netos também: um menino e três meninas.

— Que legal! — Respirei fundo, preparando-me. — E o que você sabe sobre sua ancestral, Mari?

— Não muito — respondeu Lucille, com a voz resignada. — Você já tentou pesquisar sua árvore genealógica? Há um número infinito de caminhos a seguir. Se não consigo avançar com um ancestral, pulo uma geração e sigo com outra pessoa. — Ao fundo, eu a ouvi vasculhar papéis. — Antes de te ligar, peguei alguns arquivos. Mari teve quatro filhos. Eles adotaram o sobrenome *Foster*, o que é interessante. Provavelmente do pai, mas não é italiano, óbvio. Nunca soube muito sobre ele. Os registos paroquiais referem-se a ele apenas como *signor Foster*.

Fiquei em silêncio, sentindo a necessidade de guardar a história de sobrevivência de Holmes para mim, pelo menos por enquanto.

— Uma pandemia de cólera que assolou grande parte da Europa na década de 1840 foi o que acabou matando Mari. Provavelmente seu marido também. O registro paroquial mostra que a família de seis pessoas morava em Treviso em 1841, mas não há registros de 1842. Eu presumiria que, se o marido de Mari, esse tal Foster, tivesse sobrevivido, teria ficado em casa com os filhos sobreviventes.

A sugestão de Chloe estava certa: alguém, fosse Holmes, Mari ou outra pessoa, deve ter enviado o diário de Holmes — carimbado com *FM-1842.1* — para o arquivo logo após a morte dele.

Olhei pela janela enquanto o táxi acelerava pela rodovia. À distância, o Vesúvio se erguia alto e claro no céu.

Lucille continuou:

— Provavelmente, um vizinho ou amigo da família acolheu as crianças, que são meus ancestrais. Localizei alguns deles, principalmente uma das filhas de Mari. São longas linhagens familiares. Tenho primos no mundo inteiro. Milhares, eu acho. — Ao dizer aquilo, Lucille riu. — Entrei em contato com alguns deles. Fiz bons amigos, na verdade.

— Você se importaria de me enviar fotos da árvore genealógica? — perguntei, lembrando-me do que Savina havia me dito.

Um legado que remonta a milhares de anos, e nós somos as últimas.

— Sem problemas! — disse ela. — Assim que desligarmos, vou enviar as fotos por e-mail. — Ouvi Lucille revirando papéis. — Estou muito curiosa. Por que está interessada nisso tudo?

Expliquei a Lucille que era arqueóloga e estava pesquisando uma família cuja linhagem a situava na região de Amalfi. Enquanto falava, Mal me olhou com desconfiança, como se dissesse: *isso é muito pouco específico, mas tudo bem.*

A resposta pareceu satisfazer Lucille, e tive a impressão de que ela estava feliz por alguém, finalmente, ter entrado em contato.

— Antes de desligarmos… — falei, inclinando-me para a frente na cadeira. *Vamos lá.* — Durante a minha pesquisa, me deparei com uma matéria antiga que mencionava *stregheria*. Estou curiosa para saber se sua família tem alguma história ou lenda sobre isso.

— *Stregheria…* — repetiu Lucille, com um tom de espanto.

— Isso.

— Eu não sou… — Ela gaguejou, depois ficou em silêncio.

Por um instante, pensei que a ligação tivesse caído.

— Não me sinto à vontade para falar sobre isso ao telefone — respondeu ela, enfim.

— Eu entendo — falei depressa, querendo deixá-la à vontade.

Ainda assim, percebi o tremor em sua voz. Havia algo ali, algo que ela não queria compartilhar. Talvez se sentisse mais à vontade para falar com Savina, se eu conseguisse fazer a ponte entre as duas com delicadeza e tato.

Agradeci a Lucille pelo tempo e disse que aguardaria seu e-mail.

Assim que desligamos, verifiquei minhas mensagens de texto — alguns alôs de amigos em casa. Então fui ao Instagram, curiosa para saber se Conrad havia postado alguma foto do mergulho de hoje.

Fiquei enjoada quando vi que ele havia postado. "Mergulho único na vida", escreveu na legenda de uma foto sua tirando a máscara de mergulho. Com uma pontada de inquietação, eu só podia torcer para que minha tarde no arquivo e minha conversa com Lucille fizessem tudo isso valer a pena.

— Você se importa de eu fazer uma coisa rápida antes de voltarmos para a casa? — perguntei a Mal.

— Tenho escolha? — retrucou ela.

Eu ri.

— Touché.

Inclinei-me para a frente e dei instruções ao motorista do táxi.

37

HAVEN

Domingo

Quando o táxi parou em frente à casa de Savina, avistei a Vespa laranja brilhante de Enzo estacionada na frente. Ele havia me enviado algumas mensagens no dia anterior, mas eu estava tão preocupada com outras coisas que não respondi mais do que algumas poucas palavras.

A porta da frente estava entreaberta, e Mal e eu entramos timidamente no hall.

— Olá? — chamei.

— Haven.

Virei-me e vi Enzo, sem camisa, com uma chave de fenda em uma das mãos e uma garrafa de água na outra.

— Oi — falei. — Enzo, esta é minha amiga, Mal. Mal, este é Enzo.

Os dois acenaram com a cabeça e Enzo se inclinou para me dar um beijo gentil na bochecha.

— Minha mãe mencionou que vocês duas conversaram algumas vezes — disse ele —, mas não entrou em detalhes. Não sabia que tinham se dado tão bem.

Ele inclinou a cabeça para o lado, um convite para que eu contasse mais.

Olhei ao redor da entrada.

— É para o projeto em que estou trabalhando. Descobri que ela sabe bastante sobre a história local. — Foi o melhor que consegui dizer.

— Vou procurá-la — disse Mal, saindo apressada e nos deixando a sós.

Notei um elástico preto de cabelo no pulso de Enzo. *Meu* elástico preto de cabelo. Dei um puxão brincalhão.

— O que é isto? — perguntei.

— Encontrei no chão na outra noite. Ao lado da bancada da cozinha. Não tirei mais.

— Fica bem em você — comentei, encantada por ele ter guardado.

Mal me chamou do outro cômodo. Quando me virei, senti os olhos de Enzo em mim. Senti uma onda de calor se espalhar pelo peito: não importava o que acontecesse com relação a Savina nos próximos dias, eu sabia que Enzo e eu não tínhamos acabado com seja lá o que fosse aquilo entre nós.

Savina correu para me dar um abraço.

— Venha, venha — disse ela, fazendo um sinal para que eu a seguisse até uma pequena despensa ao lado da cozinha.

Uma vez a sós, Savina se inclinou para perto de mim, com as mãos em meus ombros.

— Eu posso ver nos olhos dele — sussurrou ela. — Enzo está se apaixonando por você, se é que já não está. Ah, Haven, como…

— Espere — interrompi, levantando a mão.

As fotos de Lucille chegaram logo depois que desligamos, e eu já as havia examinado. Naquele momento, ampliei uma delas e mostrei a Savina o nome escrito à mão no topo da árvore genealógica. *Mari DeLuca.*

Abaixo, uma teia de descendentes. Centenas deles.

Na verdade, havia *streghe* por toda parte. Por toda a Itália.

Respirei fundo. O que eu estava prestes a compartilhar com Savina não era isento de riscos. Havia a possibilidade de que, depois de contar a ela que Mari tinha descendentes por toda parte, Savina pudesse recrutá-los para seus próprios planos perversos. Mas eu tinha uma vantagem incrível, incluindo as conversas discretamente gravadas no celular com Savina na sexta-feira à noite. Eu ficaria feliz de entregá-las às autoridades, se necessário, com todas as outras informações que eu conseguira.

— Ela não se afogou — contei. — Mari sobreviveu, e eu tenho provas disso. — Pensei no diário de Holmes, guardado no arquivo. — Tenho provas de que o amante dela também sobreviveu ao naufrágio do *Aquila*. E a mãe dela? Ela não abandonou Mari. As *lendas e tradições* de sua mãe podem ter fragmentos da verdade, mas a narrativa real é muito diferente do que você foi levada a acreditar. Incluindo — acrescentei, mostrando meu celular de novo — o fato de que você e Renata não são o fim de nada. Há *streghe* por toda parte.

De repente, percebi que eu era a ponte — o elo — entre aquelas duas linhagens separadas de *streghe*. Savina acreditava que ela era o fim da linhagem. Lucille estava procurando a verdade na origem. Como elas poderiam ter se conhecido ou descoberto uma à outra sem meus esforços?

Savina não tirava os olhos da tela do meu celular.

— Não entendo. Onde você conseguiu isso?

Resumidamente, contei a ela sobre o diário de Holmes e minha pesquisa genealógica online.

— Falei com uma mulher, Lucille, hoje cedo. Foi ela quem me enviou isto. Ela é descendente de Mari e é muito interessada em genealogia. Passou anos compilando essas informações. Os dados de Mari, por exemplo, vêm de registros paroquiais do século XIX. — Abri minha conta de e-mail. — Lucille também me enviou isto.

Não sei o que você leu, escreveu Lucille no e-mail, mas *stregheria* não é como outras formas de bruxaria. Todas as *strega* que conheço usam seus poderes para o bem. Para a benevolência — mudar para melhor. Essa linhagem tem sido indescritivelmente gratificante, o maior presente da minha vida.

Finalmente, Savina tirou os olhos do celular. Ela olhou pela janela, onde, à sua frente, um pequeno bosque de oliveiras tinha crescido no meio do matagal de árvores perenes.

— "O maior presente da minha vida" — repetiu. — Acho que gostaria de falar com ela.

— Sim — respondi. — É claro.

Tive a sensação de ver um lampejo de algo como alívio ou libertação nos olhos de Savina.

— Nossa, eu preciso me deitar… — admitiu ela, enfim.

Soltei um suspiro. Não considerava Savina uma mulher má, mas decerto era triste e medrosa. Ela acreditava que recuperar a magia de uma vida inteira manteria seu filho seguro e bem.

Aquilo não tornava suas ações corretas, mas, de certa forma, eu conseguia entender seus motivos.

Peguei o celular, pronta para colocá-lo no bolso de trás. A tela se iluminou, revelando a imagem do meu pai em seu barco: o cabelo pingando água, a marca da máscara de mergulho na pele. Tudo o que aconteceu nos últimos dias tinha sido por causa dele — resultado da minha busca pelo tesouro que ele não conseguira encontrar.

Era evidente que eu não tinha encontrado as joias — pelo menos não ainda. Apesar da minha aversão a Conrad, eu as deixei para ele encontrar primeiro.

Mas o que descobri foi muito mais doce: a história de amor de Mari e Holmes.

Eles não tinham como saber, mas aquela história era poderosa o suficiente — mesmo agora, mais de duzentos anos depois — para salvar uma região inteira.

38

HAVEN

Três meses depois

Menos de três meses depois de partir, voltei para Positano. Desta vez, ficaria mais tempo, muito mais tempo — até um ano. O Projeto Relíquia estava de volta e, agora, o projeto foi acordado inteiramente nos meus termos.

Minha equipe continuava a mesma, com uma exceção agridoce: Mal. Ela e Megan tinham decidido que estavam finalmente prontas para morar na mesma cidade, e Mal a pedira em casamento. Devido às mudanças que aconteceriam em sua vida, Mal não poderia retomar o trabalho no Projeto Relíquia. Por mais triste que eu estivesse por sua saída, fiquei feliz de ela ter encontrado tamanha felicidade.

Eu não achava que voltaria a trabalhar no Projeto Relíquia, não com pessoas como Gage e Conrad no páreo. Mas, alguns dias depois da minha conversa com Lucille e da minha última viagem à casa de Savina, Conrad partiu de forma abrupta de Positano.

Fora Gage quem me contou, em uma ligação quase em pânico.

— O que aconteceu com Conrad? — gritou ele ao telefone.

— Não faço ideia do que está falando — respondi, olhando para o meu equipamento de mergulho, tentando pensar em uma estratégia para voltar à água o mais rápido possível.

— Ele abandonou o projeto — contou Gage. — Sem explicação. Aconteceu alguma coisa entre vocês?

Meus ombros caíram e eu me sentei na beirada da cama, inclinando-me para a frente e colocando a cabeça entre as mãos. *Ele abandonou.*

Aquilo só podia significar uma coisa: Conrad tinha encontrado as joias do meu pai. E bem rápido, também. Eu me perguntei se o equipamento patenteado tinha feito o trabalho ou se ele conseguiu decifrar o mistério por trás dos estranhos códigos alfanuméricos que meu pai tinha deixado com as fotos.

De qualquer forma, aquela era toda a prova de que eu precisava: Conrad nunca se importou nem um pouco com os objetivos do projeto. Eu só podia torcer para que ele estivesse distraído demais com seu novo tesouro e esquecesse o vídeo com o qual pretendia me chantagear.

— Não rolou nada entre nós — murmurei em resposta, pensando que era hora de começar a fazer as malas e procurar voos para casa. — Talvez ele tenha se cansado. Ou talvez tenha aparecido algo melhor. — Eu podia ouvir a derrota e a frustração na minha própria voz.

E então... Enzo. Não podia negar os sentimentos que ainda nutria por ele. Tínhamos almoçado juntos no dia seguinte a minha última visita à casa de sua mãe, embora tenha sido um almoço esquisito, com tudo tão incerto. Naquele momento, eu tentava não pensar no que poderia ter acontecido ao nosso relacionamento se o Projeto Relíquia tivesse ido adiante.

Houve uma pausa do outro lado da linha, depois:

— Você quer voltar para o projeto?

Eu congelei.

— Você me tirou do projeto, lembra?

Gage suspirou.

— Agi precipitadamente, Haven. Sinto muito.

— Não, você não sente, Gage. Você sente muito que a equipe de Conrad evaporou no ar, mas não sente nada por ter me tirado do projeto.

— O que a fundação pode fazer para você voltar? — Na voz dele, eu ouvi impaciência, talvez até desespero.

Fiz uma pausa, sentada na beirada da cama. Por mais irritada que estivesse com Gage, via uma oportunidade ali. Poderia usar aquilo a meu favor. Renegociar alguns dos termos que não tinha gostado desde o início. Exigir mais dinheiro para os membros da minha equipe. Redigir um contrato mais rigoroso entre todas as partes envolvidas, para que a fundação não pudesse voltar atrás. A qualquer custo.

Ainda assim, renegociar o contrato levaria tempo. Semanas, talvez meses. E eu queria um advogado diferente supervisionando o processo. Não alguém do lado de Gage, mas alguém do *meu* lado, com os interesses da minha equipe em mente.

— Deixe-me pensar sobre isso por alguns dias — pedira. — Entrarei em contato com você na próxima semana.

— Não temos tempo para isso, Haven.

— Gage. Você não tem nenhuma equipe no momento. Se vamos retomar o projeto, você não vai me pressionar novamente. — Eu puxei minha mala do canto do quarto e a coloquei sobre a cama. Independentemente da minha decisão, eu precisava ir para casa, pelo menos por um tempo, para me reorganizar e começar a ligar para advogados. — Entrarei em contato.

Desliguei antes que ele pudesse responder.

Logo após minha chegada a Positano — pela segunda vez —, meu celular tocou.

Eu tinha acabado de desfazer as malas. Naquele instante, estava em um estúdio para uma pessoa, escondido em uma rua lateral no centro da cidade. Ali, minha janela dava para um beco. Não tinha terraço, vista, nem Mal. Um forno de pedra decrépito servia de armário. O anfitrião me dissera que, havia muito tempo, aquele lugar tinha sido uma padaria.

Mas era aconchegante, convidativo. Mais do que suficiente.

Olhei para o identificador de chamadas. *Conrad.* Não tinha notícias dele havia semanas. Apesar de tudo, atendi, curiosa para saber o que ele queria naquele momento.

— De volta ao projeto, pelo que ouvi — disse ele.

Sua voz estava rouca, como se estivesse doente. Não soava como ele. O tom pretensioso de sempre havia desaparecido.

Levantei as sobrancelhas.

— As notícias correm rápido.

— Estou surpreso que você ainda esteja trabalhando com Gage, depois de tudo o que aconteceu da última vez.

— Contratei meu próprio advogado. Consegui condições melhores. Esse projeto pode alavancar minha carreira.

— Justo. — Ele exalou com força. — Estou orgulhoso de você, garota.

Revirei os olhos. Conrad pode ter salvado minha vida, mas quase arruinou minha carreira. Eu confiaria nele para um resgate subaquático, mas nada além disso.

— Precisa de alguma coisa?

— As joias — disse ele, lentamente. — Você sabia?

Franzi a testa. Na verdade, não tinha pensado muito nas joias nos últimos dois meses. Estava ocupada me preparando para o projeto, procurando um substituto para Mal. Tinha aceitado o fato de que, embora não tivesse recuperado o tesouro subaquático que meu pai tanto queria, tinha feito algo maior. Algo, sem dúvida, mais impactante.

Ainda assim, imaginei que as pedras preciosas valeriam uma boa quantia. Centenas de milhares de dólares, talvez. Perguntei-me que tipo de recompensa Conrad teria negociado com o governo italiano. Se é que ele tinha reportado, óbvio.

— Sabia o quê? — perguntei.

Conrad inspirou profundamente. Depois, muito baixinho, como se não acreditasse no que estava prestes a dizer, declarou:

— São falsas, Haven.

Sentei-me na beirada da cama.

— Falsas?

Pensei nos irmãos Mazza, os vigaristas, e no comentário que Chloe fizera durante minha primeira visita ao arquivo: "Eram vigaristas também, conhecidos por dar golpes e plantar armadilhas…".

— Isso mesmo — disse Conrad. — Não há nenhuma pedra preciosa de verdade no lote. É só vidro azul. — Ele hesitou, deixando a frase pairar no ar.

Vidro azul? Franzi a testa. As joias que meu pai tinha visto eram cor-de-rosa e vermelhas.

Quem está encontrando lixo agora?, quis perguntar a ele.

— Que pena — comentei, por fim, com um sorriso surgindo no rosto.

— Você sabe de mais alguma coisa, Haven? Podemos procurar juntos, se você souber. Desta vez é sério.

Nossa, esse cara não desiste.

— Não sei de nada — falei.

Era uma afirmação honesta, embora eu já estivesse procurando minha bolsa. Queria dar outra olhada nos códigos alfanuméricos na pasta na nuvem. Talvez, depois de me distanciar um pouco de toda a empreitada, eu descobrisse algo novo.

Além disso, nunca esqueceria a ligação de meu pai depois que ele vira as joias. Estava convencido de sua autenticidade. E, dada a afirmação de Conrad sobre a cor das pedras, era evidente que ele havia desenterrado algo diferente da descoberta do meu pai.

— Tenho que ir — disse a ele.

Despedimo-nos e desliguei, pensando nas diferentes coisas que podiam trazer alegria a uma pessoa. Para pessoas como Conrad, era dinheiro. Para pessoas como meu pai, era aventura.

Naquele momento, para mim, era karma.

Caí para trás na cama dura e ri até minha barriga doer.

Joguei o conteúdo da minha bolsa na cama, espalhando tudo: minha pasta com as plantas do local de mergulho e mapas marcados; meu caderno, cheio de anotações que fiz durante minha pesquisa e visitas ao arquivo; os contratos legais recém-redigidos; e meu laptop, no qual reabri naquele momento o documento de Word com a lista indecifrável de letras e números.

Folheei algumas páginas do meu caderno, parando naquela em que havia anotado os indicadores de registro no arquivo — o número da sala, o código do armário e assim por diante — para os catorze arquivos originais que eu havia encontrado.

Então, dei uma olhada na lista do meu pai.

Os códigos dele. Pela primeira vez, eu me perguntei se eles também poderiam ser algum tipo de indicador de registro de arquivo. Mas ele os havia dividido em colunas, em vez de listar uma sequência de dígitos, como eu havia feito.

Além disso, mesmo depois de reunidos, os indicadores de registro dele não correspondiam aos meus.

Bati com a caneta no queixo. Seria possível que ele estivesse seguindo uma linha de investigação completamente diferente?

Juntei minhas coisas e chamei um táxi.

Chloe me reconheceu assim que entrei.

— Bem-vinda de volta — disse ela alegremente, empurrando a prancheta com o registro de visitantes. — Eu me perguntei se a veria de novo um dia desses.

Assinei meu nome, depois hesitei, pairando a caneta sobre a página.

— Posso dar uma olhada rápida nisto? — perguntei, segurando a prancheta.

Afinal, os nomes no livro estavam disponíveis para todos.

Ela franziu a testa e respondeu:

— Claro. Sem problemas.

Virei página por página, procurando por muitos meses antes, em busca de uma data específica: a data de criação indicada nos metadados do documento de Word. Se a lista de fato consistisse em localizadores de registros de arquivo, meu pai provavelmente teria visitado o arquivo naquela data ou por volta dela.

Sim, havia pouco mais de nove meses, lá estava, inconfundível: a caligrafia firme de meu pai, escrevendo seu nome completo, seguido por sua assinatura apressada e cheia de floreios.

Lágrimas brotaram em meus olhos quando passei o polegar sobre a assinatura dele. Eu já a tinha visto mil vezes antes, mas nunca havia sentido meu coração apertar como naquele instante. Ele esteve ali, parado onde eu estava, tocando aquelas mesmas páginas.

— Obrigada — falei, colocando o livro de volta na mesa.

— Está tudo bem? — perguntou Chloe.

Assenti.

— Tudo bem, sim. Posso?

Fiz um gesto para a porta atrás dela, que dava acesso às salas de arquivo com as quais eu já estava tão familiarizada.

Ela apontou para o lugar.

— Boa sorte.

Sentei-me em uma das grandes mesas de pesquisa, limpando-a do pó e dos pequenos pedaços de papel envelhecido. Reabri o documento de Word do meu pai e analisei seus códigos.

Pelo que consegui perceber, ele tinha listado três registos de arquivo separados.

Fui em busca do primeiro, imaginando se aquele teria alguma coisa a ver com o *Aquila*. Não tinha, mas reconheci outra coisa quase de imediato: o carimbo no pacote de papel marrom. *FM-1886.1.* Aquele registro também vinha do arquivo particular que abrigava os muitos documentos da Fratelli Mazza.

Era uma matéria de jornal, publicada em Nápoles em agosto de 1886, sobre um grupo de caçadores de tesouros que se depararam com um naufrágio bem preservado que remetia a Fratelli Mazza. Os homens relataram ter encontrado uma grande variedade de bens ainda intactos entre os destroços, incluindo, para a sua alegria, centenas de diamantes na proa do navio. Estavam escondidos dentro do gurupés oco revestido de cobre na proa do navio. A pátina turquesa no cobre foi o que chamou a atenção deles, levando-os à valiosa descoberta.

Fiz algumas anotações no meu caderno e devolvi o pacote à prateleira. Fui para outra sala, outro armário, outra prateleira, e encontrei o segundo registro interessante do meu pai. Também era uma matéria de jornal, publicada na década de 1970, após o advento do mergulho autônomo moderno. Dois mergulhadores novatos, explorando ruínas romanas na Baía de Nápoles, encontraram uma relíquia religiosa banhada a ouro, estimada em milhões.

A localização da relíquia? A frente do navio, assentada no lodo ao lado de vários fragmentos grandes de revestimento de cobre.

Meu coração começou a bater mais forte no peito.

Depressa, fui até o terceiro e último registro, nada surpresa ao encontrar mais uma matéria de jornal, esta publicada em 1922. Li rapidamente a manchete: "Mergulhador autônomo encontra jarro roubado na costa de Capri, desaparecido havia um século". Dei uma olhada na reportagem, descobrindo que aquele mergulhador autônomo havia encontrado o jarro aparecendo sob uma lasca de revestimento de cobre azul-turquesa perto da proa do navio.

Então, quase me engasguei.

Havia um post-it colado na parte inferior da matéria, com uma breve nota rabiscada:

> Isso explica o gurupés revestido de cobre em todos os navios Mazza. Era lá dentro que eles escondiam as coisas boas! Esses canalhas geniais.

A caligrafia era do meu pai. Será que ele acidentalmente deixou o post-it colado no artigo? Um momento de descuido emocionado, talvez?

Com um nó na garganta, removi cuidadosamente o bilhete e colei-o no meu caderno, olhando para o papel. Até o tom — o humor caprichoso — era exatamente como ele.

Aquilo me lembrou do que meu pai me dissera tantas vezes. *Às vezes, as respostas não estão na água, mas fora dela.*

Aqui estava a prova disso.

Eu só podia supor o que havia levado meu pai a seguir aquele caminho. Talvez ele não estivesse procurando pelo *Aquila*, mas sim traçando uma estratégia mais ampla, investigando a Fratelli Mazza como um todo. Então, fazendo a conexão entre as matérias —

e possivelmente outras fontes que encontrou —, ele mergulhou nas áreas onde os Mazza costumavam navegar e naufragar.

Li Galli, por exemplo.

Eu sabia que Conrad nunca teria pensado em seguir essa linha de investigação. Conrad não era do tipo que gostava de arquivos. Ele gostava de iates. Daria uma olhada no banco de dados, escrito inteiramente em italiano, e consideraria uma perda de tempo.

Mas, independentemente disso, aquela descoberta era para mim. Sempre quis terminar o que meu pai havia começado. Mal sabia eu que, mesmo naquele momento, após a morte dele, meu pai ainda tinha algumas coisas a dizer.

Depois de deixar minhas coisas no novo estúdio, desci os degraus da escadaria. Caminhei pela calçada da praia por alguns minutos, fazendo o possível para evitar a multidão de turistas recém-chegados, então parei em frente à vitrine de uma loja e retoquei rapidamente meu brilho labial.

Alguns passos adiante, abri a porta da loja de mergulho de Enzo.

Nos últimos meses, nós havíamos trocado algumas mensagens de texto, mas nada realmente importante. Percebi que "o que poderia ter sido" era tão doloroso para ele quanto para mim.

Também não tinha dado nenhuma dica sobre o meu retorno a Positano. Queria ver a expressão em seu rosto quando eu aparecesse em sua loja.

Foi melhor do que eu esperava. Se eu achava que ele ficaria surpreso, estava enganada. Ele parecia *pasmo*.

— *Buongiorno* — falei, brincando. Dei um passo à frente e encostei a cintura na mesa. — Que bom te ver de novo — sussurrei.

Dei uma rápida olhada no interior da loja. Enzo tinha feito várias melhorias nos últimos meses. Mercadoria nova, sinalização nova. Pelo que pude ver, a loja estava indo muito bem.

Ele inclinou-se para a frente, com os braços apoiados no tampo da mesa. Minha respiração parou: meu elástico de cabelo ainda estava em seu pulso.

Enzo percebeu que eu estava olhando.

— Não tirei — disse ele. — Nenhuma vez.

Se não houvesse um cliente comprando protetor solar a poucos metros de distância, eu teria me jogado sobre a mesa e o empurrado na parede. Pela expressão de Enzo, percebi que estava lutando contra o mesmo impulso.

Respirei fundo, tentando me controlar. Por enquanto. Contei a ele sobre o Projeto Relíquia, como eu estava de volta ao comando.

Quanto mais eu falava, mais seus olhos brilhavam.

— Não consigo acreditar — disse, enfim — que... você está aqui.

Olhei em volta.

— Estou orgulhosa de você, Enzo. A loja está linda.

— Obrigado. Precisa de um barco? De equipamento?

Fiquei em silêncio. Eu precisava de alguns itens pequenos, mas aquilo podia esperar. Naquele momento, eu só queria *ele*.

— Na hora certa — respondi, cravando meu olhar no dele. — Agora, tenho outras prioridades.

Enzo balançou a cabeça, com as orelhas ficando vermelhas, e passou a mão pelo queixo. Tive certeza, por um momento, de que meu coração parou.

— Como estão os negócios? — consegui perguntar.

— Nunca estiveram melhores — respondeu ele. — Contratei outro funcionário. E as coisas estão calmas, condições perfeitas para mergulho. Em toda a costa amalfitana, nem mesmo um pedido de socorro.

Eu já sabia daquilo. Nos últimos três meses, a região de Amalfi havia retomado seus níveis normais de turismo. As leituras hidrotermais haviam voltado ao normal de forma repentina e inexplicável. Nenhum outro barco havia afundado.

Não podia dizer que estava surpresa. Quando contei a Savina tudo o que tinha descoberto, pude ver em seus olhos que ela queria se livrar daquele fardo.

— Se alguma coisa mudou — continuou Enzo —, foi para melhor. A visibilidade tem estado boa em toda a costa. Em Nápoles também. A água está mais límpida do que nunca. Muito lixo foi recolhido. E todas aquelas manchas de óleo... desapareceram.

Ele gesticulou com as mãos, como se dissesse: *Vai entender...*

Eu dei de ombros, entrando na brincadeira. Obviamente, Savina e Lucille não perderam tempo para se conhecerem. Eu nunca teria acesso às conversas entre as duas, mas era evidente que Lucille havia tomado as rédeas da minha mão e começado a desfazer as narrativas falsas nas quais Savina tinha acreditado, de forma equivocada, durante toda a vida.

— Como está sua mãe? — perguntei, enfim.

Ele sorriu.

— Maravilhosa. A casa está quase toda arrumada. Ela parece... mais feliz. Em paz, ou algo assim. Acho que as reformas estavam deixando-a estressada. Ela também fez muitos amigos novos.

— Daqui?

— Alguns — respondeu ele. — No entanto, ela se tornou bastante próxima de uma mulher chamada Lucille, que a visita de vez em quando de Veneza.

— Interessante — comentei, olhando para baixo, para que Enzo não visse os cantos dos meus lábios se curvando em um pequeno sorriso.

— Ela vai ficar feliz de saber que você está de volta à cidade — afirmou. — Minha mãe te adora. Talvez vocês duas possam tomar um café ou almoçar juntas. Ou ela pode se juntar a nós no barco um dia desses.

Eu assenti, pensando em como aquilo poderia ser benéfico para mim. Savina, seu cordão de pedras de bruxa...

O pensamento foi fugaz. Era a busca, a *caçada*, que me revigorava. Assim como meu pai. Afinal, ele me dera uma pista e tanto, e eu mal podia esperar para voltar aos destroços do *Aquila* e retomar minha busca na parte da frente do navio. Eu procuraria, primeiro, por fragmentos de cobre.

O único cliente da loja saiu de mãos vazias. Naquele instante, éramos apenas Enzo e eu, sozinhos ali. Sem dizer uma palavra, ele se aproximou da entrada e virou a placa para "Desculpe, estamos fechados". Em seguida, trancou a porta e fechou as persianas.

Então veio em minha direção e colocou as mãos nas laterais do meu rosto.

— Haven — disse ele. — Quanto tempo pretende ficar aqui desta vez?

— Pelo menos um ano — respondi.

Enzo ergueu as sobrancelhas.

— Não consigo verbalizar como fico feliz de ouvir isso.

Então, ele me beijou com tanta urgência, tanta necessidade, que tive que colocar as mãos na parede atrás de mim para não cair de joelhos.

Daquela vez, eu tinha certeza de que nada naquele momento era obra de Savina. Ela nem sabia que eu tinha voltado para Positano.

Não havia magia ali.

Nenhuma bruxaria.

Aquilo era o mais real que poderia ser.

EPÍLOGO

1841

Treviso

Foi a pequena Lia — que já não era tão pequena, mas sim uma mulher na casa dos 20 anos, casada e com três filhas — que, após a morte da sua amada Mari e do marido dela, Holmes, enviou o diário para o arquivo.

A história de amor deles era grande demais para ficar trancada em um sótão, esquecida e, em algum momento, perdida. Mari sabia daquilo e, portanto, encarregara Lia de cuidar do diário — e decidir seu destino — quando Mari e Holmes já tivessem partido.

Apesar de duas décadas terem se passado, Lia lembrava-se do seu resgate da pequena ilha de Ischia como se tivesse acontecido no dia anterior. Era tarde da noite. Ela dormia agitada no chão de pedra de uma cela úmida e escondida nas entranhas do Castello Aragonese. Apenas uma janela com grades deixava entrar um pouco de ar fresco.

Vivi e Lia, de 6 anos, tinham sido separadas uma da outra ao chegarem ao castelo, mas suas celas ficavam lado a lado e elas podiam conversar através das janelas. No entanto, alguns dias após serem colocadas no cativeiro em Ischia, Vivi parou de responder a Lia.

Devem tê-la levado para outra cela, concluiu a jovem.

Lia acordou ao som de sussurros vindos da janela. A princípio, pensou que era um sonho, a brisa ou um pássaro voando lá fora. Só ao ouvir a voz da mãe é que se sentou, com os olhos ainda sonolentos, percebendo que não era uma fantasia. Correra para a janela, radiante ao ver os pais, Mari e um homem que não reconhecia.

O pai e o desconhecido já estavam pegando ferramentas — cinzéis e serras — de uma bolsa. O pai também tirou a pequena boneca de madeira da bolsa, entregando-a pela janela a Lia.

— Eu a carrego comigo desde o momento em que soube que você tinha desaparecido — disse ele, com a voz embargada. — Não me separei dela nem uma vez.

Lia pegou a boneca e a abraçou com força. Ela tinha cheiro de casa.

— Como vocês me encontraram? — perguntou.

Ela se lembrava do labirinto de passagens de pedra por onde fora levada dias antes. Parecia um milagre que tivessem conseguido localizá-la.

Sua mãe enfiou a mão no bolso e retirara algo de lá, erguendo o objeto para que Lia visse.

— É o *cimaruta* de Viviana — respondeu ela, com os olhos marejados. — Estava na água, embaixo de onde estamos neste momento.

Lia franziu a testa, sem entender.

Mari deu um sorriso triste.

— Quando estávamos perto desta ilha — explicou ela —, fiz o *incantesimo divinatorio*, implorando à água que me levasse a qualquer pista relacionada às *streghe*. De imediato, o cordão de pedras mágicas começou a nos puxar para a extremidade norte do castelo. Ele nos levou até a água, logo abaixo de onde estamos agora. Entre as rochas, pouco abaixo da linha d'água, encontramos o *cimaruta* de Vivi. Ela deve tê-lo jogado da cela para o mar.

— De lá — continuou a mãe de Lia —, escalamos as rochas e encontramos a cela de Vivi. Nós… a vimos.

— Ela está bem? — perguntou Lia. — Ela não diz nada pela janela há alguns dias.

Sua mãe olhou para baixo e, quando voltou a falar, sua voz estava rouca:

— Não, minha querida. Encontramos o corpo dela. Ela deve ter morrido na cela. Acho que foi há alguns dias. — Seus olhos se encheram de lágrimas. — Vivi deveria ter ficado com seu *cimaruta* de proteção para se manter forte. Em vez disso, jogou-o ao mar. Foi uma decisão muito corajosa, que nos trouxe direto até você.

Lia estava aprendendo rapidamente que o sacrifício era a maior forma de amor.

Naquela noite, seu pai e o outro homem — que se autodenominava Holmes — cortaram as barras de metal, libertando Lia pela janela. Eles também libertaram as irmãs Fontana, que estavam em outra cela próxima. O grupo fugiu para uma pequena vila na extremidade oeste de Nápoles, onde o pai de Lia tinha família.

Lia sempre foi levada a acreditar que nenhum homem sabia da existência da *stregheria*. Naquele momento, entendeu que aquilo estava longe de ser verdade. Alguns homens, como seu pai e Holmes — que não saía do lado de Mari, e Lia gostava muito dele por isso —, conheciam os segredos das mulheres, sabiam de tudo o que elas eram capazes de fazer.

Mas, por serem homens bons, nunca revelaram nada.

Nas semanas que se seguiram ao resgate de Lia, as *streghe* de Positano deixaram o vilarejo. Embora a ameaça dos irmãos Mazza tivesse desaparecido, era muito difícil viver em meio às lembranças de tudo o que havia acontecido. Além disso, policiais e alguns homens da empresa Fratelli Mazza estavam realizando uma investigação, querendo aprofundar as suspeitas sobre o afogamento de Massimo Mazza — cujo corpo acabara sendo levado pela maré até a costa, sem deixar pistas sobre sua morte —, seguido do naufrágio de dois navios de propriedade dos Mazza, o último também levando Matteo Mazza à morte prematura.

Com o tempo, embora Positano não tenha sofrido mais ataques marítimos, sofreu alguns dos mesmos infortúnios vividos por outros vilarejos vizinhos: temporadas ruins de pesca, desmoronamentos de penhascos. Decerto não era um lugar para onde as *streghe* se sentiam compelidas a voltar, pelo menos não tão cedo.

A maioria das *streghe* — e suas famílias — tinham seguido para Treviso, a oeste de Veneza. Era perto o suficiente para as mulheres que não conseguiam resistir ao chamado do mar, mas longe o bastante para aquelas que preferiam alguma distância dele, como Mari.

— Você me faria um grande favor? — perguntou Mari a Lia, muitos anos depois do resgate em Ischia e muito tempo depois que a Fratelli Mazza havia desaparecido.

— É claro — respondeu Lia, então com 16 anos.

— Algumas *streghe* estão voltando para Positano — explicou —, para encontrar velhos amigos e recuperar objetos de suas casas abandonadas. Holmes e eu não podemos ir. Não podemos ser vistos.

Lia assentiu. Ela sabia bem daquilo: as *streghe* entendiam que expor a verdade sobre a sobrevivência de Mari e Holmes poderia colocá-las em perigo. Apenas o recenseador da paróquia, que registrava os nascimentos e as mortes da família, sabia sobre eles. Mas, mesmo assim, Mari usava o sobrenome de Holmes. Mari DeLuca não existia mais.

— Gostaria que você fosse com eles — continuou Mari — e visse se há algo da minha família. Meu pai. Paola.

Lia obedeceu, passando várias semanas em Positano com as outras mulheres, recolhendo as poucas informações que conseguiu. O pai de Mari havia falecido um ano antes. Paola se casara com Corso, e os dois naquele momento moravam em Roma, embora houvesse rumores de que os negócios dele estavam indo mal e o casal era terrivelmente infeliz.

Lia voltou para Treviso para compartilhar a notícia com Mari, que estava ocupada limpando um quartinho nos fundos da casa.

Quando a jovem entrou, Mari segurava uma camisetinha, pequena o suficiente para um bebê.

— Eu mesma costurei — disse Mari com orgulho.

— Você está… — Lia suspirou, olhando para a barriga de Mari, que revelava uma leve protuberância.

— Sim. Contei a Holmes hoje de manhã. Ele já está fazendo um bastão de caminhada para o bebê.

Ela apontou para a janela. Holmes estava sentado no chão, entalhando um pedaço de pau. Ele e Mari adoravam fazer trilhas, especialmente nas grandes Montanhas Pálidas, ao norte de Treviso, na Áustria.

As duas mulheres se abraçaram em comemoração.

— Já pensaram em um nome? — perguntou Lia.

Mari sorriu.

— Bem, tenho certeza de que é um menino. E decidimos chamá-lo de Nico.

— Nico — repetiu Lia, gostando do nome de imediato.

Mari foi em direção a um armário ao lado da sala e tirou alguns itens de uma prateleira para dar espaço às camisas e túnicas cuidadosamente dobradas. Lia se aproximou para ajudá-la, avistando uma bolsa de lona manchada de água em uma prateleira. Ela franziu a testa, e Mari fez um gesto para que a jovem pegasse a bolsa.

— Holmes escrevia um diário durante suas viagens marítimas — explicou Mari.

Nos anos anteriores, Lia tentara perguntar a Mari e Holmes sobre as viagens e por que os dois tinham passado a preferir visitar as montanhas ao mar. Mari explicara que sempre tivera uma relação complicada com o oceano.

"Levarei uma vida inteira para entender meus sentimentos em relação a ele", dissera certa vez, "mas o mar estava aqui muito antes de nós e permanecerá por muito tempo depois que partirmos." Ela dera um pequeno sorriso. "Algo me diz que ele será tão paciente quanto eu preciso que seja."

Mari se virou para Lia, com uma expressão séria no rosto. Ela colocou a mão sobre o diário.

— Você me promete uma coisa, Lia?

— Sim. Qualquer coisa.

— Espero que seja daqui a muitos e muitos anos, mas quando Holmes e eu já não estivermos mais aqui, prometa-me que não deixará este diário esquecido em uma prateleira, acumulando poeira. Há tanta coisa aí dentro. E, não menos importante, a verdade sobre nossa história de amor.

— Você não tem medo de que isso seja exposto?

Mari deu um sorriso.

— Depois que a gente morrer? Nem um pouco. Por que teria? Talvez haja até algo aí dentro que ajude alguém, algum dia.

Mari pegou outro item na prateleira — um cordão de pedras de bruxa. Lia reconheceu o colar que Mari usara para resgatá-la de Ischia.

— Quero que fique com isto também — disse Mari. — Passe adiante. Seja para suas filhas, minhas filhas, sobrinhas ou primas... Não importa, apenas mantenha isto entre nós, mulheres.

Lia pegou as pedras na mão, sentindo seu peso. Era um presente inestimável e único: a segunda pedra de bruxa tinha um pequeno fóssil de estrela do mar incrustado nela.

— Mas lembre-se — pediu Mari, fechando os dedos de Lia em torno das pedras —, o tesouro que se busca, seja usando as pedras ou por outros meios, não é necessariamente sinônimo de joias, pedras preciosas ou coisas caras. Seu resgate em Ischia é prova disso.

Mari colocou um pequeno chocalho de madeira para bebês na prateleira recém-limpa.

— Às vezes — concluiu —, o maior tesouro que se pode encontrar é... o amor.

RECEITAS

Consulte sarahpenner.com/bookclubs para ver todas as receitas

MENU DE ANTEPASTOS TEMÁTICO DA COSTA AMALFITANA:

Limoncello Spritz (receita abaixo)
Tomates fatiados com burrata fresca e um fio de azeite
Salada de alcachofra e feijão cannellini
Molho de ricota com crostini e crudités
Camarão assado ao limão e alho
Biscoitos italianos de ricota (receita abaixo)

LIMONCELLO SPRITZ

60ML DE LIMONCELLO
90ML DE PROSECCO
30ML DE ÁGUA COM GÁS
HORTELÃ FRESCA + RODELAS DE LIMÃO PARA DECORAR

Em um copo cheio de gelo, adicione o limoncello, seguido do prosecco e da água com gás. Mexa delicadamente. Decore e sirva!

BISCOITOS ITALIANOS DE RICOTA

425g de ricota integral
1 e 3/4 de xícara de açúcar branco
1 xícara de manteiga em ponto de pomada (não derretida!)
2 ovos grandes
1 colher (chá) de extrato de baunilha
2 colheres (sopa) de raspas de limão fresco
4 xícaras de farinha de trigo
1 colher (chá) de fermento em pó
1 colher (chá) de bicarbonato de sódio

Para a cobertura

1 e 1/2 de xícara de açúcar de confeiteiro
2 colheres (sopa) de leite
2 colheres (sopa) de suco de limão fresco
6 colheres (sopa) de raspas de limão fresco

Observação: conforme indicado abaixo, a massa deve ser resfriada com antecedência. Planeje-se adequadamente!

1. Misture a ricota, o açúcar, a manteiga, os ovos, o extrato de baunilha e as raspas de limão em uma tigela grande. Bata com uma batedeira elétrica até ficar homogêneo. A mistura ficará granulosa.

2. Em outra tigela, misture a farinha, o fermento e o bicarbonato. Despeje na mistura de ricota e mexa até incorporar. Deixe a massa esfriar por, pelo menos, duas horas e até dois dias.

3. Pré-aqueça o forno a 175°C. Unte ou forre assadeiras. Trabalhando em fornadas, enrole a massa resfriada em bolinhas de 4cm e posicione-as com 5cm de distância umas das outras nas assadeiras preparadas. Para evitar

que a massa grude nas mãos, passe um pouco de azeite nas palmas antes de enrolar. Isso também deixará os biscoitos mais bonitos!

4. Asse no forno pré-aquecido até que as bordas estejam douradas e os biscoitos se soltem facilmente da assadeira, cerca de 13 a 15 minutos (não asse demais!).

Para fazer a cobertura: Misture o açúcar de confeiteiro, o leite e o suco de limão até ficar homogêneo. Regue os biscoitos resfriados e polvilhe com raspas de limão fresco.

Rende 55 biscoitos! Congele se necessário. Ficam deliciosos mesmo direto do freezer!

AGRADECIMENTOS

Acredito, sinceramente, que tive muita sorte com a minha equipe de agentes da Janklow & Nesbit: Stefanie Lieberman, Molly Steinblatt e Adam Hobbins. Nos primeiros dias de *A maldição de Amalfi*, quando eu ainda estava tentando definir o esboço, mesmo depois de meses de trabalho, eles me desafiaram a enfrentar as dificuldades. Nós, escritores, às vezes tentamos encontrar o caminho mais fácil, mas os melhores orientadores simplesmente não nos deixam fazer isso. Obrigada, Stefanie, Molly e Adam, por tudo.

À minha equipe sempre leal da Park Row Books e da HarperCollins, obrigada. Não sei como tive tanta sorte de estar cercada por uma equipe tão divertida e solidária. À minha editora, Erika Imranyi, obrigada por ser uma incentivadora e conselheira tão fabulosa. À minha equipe de publicidade — Emer Flounders, Justine Sha, Kathleen Carter e Heather Connor —, estou muito feliz de poder trabalhar de novo com vocês! A Margaret Marbury, Nicole Luongo, Randy Chan, Pam Osti, Rachel Haller, Lindsey Reeder, Amy Jones, Cory Beatty, Colleen Simpson, Ana Luxton, Loriana Sacilotto, Brianna Wodabek, Reka Rubin, Christine Tsai, Nora Rawn, Emily Martin, Daphne Portelli, Katie-Lynn Golakovich e à toda a equipe de vendas, em especial Lillie Walsh e Andy LeCount… obrigada por tudo que fizeram para apoiar meus livros e minha carreira de escritora. Graças a vocês, o mercado editorial não tem sido intimidador. No fim das contas, estamos todos aqui porque amamos a mesma coisa: livros!

Milhões de agradecimentos à autora, professora e historiadora marítima dra. Mary Malloy, que ofereceu orientações inestimáveis sobre terminologia náutica e história marítima enquanto eu revisava *A maldição de Amalfi*. Conheci a dra. Malloy na conferência da Historical Novel Society em San Antonio, em 2023, e soube de imediato que precisava contratá-la. Ela me orientou em centenas(!) de detalhes complicados enquanto eu revisava a tumultuada jornada de Holmes a bordo do *Aquila*. Obrigada, dra. Malloy, por sua paciência, entusiasmo e franqueza.

Obrigada às editoras freelancer Alyssa Matesic, Emily Ohanjanians, Heidi Pitlor e Ronit Wagman pela orientação perspicaz nas primeiras páginas deste romance. E obrigada à editora freelancer Andrea Robinson, que se encarregou de todo o trabalho: seus comentários foram igualmente encorajadores e construtivos, e este livro ficou mil vezes melhor graças a você.

Muito obrigada ao ilCartastorie Museo em Nápoles, Itália, especialmente a Sergio Riolo e Andrea Zappulli, que tiveram a gentileza de me conceder uma visita privada aos bastidores de seus arquivos. Já estive em muitos arquivos, mas esse me fez sentir como se estivesse entrando em um sonho do mundo antigo. Embora o ilCartastorie abrigue registros bancários manuscritos — e não diários de navegação! —, a miríade de documentos do museu, que datam de centenas de anos, inspirou as cenas de pesquisa de Haven no arquivo.

Agradeço também a Mario Di Domenico, que me conduziu em uma visita privada ao Museo del Mare, em Nápoles, Itália. É imperdível para os entusiastas do mar.

Agradeço à equipe do Florida Maritime Museum em Cortez, Flórida, e à Cortez Village Historical Society, que responderam às minhas inúmeras perguntas sobre os costumes e peculiaridades do trabalho nas vilas de pescadores no século XIX.

Agradeço à preparadora de texto Vanessa Wells, com quem já trabalhei em dois projetos. Fico sempre impressionada com suas sugestões e correções precisas.

Para aqueles que se interessam em saber mais sobre escavações de naufrágios e arqueologia náutica, recomendo os módulos de e-learning oferecidos pela Nautical Archaeology Society. E para aqueles que planejam visitar Positano, sugiro a *zuppa di cozze* (mexilhão em caldo de tomate) e a *panna cotta* com caramelo no Il Grottino Azzurro.

Um agradecimento especial a Aimee Westerhaus e Mallory Hanson — homônimas de Ami e Mal na história —, bem como à minha irmã Kellie e aos meus queridos amigos Rachel LaFreniere, Lauren Zopatti, Taylor Ambrose, Kristin Wollett, Alex Vidal e Steve Schaefffer, todos os quais me influenciaram e inspiraram de maneiras importantes, e até mesmo transformadoras, nos últimos dois anos. E à minha mãe, sempre uma das minhas primeiras leitoras: obrigada pelo seu amor incondicional e incentivo.

Por último, ao meu marido, Marc: é uma piada recorrente que, embora ele seja a pessoa mais importante de minha vida, nenhum dos meus dois primeiros livros foi dedicado a ele. Finalmente, aqui estamos nós. Talvez a terceira vez seja a que dê certo? Obrigada, meu amor, pelo seu apoio incondicional ao longo da última década. Você esteve ao meu lado quando as primeiras rejeições chegaram e esteve ao meu lado quando tudo decolou. Um brinde a tudo o que está por vir.

Este livro foi impresso pela Vozes, em 2025, para a Harlequin.
O papel do miolo é Avena 70g/m² e o da capa é Cartão 250g/m².